metro

Petra Ivanov
Entführung

metro wurde begründet
von Thomas Wörtche

Petra Ivanov

Entführung

Meyer & Palushi ermitteln
zwischen den Fronten

Unionsverlag

Im Internet
Aktuelle Informationen, Dokumente und Materialien
zu Petra Ivanov und diesem Buch
www.unionsverlag.com

Unionsverlag Taschenbuch 909
© by Petra Ivanov 2019
© by Unionsverlag 2021
Neptunstrasse 20, CH-8032 Zürich
Telefon +41 44 283 20 00
mail@unionsverlag.ch
Alle Rechte vorbehalten
Die erste Ausgabe dieses Werks im Unionsverlag erschien 2019
Reihengestaltung: Heinz Unternährer
Umschlagfoto: jvphoto (Alamy Stock Photo)
Umschlaggestaltung: Peter Löffelholz
Lektorat: Susanne Gretter
Satz: Greiner & Reichel, Köln
Druck und Bindung: CPI – Clausen & Bosse, Leck
ISBN 978-3-293-20909-1

Der Unionsverlag wird vom Bundesamt für Kultur mit einem
Verlagsförderungs-Strukturbeitrag für die Jahre 2021–2024 unterstützt.

Auch als E-Book erhältlich

Für Laura

I

Steinerne Mienen, steife Rücken, angespannte Stille. Im Büro der Staatsanwältin knisterte die Luft, sie war aufgeladen mit kaum verhohlener Wut. Pal Palushi sah seinem Klienten nach. Trotz Handschellen und Fußfesseln wirkte Mustafa Saifullah unbekümmert, als wolle er sich nur kurz die Beine vertreten, um es sich anschließend in seinem Wohnzimmer auf dem Sofa gemütlich zu machen. Ganz anders die Polizeigrenadiere, die ihn mit zackigem Schritt, die Hände an der Waffe, ins Gefängnis zurückbrachten. Pal wischte sich den Schweiß von der Stirn.

»Worauf warten Sie?«, fragte die Staatsanwältin kühl.

Sie stand nicht auf, um ihn zu verabschieden, nickte bloß dem Protokollführer zu, der neben ihr saß. Pal klemmte seine Aktenmappe unter den Arm und folgte dem jungen Polizisten aus dem Raum. Der Druck auf seiner Brust wollte nicht weichen, es fühlte sich an, als stecke er in einem Schraubstock. Es roch nach Papierstaub und Verwaltung, aus einem Büro drang eine monotone Stimme.

Vor dem Aufzug blieb der Protokollführer stehen. Er schien etwas sagen zu wollen, Pal aber wandte sich ab und starrte auf das Gussglas, hinter dem sich die Kabine quälend langsam nach oben bewegte. Endlich wurde die Tür entriegelt.

Im Aufzug lehnte Pal die Stirn gegen die Wand. Er verstand sie. Alle. Auch er war frustriert, die Zeit lief ihnen davon. Doch er war machtlos, er hatte getan, was er konnte. Der Aufzug hielt im Erdgeschoss, Pal atmete tief ein. Er durfte sich nicht von den Vorwürfen erdrücken lassen, Lara Blum wäre damit nicht gedient. Zielstrebig ging er auf den Ausgang zu.

Eine Kamera blitzte auf. Pal zuckte zusammen und hob schützend den Arm vor das Gesicht. Woher wussten die Journalisten von der Einvernahme?

»Lebt sie noch?«, rief jemand.

Pal senkte den Kopf und drängte sich an den Medienleuten vorbei, die sich vor dem Gebäude versammelt hatten.

»Wo hat er sie versteckt?« Eine Reporterin streckte Pal ein Mikrofon entgegen. »Wie fühlt es sich an, ein Monster zu verteidigen?«

Kurz war er versucht zu erklären, dass jeder das Recht auf eine Verteidigung hatte, doch er wusste, das wollte niemand hören.

»Ist Ihnen Lara egal?«, tönte es hinter ihm.

Pal ging schneller, bahnte sich einen Weg zwischen den voll besetzten Bistrotischen eines Cafés hindurch und bog um die Ecke. Die Stimmen hinter ihm wurden leiser, jetzt hörte er seinen eigenen schweren Atem.

Seine Ducati stand zwei Querstraßen entfernt. Pal verstaute seine Aktenmappe und das Armani-Jackett im Seitenkoffer und zog seine Lederjacke an. Als er das Visier des Helms herunterklappte, schloss er eine Tür zwischen sich und der Welt. Bald nahm er nur noch das tiefe Wummern des Superbikes wahr. Sein Herzschlag beruhigte sich, seine Gedanken kehrten zu seinem Klienten zurück. Auch heute hatte Mustafa Saifullah geschwiegen. Die Hoffnung, Lara Blum lebend zu finden, wurde mit jeder Stunde kleiner.

Eigentlich hatte Pal in die Kanzlei zurückkehren wollen, stattdessen fuhr er zur Universität. Er parkte vor der Rechtswissenschaftlichen Fakultät und betrachtete den Altbau. Wie stolz er gewesen war, als er das Studium aufgenommen hatte! Begeistert hatte er Paragrafen auswendig gelernt, dicke Wälzer über Rechtsphilosophie und Ethik studiert, Grundsatzdebatten geführt. Damals ahnte er nicht, dass ein Strafverteidiger nicht nur Jurist, sondern auch Sozialarbeiter war. Seine Klienten legten ihr Schicksal in seine Hände, er war Vertrauensperson und Berater zugleich.

Er stieg vom Motorrad und ging um das Gebäude herum. Die Bibliothek versteckte sich im ehemaligen Innenhof. Pal betrat die Halle und sog den Geruch der hundertsiebzigtausend Bücher ein. Sie empfingen ihn wie eine schützende Hülle. Vor zwei Monaten hatte er beschlossen, sich einen Traum zu erfüllen und eine Dissertation zu verfassen. Beruflich würde ihn der Doktortitel nicht weiterbringen, er hatte sich bereits einen Namen als Anwalt gemacht. Er suchte die intellektuelle Herausforderung. Als Jahrgangsbester hatte er problemlos einen Doktorvater gefunden, der sein Projekt betreute, obschon neun Jahre vergangen waren, seit er das Studium abgeschlossen hatte. Schwerer hatte er sich mit der Wahl des Themas getan. Schließlich entschied er sich für eine Arbeit über die Funktion der Verteidigung bei der Wahrheitssuche. Für Pal war die Verteidigung keine moralische Instanz, sondern ein Garant für die Rechtsstaatlichkeit eines Verfahrens – das höchste politische Gut überhaupt. Er war im Kosovo aufgewachsen, er wusste, was es bedeutete, wenn Gesetze nicht eingehalten, die Rechte der Bürger nicht geschützt wurden. Das Recht eines Beschuldigten zu schweigen wurzelte in der Unschuldsvermutung und im Prinzip, dass man sich selbst nicht belasten musste. In den letzten Jahrzehnten hatte es immer häufiger Versuche gegeben, dieses Recht zu beschneiden.

Er nahm ein Buch mit dem vielversprechenden Titel »The

Rise and Fall of the Right of Silence« vom Regal und vertiefte sich in eine Analyse.

Ist Ihnen Lara egal?

Pal versuchte, sich auf das Buch vor sich zu konzentrieren. Stattdessen dachte er an den Pädophilen Marc Dutroux, der in Belgien mehrere Mädchen gefangen gehalten hatte. Zwei waren verhungert, während Dutroux eine Gefängnisstrafe wegen Autodiebstahls verbüßte.

Lebt sie noch?

Er betrachtete die Glaskuppel über dem Lichthof. Die Sonne stand so weit im Westen, dass keine Strahlen mehr in die Bibliothek drangen. Sah Lara Blum den Himmel auch? Oder saß sie in einem fensterlosen Raum, verängstigt und allein? Pal rieb sich die Augen, versuchte, die Bilder zu vertreiben. Seine Aufgabe war es, Saifullah zu verteidigen. Er korrigierte sich: Seine Pflicht war es, Saifullah zu verteidigen. Alles andere war Sache der Polizei.

Als die Bibliothek um einundzwanzig Uhr schloss, hatte er nur einen Bruchteil der Texte gelesen, die er sich vorgenommen hatte. Er holte seine Sachen aus dem Schließfach, schaltete sein Handy ein und sah, dass Jasmin versucht hatte, ihn zu erreichen. Seine anfängliche Freude darüber wich Besorgnis. Normalerweise telefonierten sie am Wochenende miteinander. In Thailand war es jetzt zwei Uhr morgens. Er drückte auf die Skype-Funktion auf seinem Telefon. Wenn Jasmin noch wach war, würde sie sehen, dass er sich eingeloggt hatte. Keine Minute später klingelte es.

»Immer noch auf?«, fragte er. »Ist ein Bewohner abgehauen?« Vor einem Monat hatte ein an Demenz erkrankter Mann mitten in der Nacht die Altersresidenz verlassen, in der Jasmin arbeitete, weil er den Sonnenaufgang am Grand Canyon sehen wollte.

»Nein, alle liegen im Bett, hoffe ich wenigstens.«

Er meinte ein Lächeln in ihrer Stimme zu hören und wünschte, er könnte sie sehen. Die Internetverbindung war zu schwach, um die Videofunktion einzuschalten.

»Wo bist du?«, fragte sie. »Ist das Straßenlärm?«

»Vor der Bibliothek. Wie geht es dir?«

»Gut, erzähl mir lieber, wie es dir geht. Deshalb rufe ich nämlich an.«

»Mitten in der Nacht?«, fragte Pal verwundert.

»Ich habe die Schlagzeilen im Internet gelesen. Es tut mir leid, Pal, das hast du nicht verdient, auch wenn ich die Wut der Menschen verstehen kann.«

Er hatte ihr nichts von seinem Mandat erzählt. Vor drei Jahren war Jasmin selbst entführt worden, er hatte die Wunden, die erst langsam zu heilen begannen, nicht wieder aufreißen wollen.

»Ich habe die neusten Berichte noch nicht gelesen«, sagte er zögerlich. »Was haben sie über mich geschrieben?«

»Ist sie …« Jasmin räusperte sich. »Ist es möglich, dass sie noch lebt?«

Pal setzte sich auf die Treppe, die zum Haupteingang der Fakultät führte. Eine alte Yamaha mit dem typischen Geräusch des Zweitaktmotors fuhr an ihm vorbei, er hörte lautes Lachen. »Du weißt, dass ich nicht darüber reden darf«, wich er aus. »Was haben sie geschrieben?«

»Sie fragen sich, wie du dieses Monster verteidigen kannst. Ob du keine Skrupel hast.«

»Der Anwalt wird gern mit dem Beschuldigten gleichgesetzt. Daran habe ich mich längst gewöhnt.«

»Wer hat ihnen deinen Namen gesteckt? Sie haben sogar ein Foto von dir veröffentlicht. Woher wussten die Journalisten von der Einvernahme?«

»Das habe ich mich auch gefragt, als ich die Meute vor dem Eingang sah.«

»Du bedeckst dein Gesicht mit dem Arm, aber man sieht deutlich, dass du dich ärgerst.«

»Ich komme klar, erzähl mir lieber von dir. Was macht dein Thai? Verstehen dich die Angestellten?«

Jasmin erzählte, was sie in den letzten Tagen erlebt hatte, beschrieb einen Ausflug mit den Bewohnern, einen Einkauf auf dem Markt. Pal sah die Weite des Isan vor sich, Garküchen an den Straßenrändern, goldene Buddhastatuen, geschmückte Geisterhäuschen. Er stellte sich die Altersresidenz vor, die er im vergangenen Winter mit Jasmin besucht hatte, die Bungalows der Bewohner, die fremden Blumen, die schwüle Luft.

Es klickte, als Jasmin am anderen Ende eine Tür öffnete.

»Ich stehe jetzt auf der Terrasse«, sagte sie, »und schaue in den Sternenhimmel. Ich sehe den Mars. Du auch?«

»Hier geht die Sonne erst unter. Der Himmel ist tiefblau.«

»Ich freue mich auf den Sommer in der Schweiz.«

Pal lehnte sich erleichtert zurück. Jasmin erzählte immer so begeistert von ihrem Alltag in Thailand, dass ihm Zweifel gekommen waren, ob sie tatsächlich in die Schweiz zurückkehren würde.

»Ich habe mir viele Gedanken über die Zukunft gemacht«, fuhr sie fort. »Ich möchte dem Privatdetektiv-Verband beitreten.«

»Dem Fachverband?«

»Nein, dem Verband ehemaliger Polizei- und Kriminalbeamter, dem SPKK. Dem Fachverband vielleicht auch, aber ich möchte vor allem die Anforderungen des SPKK erfüllen. Sie sind höher.«

»Sie nehmen dich bestimmt auf, deine Erfahrung bei der Kripo ist kaum zu übertreffen. Ich helfe dir gern bei der Firmengründung.«

»Das habe ich gehofft.«

Pal freute sich über ihre Entschlossenheit. Seit sie die Polizei verlassen hatte, konnte sie ab und zu Privataufträge erledigen, psychisch war sie jedoch immer wieder an ihre Grenzen gestoßen. Die drei Monate in den Fängen eines Mörders hatten sie schwer traumatisiert.

»Nur noch zwanzig Tage«, sagte sie, »dann komme ich nach Hause.«

»Ich kann es kaum erwarten.«

»Du fehlst mir.« Sie zögerte. »Pal, wenn du reden möchtest, niemand wird etwas erfahren. Ich kann gut schweigen.«

»Ich weiß, danke. Wie gesagt, es ist nicht das erste Mal, dass ich beschimpft werde.«

»Aber das erste Mal, dass man dich für den Tod eines Menschen verantwortlich machen könnte.«

2

Lebt sie noch? Pal gab sein Handy am Empfang ab und passierte die Sicherheitskontrolle des provisorischen Polizeigefängnisses. Ein Polizist führte ihn durch einen Korridor, der nach Putzmittel roch. *Lebt. Sie. Noch.* Die Worte wiederholten sich im Takt von Pals Schritten. Er hatte nur zwei Stunden geschlafen, das war sogar für ihn wenig. Immer wieder sah er Lara Blum vor sich. Das Foto, das die Polizei veröffentlicht hatte, zeigte die Studentin in einem Tierheim, wo sie in ihrer Freizeit arbeitete. Ihre Hand lag auf dem Kopf eines Hundes, und sie schaute mit wachen, intelligenten Augen in die Kamera. Aber nicht dieses Bild war es, das die Bevölkerung in solchen Aufruhr versetzte. Mit ihrem blonden Haar und den Wangengrübchen wirkte Lara Blum wie der Inbegriff der Unschuld.

Pal nahm in dem kargen Besprechungszimmer seine Unterlagen aus der Mappe. Es waren nicht viele. Die Staatsanwältin gewährte ihm zwar Akteneinsicht, übergab ihm aber nur das Allernötigste. Pal war sich sicher, dass sie ihm auch diese Informationen vorenthalten hätte, wenn das Gesetz es zuließe. Theresa Hanisch mochte Strafverteidiger nicht. Sie betrachtete sie als Gegner, was eine gute Zusammenarbeit erschwerte. Hinzu kam, dass Pal die Staatsanwältin in einem früheren Fall vor Gericht bloßgestellt hatte. Das hatte sie ihm nie verziehen.

Pal blickte zu dem vergitterten Fenster hinüber. An Saifullahs Schuld bestand kein Zweifel. Eine Überwachungskamera hatte den Mann gefilmt, als er Lara Blum vor dem Tierheim gepackt und in einen gestohlenen Lieferwagen gezerrt hatte. Dank der schnellen Reaktion einer Tierpflegerin war das Fahrzeug sofort zur Fahndung ausgeschrieben worden. Drei Stunden später hatte die Polizei Saifullah an einer Tankstelle festgenommen. Seither waren einundvierzig Stunden vergangen. Von Lara Blum fehlte jede Spur.

Die Tür ging auf, Polizisten brachten Mustafa Saifullah herein. Er hob kaum die Füße beim Gehen, doch sein Blick zeugte von einer Entschlossenheit, die Pal beunruhigte. Den meisten seiner Klienten setzte die Untersuchungshaft zu. Es war ein beängstigendes Erlebnis, von einem Moment auf den anderen allein in einer Zelle eingesperrt zu sein, ohne zu wissen, wie es weiterging, ohne Kontakt zur Außenwelt. Viele sahen in ihrem Verteidiger den einzigen Verbündeten.

Nicht so Mustafa Saifullah. Wie schon bei der Hafteinvernahme ignorierte er Pals ausgestreckte Hand und setzte sich wortlos auf einen Stuhl. Pal nahm eine Quittung aus seiner Mappe und schob sie über den Tisch. Saifullah blickte kurz nach unten.

»Für Sie«, sagte Pal. »Ich habe zwanzig Franken auf Ihr Konto einbezahlt. Sie können sich damit am Kiosk kaufen, was Sie brauchen.« Es war ein Versuch, eine Verbindung zu ihm herzustellen. Bisher hatte Saifullah noch kein Wort gesagt, Pal wusste nicht einmal, ob er überhaupt Deutsch sprach. Ebenso wenig, ob er wirklich Mustafa Saifullah hieß. Der Name war in arabischer Schrift auf seine Brust tätowiert, genau über seinem Herz. Saifullah. Das Schwert Gottes.

Saifullah legte die Hände in den Schoß.

»Brauchen Sie sonst noch etwas?«, fragte Pal.

Saifullah schwieg.

»Herr Saifullah, können Sie mich verstehen?«

Wie ein Schwert sah der schmächtige Mann nicht aus, in diesem Moment aber hatte er mehr Macht als jeder Bewaffnete. Von ihm hing es ab, ob Lara Blum wieder nach Hause zurückkehrte. Ob sie nächsten Monat ihren zweiundzwanzigsten Geburtstag feiern, ob sie ihren Traum, Tierärztin zu werden, realisieren könnte. Falls sie noch lebte.

Mehr als hundert Polizisten waren im Einsatz. Sie durchleuchteten Lara Blums Leben, überprüften alle Personen, mit denen die Studentin in den letzten Monaten Kontakt gehabt hatte, alle Orte, an denen sie gewesen war. Dass Saifullah ihr vor dem Tierheim aufgelauert hatte, konnte Zufall sein. Vielleicht aber auch nicht. Über sein Motiv war so wenig bekannt wie über seine Person. Kannte er Lara Blum? Ihr Vater war ein wohlhabender Unternehmer, Forderungen waren jedoch keine eingegangen. Vielleicht war er ein Sexualtäter, der sich sein Opfer zufällig geschnappt hatte. Oder handelte er aus politischen Gründen? Als man ihn verhaftete, hatte er weder einen Ausweis noch ein Handy bei sich. Seine Fingerabdrücke waren in keiner Datenbank registriert.

Pal zog eine arabische und eine deutsche Ausgabe des Korans hervor und legte beide Bücher auf den Tisch. Saifullah griff nach der deutschen Übersetzung. Pal verzog keine Miene.

»Herr Saifullah, als Ihr Anwalt rate ich Ihnen zu kooperieren.« Jetzt, wo Pal wusste, dass sein Klient ihn verstand, holte er weit aus. Er erklärte, dass das Gericht ein Geständnis als strafmildernd werte, und dass es sich zu Saifullahs Gunsten auswirke, wenn er die Untersuchung vorantreibe.

Sein Klient reagierte nicht.

Pal beugte sich vor. »Sagen Sie mir, wo Lara ist.«

Es nutzte nichts. Eine halbe Stunde später packte Pal seine Sachen zusammen. Polizisten holten Saifullah ab, zusammen verließen sie das Besprechungszimmer. Jemand schob einen

Wagen mit Essen vorbei, von draußen waren Polizeisirenen zu hören. Ein kräftig gebauter Gefangener kam ihnen entgegen, im Gegensatz zu Saifullah wurde er nur von einem Polizisten begleitet. Die markanten Gesichtszüge des Gefangenen wirkten vertraut. War Pal ihm schon einmal begegnet? Aus dem Augenwinkel nahm er wahr, wie Saifullah zusammenzuckte und den Blick senkte. Kannte er den Mann? Pal glaubte schon, er habe sich Saifullahs Zucken nur eingebildet, als dieser zur Seite trat, um dem Gefangenen auszuweichen.

Pal sah ihm nach. Die dunklen Haare des Mannes waren kurz geschoren, seine Bewegungen geschmeidig. Da fiel Pal ein, bei welcher Gelegenheit er mit ihm zu tun gehabt hatte: Der Mann war als Auskunftsperson in einem Drogenfall befragt worden, an dem Pal allerdings nur am Rande beteiligt gewesen war.

Es war kurz vor zwölf, als er das Gefängnis verließ. Seine Schritte hallten im Hof, der die Militär- von der Polizeikaserne trennte. Er überlegte, ob er in der Nähe etwas essen oder sein Stammlokal aufsuchen sollte, entschied sich dann für sein Stammlokal, einen traditionellen Italiener zwei Querstraßen von seiner Kanzlei entfernt. Da Pal selten vor acht aus dem Büro kam, nahm er sich über Mittag in der Regel Zeit für eine ausgedehnte Mahlzeit. Eine Viertelstunde später begrüßte ihn ein Kellner in Weste und Fliege und empfahl das Fegato alla Veneziana. Pal setzte sich in eine ruhige Ecke und holte sein Tablet hervor. Sein Foto war nur von den Boulevardblättern veröffentlicht worden, doch eine konservative Zeitung hatte einen Artikel mit der Überschrift »Was weiß der Anwalt?« verfasst. Auf der gleichen Seite befand sich ein Artikel über eine islamische Konferenz, die abgesagt worden war. Zufall? Oder stand der Artikel dort, weil der Entführer von Lara Blum Muslim war? Auf der Medienkonferenz hatte die Polizei erklärt, es sei noch nichts über die

17

Identität des Mannes bekannt. Von der Tätowierung wussten nur die beteiligten Ermittler.

»Gut, dass man durchgegriffen hat!« Der Patron reichte ihm die Hand, sichtlich bemüht, den Artikel über Pal zu ignorieren. »Friedenskonferenz«, fuhr er in spöttischem Tonfall fort und zeigte auf den Beitrag daneben, »da kann man nur lachen!«

Das Ereignis war als Großevent für den Frieden beworben worden. Als bekannt wurde, dass sich unter den eingeladenen Rednern auch umstrittene Islamisten befanden, hatte die Firma, die den Konferenzraum vermietete, den Vertrag mit den Veranstaltern gekündigt.

Pal schaltete das Tablet aus. »Wie geht es Ihrer Enkeltochter?«, fragte er, um das Thema zu wechseln. Vor fünf Monaten war der Patron Großvater geworden.

»Benissimo!« Jetzt strahlte der Mann. »Ihren Nonno kennt sie schon!«

Kurz darauf servierte der Kellner das Essen. Pal kaute mechanisch, seine Gedanken waren bei Lara Blum. Bis jetzt war der Juni eher kühl gewesen, doch zum Wochenende wurden Temperaturen von bis zu dreißig Grad erwartet. Hatte sie Wasser? Pal schob den halb vollen Teller beiseite und verlangte nach der Rechnung. In einer Stunde erwartete er einen neuen Klienten, einen Unternehmer, dem die Wettbewerbskommission eine Strafe wegen Missbrauchs der Marktmacht aufgebrummt hatte. Eigentlich liebte Pal komplexe Wirtschaftsfälle, jetzt aber fiel es ihm schwer, sich in einen anderen Fall zu vertiefen.

Er verabschiedete sich von dem Patron und machte sich auf den Weg in die Kanzlei, deren Räume er sich mit zwei weiteren Anwälten teilte. Schon von Weitem sah er die Journalisten, die vor dem renovierten Altbau warteten. Ein Wagen des Schweizer Fernsehens stand auf dem Besucherparkplatz, dahinter hatten sich neugierige Passanten versammelt. Am liebsten hätte Pal gewendet. Da entdeckte ihn eine Reporterin und rief: »Er kommt!« Die Masse setzte sich in Bewegung, wie ein Heer kam sie auf Pal zu. Er straffte die Schultern und stählte sich gegen die Speerspitzen.

»Hat er Ihnen gesagt, wo er sie versteckt?«

»Haben Sie gar keine Skrupel, dieses Schwein zu verteidigen?«

»Ist sie tot?«

»Wird die Familie erpresst?«

»Hat er sie vergewaltigt?«

Blitzlichter, Mikrofone, noch mehr Fragen. Endlich erreichte Pal die Eingangstür. Nur mit Mühe gelang es ihm, die Meute daran zu hindern, ihm ins Treppenhaus zu folgen.

Die Kanzlei befand sich im dritten Stock. Kühle Luft schlug Pal entgegen, als er eintrat. Lisa Stocker, die den Empfang besetzte, sah ihn mit undurchdringlichem Blick an. Sie folgte ihm in sein Büro und wartete, bis er sein Jackett an einen Bügel gehängt hatte.

»Dein neuer Klient hat seinen Termin abgesagt.« Lisa schloss die Tür. »Er will sich von einer Großkanzlei vertreten lassen.«

Pal brauchte einen Moment, um die Information zu verarbeiten. »Hat er gesagt, weshalb?«

»Das sei anonymer.«

Mit anderen Worten, er wollte nicht mit Pal in Verbindung gebracht werden. Pal setzte sich. Er verstand. Der Mann konnte sich keine schlechte Presse leisten. Der Verlust des Klienten führte Pal vor Augen, worauf er sich mit der Verteidigung Saifullahs eingelassen hatte.

Lisa nahm auf einem der ledernen Besuchersessel Platz und zupfte ihre Seidenbluse zurecht. »Willst du nicht öffentlich Stellung beziehen?«

»Soll ich mich dafür entschuldigen, dass ich meinen Beruf ausübe?«, fragte Pal scharf.

»Vielleicht könntest du erklären, dass du dir den Klienten nicht ausgesucht hast. Viele wissen nicht, dass es eine Pikettliste gibt. Auch nicht, wie schwierig es ist, ein amtliches Mandat wieder abzulegen.«

»Das käme einem Parteiverrat gleich.« Pal schüttelte den Kopf. »Meine Aufgabe ist es, meinen Klienten zu schützen, nicht, ihn ans Messer zu liefern.«

Lisa seufzte und stand auf. »Dann wünsche ich dir viel Glück, denn ich glaube kaum, dass sich in diesem Fall jemand für die Rechte deines Klienten interessiert.«

Sie verließ das Büro, und Pal schloss die Augen. Ob die Polizei schon Fortschritte erzielt hatte? Wusste man dort, dass Saifullah Deutsch sprach?

Pal griff nach einem Modellmotorrad, sein Neffe Rinor hatte es ihm vor zwei Jahren zum Opferfest geschenkt. Pal dachte daran, dass er Rinor versprochen hatte, ihn auf die Rennstrecke mitzunehmen. Supermotorennen fuhr Pal dieses Jahr zwar keine, er trainierte aber trotzdem, wenn er Zeit dazu fand. Mit dem Finger drehte er am Vorderrad des Superbikes. Ob er Anzeige erstatten sollte? Geschäftsschädigende Verleumdung durch die Zeitung musste er sich nicht gefallen lassen. Andererseits würde er damit erst recht Schlagzeilen machen. Er stellte das Motorrad an seinen Platz zurück und schaltete den Computer ein. Eigentlich sollte er ein Plädoyer überarbeiten, das er am nächsten Tag vor Gericht halten würde. Stattdessen suchte er nach dem alten Drogenfall.

Er fand den Namen des Gefangenen in einem Protokoll der Stadtpolizei. Claudio Klepic war vor vier Jahren als Auskunftsperson vorgeladen worden, hatte aber keine relevanten Aussagen gemacht. Eine Internetsuche ergab weitere Treffer. Der 38-Jährige war zweifacher Europameister im Thaiboxen, vor drei Jahren hatte man ihn wegen Drogendelikten zu einer Gefängnisstrafe auf Bewährung verurteilt. Jetzt saß er wieder in Untersuchungshaft, diesmal wurde ihm Körperverletzung vorgeworfen. Pal klickte sich durch die Einträge und erfuhr, dass Klepic in der Kampfsportschule Fight unterrichtete.

Hatte Mustafa Saifullah ihn dort kennengelernt? Boxte sein Klient? Besonders sportlich sah er nicht aus. Pal legte die Fingerkuppen aneinander. Je mehr die Polizei über Saifullah wusste, desto größer die Chance, Lara Blum lebend zu finden. Aber Pal war an das Berufsgeheimnis gebunden. Zwar hatte Saifullah kein Wort gesagt, doch Pal war im Rahmen seines Mandats auf die Information über Klepic gestoßen und durfte sie deshalb nicht weiterleiten.

Er ging auf die Website der Kampfsportschule und klickte sich durch das Angebot. Dabei dachte er an Jasmin, die Schweizer Juniorenmeisterin im Jiu-Jitsu gewesen war. Auf einmal wünschte er sich nichts sehnlicher, als sie in den Armen zu halten, ihren durchtrainierten Körper an sich zu ziehen, ihre weichen Brüste zu streicheln, ihren Herzschlag zu spüren.

Er richtete sich auf und griff nach dem Telefonhörer. Er hatte die Nummer der Altersresidenz schon gewählt, als ihm einfiel, dass Jasmin um diese Zeit beschäftigt war. Nach dem Abendessen setzte sie sich immer zu den Bewohnern. Pal legte wieder auf. Er hatte sich den Samstag für den neuen Klienten reserviert, nun hatte er unerwartet frei. Für Lara Blum konnte er nichts tun, für Mustafa Saifullah genauso wenig. Wenn er sein Versprechen jetzt nicht einlöste, würde er es nie machen, dachte er und blickte auf das Motorradmodell.

Rinor meldete sich sofort.

»Keine Schule heute?«, fragte Pal.

»Schnuppertag.«

»Dann rufe ich später an, ich will dich nicht stören. Wann bist du fertig?«

»Ich bin schon fertig.«

»Um diese Zeit? Wo schnupperst du?«

»Teppichgeschäft.«

Pal war überrascht. Seit der vierten Klasse träumte Rinor davon, Motorradmechaniker zu werden. Pal fragte, wie ihm der Schnuppertag gefallen habe, sein sonst gesprächiger Neffe gab sich aber wortkarg.

»Magst du am Wochenende mit mir ins Elsass fahren?«, fragte Pal. »In Biltzheim gibt es eine neue Rennstrecke. Wir könnten Supermoto oder Cross trainieren.«

»Keine Zeit.«

Pal glaubte, sich verhört zu haben.

»Muss los. Man sieht sich.« Rinor legte auf.

Pal starrte das Telefon an, als könnte ihm das Gerät eine Erklärung für das seltsame Verhalten seines Neffen liefern. Hatte Rinor ein Mädchen kennengelernt? Pal wandte sich wieder dem Bildschirm zu. Zwei Stunden später hatte er sein Plädoyer immer noch nicht überarbeitet. Dafür hatte er eine Ahnung, woher sich Mustafa Saifullah und Claudio Klepic kannten. In einem Zeitungsbeitrag war von einem Schweizer die Rede, der die Kampfsportschule Fight besucht hatte, vor einigen Jahren nach Syrien gereist war und sich der Terrororganisation Islamischer Staat angeschlossen hatte.

Das Schwert Gottes. Pal vermutete, dass sich auch Mustafa Saifullah im Fight praktische Kenntnisse im Kampf gegen sogenannte Ungläubige angeeignet hatte. Was aber hatte Lara Blum damit zu tun?

3

Die Fotoalben stehen auf dem obersten Brett im Wandschrank, ich muss mich auf die Zehenspitzen stellen, um sie zu greifen. Ich streiche mit der Hand über die sieben Buchrücken, spüre Samt, Pappe, Stoff, Kunststoff. Im Laufe der Jahre hat sich das Angebot in der Schreibwarenabteilung verändert, kein Album passt zum anderen. Ich hätte damals gleich mehrere kaufen sollen, das hätte Peter gefallen. Kann man von einer Mutter verlangen, dass sie bei der Geburt ihres Kindes an die Endlichkeit denkt?

Ich ziehe das erste Album heraus und setze mich damit auf den Boden. »Delia« steht in Goldbuchstaben auf dem hellblauen Umschlag. Peter hat die Stirn gerunzelt, damals. Hellblau für ein Mädchen? Dabei bin ich diejenige, die an Konventionen hängt. Peter wollte unsere Tochter weder taufen noch konfirmieren lassen, mir waren diese Rituale wichtig. Delia sollte wissen, wo sie hingehört, damit sie später ihre eigene Identität entwickeln konnte. Das Hellblau kam mir vor wie ein Versprechen: Sie wird ihren Weg finden, er mag unkonventionell sein, unerwartete Wendungen nehmen, doch es ist ihr eigener Weg, kein ausgetretener Pfad, dem sie folgt.

Ich schlage die erste Seite auf, und da ist sie. Mein Engel. Mein Ein und Alles. Die Hände zu Fäusten geballt, die Beinchen angezogen, das Gesicht dunkelrot. »Woher hat sie die schwarzen Haare?«, fragte Peter erstaunt.

Unter dem Bild, ein Fußabdruck. Meine Augen füllen sich mit Tränen. Immer ist es der Fußabdruck, der mich aus der Fassung bringt. Die Fotos wecken Erinnerungen, die durch meine Wahrnehmung gefiltert wurden, der Fußabdruck aber ist nicht in meinem Kopf entstanden, er gehört Delia, ihr Fuß hat das Album berührt, dem trockenen Papier Leben eingehaucht. Ich küsse die Tinte, glaube, den zarten Duft meiner Tochter zu riechen. Als eine Träne meine Wange hinunterrinnt, wische ich sie rasch weg, damit sie nicht ins Album tropft.

Ich blättere um. Delia in Peters Armen. Delia an meiner Brust. Delia im Kinderwagen. Delia im Tragetuch. Ihr erstes Lächeln, ihr erster Zahn. Ich spüre ihn auf meiner Haut, höre Peter, der fragt, ob er ein Fläschchen kaufen soll. Die Vorstellung brachte ein Verlustgefühl in mir mit sich, das viel schwerer zu ertragen war als der körperliche Schmerz, den der Zahn verursachte. Eine Seite weiter steht Delia auf beiden Beinchen. Wann hat sie sitzen gelernt? Das Leben eines Kindes ist unberechenbar, manchmal füllen unbedeutende Momente ganze Seiten, manchmal fehlen wichtige Ereignisse. Ich habe kein Foto von ihr, als sie zum ersten Mal ohne fremde Hilfe sitzt, dafür habe ich Schritt für Schritt dokumentiert, wie sie aus Holzklötzchen einen Turm baut. Immer wieder hat sie Türme gebaut, nur, um sie niederzureißen. Mich hat das beunruhigt, Peter aber meinte, das sei normal. Woher wollte er wissen, was normal ist? Delia war auch sein erstes Kind. Aber ich glaubte ihm, ich glaubte alles, was er sagte. Jetzt frage ich mich, ob unser Leben harmonischer verlaufen wäre, wenn Delia gelernt hätte, ihre Zerstörungswut zu zügeln. War es ein Fehler gewesen, dass ich sie gewähren ließ? Wie gefestigt ist der Charakter eines Kindes? Niemand kann mir meine Fragen beantworten, damals nicht und heute nicht.

Ich höre, wie die Haustür aufgeht. Die Zeit ist mir zwischen den Fingern zerronnen, viel zu schnell kehre ich in die Gegenwart zurück. Wie eine Taucherin, die den Druckausgleich überspringt.

»Mama?« Tims Stimme ist unsicher.

Dieser Schmerz. In jeder Zelle meines Körpers. In Gedanken nehme ich die Gebrauchsanleitung hervor, die mir meine Therapeutin mitgegeben hat. Tief durchatmen. Den Blick auf einen Gegenstand richten, mich daran festhalten. Ich wähle das Kissen auf meinem Bett. Sandfarben, Rhomben in Eierschalenweiß. Ich stelle mir vor, wie sich die Baumwolle auf meiner Wange anfühlt, wie ich darin versinke. Der Stoff riecht muffig, ich muss die Bettwäsche waschen.

»Mama?«, wiederholt Tim.

»Hier bin ich, Schatz.«

Ja, ich bin hier. Ich stelle das Album zurück, schließe den Schrank. Die Tür zur Vergangenheit ist zu. Ich sehe Tims schmales Gesicht, die Haare stehen ihm am Hinterkopf ab, ein blondes Vogelnest. Habe ich vergessen, sie am Morgen zu bürsten?

»Ich darf die Hauptrolle im Schultheater spielen?« Er verkündet die Neuigkeit als Frage, wartet auf meine Erlaubnis, Freude zu zeigen. Seine Unsicherheit tut mir weh, da ist aber auch Wut. Tim richtet sich nach meiner Gemütsverfassung, als wäre ich ein Metronom, das ihm den Takt vorgibt. Wie anders Delia doch war! Sie gab immer den Ton an, sie ließ sich von niemandem beeinflussen. Ich sehe sie vor mir, wie sie die Arme vor der Brust verschränkt, das Kinn in die Höhe reckt und wartet, bis mir die Argumente ausgehen. Die dunklen Locken stehen ihr vom Kopf ab, die Augen blitzen.

Tim senkt den Blick.

Ich umarme ihn, drücke ihm einen Kuss auf den Kopf. »Das ist großartig, ich gratuliere!« Ich versuche, mich daran

zu erinnern, wie das Stück heißt, das seine Klasse aufführt.
»Bist du hungrig?«, frage ich, als es mir nicht einfallen will.

Er nickt.

Wir gehen zusammen in die Küche, meine Einkäufe stehen auf dem Tisch. Ich wühle in der Tüte, da müsste Pudding drin sein. Ich habe doch Pudding gekauft? Endlich finde ich ihn. Ich reiche Tim einen Becher und hole einen Löffel aus der Besteckschublade. Eine alltägliche Handlung, aber sie fühlt sich schwer an, kostet mich Kraft. Mein Körper muss wieder lernen, sich zu bewegen.

Ich spüre Tims Blick in meinem Rücken und drehe mich um. Er sieht mich ängstlich an, hat die Hände zwischen die Beine geklemmt. Ich lege den Löffel auf den Tisch, zögerlich greift er danach. Erst als ich ihn dazu auffordere, reißt er den Deckel vom Becher.

4

Lebt sie noch?

Der Gedanke ließ Pal nicht los. Er war wie eine Glasscherbe, die sich in seinen Fuß gebohrt hatte und bei jedem
Schritt schmerzte. Pal wusste immer noch nicht, ob Saifullah
Lara Blum aus politischen Gründen entführt hatte, er hoffte
aber, dass sein Klient auspacken würde, wenn er ihn mit seinem Wissen über die Kampfsportschule und Claudio Klepic
konfrontierte.

Er parkte neben der Polizeikaserne und stieg vom Motorrad. Er entschloss sich, die Lederjacke nicht gegen das
übliche Jackett auszutauschen und die Motorradstiefel an-
zubehalten. Auch seine Aktenmappe ließ er zurück. Saifullah würde vielleicht anders auf ihn reagieren, wenn er
weniger formell auftrat. An der Loge fragte er nach seinem
Klienten.

»Sie haben ihn gerade verpasst.«

»Wie bitte?« Es klang, als sei Saifullah spazieren gegangen.

»Der Transportdienst hat ihn vor einer Viertelstunde
abgeholt.«

»Wer hat den Auftrag erteilt?«

»Die Kantonspolizei.«

»Warum wurde ich nicht informiert?«

»Damit habe ich nichts zu tun«, wehrte der Polizist ab.
»Am besten, Sie rufen die Staatsanwältin an. Oder den zu-
ständigen Sachbearbeiter.«

Die Polizei hatte kein Recht, seinen Klienten ohne ihn zu befragen! Im Gehen wählte Pal die Nummer von Theresa Hanisch. Sie ging nicht ans Telefon. Pal hinterließ eine Nachricht und versuchte, den leitenden Sachbearbeiter beim Leib/Leben, Juri Pilecki, zu erreichen. Auch er nahm nicht ab. Pilecki war ein erfahrener Polizist, er wusste, dass man Saifullahs Aussage unter diesen Umständen nicht verwerten durfte. Vermutlich war es ihm egal. Hauptsache, man fand Lara Blum. Dafür hatte Pal Verständnis, doch seine Aufgabe war es, dafür zu sorgen, dass die Rechte seines Klienten gewahrt wurden.

Er sah auf die Uhr. In fünfzig Minuten musste er im Gericht sein. Das Gebäude der Kriminalpolizei lag in unmittelbarer Nähe des Gefängnisses, für ein kurzes Gespräch reichte die Zeit. Pal überquerte die Straße und betrat den Siebzigerjahre-Bau.

Der Polizist am Empfang bat ihn, im Warteraum Platz zu nehmen. Fünf Minuten verstrichen. Zehn. Pal nahm eine Broschüre über Stalking aus einer Halterung an der Wand und fächerte sich damit Luft zu. Nach weiteren fünf Minuten steckte Pal die Broschüre zurück und eilte aus dem Kripogebäude zu seinem Motorrad. Als er die Stadtgrenze hinter sich gelassen hatte, war der Verkehr ins Stocken geraten, bald darauf ging gar nichts mehr. Pal schwenkte nach rechts, um zu sehen, warum sich die Kolonne nicht bewegte. In der Ferne erkannte er das Blaulicht einer Ambulanz. Er sah auf die Uhr. Noch eine Viertelstunde bis zur Gerichtsverhandlung. Auch ohne Stau würde er es kaum schaffen.

Ein Verkehrsschild kündigte die nächste Ausfahrt an. Kurz entschlossen fuhr Pal auf den Pannenstreifen und überholte die Kolonne. Er hatte die Ausfahrt fast erreicht, als er von einem zivilen Polizeifahrzeug gestoppt wurde. Er knirschte mit den Zähnen. Artikel 35 Absatz 1 Straßenverkehrsgesetz.

Wie oft hatte er Klienten vertreten, die gegen das Rechtsüberholverbot verstoßen hatten? Was die meisten nicht wussten, er aber sehr wohl: Je näher die Ausfahrt, desto höher das Verschulden. Schlimmstenfalls drohte der Entzug des Führerscheins. Pal hätte sich ohrfeigen können.

Wenig später fuhr er mit einer geballten Ladung Wut und der Aussicht auf eine hohe Buße weiter. Er parkte neben dem Bezirksgericht, zog sich rasch um und hastete durch die Schleuse. Sein Klient wartete vor dem Saal. Pal entschuldigte sich für die Verspätung und nahm vor der Schranke Platz. Die Wangengrübchen der Richterin erinnerten ihn an Lara Blum. Vielleicht könnte der Hinweis, dass Mustafa Saifullah im Fight trainiert hatte, der Polizei helfen, sie zu finden?

Es war still geworden im Gerichtssaal. Die Richterin schaute Pal fragend an.

»Keine Vorfragen«, sagte er rasch.

Ob er selbst zur Kampfsportschule fahren sollte? Er wollte wissen, ob man Saifullah dort kannte und falls ja, was man über ihn erzählte. Wenn Pal Angestellte oder Mitglieder des Fight als Zeugen nannte, musste er ganz sicher sein, dass ihre Aussagen seinen Klienten nicht belasteten. Auch dann war die Sache heikel, er riskierte ein Disziplinarverfahren.

Sein Handy vibrierte, eine SMS von Lisa Stocker war eingegangen. Diskret öffnete Pal die Nachricht. Sie enthielt einen Link zu einem Online-Artikel. Er hatte sich immer über Anwälte geärgert, die während einer Gerichtsverhandlung auf ihrem Handy herumtippten, er fand es respektlos den Klienten gegenüber, dennoch klickte er auf den Link.

»Das Schwert Gottes«, lautete die Überschrift. Pal wurde kalt. Woher wussten die Medien von der Tätowierung? Am Vorabend hatte die Polizei ein Foto von Mustafa Saifullah veröffentlicht, die Tätowierung war darauf jedoch nicht zu sehen.

Pal überflog den Artikel. Der Journalist äußerte die Vermutung, dass Lara Blums Entführung ein terroristischer Akt war. Fakten nannte er keine, aber er verglich die Anschläge der letzten Jahre miteinander und schrieb, dass sich das Gesicht des Terrors gewandelt hätte. Heute seien Terroristen Einzeltäter, die mit wenig Aufwand große Wirkung erzielten. Als Beispiel nannte er den Attentäter von Nizza, der vor einigen Jahren sechsundachtzig Menschen mit einem Lastwagen getötet hatte, und den jihadistischen Anschlag auf den Weihnachtsmarkt am Berliner Breitscheidplatz. Der letzte Satz des Beitrags lautete: »Der Anwalt von Mustafa Saifullah ist ebenfalls Muslim«. Pal las ihn mehrmals. Der Journalist zog keine Schlüsse daraus. Das überließ er den Lesern.

»Ich übergebe das Wort an die Verteidigung.« Die Stimme der Richterin kam von weit her. Mechanisch nahm Pal seine Notizen hervor und hielt sein Plädoyer. Er hatte es in den frühen Morgenstunden überarbeitet, dennoch sah er der Richterin an, dass sie das Verschulden des Angeklagten als schwer einstufte. Der Mazedonier hatte einen Fußgänger verprügelt, weil dieser an die Heckscheibe seines Wagens geklopft hatte. Der Audi stand auf einem Zebrastreifen und versperrte dem Fußgänger den Weg. Der Angeklagte bereute die Tat zutiefst. Kurz davor hatte der zweifache Familienvater seine Arbeitsstelle verloren, die Angst um seine Zukunft hatte ihn ungewöhnlich heftig reagieren lassen. Nie hatte er aber jemanden verletzen wollen.

Pal plädierte auf vorsätzliche einfache Körperverletzung und forderte eine milde Strafe, die durch gemeinnützige Arbeit abgegolten werden konnte. Er war froh, als sich das Gericht zur Urteilsberatung zurückzog und er den Saal verlassen durfte. Während sein Klient draußen eine Zigarette rauchte, versuchte er noch einmal, Theresa Hanisch zu erreichen. Die Staatsanwältin ging auch jetzt nicht ans Telefon. Sie war bekannt dafür, dass sie mit harten Bandagen kämpfte. Auch, dass sie bis an die Grenzen des Erlaubten ging. Pal wollte gerade das Handy wegstecken, als es klingelte.

»Das ging schnell! Sag bloß nicht, dass du mit dem Telefon in der Hand auf meinen Anruf gewartet hast«, scherzte Jasmin.

Überrumpelt schwieg er.

»Störe ich?«, fragte sie.

»Ja ... ich meine, natürlich nicht, ich muss nur ... was gibts?«

»Alles in Ordnung?«

»Klar. Ich habe bloß viel um die Ohren.«

»Was ist passiert?« Jasmin klang besorgt.

»Nichts, ich bin im Gericht, ich kann nicht lange reden.«

»Okay«, sie zog das Wort in die Länge. »Was wolltest du?«

Erst jetzt fiel Pal ein, dass er sie am Vorabend angerufen hatte. Sie musste die Nummer auf dem Display gesehen haben. »Hallo sagen, das ist alles.«

»Soll ich morgen früh den Wecker stellen?« Ein Lächeln schwang in ihrer Stimme mit. »Wie lange bleibst du heute auf?«

Pal blickte über die Schulter. Der Korridor war leer, die Tür zum Gerichtssaal geschlossen. »Mir ist nicht nach Telefonsex«, sagte er leise. »Ein anderes Mal.«

Er verabschiedete sich und holte seinen Klienten.

Die Richterin verurteilte den Mazedonier wegen versuchter schwerer Körperverletzung zu einer Freiheitsstrafe von drei Jahren, davon achtzehn Monate auf Bewährung. Pal ertappte sich bei dem Gedanken, ob sie einen Nicht-Muslim genauso hart bestraft hätte.

Nach einem kurzen Gespräch mit seinem Klienten über das weitere Vorgehen machte er sich auf den Weg zurück in die Stadt. Er fuhr direkt ins Kripogebäude. Er rechnete damit, dass man ihn wieder warten lassen würde, aber kurz nachdem der Pförtner ihn angemeldet hatte, holte Pilecki ihn im Warteraum ab.

Pal blickte in das übernächtigte Gesicht des gebürtigen Tschechen und schluckte die scharfen Worte, die ihm auf der Zunge lagen, hinunter. Pilecki sah aus, als habe er seit Lara Blums Entführung kein Auge zugetan.

Er reichte Pal die Hand. »Wollen wir uns kurz in mein Büro setzen? Dort können wir uns ungestört unterhalten. Ich kann mir denken, weshalb Sie hier sind.«

Pal folgte ihm zu den Aufzügen. »Falls mein Klient Aussagen gemacht hat, sind sie nicht verwertbar.«

»Das ist mir egal«, erwiderte Pilecki. »Ich muss Lara Blum finden.«

»Trotzdem hätten Sie mich informieren müssen.«

Der Fahrstuhl hielt im fünften Stock, wo der Dienst Leib/Leben untergebracht war. Pilecki führte Pal durch einen schmalen Gang, auf einer Seite befanden sich Büros, auf der anderen Spinde. Pal war schon oft hier gewesen, in der Regel war es ruhig, jetzt aber klingelten Telefone, Polizisten eilten an ihnen vorbei, aus mehreren Räumen waren Stimmen zu hören. Pilecki schloss seine Bürotür hinter sich und bat Pal, Platz zu nehmen. An der Wand hing ein Foto der tschechischen Eishockey-Nationalmannschaft, auf dem Schreibtisch stand eine Tasse, die ein Kind bemalt hatte.

Pilecki verschwendete keine Zeit damit, Pal Wasser oder Kaffee anzubieten.

»Können Sie uns weiterhelfen?«, fragte er.

»Sie wissen, dass ich an das Berufsgeheimnis gebunden bin«, antwortete Pal.

»Ihr Klient sagt kein Wort. Die Zeit läuft uns davon!«

»Was hat die Veröffentlichung des Fotos ergeben? Hat ihn jemand erkannt?«

»Jede verfügbare Kraft geht den Hinweisen nach. Es sind Hunderte eingegangen.«

Die Tür wurde aufgestoßen, ein Polizist schaute herein. »Der Regierungsrat will ein Update. Sofort.«

»Hat der Nachrichtendienst die Unterlagen geschickt?«, fragte Pilecki ihn.

»Sie sind bereits bei der Kripo-Chefin«, antwortete der Polizist.

Pilecki nickte kurz. »Ich komme gleich.« Er rieb sich die Stirn und blickte zu Pal. »Redet er mit Ihnen?«

Pal schwieg.

Pilecki fluchte leise.

»Wer hat den Medien von der Tätowierung erzählt?«, fragte Pal.

»Wissen Sie irgendetwas, das uns weiterhelfen könnte?«, bohrte Pilecki.

»Hat der Nachrichtendienst Informationen über meinen Klienten?«, konterte Pal.

Pilecki schlug mit den Handflächen auf den Tisch. »Helfen Sie uns!«

Dass er sich der Anstiftung zur Verletzung des Berufsgeheimnisses schuldig machen könnte, war ihm offenbar egal. Pal biss die Zähne zusammen. Würden seine Informationen wirklich helfen, Lara Blum zu finden? Wenn er sie weiterleitete, müsste er als Verteidiger zurücktreten. Eine verlockende Aussicht, aber wäre Lara Blum damit geholfen? Vielleicht brächten Pals Hinweise die Polizei nicht weiter. Gewann er hingegen Saifullahs Vertrauen, könnte er ihn dazu bewegen, den Aufenthaltsort der Studentin zu nennen.

»Ich tue, was ich kann«, sagte er schließlich.

Pilecki stand kopfschüttelnd auf. »Wenn Sie es sich anders überlegen, Sie wissen, wo Sie mich finden.«

»Ist mein Klient noch hier?«

»Der Transportdienst hat ihn vor einer Stunde abgeholt.«

Pilecki begleitete Pal zum Aufzug, fuhr aber nicht mit ihm nach unten, wie er es normalerweise getan hätte. Im vierten Stock stiegen zwei Kriminaltechniker ein, die Pal von früheren Fällen her kannte. Sie machten sich nicht die Mühe, ihre Abneigung zu verbergen. Pal war froh, als sie im Erdgeschoss angekommen waren und er durch die Schleuse ins Freie treten konnte.

Die Sonne strahlte von einem wolkenlosen Himmel. Pal setzte seinen Helm auf und klappte das getönte Visier herunter. Eine Weile blieb er auf der Ducati sitzen und genoss das Gefühl, in einem Kokon zu sein. Dann schaltete er das Headset im Helm ein, rief Lisa Stocker an und bat sie, seine Nachmittagstermine zu verschieben. Sie fragte zweimal nach, ob er sich sicher sei. Der albanische Unternehmer, für den er Verträge aufgesetzt hatte, würde kein Verständnis dafür aufbringen. Noch weniger der Statthalter, zu dem Pal mit einem Klienten gehen musste.

Die Kampfsportschule Fight befand sich zwischen einer Autowaschanlage und einer Druckerei am Stadtrand. Pal hatte erwartet, dass um diese Zeit nicht viel los wäre, doch alle Trainingsmatten waren belegt, und aus einem Nebenraum erklang die Stimme eines Trainers. Von der Decke hingen Boxsäcke, es roch nach abgestandenem Schweiß und Gummi. Eine Bar diente als Empfang, dahinter hingen gerahmte Fotos von Kämpfern.

Einer der Trainer zog seine Handschuhe aus und kam auf Pal zu. Er heiße Amin, sagte er und fragte, ob sich Pal für den Kampfsport interessiere.

»Ich möchte Kickboxen lernen. Ein Bekannter hat Claudio empfohlen«, antwortete Pal. »Trainiert er auch Anfänger?«

Amin kniff kaum merklich die Augen zusammen. »Ein Bekannter? Der bei uns trainiert?«

»Ich weiß nicht, wo er trainiert hat. Er hat sich vor einem Jahr am Knie verletzt, seither boxt er nicht mehr.«

»Claudio arbeitet im Moment nicht. Aber wir haben viele gute Trainer. Am besten, du meldest dich für ein Probetraining an.« Amin trat hinter die Theke und nahm einen Kalender hervor.

Hinter ihm ging eine Tür auf. Eine Frau kam mit einer Schachtel voller Protein-Shakes auf die Theke zu. Sie trug ein Kopftuch und eine weite Bluse.

»Sie sind doch …« Sie sah zu Amin. »Ist das nicht Daniels Anwalt?«

Daniel? War Mustafa Saifullah ein Konvertit? Eigentlich hätte sich Pal nicht wundern dürfen. Einige Jihadisten aus der Schweiz waren Konvertiten. Sogar der Präsident des Islamischen Zentralrats war in einer konfessionslosen, liberalen Familie aufgewachsen und erst später zum Islam übergetreten.

»Wie sieht es am Freitagabend aus?«, fragte Pal, um den Trainer abzulenken.

Amin stützte sich auf die Theke. Seine Bizeps schwollen an.

Pal hob beide Hände. »Okay, ja, ich bin Anwalt! Ich würde gern mit offenen Karten spielen, aber ich bin an das Berufsgeheimnis gebunden.«

»Was willst du?«, fragte Amin in bedrohlichem Tonfall.

»Mehr über Daniel wissen.«

Amin knackte mit den Knöcheln. »Kenn ich nicht.«

Die Frau sah ihn überrascht an. Amin gab ihr mit dem Kopf ein Zeichen, sie biss sich auf die Unterlippe und verschwand in einem Hinterraum.

»Wie lange hat Claudio ihn trainiert?«, fragte Pal.

Amin kam hinter der Theke hervor, zog seine Boxhandschuhe an und wandte sich ab.

»Warte!« Pal legte ihm eine Hand auf den Arm.

Blitzschnell fuhr Amin herum, die breiten Schultern in Kampfstellung nach vorne gebeugt. Sein Kiefer mahlte, an seiner Schläfe pulsierte eine Ader. Im Raum war es still geworden, die Blicke der Trainierenden waren auf sie gerichtet.

Ihre Gesichter waren nur eine Handbreit voneinander entfernt. Langsam zog Pal seine Brieftasche hervor. Er schaute Amin weiter in die Augen und legte seine Visitenkarte auf die Theke. »Falls du es dir anders überlegst.«

Draußen holte er tief Luft. Er bezweifelte, dass Amin anrufen würde. Bevor er den Gang einlegte, schaute er zurück. Die Frau stand am Fenster, sie regte sich nicht.

Pal fuhr ins Gefängnis.

5

Deniz knackte mit den Knöcheln. Eine halbe Stunde wartete er bereits, wo blieb der Typ? Viertel nach zwölf, hatte Faisal gesagt. Während der Mittagszeit fiel der Wagen vor der Kebab-Bude nicht auf, bald aber würde es hier ruhiger werden. Deniz leckte sich die Finger ab, zerknüllte die Alufolie und stopfte sie in einen mit Ketchup verschmierten Karton, der vor ihm auf dem Stehtisch stand. Er nuckelte an seiner Cola, fuhr mit einer Plastikgabel die Tischkante entlang.

Hatte Faisal sich im Tag geirrt? In letzter Zeit benahm er sich seltsam, irgendetwas war los mit ihm. Er kam nicht mehr in die Moschee, online war er auch nie. Dass er sein eigenes Ding drehte, war Deniz schon lange klar. Faisal sprach nicht darüber, und das war gut so. Man würde ihn zurückpfeifen, ihm sagen, er solle den Ast nicht absägen, auf dem er sitze, was immer das hieß. Deniz begriff nicht, warum man die Schweiz verschonte. Diesen Rassisten sollte man einen Denkzettel verpassen. Letzten Monat hatte eine Kollegin ihren Job verloren, weil sie ein Kopftuch trug. Vier Jahre hatte sie bei der Firma gearbeitet, als sie gläubig wurde, wollte man sie dort plötzlich nicht mehr, dabei hatte sie gar nichts mit den Kunden zu schaffen.

Ein Honda fuhr langsam an der Kebab-Bude vorbei, der Fahrer schaute um sich. Das musste er sein. Ging es auch ein bisschen unauffälliger? Deniz trank einen Schluck Cola und blickte dem Wagen nach. Der Honda wendete, fuhr zurück und parkte schräg gegenüber. Der Mann, der ausstieg, wirkte nervös. Mit schnellen Schritten überquerte er die Straße, in der Hand trug er eine Tasche. Er blieb vor der Theke stehen und studierte die Karte.

»Gibt es hier Lahmacun?«, fragte er.

»Der Dürüm ist besser«, antwortete Deniz wie vereinbart.

Der Mann drehte sich um. Überrascht betrachtete er Deniz. Hatte wohl jemand Älteren erwartet. Seine Finger umschlossen den Griff der Tasche fester. Deniz fürchtete schon, dass er sie wieder mitnehmen würde, doch der Mann nickte, bestellte einen Dürüm und trat beiseite. Beiläufig lehnte er die Tasche gegen den Sockel eines Stehtisches. Eine Gruppe Bauarbeiter kam auf die Kebab-Bude zu, sie sprachen laut, gestikulierten mit den Händen. Deniz schnappte einige portugiesische Wörter auf, die er nicht verstand. Die Bauarbeiter versammelten sich vor der Theke, Deniz nutzte die Gelegenheit, um die Tasche zu packen. Als er aufschaute, stieg der Mann mit dem Dürüm in der Hand schon wieder in seinen Honda.

Die Tasche wog etwa zwei Kilogramm. Deniz wusste nicht, was sie enthielt, nur, dass der Inhalt wertvoll war. Faisal hatte ihm eingeschärft, sie nicht aus den Augen zu lassen. Manchmal ärgerte sich Deniz über die Geheimnistuerei, schließlich hatte er schon mehrmals bewiesen, dass er den Mund halten konnte, doch Faisal weihte niemanden in seine Pläne ein. Deniz hatte sogar damit gedroht auszusteigen. Faisal ließ das kalt. Natürlich hatte Deniz das nicht ernst gemeint, schon lange wollte er Teil von etwas Großem sein. Und das hier war groß, da war er sich ganz sicher.

An der Bushaltestelle stellte er die Tasche auf eine Bank. Der Bus war gerade weggefahren, und Deniz stand jetzt allein dort. Unruhig ging er hin und her, schließlich öffnete er die Tasche. Darin lagen zwei Pakete, die mit Klebeband umwickelt waren. Deniz nahm eines heraus, drehte es in den Händen, schüttelte es. Der Inhalt war kompakt.

Im Bus setzte sich Deniz ganz nach hinten. Ein paar Jugendliche stiegen ein, sie redeten über Fußball und Mädchen, schauten sich einen Film auf dem Handy an und lachten. Deniz verzog den Mund. Auch er war früher so gewesen, hatte sich nach der Schule herumgetrieben, geraucht und nichts als Vergnügen im Kopf gehabt. Ein Egotrip. Bis Allah ihm den richtigen Weg gezeigt hatte. Er dachte an seinen ersten Moscheebesuch zurück. Obwohl seine Eltern Muslime waren, hatte er als Kind nie eine Moschee betreten. Er hatte sich sein Wissen über den Islam selbst beigebracht, mithilfe von Internet-Predigern und Kollegen. Seine Eltern verstanden nicht, warum er sich plötzlich für Religion interessierte, sie sprachen von Freiheit und davon, dass ihnen niemand Vorschriften machte, sie begriffen nicht, dass diese Freiheit nichts anderes als Ablenkung war. Wirklich frei war nur, wer seinen Bedürfnissen nicht hinterherlaufen musste. In der Moschee war er herzlich empfangen worden, er war nicht der Einzige, dem die eigene Religion fremd war. Die Freundlichkeit seiner Brüder beeindruckte ihn, man nahm ihn auf, als gehörte er schon immer dazu.

An der Endhaltestelle stieg er in die S-Bahn um und fuhr zum Hauptbahnhof. Es dauerte eine Weile, bis er die Schließfächer auf der Zwischenetage fand. Er legte die Tasche in ein Fach und steckte den Schlüssel in den Umschlag, den er dafür mitgebracht hatte. Neben ihm löste eine Geschäftsfrau ihren Koffer aus, vor der Rolltreppe stand eine Gruppe Touristen. Niemand beachtete ihn. Deniz schob den Umschlag in seine Jackentasche und schlenderte zum Ausgang. Die Fahrt zum See dauerte eine Viertelstunde. Die Sonne spiegelte sich im Wasser, ein Kursschiff legte an. Deniz ging durch den Park, der sich bis zur Stadtgrenze erstreckte. Er kam an einem Penner vorbei, der auf der Wiese seinen Rausch ausschlief, knapp bekleidete Mädchen bräunten sich in der Sonne. Deniz schaute weg. Es fiel ihm nicht mehr schwer.

Die öffentliche Toilette, die er suchte, befand sich neben einem Spielplatz. Deniz wartete, bis das Pissoir leer war, dann schob er den Umschlag in den Spalt hinter dem Händetrockner.

Faisal hatte alles genau durchdacht.

6

Ich kann Ihnen nur helfen, wenn Sie mit mir sprechen.« Das stimmte zwar nicht, doch Pal war jetzt jedes Mittel recht, um seinen Klienten zum Reden zu bringen.

Mustafa Saifullah schwieg.

Pal lehnte sich zurück und seufzte theatralisch. Er blickte zur Wand, dann zur verschlossenen Tür, schließlich wieder zu seinem Klienten. »Lassen Sie uns mit diesem Spiel aufhören, Daniel.«

Saifullah fuhr zusammen.

»Ja, ich weiß, wer Sie sind. Ich verstehe nur nicht, warum Sie es mir verschweigen.«

Saifullah befeuchtete seine Lippen, schloss den Mund dann aber wieder.

»Es ist bloß eine Frage der Zeit, bis die Polizei Amin vorlädt. Ich könnte mich besser auf die Befragung vorbereiten, wenn ich wüsste, was er über Sie sagen wird.«

Erneut fuhr sich Saifullah mit der Zunge über die Lippen, auch diesmal sagte er nichts.

Pal dachte an den Zeitungsartikel, auf den Lisa Stocker ihn aufmerksam gemacht hatte. *Der Anwalt von Mustafa Saifullah ist ebenfalls Muslim.* Maß er dieser Tatsache zu wenig Bedeutung bei? Er war mit einer liberalen Auslegung des Islams aufgewachsen, die Moschee besuchte er höchstens an Feiertagen, wenn überhaupt. Aber die gemeinsame Religion verband sie.

»Assalamu aleikum«, sagte er.

Saifullahs Wangen färbten sich rötlich, seine Augen begannen zu leuchten. Es war, als hätten Pals Worte ein Feuer entfacht.

»Wa aleikum assalam«, erwiderte er.

Pal zuckte zusammen. Eigentlich hatte er nicht mit einer Antwort von Saifullah gerechnet. Fast kam es ihm vor, als hätte man einen Toten zum Leben erweckt. Die Worte waren nur eine Begrüßungsformel, aber sie stellten eine Verbindung dar, sein Klient hatte seine ausgestreckte Hand ergriffen. War es am Ende so einfach?

»Wer sich Allah völlig hingibt und dabei Gutes tut, der hält sich an die festeste Handhabe«, zitierte Pal willkürlich eine Sure aus dem Koran. Er war dankbar für sein gutes Gedächtnis, es hatte ihm nicht nur das Studium erleichtert, sondern ließ ihn jetzt längst vergessen geglaubte Suren heraufbeschwören. Auch wenn sie aus dem Zusammenhang gerissen waren, sein Klient schien sich daran nicht zu stören.

Saifullah schloss die Augen, schaukelte leicht hin und her.

»Allah nimmt die Reue an, von wem Er will. Allah ist allwissend und allweise«, versuchte es Pal noch einmal, doch Saifullah reagierte nicht. Er wurde konkreter: »Der Fluch Allahs komme auf ihn, wenn er zu den Lügnern gehören sollte.«

Saifullah öffnete die Augen wieder, einen Moment glaubte Pal, er sei zu weit gegangen. Dann sagte Saifullah: »Und kämpft gegen sie, bis es keine Verführung mehr gibt und bis die Religion gänzlich nur noch Gott gehört.«

»Hat Lara Blum Sie verführt?«, fragte Pal sanft.

Saifullah schaukelte weiter hin und her.

»Daniel …« Pal bemerkte seinen Fehler, kaum hatte er den Namen ausgesprochen. Als Saifullah zum Islam konvertiert war, hatte er sein altes Leben hinter sich gelassen und war ein neuer Mensch geworden. Mit Daniel angesprochen zu werden, erinnerte ihn vermutlich an eine Vergangenheit, die er vergessen wollte.

Pal korrigierte sich, es gelang ihm aber nicht, an das Gespräch anzuknüpfen. Das Licht in Saifullahs Augen war erloschen.

»Gibt es jemanden, dem ich eine Nachricht überbringen sollte?«, versuchte er es ein letztes Mal.

Saifullah reagierte nicht.

Lara Blum war seit siebzig Stunden verschwunden.

Elf Anrufe in Abwesenheit. Jasmin hatte zwei Mal versucht, ihn zu erreichen, drei Anrufe stammten von der Kanzlei, die anderen Nummern kannte Pal nicht, vermutlich Journalisten. Dass sie seine Handynummer hatten, wunderte Pal nicht mehr. Es gab da jemanden, der keine Mühe scheute, die Medien zu instrumentalisieren. Heute war ein Foto von Lara Blums Vater auf der Titelseite eines Gratisblattes zu sehen gewesen, eine Hand an der Stirn, den Kopf gesenkt. Ein Bild der Verzweiflung. »Millionärstochter von Islamisten entführt?«, stand darunter.

Eine SMS von Lisa Stocker: »Journalisten vor der Kanzlei.«

Pal dachte an den Krieg im Kosovo, als Nachbarn plötzlich zu Feinden wurden, Freunde zu Verrätern. Nur den eigenen Verwandten hatte man trauen können. Auf einmal sehnte er sich nach seiner Familie. Seine Eltern wohnten immer noch in der Dreizimmerwohnung, in der Pal mit seinen drei Brüdern und zwei Schwestern aufgewachsen war. Obwohl alle Geschwister inzwischen eigene Familien hatten, besuchten sie die Eltern regelmäßig. Das Chaos, das in der kleinen Wohnung herrschte, ertrug Pal nicht immer, jetzt aber vermisste er das laute Durcheinander von Lachen, Klagen und unterbrochenen Sätzen. Er wollte sich in den vertrauten

Strudel hineinziehen lassen, abtauchen in eine Welt, die ihm wohlgesinnt war.

Eine halbe Stunde später schloss er die Tür zur elterlichen Wohnung auf. Der Duft von gebratenen Paprikaschoten schlug ihm entgegen, er hörte Kinderstimmen, die schrille Zurechtweisung seiner älteren Schwester Anida, eine albanische Sendung, die im Fernsehen lief. Wie es sich gehörte, ging er zuerst ins Wohnzimmer, um seinen Vater zu begrüßen.

Die Überraschung war Nexhat Palushi deutlich anzusehen. Er blieb in seinem Sessel sitzen, neununddreißig Jahre lang hatte er auf dem Bau geschuftet, sein Körper bezahlte nun den Preis dafür. »Bist du entlassen worden?«, fragte er.

»Ich habe früh Feierabend gemacht«, erklärte Pal, sah aber, dass sein Vater ihm nicht glaubte.

Seine Mutter kam aus der Küche. »Pali?«, sagte sie auf Albanisch. Sie wischte die Fingerspitzen an der Schürze ab. »Was machst du um diese Zeit hier?«

Pal wiederholte seine Erklärung, reichte ihr die Hand, anschließend begrüßte er Anida und die Nichten und Neffen, die ihm um die Beine tanzten. Dann begann er mit dem Begrüßungsritual von vorne. Jasmin hatte ihn einmal verblüfft gefragt, warum man sich zwei Mal die Hand reiche, Pal aber hatte sich diese Frage nie gestellt. Der vertraute Ablauf vermittelte ihm ein Gefühl von Geborgenheit, die Gründe dafür interessierten ihn nicht.

»Stimmt es, was sie über dich schreiben?«, fragte sein Vater. »Verteidigst du dieses Tier?«

Mit einem Schlag war es vorbei mit der Geborgenheit.

»Lass ihn zuerst etwas essen!«, sagte seine Mutter. »Komm.«

Pal folgte ihr unter dem missbilligenden Blick seines Vaters. Für Nexhat gehörten Männer nicht in die Küche. Pal war seiner Mutter immer nähergestanden als seinem Vater, jetzt setzte er sich an den Küchentisch und ließ sich bedienen. Seine Hilfe anzubieten war zwecklos, in der Küche zog auch seine Mutter eine Grenze.

Sie wendete einige Paprikaschoten, die direkt auf der Herdplatte brieten, und Anida reichte ihm einen Teller mit Llokuma. Als Pal in den frittierten Hefeteig biss, merkte er, wie hungrig er war. Er hatte das Mittagessen ausgelassen.

»Ich sage ihr immer wieder, sie soll eine Pfanne benutzen, wie es sich gehört«, klagte Anida. »Wir sind doch keine Bauern! Kannst du sie zur Vernunft bringen? Auf dich hört sie.«

»So schmecken sie besser«, sagte Fatmire und zwinkerte Pal zu.

Er lächelte.

Anida holte eine große Aluminiumdose aus dem Kühlschrank. Sie nahm einen Laib Käse aus der Flüssigkeit, schnitt ein paar Scheiben ab und legte sie auf Pals Teller. Seine Mutter schabte die verbrannte Haut von den Paprikaschoten, schnitt sie auf und gab Öl und Salz hinzu. Dann schichtete sie eine ordentliche Portion auf seinen Teller und scheuchte ihn aus der Küche. »Dein Vater will mit dir reden.«

Das Letzte, was Pal jetzt brauchen konnte, war eine Standpauke, aber wenn Nexhat Palushi sich etwas in den Kopf gesetzt hatte, gab es kein Entrinnen.

»Warum hilfst du diesem Verbrecher?«, fragte er.

Pal hatte seinen Eltern mehrmals erklärt, wie der Pikettdienst funktionierte. Nexhat glaubte immer noch, dass es allein Pals Entscheidung war, wen er vertrat, genauso wie er glaubte, dass Pal in der Kanzlei angestellt war und pünktlich am Ende des Monats eine große Geldsumme auf sein Konto überwiesen bekam.

»Weil es mein Job ist«, antwortete er.

»Dafür hast du so lange studiert? Damit du Verbrechern helfen kannst?«

Pal ließ unerwähnt, dass auch er seine Dienste gern in Anspruch nahm, wenn ein Verwandter in der Klemme saß.

»Ist dir klar, was man über uns denkt?«, fuhr Nexhat fort.

Darum ging es also. »Wer hat sich beschwert?«

»Sogar Shpresa wurde darauf angesprochen!«

»Shpresa?«, wiederholte Pal überrascht. Sie war die Einzige unter den Geschwistern, die in den Kosovo zurückgekehrt war.

»So etwas spricht sich herum! Hast du dabei auch nur einmal an den Ruf unserer Familie gedacht? Wir werden als Terroristen beschimpft!«

»Dass ich Saifullah verteidige, bedeutet nicht, dass – «

»Kushtrim traut sich nicht, nach Amerika zu reisen!«

Pals Schwager Kushtrim wollte im Sommer seine kranke Mutter in Michigan besuchen.

»Das habe ich nicht gesagt«, unterbrach Anida, die aus der Küche gekommen war. »Ich habe nur gesagt, wenn die US-Behörden uns mit Terroristen in Verbindung bringen, lässt man Kushtrim womöglich nicht einreisen.«

»Das ist nicht Pals Schuld«, rief Fatmire. »Die Amerikaner sind – «

»Wenn Pal ehrbare Bürger als Klienten hätte, könnte Kushtrim unbesorgt reisen«, wandte Nexhat ein.

Pal blickte auf die Vitrine im Wohnzimmer, auf die sorgfältig bemalten Tassen, die Hochzeitsfotos, den Koran der Familie, der auf einem eigens dafür vorgesehenen Gestell stand. Ein Geschenk des Onkels, das er aus Mekka mitgebracht hatte, kunstvoll verziert mit eingravierten Reliefs von Moscheen, Punkt-Kreis-Ornamenten und Voluten. Daneben lag eine Gebetskette. Pal schweifte mit seinen Gedanken in die Vergangenheit. Als Kind hatte er in seinem Heimatdorf einmal einen alten Mann beobachtet, der stumm die Lippen bewegte. Seine eine Hand lag auf dem Oberschenkel, die andere hatte er in die Hosentasche geschoben. Der Großvater hatte erklärt, dass der Mann mit den Perlen seiner Tesbih die Gebetsformeln abzählte. Pal hatte daraus geschlossen, dass alte Männer schlecht schliefen, denn wenn er nicht einschlafen konnte, riet seine Mutter ihm, sich auf die rechte Seite zu drehen und zu beten.

Er wandte sich ab. »Warum muss man auf der rechten Seite liegen, wenn man Dua macht?«

Nexhat starrte ihn an.

»Weil sich der Teufel auf der linken befindet«, sagte seine Mutter und stellte Kaffeetassen auf den Tisch. Sie deutete auf den vollen Teller in seiner Hand. »Iss!«

»Aber warum? Warum befindet er sich auf der linken Seite?«, fragte Pal.

Seine Mutter sah ihren Mann Hilfe suchend an.

»Du fragst zu viel«, sagte Nexhat.

Pals sechsjähriger Neffe griff nach Pals freier Hand. »Darf ich auf deinem Motorrad fahren?«

»Klar«, antwortete Pal.

»Wenn du in die Schule kommst«, korrigierte Anida rasch.

Pal verstrubbelte dem Jungen die Haare. »Das dauert nicht mehr lange.« Er dachte an Rinor und erzählte von seinem Angebot, ihn mit auf die Rennstrecke zu nehmen. »Er sagt, er hat keine Zeit.«

Anida setzte sich, sie sah plötzlich besorgt aus. »Rinor hat sich verändert. Seine Schulleistungen haben nachgelassen, er will nicht mehr zum Fußballtraining. Er zieht sich immer mehr zurück.«

»Sokol hat ihn verhätschelt«, sagte Nexhat. »Ich habe ihm gesagt, das tut ihm nicht gut. Der Junge hat keinen Respekt vor seinem Vater.«

Pal hatte Mühe, sich zu beherrschen. Glücklicherweise klingelte es in diesem Moment, und einer seiner Cousins kam herein. Das Gespräch brach ab, eine neue Begrüßungsrunde begann. Später gesellte sich ein Onkel dazu. Man sprach über die bevorstehenden Sommerferien, die man in der Heimat verbringen würde, über die Wahlen im Kosovo, den Preis von Baumaterial. Im Hintergrund lief immer noch der Fernseher, aus der Küche drangen die Stimmen der beiden Frauen, draußen rauschte der Verkehr auf der Hauptstraße.

An Lara Blum dachte Pal erst wieder, als er im trüben Licht der Straßenlaternen in die Kanzlei fuhr. Fünfundsiebzig Stunden waren seit ihrer Entführung verstrichen.

7

Dass Pal Muslim war, stand bereits in den Morgenblättern. In einem Interview erklärte ein Terrorismusexperte, junge muslimische Migranten gehörten zur bevorzugten Zielgruppe von Salafisten. Er nannte sie die Wiedererweckten, die nach einer eigenen Identität suchten. Indem sie sich einem ultrakonservativen Islam zuwandten, rebellierten sie gegen die Eltern, die es in der Regel mit der Religion nicht so ernst nahmen.

Pal fragte sich, was das mit ihm zu tun hatte. Er war weder konservativ noch ein junger Migrant, ja nicht einmal religiös. Offensichtlich wussten die Journalisten nichts mehr über Lara Blum zu berichten und schlachteten ihr Umfeld aus. Sie sprachen mit Freunden der Studentin, veröffentlichten Fotos von ihrem Elternhaus, stellten Mutmaßungen über vorhandene und nicht vorhandene Beziehungen an. Jetzt war er dran.

Ob er wirklich ins Büro fahren sollte? Er hatte den größten Teil der Nacht dort verbracht, um die dringendsten Aufgaben zu erledigen, und war erst in den frühen Morgenstunden in seine Wohnung zurückgekehrt. Um zehn Uhr musste er bei der Kripo sein, ein Abstecher in die Kanzlei lohnte sich also kaum. Pilecki wollte Saifullah ein weiteres Mal befragen, Pal ging davon aus, dass sein Klient endlich identifiziert worden war und die Polizei ihn nun mit ihrem Wissen konfrontieren würde. Seltsam, dass Theresa Hanisch die Einvernahme nicht selbst übernahm. Eigentlich gab die Staatsanwältin die Zügel nie aus der Hand. Sie hatte immer noch nicht zurückgerufen, Pal hatte ihr eine E-Mail geschickt, damit aktenkundig war, dass man Saifullah ohne ihn befragt hatte.

Er zog ein frisches Hemd an. Viele hingen nicht mehr im Schrank. In der Siedlung, in der er wohnte, gab es einen Wäscheservice, doch er hatte vergessen, die schmutzigen Sachen abzugeben. Er meldete sich in der Kanzlei für den Vormittag ab und setzte sich wieder an seinen Laptop, der aufgeklappt auf dem Esstisch lag. Wäre Saifullahs Identität geklärt – und davon ging Pal aus –, hätte er ein Problem weniger. Dann war es nur eine Frage der Zeit, bis Pilecki auf die Kampfsportschule stieß, Pals Hilfe brauchte er dazu nicht.

Lara Blum hat keine Zeit. Die Worte waren wie ein fernes Echo, das Pal aus allen Richtungen ansprang. Ein neuer Gedanke kam ihm. Vielleicht hatte man Saifullah gar nicht identifiziert, sondern Lara Blums Leiche gefunden! Pal sprang auf und ging zum Fenster. Seine Wohnung befand sich im sechsten Stock, in der Ferne sah er das Fußballstadion Letzigrund, dessen Scheinwerfer wie Voodoo-Nadeln aus dem Oval ragten. Pal fröstelte. Er rief die neuesten Nachrichten im Internet auf. Muslime in der Schweiz distanzierten sich von scheinreligiösen Verbrechern. Ein junger Türke weigerte sich, seiner Lehrerin die Hand zu schütteln. Pal wechselte zum Nachrichtendienst der Polizei: Farbattacke auf eine Moschee, Schlägerei in der Innenstadt, Demonstration gegen Salafisten. Nichts über eine Frauenleiche.

Pal schüttelte den Kopf und setzte sich wieder. Das Leder knarzte, ein vertrautes Geräusch, dennoch kam es ihm fremd vor. Er betrachtete seine Wohnung, sah Glas und Chrom und Ordnung, klare Linien, die nicht zu dem Durcheinander passten, das in ihm herrschte. Wenn Lara Blum tot war, würde die Staatsanwaltschaft die Einvernahme durchführen, sagte er sich, nicht Pilecki. Er beugte sich vor, gab die Namen Claudio Klepic und Daniel in die Suchmaschine ein, fand aber keine Beiträge, in denen beide vorkamen. Er versuchte es mit Klepic und Kampfsport und Jihad, fand viel, jedoch nichts, was ihn weiterbrachte.

In der offenen Küche bereitete er sich eine Schale Cornflakes zu und verfolgte dabei die Morgennachrichten. Ein rechtspopulistischer Politiker verglich den radikalen Islam mit einer Bestie, die die freiheitliche Gesellschaft ausrotten wollte. Er forderte Grenzkontrollen sowie die Beschränkung der Zuwanderung und die Kündigung der Bilateralen Verträge mit der EU. Ein Wirtschaftsmagazin strahlte ein Interview mit Lara Blums Vater aus, das vor einem Jahr aufgenommen worden war. Frank Blum saß in der Konzernleitung eines internationalen Baustoffherstellers, das Gespräch drehte sich um die Zukunft der Branche.

Pal ließ die noch halb volle Schale stehen und wählte die Nummer des Kollegen, der vor vier Jahren Claudio Klepic verteidigt hatte. »Vertreten Sie ihn immer noch?«, fragte er.

Der Kollege schwieg.

»Darf ich Sie zu einem Kaffee einladen?« Pal konnte sein Zögern am anderen Ende förmlich hören. Der Kollege war an das Berufsgeheimnis gebunden, genau wie er.

»Es tut mir leid«, sagte der Anwalt leise und verabschiedete sich.

Pal überlegte, wie er mehr über Klepic erfahren könnte. Im Studium war er ein Einzelgänger gewesen, damals hatten sich nur wenige Kosovaren an der Universität eingeschrieben. Während seines Praktikums beim Gericht hatte er zwar Beziehungen geknüpft, doch sein berufliches Netzwerk bestand hauptsächlich aus Unternehmern, nicht aus Anwälten. Bis auf Mira Lazovic, seine Ex-Freundin.

Pals Hand schwebte über dem Telefon. Er dachte an seinen Vater, der ihn so lange gedrängt hatte, bis Pal die Beziehung zu der Serbin beendete. Noch heute schämte er sich für seine Feigheit. Statt einzustehen für das, was ihm wichtig war, hatte er sich dem Willen des Vaters gebeugt. Er wählte Miras Nummer.

»Pal? Was für eine Überraschung!« Sie klang erfreut, in ihrer Stimme lag aber auch Zurückhaltung.

»Es ist lange her«, sagte er.

»Ja.«

Einen Moment herrschte Stille, dann sprachen sie beide gleichzeitig.

»Es tut mir …«

»Ich rufe eigentlich …«

Pal fuhr zuerst fort: »Du hast die Berichte sicher gelesen.«

»Natürlich. Es tut mir leid, du sitzt ganz schön in der Klemme.« Sie fragte nicht, ob er wusste, wo Lara Blum war.

»Kann ich etwas für dich tun? Du rufst bestimmt nicht an, um Hallo zu sagen.«

Pal zögerte. Wollte er den sicheren Boden seines Berufsethos verlassen und den Fuß in den Morast setzen? Der Schmutz würde haften bleiben, egal wie sehr er schrubbte.

»Entschuldige, ich hätte nicht anrufen sollen«, sagte er. »Ich weiß nicht, was in mich gefahren ist.«

»Es geht dir nicht gut.«

»Ich komme klar. Erzähl mir lieber, wie es dir geht.« Er hörte Stimmen im Hintergrund, dann eine Tür, die geschlossen wurde.

»Meine Klientin ist hier. Hast du heute Abend etwas vor? Lust auf ein Glas Wein?«

Das Angebot war verlockend, doch etwas hielt ihn zurück. Fürchtete er sich vor sich selbst? Dass er die Kontrolle verlieren, eine Grenze überschreiten könnte? Mira Dinge anvertrauen würde, die er später bereute?

Sie verstand sein Schweigen. »Weißt du, warum ich mich dagegen entschieden habe, Strafverteidigerin zu werden?«

»Weil du es zu einseitig findest.«

»Das auch. Aber vor allem, weil es mir zu einsam wäre. Du kämpfst allein gegen die Übermacht des Staats. Du hörst Dinge, die du lieber nicht hören würdest, darfst aber mit niemandem darüber reden. Du blickst in Abgründe und musst aufpassen, dass du nicht selbst hineinstürzt.« Sie machte eine Pause. »Hast du jemanden, an dem du dich festhalten kannst?«

Pal dachte an Jasmin, die selbst auf schwankendem Boden stand.

»Ich hätte auch über Mittag Zeit«, sagte Mira.

»Ein anderes Mal. Danke für dein Angebot. Und entschuldige, dass ich dich mit meinen Problemen belästigt habe.«

»Du kannst mich jederzeit anrufen.«

Vor dem Kripogebäude stellte Pal fest, dass er sein Handy zu Hause vergessen hatte. Er fühlte sich wie befreit, als wäre er für einige Stunden unsichtbar. Mit leichtem Schritt ging er durch die Schleuse. Seine Unbeschwertheit war dahin, als Pilecki ihm die Hand reichte. Die Haut des Polizisten war fahl, seine grünen Augen lagen noch tiefer in ihren Höhlen als am Vortag.

»Ist sie … tot?«, fragte Pal.

»Wir haben sie noch nicht gefunden.«

»Aber Sie haben meinen Klienten identifiziert?«

Wortlos betrat Pilecki den Aufzug. Es war still in der engen Kabine, die erfüllt war von Vorwürfen, Pal glaubte, keine Luft zu bekommen. Als sie im fünften Stock angekommen waren, atmete er tief ein. Er erwartete, dass Pilecki ihn zu einer der Abstandszellen führte, damit er sich mit Mustafa Saifullah besprechen konnte, doch der Polizist ging daran vorbei.

Vor dem Zimmer, in dem die Einvernahme stattfinden sollte, blieb er stehen. »Der Transportdienst hat Verspätung«, sagte er. »Ihr Klient wird in zehn Minuten da sein. Nehmen Sie schon einmal Platz.« Er öffnete die Tür.

In dem kargen Raum saßen ein Mann und eine Frau. Der Mann war um die fünfzig, sein grau meliertes Haar war kurz geschnitten, sein Blick leer. Trotz der scharfen Gesichtszüge wirkte er verletzlich, seine Haut sah aus, als sei sie über den Knochen geschmolzen. Die Frau war etwas jünger, sie knetete unentwegt die Hände. Als sie aufblickte, schaute Pal in Lara Blums Augen. Ihn schauderte.

Er drehte sich um. »Was …«

Pilecki war weg, die Tür zu.

Der Mann stand auf und gab ihm die Hand. »Frank Blum. Das ist meine Frau, Eva Wagner.« Seine Stimme war heiser.

Pal räusperte sich. »Pal Palushi.«

In Frank Blums Augen kam Bewegung. Pal sah Fassungslosigkeit, dann Wut. Er wappnete sich gegen eine Schimpftirade, doch sie blieb aus. Stattdessen schaute Blum durch ihn hindurch. Pal hatte von einem Moment auf den anderen aufgehört, für ihn zu existieren.

Nicht aber für seine Frau.

Eva Wagner sprang auf, der Stuhl, auf dem sie gesessen hatte, fiel scheppernd um. Sie packte Pal am Jackett und versuchte, ihn zu schütteln, doch ihr fehlte die Kraft. »Wie können Sie dieses … dieses Ungeheuer in Schutz nehmen? Haben Sie keine Skrupel? Ist Ihnen das Leben meiner Tochter völlig egal?«

Pal war wie versteinert. Er sah das verzerrte Gesicht der Frau, die Verzweiflung in ihren Augen und wusste, dass es nichts gab, was er sagen könnte, um sie zu beruhigen. Sie sprach aus, was viele dachten. Was er selbst dachte, auch wenn ihm seine Vernunft etwas anderes einzureden versuchte. Hilfe suchend schaute er zu Frank Blum.

Der Mann sah weg.

Pal hatte nicht bemerkt, dass die Tür aufgegangen war, er spürte nur den Luftzug auf seinem vom Schweiß feuchten Nacken.

»Ihr Klient ist da«, sagte Pilecki ruhig. »Möchten Sie mit ihm reden, bevor wir beginnen?«

Langsam drehte sich Pal um. »Sie haben mir nicht gesagt, dass die … dass sie bei der Befragung anwesend sein werden.«

»Herr Blum und Frau Wagner sind als Zeugen vorgeladen«, erklärte Pilecki.

Pal war verwirrt. In der Regel führte die Staatsanwaltschaft Zeugeneinvernahmen durch, nicht die Polizei.

»Theresa Hanisch hat heute keine Zeit«, fügte Pilecki hinzu.

Pal glaubte ihm kein Wort. Eva Wagner und Frank Blum waren nicht hier, um befragt zu werden. Sondern um ihn und Mustafa Saifullah unter Druck zu setzen. Nur deshalb hatte Pilecki sie mit Pal allein gelassen.

»Das hätten Sie mir sagen müssen!«, beschwerte sich Pal. »Ich bin davon ausgegangen, dass Sie meinen Klienten befragen werden!«

Pilecki zuckte die Schultern. »Sie können sich bei der Staatsanwältin beschweren. Wollen Sie Mustafa Saifullah sehen? Er ist soeben eingetroffen.«

Er begleitete Pal zu einer Zelle. Pal zog sein Jackett gerade und straffte die Schultern. Er nickte Pilecki kurz zu, dann betrat er den kleinen Raum. Saifullah kniete am Boden und betete. Es sah nicht so aus, als sei er eben erst eingetroffen.

Hinter Pal ging die Tür zu, die Zelle erschien ihm noch kleiner, als sie ohnehin schon war. Die Wände krochen näher, Saifullah war nur noch ein Punkt am Boden. Die Klingel, wo war die Klingel? Pal tastete sich an der Wand entlang, das Herz schlug ihm bis zum Hals. Saifullahs Lippen bewegten sich, Pal hörte keine Worte, nur das Rauschen in seinen Ohren. Sein Blickfeld wurde eng, das Licht dumpf. Er versuchte, die aufkeimende Panik zu ersticken, tastete nach der Klingel, irgendwo musste sie sein! Er spürte eine Erhebung, klein und rund, ein Rettungsring. Langsam zogen sich die Wände zurück, Pals Atem ging wieder gleichmäßiger. Er sank auf einen der verankerten Stühle und spürte, wie die Welt um ihn herum wieder normal wurde. Er rieb sich das Gesicht. Im vergangenen Winter hatte er ein ähnliches Erlebnis gehabt, auch damals hatte er unter großem Druck gestanden. Jemand hatte den Eingang der Höhle versperrt, die er mit Jasmin in Thailand erkundet hatte. Nur mit Mühe war es Pal gelungen, eine Panikattacke abzuwenden.

Saifullah hatte sein Gebet beendet und saß mit angezogenen Beinen am Boden, den Rücken gegen die Wand gelehnt.

»Man hat Sie für eine Einvernahme holen lassen«, erklärte Pal. Seine Stimme klang fremd, sie schien nicht ihm zu gehören.

Keine Reaktion.

»Die Polizei hat Lara Blums Eltern als Zeugen vorgeladen, um mehr über ihr Umfeld zu erfahren. Sie haben das Recht, bei der Einvernahme dabei zu sein.« Dass Saifullah auf dieses Recht verzichten durfte, erwähnte Pal trotz schlechten Gewissens nicht. Ihm war klar, was Pilecki als Nächstes vorhatte: Saifullah sollte in Lara Blum einen Menschen sehen, nicht ein anonymes Opfer. Eigentlich hätte sich Pal dagegen wehren müssen, doch jetzt, wo er den Eltern des Opfers begegnet war, schaffte er das nicht mehr. Auch damit hatte Pilecki kalkuliert.

»Sie können im Anschluss an die Einvernahme Stellung nehmen«, fuhr er fort. »Wir werden das zusammen besprechen.«

Wieder keine Reaktion.

Pal beugte sich vor. »Sie haben immer noch die Möglichkeit zu sagen, wo Lara Blum ist. Das wird sich zu Ihren Gunsten auswirken.«

Saifullah sah auf. »Welches Datum haben wir heute?«

»Freitag, der 9. Juni«, antwortete Pal überrascht. Achtundachtzig Stunden seit Lara Blums Entführung.

Saifullah lächelte.

8

Der Einband des zweiten Albums ist aus braunem Samt. Auf der Rückseite prangt ein dunkler Kaffeefleck, eine Erinnerung an unseren ersten Ehestreit. Delia forderte von klein auf meine ganze Aufmerksamkeit. Wenn ich ein Buch öffnete, nach dem Telefonhörer griff oder nur kurz die Augen schloss, schrie sie vor Zorn. Ich war erschöpft und gleichzeitig nicht ausgelastet, manchmal zählte ich die Stunden, bis Peter nach Hause kam.

Ungeduldig folgte ich ihm an jenem Abend ins Schlafzimmer, wartete, bis er die Krawatte abgenommen, den Anzug gegen eine bequeme Hose getauscht hatte, und drückte ihm unsere Tochter in die Arme.

»Ich muss noch telefonieren«, sagte er. »Vater war heute wegen seiner Atembeschwerden beim Arzt.«

»Nur eine halbe Stunde«, flehte ich und rannte aus dem Zimmer.

Statt das Abendessen zuzubereiten, setzte ich mich hin und klebte Fotos ein. Was für ein Gefühl, eine Bewegung zu Ende zu führen, einen Gedanken zu Ende zu denken! Den Blick ausschließlich auf den Gegenstand vor mir zu richten, die Welt um mich herum zu vergessen. Auf dem Tisch stand noch meine Kaffeetasse, der Kaffee war kalt. Ich hatte ihn am Mittag gekocht, nachdem ich Delia in ihr Bettchen gelegt hatte, kaum hatte ich mich damit aufs Sofa gesetzt, war sie aufgewacht.

Ich spürte einen Luftzug und sah auf. Peter stand in der Tür, er hatte Delia auf dem Arm und schaute mich fassungslos an. Das erstaunte mich zunächst nicht, obwohl Peter eigentlich nie die Fassung verlor. Was mich erstaunte, war Delia. Sie war vollkommen still, sie zappelte nicht herum und griff auch nicht nach Peters Brille. Die Ruhe, die ich soeben noch genossen hatte, erschien mir jetzt bedrohlich. Ich klappte das Album zu, dabei streifte mein Arm die Kaffeetasse. Kaffee schwappte über den Rand, ich versuchte, die Fotos beiseitezuschieben, stieß stattdessen die Tasse um.

»Ich dachte, du kümmerst dich ums Abendessen«, sagte Peter.

Eine Feststellung nur, doch ich hörte den Vorwurf, der darin lag. Mein schlechtes Gewissen schlug in Wut um, ich verlor die Beherrschung, die Peter jetzt zeigte. Ich war in einer Blase gewesen, er hatte sie zum Platzen gebracht, jetzt fühlte ich mich nackt und verletzlich.

»Du behandelst mich, als wäre ich deine Haushälterin!«, warf ich ihm vor, im Wissen, dass es nicht stimmte. »Ist es zu viel verlangt, dass du dich eine halbe Stunde um unsere Tochter kümmerst?«

»Es ist sieben Uhr!« Endlich eine Gefühlsregung. Links und rechts von seiner Nase, lächerlich klein im Vergleich zu der hohen Stirn, hatten sich Falten gebildet. »Du bist seit über einer Stunde am … am :…« Er machte eine Geste mit dem freien Arm.

»Ich klebe Fotos ein! Für unsere Tochter, für uns!«

»Ich hätte lieber etwas zu essen!«

»Dann koch dir doch etwas! Oder streich dir ein Brot, schaffst du nicht einmal das ohne Hilfe?«

»Nicht einmal?« Er war näher gekommen, stand jetzt vor mir. »Was soll das heißen?«

Seine Lippen waren feucht, seine Wangen rot. Delia regte

sich immer noch nicht, sie sog die Energie, die um sie herum entstanden war, förmlich in sich auf.

»Den ganzen Tag schufte ich für dich ... für uns«, sogar in seiner Wut schaffte er es, fair zu bleiben. »Darf ich nicht erwarten, dass du deine Arbeit genauso gewissenhaft erledigst?«

Gewissenhaft. Wie ich dieses Wort hasste! Es stand für Mütter, die nach einer schlaflosen Nacht Salat putzten, Fäden von den Bohnen zogen, Kartoffeln schälten; die der Umwelt zuliebe Stoffwindeln verwendeten und Pfannen von Hand spülten; das Mutter-Kind-Schwimmen besuchten, Weihnachtskarten schrieben.

Dabei hatte ich mir doch nichts anderes gewünscht, als ganz für Delia da zu sein. Peter hätte es begrüßt, wenn ich wenigstens auf Teilzeit gegangen wäre, deshalb traute ich mich nie zu klagen. Jetzt aber brach alles aus mir heraus. Ich warf ihm vor, dass er gar nicht wisse, was es bedeute, ein Kind zu haben. Dass seine Arbeit bei der Versicherung im Vergleich dazu die reinste Erholung sei. Ich nannte ihn egoistisch, gefühlskalt, rücksichtslos und faul. Peter regte sich erst, als mir die Worte ausgingen. Stumm drückte er mir Delia in die Arme, wandte sich ab und verschwand im Keller, wo er an seinen lächerlichen Robotern bastelte. Eine Blechdose, die Salz ausschüttete, wenn man einen Schalter betätigte. Eine Greifzange, die Windeln aus der Packung zog. Unnütze Erfindungen, die einem Versicherungsangestellten das Gefühl gaben, dass er etwas im Leben erreicht hatte, Spuren hinterlassen würde.

Ich verließ mit Delia das Haus, steuerte auf unseren Wagen zu, setzte Delia in ihren Autositz und fuhr so lange herum, bis sie schlief. Dann kaufte ich mir ein Sandwich und aß es im Wagen. Ich kehrte erst gegen zehn nach Hause zurück, Peter war schon im Bett. Er lag am äußersten Rand der Matratze und stellte sich schlafend. Als sein Wecker am nächsten Morgen klingelte, war ich es, die sich schlafend stellte. Wir sprachen nie über die Vorwürfe, die wir uns gegenseitig gemacht hatten.

Ich streiche über den braunen Samt des Albums. Zwischen den Deckeln stecken Gefühle, an die ich mich nicht erinnern möchte. Unsicherheit, Zweifel, Scham, Neid, Selbstmitleid. Ja, sogar Hass. Auf mich, auf Delia. Auch jetzt, so viele Jahre später, fällt es mir schwer, das zuzugeben. Ich habe meine Tochter dafür gehasst, dass sie anders war als alle anderen Kinder. Und mich, weil ich nicht damit umgehen konnte.

9

Zürich wirkte fremd und doch seltsam vertraut. Noch nie war Jasmin so lange weg gewesen. Die Distanz hatte ihren Blick geschärft, sie bemerkte Dinge, die ihr früher nicht aufgefallen waren. Als sie in die S-Bahn einstieg, drängelten sich die Wartenden hinter ihr vor, in Thailand wäre das undenkbar gewesen. Einige junge Männer tranken Bier und unterhielten sich lautstark über Ausländer. Zwischen den Sitzpolstern steckten Gratiszeitungen, die Armlehnen waren mit schwarzen Graffiti beschmiert, der Boden klebte, wo eine Flüssigkeit verschüttet worden war. Obwohl die U-Bahn in Bangkok während der Stoßzeiten aus allen Nähten platzte, kam es Jasmin hier enger vor, die Menschen beanspruchten mehr Raum, nahmen weniger Rücksicht auf andere.

Sie schob ihren Koffer beiseite, um einem Kinderwagen Platz zu machen. Sie hätte nie gedacht, dass sie Thailand vermissen würde, jetzt erinnerte sie sich wehmütig an das Lachen der Frauen, mit denen sie in der Altersresidenz zusammengearbeitet hatte. Dieses Lachen, das sie zu Beginn so irritiert hatte, weil sie es nicht einordnen konnte. Heute erkannte sie die Zwischentöne, zumindest glaubte sie es. Ganz verstehen würde sie die Thais nie, aber es machte ihr nichts mehr aus, sie hatte sich daran gewöhnt, dass sie fremd unter ihnen war, und empfand es nicht als unangenehm.

Moderne Wohnhäuser zogen vorbei, saubere Fassaden blitzten in der Sonne auf. Jeder Baum stand am richtigen

Platz, dazwischen lagen künstliche Landschaften aus Kies, Wasser und Grün, verlassene Spielplätze. Hier hatte Jasmin gelebt, bevor Doppelverdiener und Geschäftsleute Zürich-Nord entdeckt hatten und ein Neubau nach dem anderen entstanden war. Sie dachte an Pals Wohnung in der Stadt. Es war jetzt auch ihre Wohnung, sie schaffte es aber immer noch nicht, sie als ihr Zuhause zu betrachten. Wie hatte sie sich in einen Mann verlieben können, der dermaßen anders war als sie? Der die Kaffeetassen im Schrank so hinstellte, dass alle Griffe nach rechts zeigten, seine Hemden nach Farben ordnete, die Kanten seiner Unterlagen auf dem Schreibtisch gerade ausrichtete und Untersetzer benutzte, damit die Gläser auf dem Tisch keine Wasserflecken hinterließen. Alle vierzehn Tage ging er zum Friseur und ebenso oft zur Pediküre. Pal funktionierte wie ein Schweizer Uhrwerk, präzise und zuverlässig. Deshalb hatte Jasmin sofort gewusst, dass etwas nicht stimmte, als er beim Telefongespräch ins Stocken kam, und erst recht, als er sie ausgerechnet während der Essenszeit zu erreichen versuchte. Jetzt nahm er ihre Anrufe gar nicht mehr entgegen.

Es brauchte viel, um ihn zu erschüttern. Mehr als schlechte Presse. Jasmin hatte erst einmal erlebt, wie er die Fassung verlor. Da hatte er irrtümlicherweise geglaubt, sie wolle Suizid begehen. Pal kam mit allem klar, nicht aber mit heftigen Gefühlen, vor allem nicht mit seinen eigenen.

Was unterschied Mustafa Saifullah von seinen anderen Klienten? Erinnerte die Entführung Pal an die Monate, während derer er um sie gebangt hatte? Als Jasmin die Berichte las, war ihr flau geworden im Magen. Es hatte sie Kraft gekostet, sich nicht in die Hölle zurückziehen zu lassen, in der sie drei Monate lang gewesen war. Aber sie hatte es geschafft, sie hatte sich an das Licht des Isan geklammert, an das Leben, das die Bewohner der Altersresidenz trotz – oder wegen? – ihres Alters so intensiv lebten. Sie hatte die Geister, die an ihrer Seele kratzten, mit frischen Mangos und Blumen besänftigt, sogar ein Stück Pizza hatte sie vor das Geisterhäuschen gelegt, das sich am Eingangstor befand. Vor einigen Monaten noch hatte sie sich über den Aberglauben der Thais amüsiert, jetzt verhielt sie sich wie eine Einheimische. Nicht aus religiösen Gründen, sondern, weil die Rituale ihr halfen, sich auf das Glück zu besinnen.

Die S-Bahn war am Hauptbahnhof angekommen. Jasmin folgte dem Menschenstrom durch die Unterführung. Sie kam an einem Kiosk vorbei, wo ihr eine Schlagzeile entgegensprang: »Terrorismus in der Schweiz angekommen?« Bildete sie es sich ein, oder waren die Menschen nervöser als früher? Ein junger Mann mit arabischen Gesichtszügen ging an ihr vorbei, den Blick auf den Boden gerichtet.

Jasmin steuerte auf die Rolltreppe zu. Ob sie Pal in der Kanzlei überraschen sollte? Sie hatte ihm nichts von ihrem Entschluss erzählt, früher zurückzukehren. Er wusste, wie wichtig ihr die Vertretung in der Altersresidenz war, und hätte sie davon abzuhalten versucht. Sie zügelte ihre Ungeduld und beschloss, zu Hause auf ihn zu warten, statt ihn im Büro zu überfallen. Wie sie sich freute, ihn zu sehen! Sie dachte an den hellen Schimmer in seinen cognacbraunen Augen, aus denen, wie sie meinte, seine Intelligenz leuchtete. Lange hatte sie befürchtet, ihm nicht zu genügen, jetzt merkte sie, dass sie in Thailand neues Selbstvertrauen gewonnen hatte. Die Lese- und Rechtschreibstörung, unter der sie seit ihrer Kindheit litt und von der sie Pal nie erzählt hatte, war dort nicht ins Gewicht gefallen, viel wichtiger war es gewesen, das Verhalten der Menschen zu verstehen, Zusammenhänge zu erkennen.

Pals Superbike stand nicht vor dem Wohnblock. Das hatte Jasmin auch nicht erwartet, es war erst kurz vor sieben.

Trotzdem klingelte sie. Sie wartete einen Augenblick, bevor sie aufschloss und die Wohnung betrat.

Hinter der Tür lag Pals schmutzige Wäsche, daneben sein Reservehelm. Das passte gar nicht zu ihm, ebenso wenig die halb volle Schale Cornflakes auf der Küchenablage. Als Jasmin sein Handy auf dem Tisch sah, wurden ihre Knie weich. War ihm etwas zugestoßen? Sie ließ ihre Reisetasche fallen, kramte ihr Telefon hervor und rief seinen Bruder an.

Sokol wusste auch nicht, wo Pal war. »Es ist ihm sicher nichts passiert. Vermutlich hatte er einfach die Nase voll. Er hat Rinor gefragt, ob er morgen mit ihm zu der neuen Rennstrecke im Elsass fahren will.«

»Wann fahren sie los?«

»Rinor hat abgelehnt.«

»Rinor will nicht auf die Rennstrecke? Davon träumt er doch, seit er das Wort Motorrad aussprechen kann!«

»Er hat sich verändert.« Sokol zündete sich am anderen Ende der Leitung eine Zigarette an. »Daran ist dieser Deniz schuld, er hat einen schlechten Einfluss auf ihn. Ich habe Rinor verboten, sich mit ihm zu treffen, aber ich weiß, dass er es heimlich tut. Seine Noten sind im Keller, der Lehrer hat sich über sein Verhalten beschwert. Wenn er so weitermacht, kann er seinen Traum, Motorradmechaniker zu werden, begraben.«

»Hat Pal mit ihm geredet? Auf ihn hört Rinor doch.«

Sokol schnaubte. »Rinor hört auf gar niemanden mehr!«

»Das ist normal in der Pubertät«, versuchte Jasmin, ihn zu beruhigen. »Er wird schon wieder zur Vernunft kommen.«

Nachdem Jasmin aufgelegt hatte, blieb sie noch eine Weile stehen und horchte. Wie weit weg die Geräusche doch waren. Sie kam sich vor wie in einer Kapsel. In Thailand standen Türen und Fenster offen, wenn es überhaupt welche gab, hier war alles dicht. Sie ging in ihr Zimmer. Pal hatte nichts verändert, ihre Hanteln lagen immer noch auf dem Boden, der Einstellschlüssel und der Stiftzieher, mit denen sie vor der Abreise das Fenster nachjustiert hatte, lagen auf dem Nachttisch. Ein altes T-Shirt mit Motorenölflecken hing über der Stuhllehne, eine Socke schaute unter dem Bett hervor. Bestimmt war es Pal schwergefallen, nicht aufzuräumen. Wollte er ihr beweisen, dass der Raum ihr allein gehörte? Sie war unter der Bedingung eingezogen, dass sie ein eigenes Zimmer bekam, in dem sie keine Kompromisse eingehen musste.

Sie fuhr mit dem Finger über ein Regalbrett, zog einen Strich in den Staub. Auch der Putzhilfe hatte Jasmin verboten, das Zimmer zu betreten. Sie hatte einen Rückzugsort gebraucht, einen Platz, an dem sie sich sicher fühlte. Sie war nicht mehr die Person, die sie bei ihrer Abreise gewesen war, stellte sie jetzt fest. Ihr fiel ein, dass sie die Wohnungstür nicht abgeschlossen hatte, vor einem halben Jahr wäre ihr bei der Vorstellung, jemand könnte ungehindert hereinkommen, der Angstschweiß ausgebrochen. Lächelnd kehrte sie ins Wohnzimmer zurück und holte ihren Koffer.

10

Pal trank einen Schluck Wein und schloss die Augen. Er sah Eva Wagner vor sich, den verzweifelten Ausdruck auf ihrem Gesicht, den Abscheu in ihrem Blick. Pilecki hatte Saifullah und ihn in das Einvernahmezimmer zu Lara Blums Eltern gesetzt und nicht, wie in solchen Fällen üblich, in einen separaten Raum geführt, wo sie sich die Videoübertragung hätten ansehen können. Die Spannung war kaum auszuhalten gewesen. Pal hatte die ganze Zeit damit gerechnet, dass Eva Wagner seinen Klienten angreifen würde. Saifullah ließ sich davon nicht beeinträchtigen. Teilnahmslos saß er da, als ginge ihn das alles nichts an.

»Glaubst du, dass sie noch lebt?«, fragte Mira.

Pal öffnete die Augen. »Das frage ich mich die ganze Zeit.«

»Du weißt etwas, nicht wahr?«

Er drehte das Glas in den Händen. »Ja, aber ich weiß nicht, ob es wichtig ist.«

Mira sah ihn fragend an.

Pal zögerte. Er hätte sich nicht mit ihr treffen sollen. Warum hast du sie dann angerufen?, fragte er sich. Weil er nach der Begegnung mit Eva Wagner und Frank Blum erschöpft gewesen war. Das Alleinsein nicht mehr ertragen hatte. Die aufgeladene Atmosphäre hatte ihn mitgenommen, sein Akku war leer. Er sehnte sich danach, mit jemandem zu reden, der ihn verstand. Sein schlechtes Gewissen meldete sich: Er hätte Jasmin anrufen können. Er hatte sich eingeredet, dass er sie nicht belasten wollte, tatsächlich aber hatte er es nicht getan, weil er wusste, dass sie seine Denkweise nicht nachvollziehen konnte.

Mira legte ihre Hand auf seine. »Manchmal hilft es, laut zu denken.«

Ihre Hand war ihm vertraut, als lägen nicht Jahre, sondern Tage zwischen ihrer letzten Berührung und dem heutigen Abend. Die Wärme kroch ihm den Arm hinauf, sein Widerstand ließ nach. Schließlich sagte er: »Mein Klient ist im Gefängnis jemandem begegnet, den er kennt.«

»Warum ist das wichtig?«, fragte Mira, als er nicht weitersprach.

»Der Mann könnte Saifullah identifizieren.«

»Sein Foto war doch in der Zeitung. Hat sich niemand gemeldet?«

»Ich weiß es nicht. Die Polizei hält sich bedeckt, genauso die Staatsanwältin. Mit Theresa Hanisch zusammenzuarbeiten, ist ohnehin schwierig. Sie vergisst, dass Verteidiger die gleiche Ausbildung haben und ebenfalls Teil der Rechtspflege sind. Sie sieht uns nur als Gegner, geht lieber auf Konfrontation. Mich hat sie ganz besonders auf dem Kieker. Ich hatte vor einigen Jahren einen Klienten, der während der ersten Einvernahme ein Tötungsdelikt zugab. Weil kein Verteidiger dabei war, wurde der Mann vor Gericht freigesprochen.«

»Er hat das Geständnis später nicht wiederholt?«

»Er hat überhaupt kein Wort mehr gesagt. Hanisch glaubt heute noch, ich hätte ihm geraten zu schweigen. Sie macht mich dafür verantwortlich, dass ein Mörder frei herumläuft.«

»Es ist deine Pflicht, die Interessen deines Klienten zu wahren.«

»Ja, aber sie kann offenbar nicht damit umgehen, dass sie einen Fehler begangen hat. Vor einem Jahr habe ich versucht, einen Deal mit ihr zu machen, beide Seiten hätten davon profitiert, sie und mein Klient. Sie ließ sich trotzdem nicht darauf ein.« Beim Abschied hatte sie Pal nicht einmal die Hand gereicht. Plötzlich fragte er sich, ob Hanisch die Zeugeneinvernahme an Pilecki delegiert hatte, damit sie sich die Hände nicht schmutzig machte.

»Ist die Identität deines Klienten so wichtig? Geht es nicht in erster Linie darum, das Opfer zu finden?«

»Schon, aber wenn seine wahre Identität bekannt wäre, würde die Polizei sämtliche Personen befragen, die ihn kennen, seine Wohnung durchsuchen, sein Handy überprüfen. Möglicherweise hat er den Ort, an dem er Lara Blum versteckt hat, schon vor der Entführung einmal aufgesucht. Die Antennenstandorte seines Telefons könnten in diesem Fall weiterhelfen. Auch die Internetseiten, die er auf seinem Computer aufrief, enthalten vielleicht Hinweise.« Er breitete die Arme aus. »Alles könnte weiterhelfen. Jede noch so kleine Information.«

Nachdenklich pickte Mira Salznüsse aus einem Schälchen. Acht Jahre war es her, seit Pal sie das letzte Mal sah. Die hohen Wangenknochen waren etwas prominenter, das spitze Kinn etwas weicher, ihre Katzenaugen aber leuchteten im selben Grün, ihre Haare waren immer noch zu dem Bob geschnitten, der ihr herzförmiges Gesicht betonte.

»Hast du dir schon überlegt, dich vom Berufsgeheimnis entbinden zu lassen?«, fragte sie. »Die Aufsichtskommission würde das kaum ablehnen. Sie wird eine Güterabwägung vornehmen, immerhin geht es um die Rettung eines Menschenlebens.«

»Sie wird nur zustimmen, wenn meine Informationen tatsächlich zur Rettung von Lara Blum beitragen könnten. Das aber hängt davon ab, ob dieser Häftling auch aussagt. Außerdem dauert der ganze Prozess viel zu lange. Die Aufsichtskommission muss meinem Klienten das rechtliche

Gehör gewähren, erst dann wird sie eine Entscheidung treffen.«

»Es gibt Ausnahmen«, wandte Mira ein. »Der Präsident kann eine vorläufige Entbindung bewilligen. Das geht schneller.«

»Mindestens zwei Tage.« Pal griff wieder zu seinem Weinglas. »Und man würde mein Mandat widerrufen. Ich könnte Saifullah nicht mehr vertreten.«

»Umso besser. Dann wärst du aus allem raus.«

Er würde Klienten beraten, die ihm vielleicht nicht gerade dafür dankten, seine Hilfe aber immerhin schätzten. Sein Leben verliefe wieder in geordneten Bahnen.

Während das Leben von Lara Blum zu Ende ging.

Er hatte eine Verbindung zu Mustafa Saifullah hergestellt. Auch wenn sie sehr fragil war, sie war da. Würde das einem anderen Anwalt gelingen? Die Wahrscheinlichkeit, dass sein Nachfolger Muslim war, war gering. Gerade sein Hintergrund aber erleichterte ihm den Zugang zu Saifullah. Durfte er diesen Schlüssel zurückgeben?

Mira seufzte. »Du hast dich nicht verändert, du bist noch genauso gewissenhaft wie früher. Es ist die Eigenschaft, die ich an dir am meisten geliebt, aber auch am meisten gehasst habe.«

Pal schwieg.

»Entschuldige, ich wollte die Vergangenheit ruhen lassen. Du hast noch mehr Informationen, nicht wahr? Ich sehe es dir an.«

Am Nebentisch erhoben einige Banker ihre Gläser, um anzustoßen. Die Weinbar war bis auf den letzten Platz besetzt, der Freitag ein beliebter Tag, um nach der Arbeit bei einem Apéro zu entspannen. Die Bedienung stellte eine frische Schale Salznüsse auf den Tisch, Pal bestellte noch ein Glas Wein.

Er rang sichtlich mit sich. Schließlich erzählte er Mira von seinem Besuch in der Kampfsportschule. »Aber auch diese Informationen führen nicht direkt zu Lara Blum. Bevor ich um eine Entbindung ersuche, muss ich wissen, was Amin oder die Angestellte aussagen werden. Es kann gut sein, dass Lara Blum durch ihre Aussagen gerettet werden kann. Aber sicher bin ich mir nicht. Und ich muss sicher sein.«

»Ich sehe das Problem. Und wenn du einen Polizisten ins Vertrauen ziehst oder einem Pressevertreter einen anonymen Hinweis lieferst, machst du dich allenfalls strafbar. Könntest du Notstandshilfe geltend machen?«

»Notwehrhilfe«, korrigierte Pal. »Das Delikt ist noch nicht beendet.«

Mira lächelte. »Immer noch das wandelnde Gesetzbuch.«

Hörte er Spott in ihrer Stimme? Sie hatte ihm einmal vorgeworfen, er klammere sich an Gesetze, weil er kein Rückgrat habe. Einige Monate später gab er dem Druck seines Vaters nach und trennte sich von ihr.

Mira lehnte sich zurück. »Umso besser. Notwehrhilfe lässt mehr zu. Die Anforderungen an die Subsidiarität sind weniger hoch.«

Die sachliche Diskussion entspannte Pal. Er befand sich wieder auf sicherem Boden, konnte seine nächsten Schritte abwägen. Er beschloss, der Polizei anonym mitzuteilen, dass Mustafa Saifullah in Wirklichkeit Daniel hieß. Früher oder später kämen die Polizisten selbst darauf, Pal brachte damit nur Bewegung in den Vorgang. Über die Kampfsportschule hingegen würde er nichts sagen.

»Damit wahre ich Saifullahs Interessen, beschleunige aber die Ermittlung«, fasste er zusammen.

Mira wirkte skeptisch. »Wahrst du die Interessen deines Klienten wirklich? Die Aufsichtskommission würde das kaum so sehen.«

Pal hob überrascht die Augenbrauen. »Es geht um ein Menschenleben.«

»Dem Staat stehen genügend Mittel zur Verfügung. Unzählige Polizisten suchen nach Lara Blum. Saifullah hat nur einen Verteidiger. Dich.«

Sie sprach damit aus, was er insgeheim dachte.

»Du hast mir immer vorgeworfen, ich sei feige«, erwiderte Pal. »Und jetzt, wo ich die Moral über die Pflicht stelle, rufst du mir das Gesetz in Erinnerung?«

Mira beugte sich vor. Der Ausschnitt ihrer Bluse ließ den Ansatz ihrer Brüste erkennen. »Als Anwalt hast du auch deinem Klienten gegenüber eine moralische Verpflichtung. Du untergräbst sein Recht auf ein faires Verfahren. Ein Recht, das übrigens in der Europäischen Menschenrechtskonvention festgehalten wurde.«

»Du wirfst mir einen Angriff auf den Rechtsstaat vor?«

»Ich werfe dir gar nichts vor, ich weise dich nur darauf hin.«

»Wie würdest du an meiner Stelle handeln?«, fragte er.

Sie ging nicht darauf ein. »Du hast dich schon entschieden. Möchtest du, dass ich anrufe? Als deine Anwältin? Ich muss den Namen meines Klienten nicht preisgeben.«

»Ich will dich da nicht mit reinziehen.«

»Ich tue es für dich.«

Schließlich willigte er ein. Eine Last fiel von ihm ab. Er hatte eine Entscheidung getroffen, das geringste Übel gewählt. Noch lieber wäre ihm, die Polizei wüsste auch von Saifullahs Beziehung zu der Kampfsportschule, er musste einfach darauf vertrauen, dass Pilecki sie rasch aufdeckte.

Er bestellte Tapas, und Mira erzählte aus ihrem Alltag. Sie hatte sich auf Arbeitsrecht spezialisiert, Pal war überrascht, wie komplex manche Fälle waren. Über Privates sprachen sie nicht, trotzdem war die Stimmung entspannt, ihr Umgang vertraut. Sie hätten gut zusammengepasst, dachte er und hielt ihr ein Fleischspießchen hin.

Sie verabschiedeten sich kurz vor Mitternacht. Pal nahm ein Taxi nach Hause, er wollte nach dem Vorfall auf der Autobahn nichts riskieren. Der bosnische Fahrer klagte über die feindselige Stimmung, die seit Lara Blums Entführung noch mehr zugenommen hatte. »Die Nachbarn haben Angst vor uns! Glauben sie etwa, wir wären Terroristen?« An den Tramhaltestellen standen lärmende Partygänger, ein getunter BMW raste über eine Kreuzung. Das ehemalige Industrieareal, in dem sich Pals Wohnsiedlung befand, war hingegen wie ausgestorben. Er gab dem Taxifahrer ein großzügiges Trinkgeld und überquerte den leeren Vorplatz. Im Aufzug sah er seine Post durch. Nur Rechnungen.

Vor seiner Wohnungstür blieb er stehen und kramte seinen Schlüssel hervor. Die Tür war unverschlossen. Pal schüttelte über sich den Kopf. Was hatte er heute Morgen noch vergessen? Zum Glück kannte der Portier die Bewohner, Fremde ließ er nicht ins Haus. Pal stieß die Tür auf.

»Endlich!« Jasmin rannte auf ihn zu und schlang die Arme um seinen Hals.

Pal zuckte vor Schreck zusammen. Er wusste nicht, was ihn mehr erstaunte, ihr plötzliches Erscheinen oder die Tatsache, dass sie die Wohnungstür nicht abgeschlossen hatte. Er ließ die Post fallen und umarmte sie. Wie gut ihre Nähe tat!

»Was machst du hier?«, stieß er aus.

Sie küsste ihn lange. Verlangen überkam ihn, er sah Miras Ausschnitt vor sich, spürte Jasmins Brüste an seinem Körper, ihre Hände an seinem Nacken.

»Wo warst du so lange?«, flüsterte sie, während ihre Zunge über sein Ohr fuhr.

Miras Namen ins Spiel zu bringen, würde das Feuer, das zwischen ihnen entflammt war, augenblicklich löschen.

Wortlos zog er Jasmin aus. Das trübe Licht der Straßenlaternen beleuchtete ihren sportlichen Körper, der von der thailändischen Sonne braun gebrannt war. Pal hörte ihr kehliges Lachen, spürte die Hitze, die von ihr ausging.

Als er die Augen aufschlug, dämmerte es draußen. Sie lagen im Bett, wie sie dorthin gekommen waren, wusste Pal nicht mehr.

»Und jetzt, erzähl!« Jasmin war wach, sie hatte sich auf einen Ellenbogen gestützt und blickte auf ihn hinunter.

»Meine innere Uhr ist auf Schweizer Zeit eingestellt«, murmelte Pal und vergrub das Gesicht unter ihrer Brust.

Jasmin rutschte weg. »Du brauchst nicht viel Schlaf. Hat die Polizei eine Spur von Lara Blum?«

Pal betrachtete die tätowierten Schlangen, die sich um Jasmins Handgelenke wanden und die Narben von den Fesseln verdeckten. »Bist du deshalb zurückgekommen? Wegen meines Falls?«

»Nein, wegen dir. Du schaffst das nicht allein.«

»Schaffst du es?«, fragte er leise.

»Ja.« Da war kein Flackern in ihrem Blick, kein Zittern in ihrer Stimme. »Was weiß die Polizei?«

»Und die Altersresidenz?«

»Alles geregelt. Erzähl!«, wiederholte sie.

Er zögerte noch immer.

Sie rutschte wieder näher an ihn heran. »Dass du am Telefon nicht darüber reden kannst, verstehe ich. Aber jetzt bin ich hier. Betrachte mich als Hilfsperson.«

»Du müsstest dich an das Anwaltsgeheimnis halten.«

Jasmin verdrehte die Augen. »Hast du vergessen, dass ich Polizistin bin? Auch wir kennen das Berufsgeheimnis.«

Dass sie in der Gegenwartsform sprach, sich mit den Ermittlern identifizierte, nicht mit dem Opfer, gab Pal den Ausschlag, ihr den Fall bis ins Detail zu schildern. Er begann mit der Entführung vor dem Tierheim, beschrieb, wie Saifullah Lara Blum gepackt und in den Lieferwagen gezerrt hatte. Als er von der Verhaftung erzählte, unterbrach ihn Jasmin.

»Er hat getankt?«, wiederholte sie ungläubig.

Pal nickte.

»Warum? Hat er schlecht geplant, oder ist etwas Unerwartetes passiert?«

»Das weiß ich nicht.«

»Dein Klient wurde sicher dazu befragt.«

»Er redet nicht.«

»Kein einziges Wort?«

»Nicht gegenüber der Polizei oder der Staatsanwältin.«

»Wer leitet die Ermittlungen beim Leib/Leben?«

»Pilecki.«

Jasmin nickte zufrieden. »Das ist gut. Er wird jedem noch so kleinen Hinweis nachgehen. Vor allem interessieren ihn Machtspiele nicht. Und wer ist die zuständige Staatsanwältin?«

»Hanisch.«

Jasmin verzog das Gesicht. »Ausgerechnet! Aber sie ist zäh. Wenigstens das. Die halbe Schweiz sitzt ihr vermutlich im Nacken. Ich nehme an, sie hat Lara Blums Handy suchen lassen? Sicher wurde die Hundestaffel der Polizei darauf angesetzt – auch jene des Zolls und des Bundes? –, was hat die Suche ergeben? Hat man an der Tankstelle damit begonnen? Oder taucht der Lieferwagen auf weiteren Überwachungskameras auf?«

Pal setzte sich auf. »Das weiß ich alles nicht! Genau deshalb ist meine Arbeit ja so schwierig. Man hat mir nur den Grundrapport und die Aufnahmen der Überwachungskamera geschickt, die beim Parkplatz des Tierheims angebracht ist.« Er hatte sich schon oft darüber beschwert, dass er zu wenig Informationen bekam, Jasmin hatte dafür nie Verständnis gezeigt. Viele Beweismittel legte die Staatsanwaltschaft erst bei einer Einvernahme vor. Dass er die Aufnahmen der Überwachungskamera besaß, verdankte er allein der Tatsache, dass sie im Haftantrag als Beweismittel genannt wurden.

Jasmin sah ihn frustriert an.

»Komm, leg dich hin.« Er streckte den Arm nach ihr aus.

Sie kniff die Augen zusammen. »Hinlegen? Wenn Lara Blum noch lebt, zählt jede Sekunde! Wie kannst du so gelassen sein? Am Telefon klangst du, als gehe dir der Fall an die Nieren!«

»Das tut er, aber …« Er suchte nach den richtigen Worten.

»Raus damit!«

»Die Polizei weiß seit gestern Abend, dass mein Klient Daniel heißt und Schweizerdeutsch spricht. Ich gehe davon aus, dass seine Identität inzwischen geklärt ist.«

»Woher weiß sie das?«

Pal schaute Jasmin zögernd an. Auf ihrem Gesicht lag ein Ausdruck skeptischer Bewunderung.

»Du hast nicht etwa …?«

Er nickte.

Sie holte Luft, öffnete den Mund, schloss ihn wieder. »Wow«, sagte sie schließlich. »Ich hätte dir vieles zugetraut. Aber das nicht.«

II

Jasmin spulte zurück und schaute sich die Aufnahme noch einmal an. Das Tierheim lag an einem Hang zwischen einem Restaurant, das wegen Renovierungsarbeiten geschlossen war, und einem Parkplatz, der an einen Wald grenzte. Eine kleine Straße lief zwischen dichten Laubbäumen auf einen Parkplatz zu. Von dort aus führte eine Treppe zu der Bushaltestelle, die sich eine Querstraße weiter unten befand. Die Überwachungskamera war oberhalb der Treppe angebracht, der Bildwinkel umfasste den Parkplatz und die obersten Stufen, nicht aber das Tierheim. Lara Blum war erst zu sehen, als sie den Treppenabsatz erreicht hatte. In der linken Hand hielt sie ein Telefon, mit dem rechten Zeigefinger scrollte sie über den Bildschirm. Im Hintergrund erkannte Jasmin einen Lieferwagen. Sie beugte sich vor und versuchte, die Distanz abzuschätzen. Neun Meter? Zehn?

Hinter dem Lieferwagen kam ein Mann hervor. Unter der Kapuze erkannte Jasmin nur seinen Bart. Er zögerte, blickte hinter sich und eilte auf Lara Blum zu, die an der Treppe stehen geblieben war. Jasmin hielt die Aufzeichnung an. Warum wartete der Täter nicht unterhalb der Treppe? Er hätte bis zu der letzten Stufe fahren können, die Gefahr, entdeckt zu werden, war dort kleiner. Wusste er nicht, dass Lara Blum mit öffentlichen Verkehrsmitteln fuhr? Jasmin ließ den Film weiterlaufen.

Lara Blum sah auf, sie wirkte überrascht, schien aber keine

Angst zu haben. Erst als der Mann sie am Arm packte, veränderte sich ihr Gesichtsausdruck. Jasmin sah Entsetzen, dann Panik. Ihr Mund wurde trocken, die Hand, die auf der Maus lag, zitterte. Der Mann verdrehte Lara Blum den Arm und zwang sie, sich vorzubeugen. Ein klassischer Kampfsportgriff, der verhinderte, dass das Opfer genug Luft zum Schreien bekam. Sekunden später war sie auch schon im Lieferwagen. Jasmin spulte erneut zurück, vergrößerte die Aufnahme, schaute auf Lara Blums linke Hand, mit der sie immer noch das Telefon umklammert hielt, während sie versuchte, in ihrer gebückten Stellung Schritt zu halten, um dem Schmerz in der Schulter zu entgehen. Jasmin wusste, wie sich dieser Griff anfühlte, vier Schritte, vielleicht fünf, und Lara Blum würde das Telefon fallen lassen. Sie ließ den Film langsam laufen, starrte auf die Hand, die immer kleiner wurde. Die Aufnahme war jetzt zu unscharf, um das Telefon zu erkennen, Jasmin glaubte aber, dass sich die Umrisse der Hand verändert hatten. Ein Schatten verschwand am Bildrand. Das Telefon, das über den Asphalt rutschte? Wenn Lara Blum es tatsächlich fallen gelassen hatte, warum hatte es die Spurensicherung nicht gefunden? Jasmin schloss die Augen und spielte die Szene im Kopf ab. Sie spürte Lara Blums Schrecken, dann ihre Panik. Ihr Herz hämmerte schmerzhaft gegen ihren Brustkasten.

Sie stand auf und holte eine Banane aus der Obstschale. Das Geisterhäuschen, das auf ihrem leeren Koffer stand, hatte ihr Vater angefertigt. Es war nur zehn Zentimeter hoch und ließ sich zuklappen, sodass Jasmin es überallhin mitnehmen konnte. Das Dach war mit einem filigranen Goldmuster bemalt, die Treppe, die zum Eingang führte, kunstvoll geschnitzt. Die Geister sollten sich wohlfühlen in ihrem Zuhause, damit sie Jasmin nicht heimsuchten. Sie legte die Banane vor die Treppe, als wolle sie die Geister damit besänftigen, und setzte sich im Schneidersitz auf den Boden. In Gedanken kehrte sie nach Thailand zurück, roch süße Blüten und Sonnenmilch, spürte staubige Erde unter den nackten Füßen, hörte den vertrauten Singsang der Menschen. Der Jetlag holte sie ein. In der Wohnung war es still, Jasmin nahm nur das Summen des Kühlschranks wahr und, weit weg, Schritte, die sich im Hausflur entfernten. Pal war vor einer Stunde gegangen, um das Nummernschild ihrer Ducati auszulösen, anschließend wollte er in der Kanzlei Unterlagen holen, damit er von zu Hause aus arbeiten konnte.

Irgendwo wurde eine Tür zugeschlagen, Jasmin schreckte hoch. Benommen setzte sie sich auf. Sie war auf dem Boden eingenickt, hatte tief und traumlos geschlafen. Ein Blick auf die Uhr zeigte ihr, dass es bereits Mittag war. Sie rieb sich die Augen und ging ins Wohnzimmer. Pal hatte ihr eine Nachricht geschickt, er berichtete, dass Hanisch kurzfristig eine Einvernahme angesetzt hatte. Sein anonymer Hinweis hatte offenbar etwas bewirkt. Jasmin konnte immer noch nicht fassen, dass er gegen das Berufsgeheimnis verstoßen hatte. Jedem anderen Anwalt hätte sie es zugetraut, nicht aber ihm. Ob er es schon bereute? Auf einmal fragte sie sich, wie er seine Informationen an die Polizei weitergegeben hatte. Sie bezweifelte, dass er selbst mit Pilecki gesprochen hatte.

Sie suchte im Kühlschrank nach etwas Essbarem, fand aber nur Milch und Orangensaft. Nach einer kurzen Dusche verließ sie das Haus. Zum Glück hatte Pal neben seinem Superbike auch seine Enduro eingelöst, sie war kein Ersatz für Jasmins Monster, ersparte es ihr aber, mit öffentlichen Verkehrsmitteln zu fahren. Fünf Minuten später brauste sie über die Hauptstraße. Es fiel ihr schwer, sich an die korrekte Fahrweise der Schweizer zu halten, sehnsüchtig dachte sie an das Chaos auf Thailands Straßen.

Das Tierheim befand sich am Stadtrand. Jasmin parkte

vor dem Eingang und folgte dem Weg, den Lara Blum gegangen war. Der Parkplatz lag noch weiter von der Treppe entfernt, als es auf den Aufnahmen den Anschein gemacht hatte. Erneut fragte sich Jasmin, warum der Täter so ungeschickt vorgegangen war. Hatte er spontan entschieden, Lara Blum zu entführen? War er ziellos umhergefahren, auf der Suche nach einem Opfer? Warum das Tierheim? Besaß der Ort eine besondere Bedeutung für ihn?

Sie ging zu der Stelle, an der Lara Blum ihr Handy fallen gelassen hatte, und durchsuchte das umliegende Gebüsch. Hatte die Spurensicherung es gefunden und Pal die Information vorenthalten?

Als Jasmin die Polizei verließ, hatte sie den Kontakt zu ihren ehemaligen Kollegen abgebrochen. Zu sehr schämte sie sich dafür, sich in der Rolle des Opfers wiederzufinden. Vor einem Jahr hatte sie eine stationäre Traumabehandlung gemacht, erst da war ihr klar geworden, dass sie nicht nur unter der Gewalt litt, die man ihr angetan hatte, sondern auch unter dem Verlust ihres Freundeskreises. Das Polizeikorps war ihre Familie gewesen, als Jasmin kündigte, brach ihr Leben buchstäblich auseinander. In Thailand hatte sie einen großen Schritt gewagt: Sie hatte ihren ehemaligen Bürokollegen und Freund Tobias Fahrni angerufen und damit eine Brücke zur Vergangenheit geschlagen. Sie hatte sich mit dem Versprechen verabschiedet, sich zu melden, wenn sie wieder in der Schweiz war.

Sie wischte ihre schweißnassen Handflächen an der Hose ab, setzte sich auf die oberste Treppenstufe und wählte Fahrnis Nummer.

»Bambi! Kannst du Gedanken lesen?«, fragte er.

Dass ihre Kollegen sie ihrer Rehaugen wegen Bambi nannten, hatte sie früher gestört. Jetzt aber lächelte sie. »Wolltest du mich auch gerade anrufen?«

»Das nicht, aber ich habe an dich gedacht.« Er stockte. »Ich meine, entschuldige …«

»Schon okay. Ich weiß von dem Fall. Bist du im Büro?«

»Ja, wir arbeiten seit Tagen durch. Wann bist du aus Thailand zurückgekehrt?«

»Gestern Abend.«

»Ich würde dich sehr gern treffen, aber im Moment geht es einfach nicht.«

»Das ist mir klar. Ich rufe auch nicht deswegen an.« Plötzlich war ihr unwohl. Zu gut erinnerte sie sich daran, wie sie sich früher ärgerte, wenn sich Außenseiter in eine laufende Ermittlung einmischten oder gar glaubten, ihr Ratschläge erteilen zu müssen.

»Ist alles in Ordnung?«, fragte Fahrni besorgt.

Jasmin holte tief Luft. »Ich habe mir die Aufnahmen der Überwachungskamera angesehen. Lara Blum hatte ein Telefon in der Hand, ich bin mir ziemlich sicher, dass sie es hat fallen lassen. Habt ihr es gefunden?«

»Woher … Pal hat sie dir gezeigt, nicht wahr?«

»Ja. Er hat mich als Hilfsperson hinzugezogen.« Das entsprach wenigstens teilweise der Wahrheit.

Fahrnis Atem ging schneller. »Weiß er etwas, das uns weiterhelfen könnte? Hat er dir – «

»Bitte, Tobi, frag nicht. Ich darf keine Informationen weitergeben.«

»Sie lebt vielleicht noch! Gerade du …« Er räusperte sich, schlug einen versöhnlichen Tonfall an. »Wollen wir uns doch zu einem Kaffee treffen? Eine halbe Stunde Pause würde mir nicht schaden.«

Vor allem nicht, wenn sie ihm einen Hinweis liefern konnte. Jasmin schloss die Augen. Sie hätte nicht anrufen sollen. Fahrni litt wie kein anderer Polizist unter dem Grauen, das er bei der Arbeit sah. Schon mehrmals war er kurz davor gewesen zu kündigen, es erstaunte Jasmin, dass er es noch nicht getan hatte. Dieser Fall würde ihn nicht loslassen, bis man Lara Blum gefunden hatte. Wenn sich herausstellte, dass sie zu spät kamen, würde das eine weitere Narbe auf seiner Seele hinterlassen.

Jasmin strich sich über die Schlangentätowierung. »Pal ist es genauso wichtig, Lara Blum zu finden. Ihm sind leider die Hände gebunden, aber ich habe mehr Möglichkeiten.« Mit diesen Worten begab sie sich auf Glatteis. Schließlich hatte sie die gleichen legalen Möglichkeiten wie Pal.

Fahrni schwieg wissend.

»Habt ihr das Handy?«, fragte Jasmin noch einmal.

»Nein«, antwortete er schließlich. »Wir haben es zu orten versucht, den Parkplatz und die Umgebung durchkämmt, es ist unauffindbar. Es muss beim Aufprall beschädigt worden sein. Lass uns etwas trinken gehen«, insistierte er. »Ich würde dich wirklich gern wiedersehen.«

Und über den Fall reden, dachte Jasmin, aber nicht am Telefon. Würde sie es schaffen, sich Fahrni gegenüber nicht als Polizistin, sondern als Hilfsperson von Pal zu präsentieren?

»Bitte«, sagte er leise.

Er war es gewesen, der sie damals gefunden hatte. Ohne ihn wäre sie jetzt tot. Er kannte sie wie kein anderer, besser sogar als Pal. Informationen vor ihm zu verbergen, würde nicht einfach sein. Andererseits traf auch das Umgekehrte zu. Fahrni war für sie ein offenes Buch, sie würde viel erfahren, ohne dass er es aussprach.

»Einverstanden«, sagte sie.

Er schlug ein Lokal vor, das sich weit entfernt vom Kripo-gebäude befand. »In einer Stunde?«

»Perfekt. Und, Tobi, ich freue mich wirklich, dich zu sehen.«

Ein Kombi fuhr auf den Parkplatz. Eine Frau stieg aus, aus dem Fond des Wagens klang Hundegebell. Als die Frau die Heckklappe öffnete, sprang ein Collie heraus und rannte auf Jasmin zu. Die Frau entschuldigte sich umständlich und nahm den Hund an die Leine.

»Kein Problem, ich habe selber einen Hund«, log Jasmin. »Ich fahre im Sommer für zwei Wochen weg und kann ihn leider nicht mitnehmen. Deshalb sehe ich mich nach einem Tierheim um.«

»Dann sind Sie hier goldrichtig. Luna war schon vier Mal da, wir haben nur gute Erfahrungen gemacht. Welche Rasse hat Ihr Hund?«

»Er ist ein Mischling.«

»Wie heißt er?«

Jasmin fiel kein Name ein. »Pal.«

»War Pal schon mal in einem Heim?«

Jasmin schüttelte den Kopf. Die Frau zählte auf, worauf man bei der Wahl des Tierheims achten sollte. Gemeinsam spazierten sie zum Eingang. Während die Mitarbeiterin am Empfang noch mit dem Collie beschäftigt war, sah sich Jasmin um. An den Wänden hingen Tierbilder und Kinderzeichnungen, auf einem Tisch lagen Merkblätter über Tierhaltung. Die angrenzenden Zimmer waren für Katzen bestimmt, hier gab es Kissen, Kletterbäume und sogar eine Hängematte.

Die Mitarbeiterin führte den Collie aus dem Raum und versprach, gleich wieder zurück zu sein.

»Darf ich mitkommen?«, fragte Jasmin. »Ich möchte mir gern ansehen, wo die Hunde untergebracht sind.«

»Klar.«

Eine Tür trennte die Katzenzimmer von dem Hundebereich ab. Auch dort waren die Räume groß, durch eine Klappe konnten die Tiere nach draußen gehen, wann immer sie wollten. Die Zwinger grenzten an den Wald, einen Spazierweg sah Jasmin nicht. Es war unwahrscheinlich, dass Lara Blum während der Arbeit beobachtet worden war, es sei denn, jemand hätte sich durch das dichte Gebüsch gezwängt, was Jasmin bezweifelte. Die Hunde hätten sofort angeschlagen.

»Ziemlich abgelegen«, stellte Jasmin fest, nachdem die Besitzerin des Collies sich verabschiedet hatte.

»Hier oben stört das Hundegebell niemanden«, erklärte die Mitarbeiterin.

»Haben Sie keine Angst?«

Die Mitarbeiterin schluckte, ein bekümmerter Ausdruck lag auf ihrem Gesicht.

»Entschuldigen Sie«, sagte Jasmin. »Ich wollte nicht …« Sie rieb sich die Arme. »Ich habe früher in einem Tankstellenshop gearbeitet. Wir wurden … überfallen. Mitten am Tag. Seither frage ich mich immer, ob … deshalb habe ich mir einen Hund zugelegt.«

»Ich weiß, was Sie meinen«, gestand die Frau. »Vor einigen Tagen wurde eine Kollegin unten auf dem Parkplatz angegriffen.«

Jasmin schlug die Hand vor den Mund.

»Sie haben vielleicht von dem Fall gehört, es steht in allen Zeitungen.«

»Aber nicht etwa die Studentin? Laura oder …?«

»Lara, ja. Ich kann es immer noch nicht fassen. Sie ist die liebenswerteste Person, die ich kenne. Sie kam mit jedem Tier zurecht, und sie war sich auch zum Putzen nicht zu schade. Viele Aushilfen glauben, dass sie bei uns Katzen streicheln und Hunde spazieren führen können. Unsere Arbeit besteht aber hauptsächlich darin, Zwinger zu fegen, Katzenkistchen zu reinigen und im Haus sauber zu machen. Lara hat das sofort begriffen. Dabei hatte sie es gar nicht nötig. Ihre Familie ist reich, ihr Vater … in den Zeitungen steht, dass der Täter kein Lösegeld gefordert hat.«

»Warum arbeitet sie, wenn sie es nicht nötig hat?«, fragte Jasmin.

Die Mitarbeiterin kaute auf ihrer Unterlippe, sie schien die Frage nicht gehört zu haben. »Es ist einfach schrecklich. Ich frage mich die ganze Zeit, was er ihr angetan hat. Haben Sie das Foto gesehen?« Sie schauderte. »Ich habe nichts gegen Muslime, aber solche Typen sollte man aus der Schweiz ausweisen. Die gehören einfach nicht hierher.«

Jasmin versuchte, das Gespräch auf Lara Blum zurückzuführen. »Sie hat sich bestimmt gefürchtet, allein zur Bushaltestelle zu gehen.«

»Überhaupt nicht«, widersprach die Angestellte. »Sie war nicht ängstlich. Manchmal spazierte sie sogar allein durch den Wald. Ich bleibe immer in Reichweite der Überwachungskamera, wenn ich das Tierheim verlasse.«

»Bei uns an der Tankstelle gab es auch eine Kamera«, sagte Jasmin. »Nur deswegen hat man den Täter überhaupt gefunden. Es hat sich herausgestellt, dass er eine Woche zuvor den Shop ausgekundschaftet hat.«

»Der Lieferwagen war am Sonntag und am Montag auch schon hier. Wenn ich mir vorstelle, dass es auch mich hätte treffen können …«

»Hat niemand den Wagen gemeldet?«

»Den Parkplatz sieht man vom Heim aus nicht, bloß den Weg zur Treppe. Die Polizei hat sich alle Aufnahmen der Überwachungskamera angeschaut, so hat sie den Lieferwagen entdeckt.« Plötzlich merkte sie, dass es schlecht fürs Geschäft war, wenn sie Jasmin Angst einjagte. Sie versuchte zu lächeln. »Machen Sie sich keine Sorgen. Wir holen Sie am Parkplatz ab, wenn Sie Ihren Hund bringen.«

Jasmin bedankte sich und nahm eine Preisliste mit. Die

Sonne stand hoch am Himmel, Jasmins Schatten kauerte hinter ihr, als wollte er sich verstecken. Sie betrachtete die Stelle, an der Saifullah geparkt hatte. Er war nicht ziellos umhergefahren, drei Mal hatte er hier gewartet. Weil er es von Anfang an auf Lara Blum abgesehen hatte? Kannte er die Studentin? Warum wusste er dann nicht, an welchen Tagen sie arbeitete? Warum hatte er nicht dafür gesorgt, dass der Tank voll war? In Gedanken strukturierte Jasmin den Tatablauf. Saifullah hatte sich überlegt, wo er Lara Blum überwältigen konnte, ohne dass ihr jemand zu Hilfe kam; er hatte einen Lieferwagen gestohlen und auf sie gewartet. Dann aber stellte sich heraus, dass er den falschen Tag gewählt hatte. Und als er sein Opfer schließlich packte, befand er sich sogar im Blickwinkel einer Überwachungskamera. War etwas Unvorhersehbares passiert? War ihm die Tat entglitten? Ein chaotisches Tatgeschehen bedeutete nicht unbedingt, dass der Täter impulsiv gehandelt hatte, es sagte aber einiges über seine Fähigkeit aus, mit Unerwartetem oder Stress umzugehen. Nach der Entführung hatte Saifullah die Kontrolle über die Ereignisse wieder zurückgewonnen. Es gelang ihm, sein Opfer unentdeckt zu verstecken. Danach machte er aber noch einen Fehler: Er fuhr zu weit und musste tanken. Jasmin wusste zu wenig über den Fall, um Rückschlüsse zu ziehen, fast kam es ihr aber vor, als trüge die Tat die Handschrift zweier verschiedener Täter.

12

Die Sonne schien durch das geschlossene Fenster und blendete Pal. Er schwitzte in seinem Jackett, das hatte Theresa Hanisch wohl beabsichtigt. Die Staatsanwältin saß hinter ihrem Schreibtisch im Schatten, neben ihr hackte der Protokollführer auf die Tastatur ein.

»Warum haben Sie sich nicht bei der Polizei gemeldet, als Sie das Foto von Daniel Schneider in der Zeitung sahen?«, fragte Hanisch.

»Was hätte das gebracht? Ich habe ihn seit drei Jahren nicht gesehen«, antwortete die Frau, die ihr gegenübersaß, mit tiefer Raucherstimme.

Hanisch verdrehte die Augen. »Kommen Sie, auch Ihnen muss klar gewesen sein, dass die Polizei den Mann noch nicht identifiziert hatte. Oder können Sie nicht lesen?«

Die Frau stand auf. »Ich geh eine rauchen«, sagte sie gehässig.

»Setzen Sie sich!«, befahl Hanisch. »Hier sage ich, wann wir Pause machen.«

Widerwillig setzte sie sich, der Blick, den sie Hanisch zuwarf, sprach Bände. Ines Ramirez besaß ein altes Arbeiterhaus in der Nähe der Wohnung von Pals Eltern. Um ihre Rente aufzubessern, vermietete sie das Zimmer im Dachgeschoss. Daniel Schneider war immer noch dort gemeldet, obwohl er vor über drei Jahren ausgezogen war.

Daniel Schneider. Pal betrachtete seinen Klienten. Unpassender hätte der Name kaum sein können. Wann hatte die Metamorphose eingesetzt? Wann war aus Daniel Schneider Mustafa Saifullah geworden? Vor allem, warum? War er als Jugendlicher auf der Suche nach Orientierung? Zufällig auf einschlägige Seiten im Internet gestoßen? Hatte er sich von dem romantischen Bild des Gotteskriegers leiten, von geschickter Rhetorik blenden lassen? War er von Freunden bekehrt worden, die ihm einfache Antworten auf schwierige Fragen anboten?

»Sie sind verpflichtet, einen Mieterwechsel zu melden«, warf Hanisch der Frau vor.

Ramirez verschränkte die Arme.

Hanisch seufzte laut. »Kommen wir nochmals auf die zehn Monate zurück, in denen Daniel Schneider bei Ihnen gewohnt hat. Hatte er Besuch von Freunden?«

»Er hatte nie Besuch, das habe ich Ihnen schon gesagt.«

»Telefonanrufe?«

»Woher soll ich das wissen?«

»Haben Sie keinen Festnetzanschluss?«

»Nein.«

»Bekam er Briefpost?«

»Vermutlich Rechnungen, aber so genau weiß ich das nicht mehr.«

»Ging er aus?«

»Er saß meistens in seinem Zimmer.«

»Hat er Freunde oder Familienmitglieder erwähnt?«

Ramirez spielte mit dem Verschluss ihrer Handtasche. »Darf ich wenigstens hier drinnen rauchen?«

Hanisch beugte sich vor. »Hat Daniel Schneider jemanden erwähnt?«

»Das weiß ich doch nicht mehr! Seinen Vater vermutlich, der wohnt in Brasilien, aber fragen Sie mich nicht nach seinem Namen.«

Pal versuchte, eine bequemere Haltung einzunehmen. Die Einvernahme war wie der Verkehr vor dem Gotthardtunnel: Kaum ging es mit der Kolonne ein paar Meter vorwärts, blieb sie auch schon wieder stehen. Seinen Klienten störte das offensichtlich nicht. Saifullah starrte ins Leere, weder seine ehemalige Vermieterin noch Hanischs tiefer Ausschnitt beeindruckten ihn. Eine weitere Stunde verstrich, in der Hanisch der Auskunftsperson bruchstückhaft Informationen entlockte. Der Protokollführer tippte stumm mit, den Blick auf den Bildschirm gerichtet. Pal hatte darum gebeten, dass Hanisch den Inhalt laut diktierte, denn nur so bekam er mit, ob der Wortlaut stimmte. Manchmal veränderten einzelne Wörter eine Aussage, im Nachhinein war es schwierig, sie zu korrigieren. Hanisch hatte die Bitte ohne Begründung abgelehnt.

»Wie sah das Zimmer von Daniel Schneider aus?«, fragte sie.

»Wie ein Zimmer halt aussieht.«

»Langsam reicht es! Sie wissen genau, was ich meine.«

Schmollend zählte Ramirez die Bilder auf, die an der Wand hingen. Der Beschreibung nach zeigten sie das runde Siegel des Propheten und verschiedene Zitate aus dem Koran. Die Flagge der Terrormiliz Islamischer Staat?

»Er mochte aber auch Tiere«, sagte sie. »Da war zum Beispiel die Zeichnung eines Löwen, und über seinem Bett hing ein grüner Vogel.«

Ein Adrenalinschub erfasste Pal. Der grüne Vogel kam in einem Hadith vor, einer Überlieferung von Zitaten und Handlungen des Propheten Mohammed, in dem das Märtyrertum beschrieben wurde. Er stand für die Seele eines Verstorbenen, der ins Paradies gekommen war. Der IS hatte den Begriff als Code für Märtyrer benutzt.

Beschäftigte sich Mustafa Saifullah mit dem Märtyrertod?

Bereits die Tätowierung auf seiner Brust zeugte von seiner Faszination für Gotteskrieger, der grüne Vogel aber war ein subtileres Symbol, eines, das auf eine ernsthafte Auseinandersetzung mit dem Thema hinwies.

Draußen schlugen die Kirchenglocken halb zwei. Saifullah rutschte von seinem Stuhl, fiel auf die Knie und begann zu beten. Die Polizisten, die ihn bewachten, setzten sich in Bewegung.

»Das gibts doch nicht!«, rief Hanisch. »Wir sind hier nicht im Zirkus!« Sie warf ihr blondes Haar zurück und wandte sich an Pal. »Tun Sie etwas! Oder werden Sie jetzt auch gleich damit beginnen?«

Pal sah sie ruhig an. Es war nicht seine Aufgabe, für Ordnung zu sorgen.

Hanisch schob ihren Stuhl zurück, er schrammte über den Linoleumboden. »Wir machen Pause.« Sie ging zur Tür, die Polizisten traten zurück.

»Darf ich jetzt eine rauchen?«, fragte Ramirez.

Zehn Minuten später saß Saifullah wieder auf seinem Stuhl. Auf Hanischs Schreibtisch stand eine Tasse Kaffee, Ramirez schob sich eine Minzpastille in den Mund. Der verführerische Kaffeeduft ließ Pal das Wasser im Mund zusammenlaufen, doch Hanisch machte keine Anstalten, ihm auch eine Tasse anzubieten.

Die weiteren Fragen der Staatsanwältin förderten nur wenig Informationen zutage. Immerhin wusste Pal nun, dass Daniel Schneider ein Einzelgänger war und oft Mühe gehabt hatte, die Miete zu bezahlen. Seine Mutter hatte den Vater und ihn verlassen, das hatte er Ramirez erzählt, als sie ihn einmal nach seinen Familienverhältnissen fragte.

Pal betrachtete Hanisch. Was sie dazu sagen würde, wenn sie wüsste, dass er die Identität seines Klienten preisgegeben hatte?

»Eine letzte Frage noch«, sagte sie. »Sie behaupten, Daniel Schneider habe nie Frauenbesuch gehabt.«

»Das behaupte ich nicht nur, das war auch so«, sagte Ramirez.

»Aber Sie hatten es ihm nicht verboten?«

»Natürlich nicht!«

»Gab es noch andere Hinweise auf sein gestörtes Verhältnis zu Frauen?«, fragte Hanisch.

»Das ist eine Suggestivfrage«, wandte Pal ein. »Dass Daniel Schneider keinen Frauenbesuch hatte, bedeutet nicht, dass er ein gestörtes Verhältnis zu Frauen hat.«

»Natürlich tut es das! Ein junger Mann, der kein Interesse an Frauen zeigt?« Hanisch schnaubte.

»Vielleicht hat er sie woanders getroffen«, beharrte Pal. »Oder er war – «

»Frau Ramirez«, unterbrach Hanisch, »Sie haben gesagt, Daniel Schneider habe immer in seinem Zimmer gesessen.«

»Meistens«, korrigierte Pal.

Hanisch drehte sich zu ihm hin. »Ich rede mit Frau Ramirez, nicht mit Ihnen.«

»Dann zitieren Sie sie bitte richtig.«

»Haben Sie auch ein Problem mit Frauen?«, schnauzte Hanisch.

»Wie bitte?« Pal war fassungslos.

»Frau Ramirez, fahren Sie fort«, sagte Hanisch.

Pal hob die Hand und schaute zum Protokollführer. »Haben Sie den Wortwechsel notiert?«

»Sinngemäß«, sagte der junge Polizist mit einem Seitenblick zu Hanisch.

»Bitte lesen Sie mir die Stelle vor«, verlangte Pal.

»Sie können das Protokoll im Anschluss kontrollieren«, lehnte Hanisch ab. »Wie das bei Einvernahmen üblich ist.«

»Ich bestehe darauf.«

»Als Verfahrensleiterin habe ich das Sagen!«

Pal wandte sich wieder an den Polizisten. »Bitte notieren Sie, dass die Staatsanwältin sich weigert, mir die Stelle vorzulesen.«

Der Protokollführer sah Hanisch fragend an. Sie ignorierte ihn.

Pal bebte vor Wut, biss aber die Zähne zusammen. Wenn er die Beherrschung verlor, würde sein Klient darunter leiden. Mustafa Saifullah – nicht einmal in Gedanken konnte er ihn Daniel Schneider nennen – verfolgte den Schlagabtausch interessiert. Auf seinen Lippen lag wieder dieses Lächeln.

»Können wir jetzt weitermachen?«, fragte Hanisch.

»Wie Sie möchten.« Insgeheim formulierte Pal bereits die Beschwerde, die er im Anschluss schreiben würde.

13

Tobias Fahrni hatte sich in den letzten drei Jahren nur wenig verändert. Sein Gesicht war etwas runder geworden, und
unter seinem Hemd zeichnete sich ein Bauchansatz ab, aber
immer noch verliehen ihm die roten Wangen und die himmelblauen Augen den Anschein von Naivität. Jasmin ließ
sich nicht davon täuschen. Fahrni war zwar gutgläubig, nicht
aber unkritisch und schon gar nicht naiv. Dafür hatte er zu
viel erlebt in seinen achtzehn Dienstjahren.

»Du siehst gut aus«, sagte er.

»Danke.« Jasmin lächelte nervös. Sie wollte nicht über die
Vergangenheit reden, die unausgesprochenen Worte lagen
aber wie eine unsichtbare Mauer zwischen ihnen. Deshalb
fasste sie kurz zusammen, wie es ihr die letzten drei Jahre er-
gangen war. »Der Klinikaufenthalt hat mir gutgetan. Meine
Angst ist nicht weg, aber ich habe gelernt, mit ihr umzugehen.« Sie zeigte auf seinen Finger. »Du hast geheiratet. Bist
du glücklich?«

»Paz konnte nicht in der Schweiz bleiben. Ihre Aufent-
haltsbewilligung war abgelaufen. Wir mussten eine Entscheidung treffen.«

»War es die richtige?«

»Ich glaube, ja.« Er richtete den Blick auf die rot-weiß
karierte Tischdecke. »Sie ... wir können aber keine Kinder
haben.«

Seit Jasmin ihn kannte, hatte sich Fahrni nach einer

Familie gesehnt. Obwohl er warmherzig und zuverlässig war, hatten seine Beziehungen nie mehr als ein paar Jahre gehalten. Beide hatten sie Träume begraben müssen, diese Erkenntnis gab Jasmin das Gefühl von Ebenbürtigkeit.

»Ich möchte noch viel mehr wissen, aber du hast wenig Zeit«, sagte sie. »Holen wir es ein anderes Mal nach? Beim Sonntagsbraten vielleicht?« Er hatte sie immer wieder zu seinen Eltern eingeladen, sie hatte jedes Mal abgelehnt.

Er lachte. »Ich nehme dich beim Wort!«

»Lara Blum«, sagten sie gleichzeitig.

Jasmin machte eine Kopfbewegung. »Du zuerst.«

Fahrni rührte in seiner heißen Schokolade. »Du weißt, wie wir arbeiten. Wir sind Tag und Nacht dran. Interkantonale Sonderkommission, das ganze Programm. Leider haben wir noch keine konkrete Spur.« Er klang, als spreche er mit einem Medienvertreter.

Jasmin versuchte, ihre Enttäuschung zu verbergen. Sie hatte gehofft, dass er sich ihr anvertrauen würde. Vielleicht hätte sie Pilecki treffen sollen, Jasmin hatte in der Vergangenheit mehrmals erlebt, dass dieser im Namen der Gerechtigkeit Vorschriften missachtete, ja sogar gegen das Gesetz verstieß.

»Ihr wisst jetzt immerhin, wie Saifullah richtig heißt«, sagte sie.

Fahrni blinzelte überrascht, dann stellte er fest: »Pal hat es dir erzählt. Ja, das wissen wir jetzt. Der Hinweis kam von einer Anwältin. Ihr Klient möchte anonym bleiben.«

Von einer Anwältin hatte Pal nichts gesagt, doch der Schachzug war klug. »Wer hat den Medien von Mustafa Saifullahs Tattoo erzählt?«, fragte Jasmin.

Fahrni hob die Hände. »Wir nicht!«

»Also die Staatsanwaltschaft?«

»Das habe ich nicht gesagt.«

Jasmin traute es Hanisch zu, dass sie die Information der Presse zugespielt hatte. Sie brachte sogar ein gewisses Verständnis dafür auf. Dass man damit nur den Hass der Bevölkerung schürte, hatte die Staatsanwältin nicht wissen können. Oder doch? Hatte sie das beabsichtigt? Damit sie Grenzen überschreiten konnte, ohne dafür belangt zu werden? Auch Richter waren bloß Menschen, sie ließen sich genauso durch die Berichterstattung beeinflussen wie die Öffentlichkeit.

»Redet er mit Pal?« Fahrnis Blick war herausfordernd.

»Nicht direkt.«

»Was wirst du jetzt tun?«

Mit anderen Worten, er wollte wissen, ob Pal ihr einen Hinweis geliefert hatte, dem sie nachgehen würde. Jasmin überlegte, wie sie Fahrni klarmachen sollte, dass auch sie keine Spur hatte.

»Ich beschäftige mich im Moment mit den Aufnahmen der Überwachungskamera«, sagte sie.

Fahrni lehnte sich zurück. Jasmin kam auf das Handy zu sprechen. Fahrni deutete an, dass die Polizei es noch nicht gefunden hatte. Mit welchen Sendemasten es sich während der letzten Monate verbunden hatte, konnten die Techniker auch ohne Telefon abklären. Nicht aber, ob Fotos oder andere Dateien darauf gespeichert waren. Es sei denn, Lara Blum benutzte eine Cloud.

»Lohnt es sich, nach dem Handy zu suchen?«, fragte Jasmin.

»Es könnte uns wichtige Hinweise liefern.«

Also gab es keine Cloud. Jasmin trank einen Schluck Cola. »Sind wirklich keine Lösegeldforderungen eingegangen?«

Fahrni zögerte, schüttelte dann den Kopf.

Jasmin lenkte das Gespräch weg von den konkreten Ermittlungen, stellte keine Fragen, sondern dachte laut nach. Fahrni entspannte sich.

»Schon seltsam, dass es keine Spur von Lara Blum gibt«, sagte sie. »Besonders geschickt ist Saifullah nicht vorgegangen.«

»Das beschäftigt mich auch«, gestand er. »Vielleicht hatte er schlicht und einfach Glück. Oder er hat doch sorgfältig geplant, dann lief bei der Entführung etwas schief.«

»Er war auch vorher nicht besonders geschickt. Immerhin hat er das Tierheim zwei Tage lang aus einem gestohlenen Lieferwagen heraus beobachtet. Und das gleiche Fahrzeug benutzt, um Lara Blum zu entführen.«

Fahrni zog die Augenbrauen hoch.

»Abgesehen davon legt ein Lieferwagen mit einem vollen Tank rund tausend Kilometer zurück«, fuhr Jasmin fort, bevor er fragen konnte, woher sie die Information hatte. »Es gibt keinen Grund, nach drei Stunden zu tanken. Es sei denn, der Tank war bei der Entführung nicht voll.«

»Was wieder auf eine schlechte Planung hindeutet«, ergänzte Fahrni. »Genau den Schluss haben wir auch gezogen.«

Jasmin nahm einen runden Untersetzer in die Hand und rollte ihn bis zur Tischmitte. Dort übernahm Fahrni mit einem zweiten Untersetzer die Weiterfahrt. Er rollte damit bis zur Tischkante, wo er ihn fallen ließ.

»Interpol ist eingeschaltet«, sagte er.

Auf dem Weg zur Kampfsportschule ging Jasmin der Gedanke, dass zwei Täter an der Entführung beteiligt waren, nicht aus dem Kopf. Sie dachte an den Fall eines britischen Models, das entführt und an den Meistbietenden verkauft worden war. Die blonde Lara Blum würde zweifelsohne einen hohen Preis erzielen. Jasmin schauderte bei der Vorstellung, was die junge Frau vermutlich gerade durchmachte. Finanzierte der Erlös terroristische Aktivitäten? Das würde Saifullahs Schweigen erklären.

Das Fight unterschied sich nicht von den anderen Kampf-sportschulen, in denen Jasmin jahrelang trainiert hatte. Der Geruch war ihr genauso vertraut wie die Stimmung; die Bewegungen der Kämpfer folgten überall den gleichen Abläufen. Automatisch spannte Jasmin die Muskeln.

Ein Trainer begrüßte sie. »Du bist keine Anfängerin«, stellte er fest.

»Nein.« Jasmin knackte mit den Knöcheln.

»Was kann ich für dich tun?«

Sie entdeckte eine kleine Narbe an seinem Kinn. »Ich war lange im Ausland, jetzt will ich hier weitertrainieren.«

»Selbstverteidigung? Oder mehr in Richtung Aerobic? Wir haben zwei Kampfsport-Aerobic-Gruppen, dienstags und donnerstags.«

»Kickboxen«, sagte Jasmin.

»Bieten wir auch an. Ich bin Amin«, stellte er sich vor. »Ich trainiere die Fortgeschrittenen. Am besten, wir machen ein Probetraining, damit ich sehe, wo du reinpasst. Wir haben Pointfighting und Light-Contact. Beim Pointfighting darfst du nur festgelegte Ziele treffen, beim Light-Contact werden die Schläge nicht mit voller Kraft ausgeführt.«

»Ich habe eher an Full-Contact gedacht«, sagte Jasmin. In Saifullahs Umfeld ging es im Training wohl kaum um leichte Schläge.

Amin musterte sie von oben bis unten. Sie brachte gerade mal vierundfünfzig Kilogramm auf die Waage. Zwanzig Jahre Kampfsporterfahrung und eine Polizeigrenadier-Ausbildung glichen ihre körperlichen Einschränkungen aber aus.

»Ich war lange in Thailand«, erklärte sie. »Dort habe ich täglich Muay Thai trainiert. Lowkick, Kämpfen im Clinch, Kopfschläge, das volle Programm.«

Amin nickte langsam. »Wir können es versuchen, aber du wärst die einzige Frau.«

»Kein Problem.«

Sie vereinbarten ein Probetraining. Jasmin verabschiedete sich mit einem Handschlag und unterdrückte ein Gähnen. In Thailand war jetzt Nacht, ihr Körper schrie nach Schlaf. Ob Pal schon zurück war? Sie schrieb ihm eine SMS. Als er nach einer Viertelstunde noch nicht geantwortet hatte, beschloss sie, ihren Bruder Ralf zu besuchen. Sie musste sich beschäftigen, um wach zu bleiben.

Ralf und seine thailändische Frau Fay waren überrascht, sie so kurz nach ihrer Rückkehr zu sehen. Jasmin setzte sich auf das hellgraue Kunstledersofa im Wohnzimmer und erzählte von ihrem Aufenthalt im Isan. Die Buddhastatue in der Ecke kam ihr vertraut vor, den Duft der Räucherstäbchen fand sie anders als früher angenehm. Fay legte Bambusuntersetzer auf den gläsernen Beistelltisch und brachte Cola und Bier. Sie schauten Fotos an, tauschten Familienneuigkeiten und Anekdoten aus Thailand aus. Kurz vor sechs meldete sich Pal endlich. Auf Jasmins Frage, wie es gelaufen sei, sagte er nur: Hanisch. Ralfs Einladung zum Abendessen nahm er dankend an. Jasmin rang ihrem Bruder das Versprechen ab, Pal nicht auf den Fall anzusprechen.

»Du warst in der Zeitung«, sagte die fünfjährige Loyola, kaum hatte Pal die Wohnung betreten.

Pal lächelte dünn.

Jasmin umarmte ihn. »Du siehst aus, als könntest du ein Bier vertragen.«

»Gern.«

Ralf holte das Bier, gemeinsam gingen sie ins Wohnzimmer, während Fay das Essen zubereitete. »Sag mal, ist es Muslimen nicht verboten, Alkohol zu trinken?«, fragte er.

Jasmin starrte ihren Bruder an. In all den Jahren hatte er Pal nie auf seine Religionszugehörigkeit angesprochen oder auch nur das geringste Interesse am Islam gezeigt.

»Gläubigen Muslimen, ja«, sagte Pal ungewöhnlich scharf.

Ralf bemerkte seinen gereizten Tonfall nicht. »Du isst aber kein Schweinefleisch, oder?«

»Nein.« Pal trank einen Schluck Bier.

Jasmin warf ihrem Bruder einen verärgerten Blick zu.

»Warum nicht?«, fragte Ralf unbeeindruckt.

»Können wir das Thema wechseln?«, bat Jasmin.

»Weil ich es nicht mag!«, sagte Pal.

Jasmin war unbehaglich zumute. Es brauchte viel, bis Pal die Beherrschung verlor, jetzt aber stand er kurz davor. Sie legte ihm die Hand auf den Arm.

»Herr Mansur isst auch keine Schweine«, sagte Loyola.

»Wer ist Herr Mansur?«, fragte Jasmin, um das Thema zu wechseln.

»Ein Arschhochbeter«, kicherte das Mädchen.

»Klappe, Loyola!«, schimpfte Ralf.

Ein leichtes Zittern ging durch Pals Körper. Wie in Zeitlupe stellte er sein Bierglas hin, er war schon aufgestanden, als Fay in der Tür erschien. Mit einem sanften Lächeln erklärte sie, das Essen sei bereit.

»Danke, Fay«, sagte Pal. »Ich muss leider gehen.«

Ralf sprang auf. »Komm schon, das – «

»Halt die Schnauze!«, zischte Jasmin.

Ralf breitete die Arme aus. »Scheiße, Mini, das war doch nicht ernst gemeint!«

Sie verdrehte die Augen und folgte Pal.

Loyola rannte ihnen nach. »Herr Mansur hat zu Hause einen Pinguin!«

14

Es war dunkel im Wohnzimmer, nur das Tablet spendete ein rechteckiges Licht. Pal saß am Esstisch, scrollte durch die Zeitung und versuchte zu verstehen, was er da las. Ein Schweizer Jihadist stand vor Gericht, die abgesagte islamische Konferenz fand nun doch statt.

Lebt sie noch?

Lara Blum wurde seit fünfeinhalb Tagen vermisst. Einhundertsiebenundzwanzig Stunden. Wenn Jasmins Vermutung zutraf und es einen zweiten Täter gab, könnte sie jetzt irgendwo auf der Welt sein. Wenn sie lebte. Arschhochbeter.

Er hörte leise Schritte, die auf ihn zukamen. Jasmin schlang die Arme um seinen Oberkörper, die Haut schlafwarm, die Brüste weich.

»Kommst du wieder ins Bett?«, flüsterte sie.

»Bald«, versprach er.

Sie blieb stehen, er spürte ihren Atem an seinem Ohr, ihren Herzschlag.

»Er hat es nicht so gemeint«, sagte sie leise. »Ralf hatte schon immer eine große Klappe.«

Pal seufzte. »Weiß er, wie viel Schaden er damit anrichtet?«

»So weit denkt er nicht.«

»Arschhochbeter.« Er schüttelte den Kopf. »Pinguin.«

»Wie kommt Loyola darauf, dass dieser Herr Mansur, wer immer er ist, zu Hause einen Pinguin hat?«, fragte Jasmin.

»Das ist ein Schimpfwort für eine Frau, die eine Burka trägt. Vermutlich trägt die Person, von der sie gesprochen hat, gar keine Burka, sondern einen Nikab oder bloß ein Kopftuch, aber wer achtet schon auf solche Details.« Er hörte die Bitterkeit in seiner Stimme, sie gefiel ihm nicht. In einem neutralen Tonfall fuhr er fort: »Man braucht eine dicke Haut, um solche Beleidigungen wegzustecken.«

»Ich weiß.« Jasmin setzte sich auf seinen Schoß. »Und das treibt viele direkt in die Arme von Radikalen.«

»Vielleicht nicht direkt«, räumte Pal ein, »aber es kann in diese Richtung gehen. Zumindest bei Jugendlichen, die auf Identitätssuche sind.« Er zog Jasmin näher an sich heran, legte die Wange an ihren Rücken. Irgendwo im Haus rauschte eine WC-Spülung, dann war es wieder still. »Man verspricht ihnen das Paradies, zurück bleibt oft nur Enttäuschung.«

Jasmin drehte das Tablet, das auf dem Tisch lag, und klickte auf den Artikel über die Islamkonferenz. »Warum ist die Konferenz umstritten? Ich finde es gut, wenn man über den Islam diskutiert.«

»Weil eine Organisation dahintersteckt, die einen salafistischen Islam vertritt. Der Regierungsrat befürchtet, dass die Redner, die auf der Konferenz auftreten, dort extremistisches Gedankengut verbreiten. Er wollte sie verbieten, mit dem neuen Nachrichtendienstgesetz ist das jetzt möglich, aber dann hat die Firma, der die Räume gehören, die Veranstaltung von sich aus abgesagt. Warum sie jetzt plötzlich doch stattfindet, verstehe ich nicht.«

»Vielleicht befürchtet die Firma Vorwürfe wegen Rassismus«, mutmaßte Jasmin. »Das ist schlecht fürs Image.«

Pal überflog den Artikel, einen Grund für die Meinungsänderung fand er darin nicht. »Das Ganze erinnert mich an die Diskussion über die Koran-Verteilaktion *Lies!*. Der

Zürcher Regierungsrat wollte sie verbieten, der Sicherheitsvorstand war dagegen.«

»Verbote sind heikel«, gab Jasmin zu bedenken. »Wenn
eine Organisation abtaucht, kann man sie schlecht überwachen.«

»Der Sicherheitsvorstand berief sich auf die Meinungs-
und Religionsfreiheit. Er behauptete, es gebe keine Beweise,
dass *Lies!* Personen radikalisiere. Vor allem in der Schweiz
nicht.«

Jasmin schnaubte. »Typisch Linke. Muss zuerst etwas
passieren?«

Pal zuckte die Schultern. »Viele wollen wirklich nur den
Koran verteilen. Vielleicht ist es besser, die Aktion zu ignorieren, statt sie zu verbieten. Ein Verbot würde sie nicht nur
radikalisieren, sondern auch das Denken in Feindbildern
fördern. Die Betroffenen sehen sich als Opfer.«

Jasmin schwieg.

»Man muss gemäßigte muslimische Organisationen in
den Dialog mit einbeziehen«, sagte Pal nachdenklich. »Manche Imame leisten Erstaunliches.«

»Nicht alle sind gemäßigt. Einige rufen zu Gewalt auf,
auch in der Schweiz«, gab Jasmin zu bedenken.

»Umso wichtiger, dass man Ausbildung und Finanzierung
nicht fundamentalistischen Kreisen überlässt, wie es heute
geschieht.«

Jasmin gähnte. »Lass uns morgen weiterreden. Komm
wieder ins Bett.«

Pal küsste sie. »Geh schon mal voraus. Ich komme gleich
nach.«

Sie warf ihm einen skeptischen Blick zu, verschwand dann
aber im Schlafzimmer. Das Tablet schaltete in den Ruhemo-
dus, Dunkelheit umgab Pal. Die Grenzen des Raums verschwanden und mit ihnen die Barrieren, die seine Gedanken

seit dem Besuch bei Ralf blockiert hatten. Er lehnte sich im Stuhl zurück, streckte die Beine von sich. Er sah Saifullahs Lächeln vor sich, dieses seltsam entrückte, wissende Lächeln, und hörte ihn nach dem Datum fragen. Wenn ein zweiter Täter involviert war, ergab Saifullahs Schweigen plötzlich einen Sinn: Er wartete auf etwas. Aber was hatte Lara Blum damit zu tun?

Pal knackte mit den Knöcheln, an Schlaf war nicht zu denken. Er beschloss, die Beschwerde über Hanisch zu schreiben. Man würde kaum Schritte gegen sie einleiten, wenn er sich aber nicht formell beklagte, könnte man daraus schließen, dass er ihr Vorgehen akzeptierte, und das schadete seinem Klienten. Er nahm seinen Laptop aus der Aktenmappe. Die Briefpost, die er nach der Einvernahme in der Kanzlei geholt hatte, rutschte heraus. Pal sah sie durch. Viele der Briefe stammten von Klienten, die eine Gefängnisstrafe absaßen, die meisten Absender erkannte Pal bereits an der Handschrift, einer aber war ihm fremd. Im Schein des Laptops öffnete er den Umschlag. Er zog ein Notizblatt heraus, von Hand beschrieben. Zwei Sätze nur, aber sie ließen Pal erstarren.

Muss Sie dringend sprechen. Es geht um Lara Blum.

15

Peter trinkt einen Schluck Kaffee, sein Gesicht ist hinter der Zeitung verborgen. Ich höre, wie er schluckt, er stellt die Tasse auf den Küchentisch und blättert um. Auf dem roten Fleck an seinem Haaransatz hat sich eine frische Kruste gebildet, sie kommt mir vor wie ein Ablaufdatum. Ich habe im Internet Bilder von Hautkrebs studiert, der Tumor bildet Metastasen in Lymphknoten und Organen. Dass Peter an den Folgen der Sonneneinstrahlung sterben wird, wo wir doch in der Dunkelheit leben, erscheint mir falsch und dennoch richtig. Eins plus eins gibt nicht zwei, auf die Nacht folgt nicht immer der Tag, das hat mich das Leben gelehrt. Über den Fleck reden wir nicht, genauso wenig wie über die Nacht, die nicht enden will. Doch auch Dinge, die nicht existieren, haben Stimmen. Der fehlende Arzttermin in Peters Kalender, die ausbleibende Rechnung. Das Regal im Bad, auf dem Heilsalben und Pflaster liegen sollten.

Tims Löffel schlägt gegen die Porzellanschale, erschrocken sieht er auf. Ich lächle, und er beugt sich wieder über seine Frühstücksflocken. Die Schokolade hat die Milch braun gefärbt, Zuckerkringel schwimmen obenauf. Delia bekam Bio-Müsli zum Frühstück, dazu gab es Saft oder Früchte. Mit einem der Äpfel, die ich ihr jeden Morgen in die Tasche steckte, hat sie der Pausenaufsicht die Brille von der Nase geschlagen. Sie behauptete, es sei ein Versehen gewesen, doch ich wusste es besser.

»Wie laufen die Proben fürs Theater?«, frage ich Tim.

»Gut.« Milch rinnt ihm übers Kinn.

»Kannst du deinen Text auswendig?«

Er nickt.

Peter trinkt seine Tasse leer, ich schenke ihm nach. Sein Handy vibriert kurz, es ist eine SMS, er ignoriert sie. Der Kühlschrank brummt, das Katzentörchen klappert. Ich weiß, dass Tim heimlich eine Katze aus der Nachbarschaft füttert, er versteckt Wurst und Käse hinter dem Grill auf dem Sitzplatz, manchmal auch Sahne. Wir haben keine Katze mehr, seit sich Delias Kater eine neue Bleibe gesucht hat. Tim nimmt seine Schale in beide Hände, trinkt die Milch aus und wischt sich mit dem Ärmel den Mund ab. Leise schiebt er den Stuhl zurück und verlässt die Küche.

Ich stelle Schale und Löffel in den Geschirrspüler, werfe den Kaffeesatz weg, spüle den Filter. Das Wasser rinnt mir über die Hände, sie werden schwer. Ich denke daran, dass Tim am Nachmittag keine Schule hat, und der Tag kommt mir unendlich lang vor. Als ich mich umdrehe, ist Peter weg. Viele Ehen zerbrechen am Verlust eines Kindes, hat meine Therapeutin gesagt. Unsere hat sich aufgelöst wie Rauch, der sich verflüchtigt. Da sind keine Scherben, die wir kitten könnten, keine Bruchstücke, die an das erinnern, was gewesen war. Nur die Fotoalben zeugen davon, dass wir einmal mehr waren als zwei Menschen, die unter einem Dach atmen, schlafen, essen.

Eine Unruhe ergreift mich. Noch zehn Minuten, bis ich die Rolle der Ehefrau und Mutter abstreifen kann. Sie fühlt sich an wie ein Kleid, das nicht passt, in das ich aber trotzdem jeden Tag wieder schlüpfe. Als Kind hat Delia meine Röcke angezogen, dazu meine Absatzschuhe. Sie stopfte sie mit Zeitungen aus, damit sie ihr nicht von den Füßen rutschten. Ich verbot ihr, meinen Lippenstift zu benutzen, sie malte ihre Lippen mit rotem Filzstift an. Als Jugendliche trug sie keine Röcke mehr. Zur Hochzeit ihres Patenonkels erschien sie in löchrigen Jeans und einem bauchfreien Top.

»Tschüss?« Tim steht in der Tür, der Schulranzen ist viel zu groß für seine schmalen Schultern. An seinem Mundwinkel klebt Zahnpasta. Ich greife nach dem Abwaschlappen, wische sie weg, fahre ihm mit dem Lappen über die Haare am Hinterkopf, damit sie flach liegen.

»Tschüss.« Peter steht im Flur, geistergraue Hose, mausgraues Hemd, in der Hand eine Aktentasche voller Unwesentlichkeiten.

Ich schaue ihnen nach, die Hände auf die Küchenablage gestützt, richte meinen Blick wieder auf den Abfluss und warte. Ein Luftzug, als Tim die Haustür öffnet. Ein Klicken, als Peter sie schließt. Die verchromten Kleiderbügel klirren, dann verstummen auch sie. Ich wische die Hände an der Pyjamahose trocken, atme tief ein. Tims Stuhl steht schief im Raum, Peters Zeitung liegt auf dem Tisch, daneben ein Spritzer Milch. Die Kaffeemaschine ist noch eingeschaltet, die leere Kanne steht auf der Heizplatte.

Ich gehe nach oben, ins Schlafzimmer. Die Jalousien sind zu, der Raum liegt im Halbdunkel. Ich mache Licht, öffne den Schrank.

Das dritte Album ist größer als die ersten beiden. Dank der Spiralbindung haben mehr Fotos auf den Seiten Platz. Auf vielen ist Peter zu sehen. Als Delia zu sprechen begann, veränderte sich ihre Beziehung, sie wurde konkreter, fassbarer. Peters Unsicherheit verschwand, Delia war kein fremdes Wesen mehr, sondern ein Mensch, den er mit Worten erreichen konnte. Obwohl Peter nie viel spricht, überfordert ihn nonverbale Kommunikation. Es genügt ihm nicht, dass ich im grellen Licht die Augen zukneife, bei jedem Geräusch zusammenzucke. Ich muss das Wort Migräne aussprechen, damit er begreift, was mit mir los ist.

Ich blättere um. Delia ist drei Jahre alt. Drei Jahre und einen Tag. Drei Jahre und zwei Tage. Drei Tage. Fünf Tage. Die Zeitabstände zwischen den Aufnahmen sind so klein, dass ich einen Film vor mir habe. Statt einem Säugling auf dem Arm trug ich damals einen Fotoapparat in der Hand. Habe ich versucht, Zeit zu erzeugen? Aus Sekunden Minuten zu machen, aus Minuten Stunden? Ahnte ich, dass Delias Leben zu schnell vergehen würde? Dass es keine Bilder von Schulabschlüssen, runden Geburtstagen, Hochzeiten oder Geburten geben würde?

Das Festnetztelefon im Wohnzimmer klingelt. Der Ton hallt durchs Haus, vermischt sich mit der Leere. Das Album ist schwer auf meinen Knien, es enthält so viele kostbare Momente, so viele Erinnerungen. Würde ich damit ins Wasser springen, sänke ich auf den Grund. Jetzt klingelt mein Handy. Ich blättere um. Drei Jahre und sechs Tage. Sieben Tage. Acht Tage.

Als Tim nach Hause kommt, krieche ich aus dem Abgrund. Die leere Kaffeekanne steht immer noch auf der Heizplatte, der Milchspritzer neben der Zeitung ist immer noch da. Tim fragt nicht nach dem Mittagessen, mir wäre es lieber, er würde seine Enttäuschung zeigen.

»Heute gibt es eine Überraschung!« Meine Stimme klingt falsch, zu hoch, zu dünn.

Tim schaut mich skeptisch an.

»Ich dachte, wir könnten wieder mal auswärts essen.«

Jetzt schleicht sich ein Lächeln auf sein Gesicht. »Hamburger oder Kebab?«

»Du darfst wählen.«

»Hamburger!«

Ich lasse das Duschen aus, schlüpfe in eine Jeans, werfe

mir eine Jacke über. Erst im Auto merke ich, dass ich mich zu warm angezogen habe. Frischer Schweiß vermischt sich mit altem. Wir fahren ins Einkaufszentrum, Tim isst einen Hamburger, trinkt eine Cola. Da wir schon hier sind, erledige ich die Einkäufe, während Tim sich in der Elektronikabteilung umsieht.

»Frau Richter?«

Ich bleibe stehen, ein Bündel Bananen in der Hand. Die Frau, die vor mir steht, kenne ich nicht.

»Wir saßen beim Weihnachtsessen nebeneinander«, erklärt sie. »Vor drei Jahren.«

Vor drei Jahren. Im letzten Album. Ich erinnere mich vage. Sie trug eine rote Seidenbluse.

»Rita Krohn. Mein Mann arbeitet auch im Asset Management.« Sie zögert, blickt kurz auf ihre Füße, sucht die richtigen Worte, findet sie nicht. »Ich wollte nur fragen, ob alles … ich weiß, wir kennen uns kaum, aber mein Mann … er hat versucht, Sie zu erreichen, aber niemand ist rangegangen. Ist mit Ihrem Mann alles in Ordnung?«

»Mit Peter?«, wiederhole ich.

»Ich verstehe, wie schwierig das für Sie sein muss … nein, ich verstehe es nicht, man kann es vermutlich gar nicht verstehen, wenn man selbst nie … ich habe zwei Töchter, die Vorstellung, dass …« Sie klammert sich an ihren Einkaufswagen, ihre Knöchel sind weiß. »Wenn wir etwas für Sie tun können, bitte sagen Sie es uns!«

Ich nicke. Rita Krohn lächelt erleichtert, sie hat ihre Pflicht getan, sie weiß, dass ich sie nicht um Hilfe bitten werde. Sie schiebt ihren Einkaufswagen Richtung Käseabteilung.

Ich lege die Bananen auf die Waage.

16

Pal zog seinen Gürtel aus, legte ihn auf das Band und passierte den Metalldetektor. Im Besucherraum der JVA Pöschwies herrschte Sonntagsstimmung. Frauen versuchten, zappelnde Kinder in Schach zu halten, vor dem Snackautomaten hatte sich eine Schlange gebildet. Ein Angestellter überwachte das Geschehen durch die Scheiben eines Kabäuschens, ab und zu beugte er sich zu dem Mikrofon vor und gab eine Anweisung durch. Pal wurde in ein Anwaltszimmer geführt, wenig später kam sein Klient herein.

Bekim Krasniqi war vor drei Jahren wegen Drogendelikten und versuchter Tötung verurteilt worden. Seit der Berufungsverhandlung hatte Pal nichts mehr von ihm gehört. Als er ihn jetzt sah, staunte er über die Verwandlung des Kosovaren. Ein Bart bedeckte seine untere Gesichtshälfte, sein Blick, der früher rastlos von einem Punkt zum anderen gegangen war, ruhte auf Pal, und der ehemals aggressive Händedruck war herzlich.

»Ich wollte mich schon lange bei Ihnen entschuldigen«, sagte Krasniqi. »Ich war damals ein Ar... nicht sehr nett zu Ihnen. Ich hatte eine Scheißwut auf alles, meine Ex, die Bullen, das System. Aber Sie haben immer zu mir gehalten.«

Pal holte eine Schachtel Zigaretten hervor und schob sie über den Tisch. »Die habe ich Ihnen mitgebracht.«

Krasniqi schob sie zurück. »Ich rauche nicht mehr.«

Die Abstinenz, der Bart, die Entschuldigung. Krasniqi

hatte zu Gott gefunden. Pal wusste nicht, ob er sich darüber freuen oder besorgt sein sollte.

»Ich habe Ihren Brief bekommen.« Er schaute Krasniqi erwartungsvoll an.

Aus dem Besucherraum drang Kindergeschrei, eine Frauenstimme rief etwas in einer Sprache, die Pal nicht verstand.

Krasniqi kratzte sich. »Hoffentlich war es okay, Ihnen zu schreiben.«

Plötzlich war Pal unbehaglich zumute. Er fühlte sich wie damals, als sein Vater von Mira erfahren und ihn zu sich zitiert hatte. Instinktiv begriff er, dass er sich vor dem, was da auf ihn zukam, schützen musste. Er straffte die Schultern.

»Ich soll Ihnen etwas ausrichten. Vom Metzger.« Krasniqi befeuchtete seine Lippen. »Er sagt, er weiß etwas über Lara Blum.«

Der Metzger. Der Mann, der Jasmin entführt und drei Monate lang an ein Bett gefesselt hatte. Die Medien hatten ihn so genannt, weil er seine Opfer aufgeschnitten und ausgeweidet hatte. Pal saß wie versteinert auf dem Stuhl, unfähig zu reagieren. Erst als er Krasniqis Hand auf seiner spürte, kehrte Leben in seinen Körper zurück. Sein Herz begann zu hämmern, Angst machte sich in ihm breit. Ein Teil von ihm wollte fliehen, möglichst viel Abstand zwischen sich und das Monster legen, das Jasmins Leben zur Hölle gemacht hatte und von dem ihn nur einige Wände trennten. Unwillkürlich blickte er zurück.

»Keine Ahnung, ob es stimmt«, sagte Krasniqi. »Ich habe mich zuerst geweigert, Ihnen zu schreiben. Mit solchen Typen will ich nichts zu tun haben, aber dann dachte ich mir …« Er zuckte die Schultern.

Endlich fand Pal seine Stimme wieder. »Danke«, sagte er heiser.

»Alles okay mit Ihnen?«

»Ja. Wie geht es Ihnen?«

»Ich bin ein neuer Mann geworden. Allah hat mein Herz erobert, gepriesen sei er.«

»Das freut mich für Sie. Haben Sie noch Kontakt zu Ihrem Sohn?« Der Junge war etwa zwei Jahre alt, als Krasniqi verhaftet wurde.

»Ich habe jetzt zwei Söhne«, strahlte er. »Meine Frau praktiziert auch. Wenn ich rauskomme, fangen wir ein neues Leben an. Alles wird anders!« Er erzählte von seinen Plänen, dem Koranstudium, dem Imam, der das Gefängnis besuchte.

Pal bekam nur die Hälfte mit. Als er glaubte, lange genug zugehört zu haben, verabschiedete er sich. Er wollte gerade die Klingel betätigen, damit ein Aufseher ihn zum Ausgang brachte, da legte ihm der Kosovare die Hand auf den Arm.

»Noch etwas, Bruder. Der Metzger hat gesagt, er redet nur mit Ihrer Freundin.«

Die Sonne schien von einem wolkenlosen Himmel. Der Duft von frisch gemähtem Gras lag in der Luft, eine Amsel zwitscherte. Aus dem Gemeinschaftszentrum gegenüber des Gefängnisladens kam Musik, sie brachte in Pal keine Saite zum Klingen, auch die Schönheit des Frühsommertags nahm er nicht wahr. Seine Gedanken waren düster, die Angst um Jasmin verschmolz mit der Angst um Lara Blum, sie pochte wie ein dumpfer Schmerz. Nach jeder Hürde, die er bewältigte, wartete eine noch größere. Diese nun schien ihm unüberwindbar. Er öffnete den obersten Knopf seines Hemdes, dachte an die Gerichtsverhandlung des Metzgers. Jasmin war nicht hingegangen, doch Pal hatte jede Minute mitverfolgt, hatte auf den Rücken des Monsters gestarrt und zu fassen versucht, was dieser unscheinbare Mann getan hatte. Er sah Jasmins geschundenen Körper vor sich, die eitrigen Wunden an ihrem Rücken, die durch das lange Liegen entstanden waren. Übelkeit stieg in ihm auf. Er setzte sich auf seine Ducati, legte die Stirn in seine Hände.

Eine halbe Stunde verging, bevor er es schaffte loszufahren. Er fühlte sich kraftlos, als ein entgegenkommender Motorradfahrer die Hand hob, konnte Pal den Gruß nicht erwidern. Jasmin war zu Sokol gefahren, sie hatten vereinbart, sich dort zu treffen.

Sokol wohnte in einem Mehrfamilienhaus in Schlieren. Auf dem Besucherparkplatz erkannte Pal den X3 seines Schwagers, daneben das Cabrio seines zweitältesten Bruders. Der Spielplatz war mit leeren Bierdosen und Pizzaschachteln übersät. Eine Frau mit Kopftuch stieß eine Schaukel an, auf der ein Junge kniete, eine zweite Frau saß mit einem Säugling im Schatten eines Baums.

Vor Sokols Tür standen Schuhe in allen Größen, Jasmins Motorradstiefel waren nicht darunter. Kaum hatte Pal seine Begrüßungsrunde beendet, kam sie zur Tür herein.

»Da bist du ja!« Jasmin wedelte mit den Fingern, die mit Motorenöl beschmiert waren, und erklärte: »Sokol hat ein Problem mit seinem Wagen. Wie ist es gelaufen? Was war so dringend, dass dich dein Klient an einem Sonntag sehen musste?«

»Er glaubt, dass der Staatsanwalt einen Fehler gemacht hat.« Die Lüge kam ihm glatt über die Lippen.

Jasmin schnaubte. »Und jetzt hofft er, dass der Fall noch einmal vor Gericht kommt?«

»So ähnlich.«

Sie küsste ihn.

Normalerweise war es Pal unangenehm, wenn sie ihn vor anderen küsste, jetzt aber nahm er nur aus dem Augenwinkel wahr, wie seine Familie wegsah. Jasmins Augen leuchteten wie damals, als sie sich kennengelernt hatten. Er war aus dem

Haus eines Klienten gekommen, sie hatte vor seinem Motorrad gekniet und den Auspuff untersucht, den er gegen eine illegale Racing-Anlage ohne Drosselklappe ausgewechselt hatte. Grinsend hatte sie ihm verraten, wo die Verkehrspolizei Kontrollen durchführte.

Wie er diese Unbeschwertheit während der letzten drei Jahre vermisst hatte! Dass der Metzger sie ihr ein zweites Mal raubte, würde Pal nicht zulassen.

»Pal?« Jasmin sprach leise. »Ist etwas passiert?«

Er blinzelte, versuchte zu lächeln. »Nein, ich war nur in Gedanken woanders. Woran leidet der BMW diesmal?«

Seine Schwägerin reichte Jasmin einen Lappen, an dem sie sich die Hände abwischte. »Der Motor ruckelt. Ich vermute, dass ein Einspritzventil defekt ist. An den Zündspulen liegt es nicht, und die Zündkerzen sehen auch gut aus.«

»Ich tippe eher auf eine Steuerkettenlängung«, sagte Pals zweitältester Bruder, ebenfalls Automechaniker. Im Gegensatz zu Jasmin weigerte er sich, ein Fahrzeug zu untersuchen, wenn er nicht das nötige Werkzeug zur Hand hatte.

Jasmin zuckte die Schultern und sah Sokol an. »Ich fürchte, du wirst nicht darum herumkommen, den Wagen in die Werkstatt zu bringen.«

Pals Schwägerin kam mit einem großen Blech Flia aus der Küche. Sie setzten sich an den Tisch, und das Gespräch drehte sich jetzt um andere Themen. Sokol wollte wissen, ob Pal diesen Sommer nach Hause fuhr. Als Pal erklärte, dass er seinen Urlaub dazu nutzen wollte, an seiner Doktorarbeit zu schreiben, schüttelte sein Bruder verständnislos den Kopf.

»Wie kannst du deine Freizeit in einer Bibliothek verbringen?«, fragte sein Schwager.

Jasmin lachte. Pal wollte sie in den Arm nehmen, ein Bollwerk zwischen ihr und der Welt errichten, damit dieses Lachen nie mehr verstummte.

»Hat Kushtrim den Flug nach Michigan jetzt gebucht?«, fragte Sokol seine Schwester.

»Ja, vorgestern. Seiner Mutter geht es gar nicht gut. Doch es ist ihm nicht wohl dabei. Er hat Angst, dass sie ihn direkt vom Flughafen ins Gefängnis bringen.«

»Warum?«, fragte Pal perplex.

»Braucht es einen Grund? Es genügt, dass er Muslim ist!«

»Jetzt übertreib mal nicht«, sagte Sokol.

»Übertreiben?« Sie zeigte zum Fenster. »Da draußen ist es kein bisschen besser! Hörst du nicht, wie man über uns redet? Ich traue mich bald nicht mehr aus dem Haus!«

Rinor, der bis jetzt kein Wort gesagt hatte, sah von seinem Teller auf. »Amerika ist scheiße. Sie machen die Welt kaputt.«

»Jetzt komm nicht wieder damit!«, schimpfte Sokol.

»Was weißt du schon«, maulte der Jugendliche.

Sokol bekam einen roten Kopf. »Das reicht!«

Rinor stand auf. »Du hast von nichts eine Ahnung!« Er stapfte davon, eine Zimmertür schlug zu.

Am Tisch herrschte Schweigen.

Sokol wandte sich an Pal. »Das geht die ganze Zeit so! Er wird immer frecher, ich weiß nicht mehr, was ich tun soll.«

»Das ist bestimmt nur eine Phase«, antwortete Pal. »Seine Hormone spielen verrückt.«

»Kannst du nicht mal mit ihm reden? Du hattest schon immer einen guten Draht zu ihm.«

»Ich kanns versuchen.«

Sokol schaute ihn erwartungsvoll an.

»Jetzt?«, fragte Pal überrascht.

Jasmin runzelte die Stirn. »Soll ich? Ich bin nicht mit ihm verwandt, das macht es einfacher.«

Pal stand auf. »Ist ja gut, ich rede mit ihm.«

Rinors Zimmer befand sich am Ende des Flurs. Pal klopfte kurz an und trat ein. Sein Neffe saß vor einem Laptop, den er sofort zuklappte, als er Pal hörte. Das Zimmer war überraschend aufgeräumt. Früher hatte hier Chaos geherrscht, jetzt war das Bett gemacht, die Wäsche lag im Schrank, die Schulbücher standen in einer Reihe. Wo einst Bilder an den Wänden hingen, sah man helle Rechtecke. Auch Rinors Spielzeugauto-Sammlung war weg.

Pal deutete auf das leere Regal. »Was hast du damit gemacht?«

»Verkauft.«

»Bist du knapp bei Kasse?«

Rinor antwortete nicht.

»Schade, dass wir nicht ins Elsass gefahren sind«, sagte Pal. »Heute wäre der perfekte Tag für die Rennstrecke gewesen.«

Rinor zuckte die Schultern.

Pal betrachtete ein Hemd, das hinter der Tür an einem Bügel hing. »Wie heißt sie?«

»Wer?«

Pal setzte sich auf die Bettkante. »Das Mädchen.«

Der Blick, mit dem Rinor ihn bestrafte, beunruhigte Pal. Tiefe Verachtung lag darin. Der Versuch, ihn in ein Gespräch über seine Zukunftspläne zu verwickeln, schlug ebenfalls fehl. Schließlich stand Pal auf, klopfte seinem Neffen auf den Rücken und verließ das Zimmer. Aus dem Wohnzimmer hörte er, wie seine Schwester Jasmin fragte, wann sie endlich heiraten wollten. Pal ging ins Bad und spritzte sich kaltes Wasser ins Gesicht.

Es war, als hätte der Metzger gespürt, dass seine Macht über Jasmin schwächer geworden war, dachte er. Wusste er wirklich etwas über Lara Blum? Oder war ihm jedes Mittel recht, um an Jasmin heranzukommen? Pal wählte Miras Nummer. Die Erleichterung, die er empfand, als sie abnahm, überraschte ihn. Er erzählte ihr, was vorgefallen war, und beschrieb sein Dilemma.

»Willst du Jasmin nicht selbst entscheiden lassen, ob sie sich den Besuch zutraut?«, fragte Mira.

»Und sie vor die Wahl stellen, ob sie sich anstelle von Lara Blum opfern will? Besteht auch nur die geringste Chance, dass der Metzger etwas über die Entführung weiß, wird sie hingehen.«

»Vielleicht schafft sie es.«

»Und wenn nicht? Ich kann nicht dorthin zurück!«

»Geht es hier um sie oder um dich?«

Pal schwieg betroffen. Die Tat des Metzgers hatte auch sein Leben verändert. Zwar war er nie wirklich unbeschwert gewesen, vor Jasmins Entführung hatte es jedoch immer wieder Momente von Leichtigkeit gegeben. Seit drei Jahren nicht mehr.

»Um uns beide«, gestand er. »Und um unsere Beziehung.«

»Du liebst sie sehr.«

Pal hörte die Wehmut, die in ihrer Frage steckte. Hatte er Mira genauso geliebt? Warum hatte er sich dem Druck des Vaters gebeugt? Reagierte er so heftig, weil sich die Vergangenheit zu wiederholen drohte? Erneut versuchte jemand, einen Keil zwischen ihn und die Frau, die er liebte, zu schieben.

»Du hast mir auch viel bedeutet, trotzdem habe ich nicht um unsere Beziehung gekämpft. Den gleichen Fehler möchte ich nicht noch einmal begehen.«

Am anderen Ende war es still.

Es klopfte an der Tür. »Alles in Ordnung?«, fragte Jasmin.

»Bestens«, rief er.

Ihm war jetzt klar, dass er keine Wahl hatte. Er musste den Metzger treffen.

17

Frank Blum ging in seinem Büro auf und ab. Er war es gewohnt zu handeln, doch es gab nichts mehr, was er tun konnte. Er hatte Geschäftsfreunde kontaktiert, Gefallen eingefordert, Drohungen ausgesprochen. Sein Sicherheitschef arbeitete rund um die Uhr, alle zwölf Stunden erstattete er Bericht. Keine Spur von Lara.

Von seinem Büro aus sah Frank Blum direkt auf den Zugersee. Die Wasseroberfläche lag spiegelglatt am Fuß der Voralpen, die Welt stand an diesem Sonntagnachmittag still. Nur in seinem Inneren war sie in Aufruhr. Das Blut rauschte in seinen Adern, seine Gedanken rasten, Bilder zogen an ihm vorbei. Staubige Straßen, rostige Karren, nervöse Blicke, Kies und Sand. Ein anderes Büro, einem Fort ähnlich, in dem bei schwarzem Tee Allianzen geschmiedet wurden. Eva hatte ihn gewarnt, eines Tages würde er den Preis dafür zahlen. War dieser Tag gekommen? Warum jetzt? Nichts hatte sich verändert. Alles hatte sich verändert.

Sie machte ihm keine Vorwürfe. Als er nach dem Frühstück gegangen war, hatte sie ihm stumm nachgeschaut. Sie stellte auch keine Fragen, worüber er gleichzeitig froh und bestürzt war. Ihre Erwartungen an ihn waren immer hoch gewesen, er hatte das genossen und nichts getan, um sie zu dämpfen. Jetzt aber hatte sie keine. Weil sie die Hoffnung, dass Lara lebte, aufgegeben hatte?

Beton, Ziegen, Kinder, die auf einem staubigen Platz

hinter einem abgewetzten Fußball herjagen. Eine Vergangenheit, von der er glaubte, dass er sie hinter sich gelassen hatte. Vielleicht hatte nicht die Vergangenheit ihn eingeholt, sondern die Gegenwart. Was naheliegend ist, muss nicht notgedrungen in Wahrheit auch so sein, Freiheitskämpfer und Soldaten sind austauschbar. Fand dieser Krieg im Hier und Jetzt statt? Neider gab es überall. Idealisten, die Gleichheit anstrebten, aber nichts dafür tun wollten. Die eine Umverteilung der Güter verlangten und Menschen wie ihn für soziale Missstände verantwortlich machten, weil sie den Gedanken nicht ertrugen, dass sie ihr Unglück selbst herbeigeführt hatten.

Frank Blum setzte sich. Er griff nach dem Papierbeschwerer, den ihm Lara zum fünfzigsten Geburtstag geschenkt hatte. Ein Designerstück aus Chrom, es stellte einen Menschen dar, der auf dem Bauch lag. Eine versteckte Kritik? Er wusste es nicht. Wann hatte Lara aufgehört, mit ihm zu reden? Er war nie viel da gewesen, die Firma hatte seine ganze Aufmerksamkeit erfordert. Später, als er die Fabrik sanierte, wollte er ihr das Leben dort nicht zumuten. Streunende Hunde, Wäsche, die im Dieselgestank flatterte, Kinder, die Steine schleppten und in dunklen Hinterräumen an der Nähmaschine saßen. Eva war mit Lara in der Schweiz geblieben, er hatte sie besucht, sooft es ging. Als sich die Krise zuspitzte, wurden seine Besuche seltener, nach Kriegsausbruch blieben sie ganz aus.

Im Posteingang erschien eine E-Mail von seinem Sicherheitschef, angehängt war ein Foto. Seit zwölf Jahren arbeitete der Mann für ihn, Frank Blum hatte ihm sein Leben anvertraut, als sie über mondbeschienene Schotterstraßen fuhren, vorbei an zerstörten Häusern und Soldaten mit Kalaschnikows über der Schulter. Deshalb war ihm klar, dass das Foto von Bedeutung war.

Ein Sonnenstrahl fand den Weg auf den Computerbildschirm, für einen Moment verschwand die Mail. Blendeten ihn die Tatsachen ebenso? Sah er vor lauter Fakten die Hintergründe nicht? Ein Klicken, und er wüsste vielleicht, was mit seiner Tochter geschehen war. Frank Blum hatte schon als Kind immer alles wissen wollen. Wer welche Trümpfe in der Hand hielt, wer Geheimnisse verbarg, wer Fehler begangen hatte, wer wovon träumte. Wissen war Macht. Später hatte er gelernt, dass Wissen auch eine Belastung sein konnte. Als Unternehmer setzte er andere ein, die für ihn Wissen anhäuften und die Informationen filterten.

Frank Blum nahm eine Zigarettenschachtel aus der Schublade. Er rauchte seit Jahren nicht mehr, vor einhunderteinundvierzig Stunden hatte er wieder damit begonnen. Er nahm einen tiefen Zug, drehte den Bildschirm von der Sonne weg und öffnete die Mail.

Genf, vor fünfzig Minuten, schrieb der Sicherheitschef.

Frank Blum klickte auf das Foto.

18

Dumpfe Schläge, das Klatschen von nackten Füßen auf Kunststoff, ein Grunzen. Die Stimme eines Trainers, der Anweisungen gab. Die Melodie war Jasmin so vertraut wie ein Schlaflied. Sie hatte in Thailand dazugelernt, ihre Bewegungen waren schneller, präziser. Amin nickte anerkennend. Er setzte mehr Kraft ein, vertraute darauf, dass sie die Schläge abwehren würde. Sie überraschte ihn mit einem Fußstoß, er nahm ihr Bein in die Zwinge. Sie landete hart, sprang aber gleich wieder auf. Belauerte ihn mit wippenden Vorderfüßen, ging in Deckung, als seine Faust herausschoss.

Schließlich zog er die Handschuhe aus und wischte sich den Schweiß von der Stirn. »Viel kann ich dir nicht mehr beibringen«, gestand er widerwillig.

Jasmin wickelte die Bandagen von Handgelenken und Fingern. »Ich möchte nur in Form bleiben.«

»Schade, dass Claudio nicht mehr da ist, er hätte dich gern trainiert.«

»Claudio?«

Amin löste seine Knöchelstützen. »Klepic. Zweifacher Europameister.«

Jasmin sperrte die Augen auf. »Klepic hat hier trainiert? Warum hat er aufgehört?«

»Persönliche Gründe.« Amin wechselte das Thema, sie sprachen über Jasmins Ziele und das Trainingsprogramm. Jasmin erklärte, dass sie noch zwei Wochen Urlaub habe und während dieser Zeit täglich trainieren wolle. Nachdem sie geduscht hatte, erledigten sie das Administrative. Aus einer Eingebung heraus schrieb Jasmin ihren Namen mit Y, wie es auf Türkisch üblich war. Amin verabschiedete sich, er hatte eine Unterrichtsstunde. Jasmin bestellte eine Cola.

Die Frau, die Pal beschrieben hatte, arbeitete auch heute. Sie lehnte an der Theke und stellte sich mit Ela vor. Trotz der zierlichen Statur erinnerte sie Jasmin an Amin. Als sie eine Bemerkung über die Ähnlichkeit fallen ließ, erfuhr sie, dass Ela seine Schwester war.

»Boxt du auch?«, fragte Jasmin.

Ela schüttelte lächelnd den Kopf. »Das ist nichts für mich. Ist deine Familie einverstanden damit?«

»Mein Vater meinte zuerst, das gehöre sich nicht für ein Mädchen«, log Jasmin. »Als er aber sah, dass ich mich dadurch sicherer fühlte, gab er nach. Ich habe keine Brüder, die mich beschützen.«

Ela schaute Jasmin voller Bewunderung an. Jasmin schätzte sie auf Anfang zwanzig, ihr Verhalten ließ sie aber jünger erscheinen. Zwei Männer kamen aus der Garderobe und verlangten Proteinshakes. Während Ela eine Dose mit Pulver hervorholte, studierte Jasmin den Trainingsplan, der an der Wand hinter der Theke hing. Heute fand keine Unterrichtsstunde mehr statt.

Ein Mann mit bärtigem Vollmondgesicht und einer Sporttasche in der Hand betrat den Dojo, nur Sekunden später kamen fünf weitere Männer herein. Sie beachteten Ela nicht, sondern verschwanden grußlos in der Garderobe. Zwei weitere bärtige Männer folgten ihnen in einen hinteren Raum.

Jasmin deutete mit dem Kinn in ihre Richtung. »Sind das die Fortgeschrittenen? Trainiere ich in Zukunft mit ihnen?«

Ela servierte die Proteinshakes. »Nein, das sind ... waren

Claudios Schüler. Amin trainiert sie jetzt, aber nur vorübergehend.«

»Also doch Fortgeschrittene! Warum darf ich nicht mit ihnen trainieren?«

»Spezialkurs«, murmelte Ela.

Jasmin beglich die Rechnung. Zu viele Fragen würden Ela misstrauisch machen, sie musste sich gedulden. Einen Blick in den hinteren Raum konnte sie sich aber nicht verkneifen. Die Männer standen beisammen und redeten mit leisen Stimmen. Als Amin Jasmin entdeckte, schloss er rasch die Tür.

Jasmins Monster stand auf dem Besucherparkplatz, der vom Eingang am weitesten entfernt war. Die Polizei sollte keine Schwierigkeiten damit haben, einen Peilsender an ihrem Motorrad anzubringen. Sie ohne Genehmigung zu überwachen, war zwar verboten, der Polizei war aber garantiert jedes Mittel recht, um Lara Blum zu finden. Ein Peilsender bedeutete für Jasmin, dass sie mit ihren Kollegen kommunizieren konnte, ohne das Berufsgeheimnis zu verletzen. Als Hilfsperson von Pal galten für sie die gleichen Gesetze wie für einen Anwalt.

Der laue Frühsommerabend hatte die Menschen nach draußen gelockt. Jasmin kam an vollen Straßencafés vorbei, Musik drang aus offenen Fenstern. Ob Pal schon zu Hause war? Wieder überkam sie das ungute Gefühl, das sie beschlichen hatte, als sie ihn in Sokols Wohnung aus dem Bad kommen sah. Was verschwieg er? Keinen Moment hatte sie ihm abgenommen, dass er mit einem Klienten telefoniert hatte. Sie beschloss, in der Kanzlei vorbeizuschauen.

Vor der Eingangstür zögerte sie. Pal war in den letzten Jahren der feste Boden unter ihren Füßen, die einzige Konstante in ihrem Leben gewesen. Er war zu ihr in den Abgrund hinuntergestiegen und hatte dort mit ihr ausgeharrt, bis sie wieder fähig war, nach oben zu klettern. Sein Leben war in dieser Zeit stillgestanden, er hatte seine Doktorarbeit verschoben, fuhr nicht mehr Supermotorennen, im letzten Winter sagte er eine Reise in den Kosovo ab, um Jasmin nach Thailand zu begleiten. Hatte er genug davon, seine Bedürfnisse immer wieder zurückzustellen? Oder war es umgekehrt: Bereitete ihm die Tatsache Mühe, dass sie ihr Leben langsam wieder in den Griff bekam?

Es dauerte einen Augenblick, bis er die Tür aufschloss. Er öffnete sie zuerst nur einen Spalt, auf seinem Gesicht lag ein misstrauischer Ausdruck.

»Ich habe befürchtet, es könnte wieder ein Journalist sein«, erklärte er. »Wie war das Training?«

Sie setzten sich in sein Büro, und Jasmin erzählte von den Männern, die nach der letzten Unterrichtsstunde ins Fight gekommen waren.

»Muslime, die im Verborgenen trainieren, das gefällt mir ganz und gar nicht.« Pal presste die Lippen zusammen. »Du solltest dich dort nicht mehr blicken lassen, es könnte gefährlich sein.«

»Pilecki weiß, dass ich den Hinweisen nachgehe, die Saifullah dir gibt. Er wird mich observieren lassen.«

Pal verschränkte die Hände im Nacken und richtete den Blick zur Decke. Jasmin betrachtete sein kantiges Kinn, den flachen Bauch, die schmalen Hüften. Verlangen stieg in ihr auf, doch sie blieb sitzen. Er hatte eine unsichtbare Mauer um sich errichtet.

Er beugte sich vor und griff nach einem Stapel Papier auf dem Schreibtisch. »Ich habe dir eine Liste von Lara Blums Freunden und Bekannten zusammengestellt. Sie enthält alle Namen, die ich in den Befragungsprotokollen fand.«

Jasmin überflog die Liste. »Was weißt du über die Eltern? Außer, dass sie reich sind?«

»Nur, was in den Zeitungen steht. Der Vater ist in der Konzernleitung von Cementex, er – «

»Der Baustoffhersteller?«

Pal nickte. »Er stammt aus einfachen Verhältnissen, der klassische Selfmademan. Die Familie der Mutter ist wohlhabend, sie hat ihr Vermögen in der Pharmabranche gemacht.«

»Warum arbeitet Lara neben dem Studium?«

»Das weiß ich nicht.«

»Findest du es auch seltsam, dass keine Lösegeldforderungen eingegangen sind?«, fragte Jasmin. »Den Tätern muss doch klar sein, wen sie in ihrer Gewalt haben.«

»Vielleicht stehen nicht finanzielle Interessen im Vordergrund.«

»Sondern? Sexualtäter sind in der Regel Einzeltäter. Und wenn die Entführung ein terroristischer Akt ist, sind wir wieder beim Geld.«

»Ich muss noch eine Beschwerde schreiben«, sagte Pal. »Willst du schon mal nach Hause gehen?«

Jasmin sah ihn lange an. Pal wandte sich von ihr ab. Schließlich stand sie auf und verließ die Kanzlei.

Pal schloss die Augen. Hätte sie ihren Thailandaufenthalt doch nicht abgebrochen. Dort wäre sie jetzt in Sicherheit. Er schämte sich für den Gedanken. Ihr Leben fand hier statt, er würde nicht zulassen, dass der Metzger es wieder zerstörte.

Pileckis Nummer leuchtete auf dem Handydisplay auf. Pal nahm den Anruf entgegen.

»Arbeiten Sie noch? Theresa Hanisch will Schneider sehen.«

»Jetzt?« Pal sah auf die Uhr. 20.50.

»Wir haben seine Telefondaten.«

»Ich bin in zehn Minuten dort.«

Erst als Pal in der Abenddämmerung zum Helvetiaplatz fuhr, begriff er, was das bedeutete. Saifullahs Telefondaten würden über die Orte Auskunft geben, an denen er sich aufgehalten hatte. Würde man dort Lara Blum finden?

Pilecki wartete vor der Staatsanwaltschaft auf ihn. Das Sicherheitsaufgebot war groß. Ob sich der Terrorverdacht bestätigt hatte? Fürchtete man eine Befreiungsaktion?

Auf dem Weg nach oben brachte Pilecki Pal auf den neusten Stand.

»Wir wissen jetzt, wo er gewohnt hat. In einem Atelier in einem alten Fabrikgebäude, das Ende des Jahres abgerissen wird. Eigentlich dürfte er dort gar nicht übernachten.«

Sie betraten den Aufzug.

»Gibt es Spuren von Lara Blum?«, fragte Pal.

»Nein. Aber wir fanden sein Handy und einen Laptop.« Pilecki schien noch etwas hinzufügen zu wollen, verstummte dann aber.

Oben wartete der Protokollführer bereits und hielt ihnen die Tür auf. Niemand fragte, ob Pal seinen Klienten vor der Einvernahme sprechen wollte, und er bestand nicht darauf. Er nahm auf einem Besucherstuhl Platz, Pilecki und Hanisch sprachen im Vorzimmer kurz mit dem Leitenden Staatsanwalt. Vier Grenadiere brachten Saifullah herein, weitere bezogen im Flur Stellung.

Hanisch leierte die Formalitäten herunter. Kleine Fältchen zeigten sich auf ihrer Oberlippe, bei der Einvernahme von Ines Ramirez waren sie Pal noch nicht aufgefallen.

»Herr Schneider, wir haben Ihre Telefondaten überprüft. Der letzte Anruf, den Sie mit Ihrem Handy getätigt haben, liegt sieben Wochen zurück. Ist das richtig?« Sie las ihm die Nummer vor.

Saifullah schwieg.

»Auch Ihren Laptop haben Sie seither nicht benutzt«, fuhr Hanisch fort.

Saifullah verzog keine Miene.

»Wann waren Sie zuletzt in Ihrem Atelier?«, fragte Hanisch.

Keine Reaktion.

»Besitzen Sie ein neues Telefon?«

Das Tippen des Protokollführers war das einzige Geräusch im Raum.

»Waren Sie in den letzten sieben Wochen in Ihrem Atelier?«, hakte Hanisch nach.

Nichts.

»Auf Ihrer Facebookseite sind viele Hasskommentare gepostet worden. Nicht einmal Ihre sogenannten Brüder billigen die Entführung von Lara Blum. Wenn Sie glauben, dass Sie damit ins Paradies gelangen, haben Sie sich gründlich getäuscht.«

Jetzt hatte sie Saifullahs Aufmerksamkeit.

Hanisch beugte sich vor. »Sie werden in der Hölle schmoren!«

»Das ist eine Drohung«, wandte Pal ein. »Bitte unterlassen Sie das.«

»Das ist die nackte Wahrheit!«, stellte Hanisch klar. »Es ist höchste Zeit, dass er aufhört, sich etwas vorzumachen! Ich weiß Bescheid. Je schlimmer die Taten im Diesseits, desto tiefer die Stufe im Höllenfeuer.«

Saifullah verfolgte den Wortwechsel interessiert.

Pilecki notierte etwas und schob Hanisch den Zettel hin.

»Das bringt doch nichts!«, zischte sie, wandte sich aber dennoch wieder an Saifullah. »Lara Blum ließ ihr Handy fallen, als Sie sie hinter sich herzerrten. Es lag aber nicht auf dem Parkplatz. Haben Sie es aufgehoben?«

Keine Antwort.

»Was haben Sie damit gemacht?«

Saifullahs Interesse ließ nach.

»Sie haben keine Ahnung, stimmt es?«, polterte Hanisch. »Vermutlich haben Sie es verloren, so dilettantisch, wie Sie vorgegangen sind!«

Saifullah lächelte.

Pilecki sprang auf, umrundete den Tisch und stellte sich vor Saifullah. »Wo ist sie?«, rief er. »Wo ist Lara?«

Pal eilte dazwischen. »Das ist nicht –«

»Reden Sie, verdammt noch mal!«, sagte Pilecki.

Pal schossen Speicheltröpfchen entgegen. Einer der Polizisten legte Pilecki eine Hand auf die Schulter und führte ihn vorsichtig an seinen Platz zurück. Schwer atmend setzte sich Pilecki wieder.

Hanischs Augen wurden schmal. »Mich wundert, dass man Sie überhaupt konvertieren ließ, dumm, wie Sie sind.«

Saifullahs Kopf schnellte hoch.

Hanisch schnaubte. »Sie sind eine Schande für den Islam!«

»Haben Sie noch weitere Fragen an meinen Klienten?«, unterbrach Pal.

»Der Prophet würde sich im Grab umdrehen, wenn er wüsste, dass Sie in seinem Namen handeln«, fuhr Hanisch fort, ohne ihn zu beachten.

Saifullah ballte die Fäuste.

»Das reicht«, sagte Pal. »Wenn Sie keine weiteren Fragen –«

»Halten Sie den Mund!« Hanisch stand auf und stützte sich mit beiden Händen auf ihren Schreibtisch. »Sie sind kein Muslim!«, schnauzte sie Saifullah an. »Sie sind ein Ketzer!«

Saifullah schnappte nach Luft, er versuchte aufzustehen, sofort war er von Polizisten umzingelt. Er trat einen Schritt zurück, vergaß dabei seine Fußfesseln und fiel der Länge nach hin. Hanisch unterdrückte ein Lächeln. Pal wollte ihm zu Hilfe eilen, wurde aber zurückgehalten. Die Polizisten hoben Saifullah hoch und setzten ihn auf seinen Stuhl. Sie wichen nicht von seiner Seite.

Hanisch fuhr mit ihren Fragen fort, doch es nützte nichts. Kurz vor Mitternacht gab sie auf. Pal bat darum, allein mit Saifullah reden zu dürfen. Hanisch machte eine müde Geste mit dem Arm. Die Grenadiere brachten Saifullah in ein Besprechungszimmer, das größer war als die Abstandszellen, in denen Pal normalerweise Klienten traf, und stellten sich vor die Tür. Der Holzboden knarrte unter ihren Füßen, Saifullahs Fesseln klirrten.

Pal setzte sich und versuchte, eine Atmosphäre des Vertrauens herzustellen.

»Alles in Ordnung?«, fragte er Saifullah.

Saifullah rutschte auf seinem Stuhl hin und her.

»Möchten Sie mir etwas sagen?«, fragte Pal.

Sein Klient sah weg, wippte jetzt aber mit dem Fuß.

Pal schob seinen Stuhl näher zu ihm heran. »Ich bin hier, um Ihnen zu helfen.«

Plötzlich hob Saifullah den Kopf. »Ich bin nicht dumm«, sagte er.

Pal war so überrascht, dass er nicht wusste, wie er auf diese Aussage reagieren sollte. Hatte Hanisch einen wunden Punkt getroffen? Sollte er in dieser Wunde herumstochern, in der Hoffnung, Saifullah zu einer unüberlegten Äußerung zu bewegen?

Saifullah nahm ihm die Entscheidung ab. »Ich weiß genau, dass man ein Handy orten kann. Deshalb habe ich es ausgeschaltet.«

Pal traute sich kaum zu atmen. »Lara Blums Handy?«

»Ich bin nicht dumm«, wiederholte Saifullah zufrieden.

»Nein, das sind Sie nicht.«

»Die Polizei wird das Handy nie finden.«

»Sind Sie sicher?«

Auf Saifullahs Gesicht zeichnete sich ein Kampf ab. Schließlich konnte er der Versuchung zu prahlen nicht widerstehen.

»Ich habe es aus dem Fenster geworfen.«

»Als Sie vom Tierheim wegfuhren?«

»Natürlich nicht. Später. Bei der Ampel.«

»Haben Sie keine Angst, dass man es finden könnte?«

»Man sieht es im Gebüsch nicht.«

Pal zwang sich, ruhig zu bleiben. »Da wäre ich nicht so sicher.«

Seine Worte hatten nicht die gewünschte Wirkung, ganz im Gegenteil. Statt weitere Einzelheiten zu liefern, schob Saifullah seine Unterlippe vor. Er sah aus wie ein schmollendes Kind.

Pal wechselte die Taktik. »Darf ich Ihnen einen Ratschlag geben?« Er wartete, bis Saifullah ihn ansah. »Erzählen Sie das der Staatsanwältin. Man wird es Ihnen hoch anrechnen. Das wiederum wird sich auf Ihre Strafe auswirken.«

Keine Reaktion.

»Herr Saifullah?«, versuchte es Pal noch einmal. »Sie können Ihre Tat nicht rückgängig machen, aber Sie können dafür sorgen, dass man Lara Blum findet.«

Schweigen.

»Wissen Sie, wo Lara Blum jetzt ist?«

Saifullah schloss die Augen.

19

Pal saß im Anwaltszimmer der JVA Pöschwies und massierte sich die Schläfen. Er hatte die ganze Nacht kein Auge zugetan. Nachdem Saifullah ins Gefängnis zurückgebracht worden war, hatte Pal Jasmin gebeten, sich auf die Suche nach dem Handy zu machen. Es gab nur eine Ampel zwischen dem Tierheim und der Hauptstraße. Das Gebüsch war an dieser Stelle dicht, wenn man aber wusste, wonach man suchte, war es nicht schwierig, ein Handy zu finden. Viel schwieriger war die Frage, was er nun mit seiner Entdeckung anfangen sollte. Gewissensbisse hatten ihn die ganze Nacht gequält.

Er fühlte sich nicht gewappnet für das, was ihm bevorstand, doch gerade jetzt brauchte er starke Nerven und taktisches Geschick.

Als die Tür endlich aufging, musste sich Pal zwingen, weiter zu atmen. Er wollte nichts teilen mit diesem Mann, nicht einmal die Luft im Raum. War der Metzger schon immer so gewöhnlich gewesen? Ein nichtssagendes Gesicht, leicht schräge Augenbrauen, die ihm einen fragenden Ausdruck verliehen, Wangen, die von der Gefangenschaft blass waren. Unwillkürlich blickte Pal auf die Hände, die Jasmin gequält hatten. Kurze Finger, saubere Nägel.

»Herr Palushi, wie schön, Sie endlich kennenzulernen.« Höfliche Stimme, freundliches Lächeln.

Pal schwieg.

»Wie geht es Bambi?«, fragte der Metzger, nachdem er sich gesetzt hatte.

Den Namen aus seinem Mund zu hören, war fast mehr, als Pal ertragen konnte. »Sie haben Informationen für mich«, sagte er kurz.

Der Metzger lächelte. »Nicht für Sie, für Bambi.«

»Sie ist nicht in der Schweiz.«

Die Enttäuschung, die in den Augen des Metzgers aufschien, war echt. Er schob seinen Stuhl zurück.

»Ich ...« Pal schluckte. »Ich kann Ihnen erzählen, was sie macht.«

Der Metzger sah ihn fragend an.

»Sie ist in Thailand«, sagte Pal.

»Thailand?« Das Interesse des Metzgers war geweckt.

»Was wissen Sie über Lara Blum?«, fragte Pal.

»Warum Thailand? Bambi und ich wollten zusammen nach Andalusien. Ich hatte bereits ein Grundstück im Auge, auf dem wir unsere Finca bauen würden. Sie träumte von einer eigenen Werkstatt.« Er lächelte versonnen, sein Blick war nach innen gerichtet. »Und von einem Garten, in dem Tomaten wachsen. Sie liebt meine Tomatensauce.«

Er sprach in der Gegenwart. Seine Welt drehte sich immer noch um Jasmin. Übelkeit stieg in Pal auf. Jetzt war er es, der seinen Stuhl zurückschob und sich erhob.

»Sie wissen gar nichts über Lara Blum!«, sagte er.

»Warten Sie!«, rief der Metzger. »Ich habe gehört, wie sie über ihn gesprochen haben!«

»Über wen?«

»Den Entführer!«

Pal setzte sich langsam. »Wer? Wer hat über ihn gesprochen?«

»Sie glauben mir nicht.«

»Was haben Sie gehört?«

»Saifullah hat bloß Befehle ausgeführt. Hinter der Sache steckt ein anderer.«

Pal beugte sich vor. »Wer? Sagen Sie es mir!«

Wieder dieses Lächeln, diesmal war es selbstgefällig. »Es war nett, mit Ihnen zu plaudern, Herr Palushi. Ich muss gestehen, ich bin etwas enttäuscht. Ich habe mir Bambis große Liebe … anders vorgestellt. Imposanter. Dass sie sich mit dem Nächstbesten zufriedengibt, überrascht mich. Andererseits lässt mich das auch hoffen. Offenbar hat sie mich nicht vergessen.« Er betrachtete Pal nachdenklich. »Stört Sie die Vorstellung, dass sie auf mich wartet?«

Pal ballte unter dem Tisch die Fäuste. »Jasmin … Bambi wird es Ihnen hoch anrechnen, wenn Sie mir helfen, Lara Blum zu finden.«

Der Metzger neigte den Kopf zur Seite. »Ja, das glaube ich auch. Schade, dass Sie mir diese Möglichkeit nicht geben.«

Plötzlich wurde es Pal zu viel. Er eilte aus dem Raum, mit zitternden Händen holte er sein Telefon aus dem Schließfach und verließ die JVA. Draußen trat er heftig gegen einen Betonsockel. Der Schmerz hielt ihn nicht davon ab, ein weiteres Mal nach dem Sockel zu treten, immer wieder, bis sein Fuß stärker pochte als seine Wut. Erst dann sank er erschöpft auf eine Bank. Wie hatte er sich so manipulieren lassen können? Die Wut flammte wieder auf, jetzt war sie gegen ihn selbst gerichtet. Er rieb sich das Gesicht, stellte fest, dass er vergessen hatte, sich zu rasieren.

In der Hand hielt er immer noch sein Telefon. Er wählte Miras Nummer, erzählte ihr, was geschehen war. »Er weiß etwas. Was, wenn diese Information Lara Blum retten könnte?«

Mira seufzte. »Du übernimmst zu viel Verantwortung, Vitez.«

Der Kosename war ihr herausgerutscht. Vitez, Ritter auf Serbisch. Sie hatte Pal schon im Studium so genannt. Liebevoll zuerst, weil er als Mentor an einem Programm für Studenten mit Migrationshintergrund teilgenommen hatte. Später, weil sie der Meinung war, er stelle seine Bedürfnisse zu sehr zurück, kompensiere mangelndes Selbstwertgefühl mit Hilfsbereitschaft. Er wusste damals nicht, wo er hingehörte, war sowohl im Kosovo als auch in der Schweiz ein Außenseiter gewesen. Sogar in seiner Familie fühlte er sich fremd. Er hatte geglaubt, dass diese Zeiten hinter ihm lagen, nun fragte er sich, wie viel er sich wirklich verändert hatte.

Er nahm einen neuen Anlauf. »Ich könnte mir selbst nicht mehr in die Augen schauen, wenn Lara Blum meinetwegen stirbt.«

»Deinetwegen? Hast du sie etwa entführt? Entschuldige, manchmal macht es mich einfach ... du hättest Sozialarbeiter werden sollen, nicht Anwalt.«

»Ein Strafverteidiger ist auch Sozialarbeiter.«

»Gegenüber den Klienten, ja. Aber du bist nicht für die ganze Welt verantwortlich.«

Pal begann, sich zu ärgern. »Und du hättest Psychiaterin statt Anwältin werden sollen.«

»Du wolltest meine Meinung hören, und ich sage sie dir! Ich finde, du hast getan, was in deiner Macht liegt. Mehr noch. Du hast gegen das Gesetz und gegen dein Berufsethos verstoßen, um Lara Blum zu helfen. Genug ist genug.«

»Was ist das Gesetz gegen ein Menschenleben?«

Mira lachte ungläubig. »Das sagst ausgerechnet du? Was ist bloß in dich gefahren? Es geht hier nicht nur um Spielregeln. Es geht um das Spiel als solches! Wie sähe unsere Gesellschaft aus, wenn jeder seine eigenen Regeln aufstellen würde? Dein Klient hat ein Recht darauf, fair behandelt zu werden, egal, was er getan hat. Sonst könnten wir das Strafverfahren gleich abschaffen und willkürlich Strafen verteilen.«

Pal bedankte sich und legte auf. Er hatte sie noch fragen wollen, was er wegen des Handys unternehmen sollte, doch das war ihm jetzt klar. Egal, wie Mira darüber dachte, er würde es sich nicht verzeihen, wenn Lara Blum starb, weil er Informationen verschwiegen hatte. Das hatte nichts mit Ritterlichkeit zu tun, sondern mit Menschlichkeit. Genauso wenig könnte er es aber mit seinen Werten vereinbaren, wenn er seinen Klienten ans Messer lieferte. Bevor er Lara Blums Handy der Polizei übergab, musste er sicherstellen, dass sich kein belastendes Material darauf befand. Beim Aufprall war etwas kaputtgegangen, Jasmin hatte es nicht einschalten können. Ein ehemaliger Klient, der eine Strafe wegen unbefugten Eindringens in ein fremdes Datenverarbeitungssystem verbüßt hatte, verdiente heute seinen Lebensunterhalt mit dem Reparieren von Handys. Pal setzte seinen Helm auf. Seine Wut wich Erleichterung. Er saß wieder am Steuer. Dass er die Straße verließ, sich ins Gelände begab, war ihm egal. Hauptsache, er entschied selbst, in welche Richtung er fuhr.

20

Rinor hatte die Schule satt. Tagein, tagaus den gleichen Mist. Wozu Französisch lernen? Wen kümmerte es, wie eine Zelle aussah? Oder dass Napoleon irgendwelche Kriege angezettelt hatte? Das war vorgestern. Seine Eltern faselten dauernd von guten Noten, einer Lehrstelle. Aber was hatte das seinem Vater gebracht? Die ganze Woche schuftete er, und am Wochenende war er zu müde, um die Kohle auszugeben. Viel verdiente er ohnehin nicht. Es reichte gerade, um Fenster für das Haus in Zajqevc zu kaufen, fließendes Wasser gab es dort immer noch nicht. Überhaupt, was sollte ein Haus im Kosovo? Klar war es ein gutes Gefühl, im Sommer mit dem BMW durchs Dorf zu fahren, Geschenke zu verteilen. Andererseits störte es ihn, dass jeder dachte, sie hätten das große Los gezogen. Als wäre in der Schweiz alles nur einfach. Keine Ahnung hatten sie.

Zehn-Uhr-Pause. Endlich. Rinor nahm zwei Stufen auf einmal, er wollte nur noch raus aus diesem Kasten. Auf dem Pausenplatz standen einige Mädchen beisammen und tuschelten, ihre bauchfreien Tops brachten das Blut in seinen Ohren zum Rauschen. Was Deniz wohl dazu sagen würde? Die Vorstellung erwischte ihn wie eine kalte Dusche. Rinor marschierte an den Mädchen vorbei, ohne sie eines Blickes zu würdigen. Ein Kollege rief ihm etwas zu und verschwand um die Ecke, um eine Zigarette zu rauchen. Früher wäre Rinor mit ihm gegangen, er hatte zu ihnen gehört, zu den

Kapitalisten und den Losern. Ihre Welt ging unter, und sie merkten es nicht einmal.

Spanplatten grenzten den Pausenplatz gegen eine Baustelle hin ab. Rinor ging darauf zu, auf einmal brauchte er diese Wand zwischen sich und der Schule. Auf der anderen Seite rackerten sich Arbeiter für reiche Anzugträger ab. Und wozu? Damit die Imperialisten und Kolonialisten in Luxuspads wohnen und mit ihren teuren Schlitten in bewachte Tiefgaragen fahren konnten. Rinor lief weiter.

Deniz wohnte in einem heruntergekommenen Wohnblock in der Nähe der Autobahn. Er kam so schnell zur Tür, dass Rinor glaubte, er habe auf ihn gewartet. Zu der abgewetzten Jeans trug er ein T-Shirt mit arabischem Schriftzug, in der Hand hielt er ein Telefon.

»Bruder!« Rinor hob die Faust.

Deniz zögerte, dann schlug er dagegen. »Was gibts?«

»Du wolltest mir die Mekka-App zeigen.«

Deniz schaute die Straße hinunter. »Vielleicht später? Hab etwas Wichtiges vor.«

Zwei bärtige Männer kamen auf den Eingang zu, einer trug eine Gebetskappe, der Zweite eine Brille mit dicken Gläsern auf der Nase. Als sie Rinor entdeckten, blickten sie Deniz misstrauisch an.

»Er ist in Ordnung«, sagte Deniz. »Gehört zu uns. Assalamu aleikum.«

»Wa aleikum assalam«, antwortete der Brillenträger.

Rinors Brust schwoll an. Er gehörte zur Gemeinschaft! Er wusste, dass Deniz einiges am Laufen hatte. Sprach er ihn darauf an, sagte Deniz jedes Mal, Rinor müsse sich würdig erweisen, bevor er ihn einweihen könne.

Die Männer hießen Ali und Omar. Sie nahmen den Aufzug in den dritten Stock, wo Deniz zur Untermiete wohnte. Auf dem Flur stapelten sich Kartonschachteln, der Mann mit der Gebetskappe ging in die Hocke und öffnete die oberste. Verzierte Korane kamen zum Vorschein. Rinor trat einen Schritt näher.

Ali musterte ihn. »Wie heißt du?«

»Rinor. Bruder Deniz hat mir den Weg zu Allah gewiesen, gelobt sei sein Name.«

Ali lächelte. »Hat Gott zu dir gesprochen?«

Rinor senkte den Blick. Dass Allah nicht mit ihm sprach, lag ganz allein an ihm. Deniz hatte ihm erklärt, wie sich ein guter Muslim zu verhalten habe, Rinor fand die Regeln ziemlich kompliziert. Vor allem das mit dem Beten. Sollte er in der Schule etwa einen Gebetsteppich ausrollen? Als er jetzt in die ernsten Gesichter der Männer schaute, begriff er plötzlich, was Deniz mit »würdig erweisen« gemeint hatte: Die Regeln waren eine Prüfung, deshalb war es so schwierig, sie zu befolgen. Er richtete sich auf. »Noch nicht, aber ich hoffe, dass ich mich bald würdig erweise, inshallah.«

Ali nickte bedächtig.

»Vielleicht kann er mit uns Dawa machen?«, schlug Deniz vor.

Sein unterwürfiger Tonfall war Rinor fremd. Normalerweise sagte Deniz, wo es langging, vor den beiden Männern aber schien er zu schrumpfen. Rinor dachte daran, wie er am Zukunftstag vor ein paar Jahren seinen Vater im Betrieb besucht hatte. Er hatte seinen Augen nicht getraut, als er sah, wie der Chef ihn herumkommandierte. Den ganzen Tag wartete er darauf, dass sich sein Vater wehrte, aber nichts dergleichen geschah. Im Gegenteil, sein Vater tat sogar, was der Chef von ihm verlangte.

Ali musterte Rinor. »Möchtest du das, Bruder?«

Rinor wusste nicht, wovon er sprach. Nervös trat er von einem Bein aufs andere. Er konnte sich nicht daran erinnern, dass Deniz schon einmal von Dawa gesprochen hatte.

Ali verstand, was in ihm vorging. »Gott hat uns mit dem Islam geehrt«, erklärte er geduldig. »Aber auch mit der Verantwortung, die Religion zu verbreiten.«

Rinor nickte beflissen.

»Es gibt viele Wege, Dawa zu machen«, fuhr Ali fort. »Wir verteilen den Koran und bringen neue Muslime zur Moschee. Wir besuchen jene, die ihre Gebete vernachlässigen, beten gemeinsam und helfen ihnen, den richtigen Weg zu finden.«

Rinor gab zu, dass er kein Arabisch sprach und nur wenige Koranverse kannte. Ali legte ihm wohlwollend die Hand auf die Schulter und versicherte, dass es vielen Brüdern ähnlich ging. Rinor entspannte sich, seine Scham wich dem Bedürfnis zu lernen. Endlich jemand, der nicht auf ihm herumhackte. Der an ihn glaubte.

Ein anderer Gedanke kam ihm. Vielleicht war es nicht Bruder Ali, der an ihn glaubte, sondern Allah.

Vielleicht hatte Allah endlich zu ihm gesprochen.

21

Die Tankstelle, an der Mustafa Saifullah verhaftet worden war, lag zwischen der A3 und der stark befahrenen Zürichstraße. Jasmin saß auf dem Bordstein und verschlang ein Sandwich. Neben ihr standen ein paar Zeitungskästen, eine Schlagzeile sprang ihr ins Auge: »Jetzt reden wir! Muslime schlagen zurück!«

Kriegsrhetorik. Jasmin fröstelte. So weit sind wir schon, dachte sie. Was würde als Nächstes folgen? Ein Einreisestopp für Muslime aus bestimmten Ländern, wie ihn die USA verhängt hatten? Was würde die Öffentlichkeit sagen, wenn sie wüsste, dass Daniel Schneider Schweizer war?

Jasmin schluckte den letzten Bissen ihres Sandwichs hinunter, das Weißbrot klebte ihr am Gaumen. Sie wischte sich die Hände an einer Serviette ab und betrachtete die Umgebung.

Hier hatte Saifullah angehalten, nachdem er Lara Blum ... was? Versteckt? Abgeliefert? Ermordet hatte? Die Tankstelle befand sich in unmittelbarer Nähe einer Autobahnausfahrt, aus welcher Richtung war er gekommen? Aus Zürich? Oder war er auf dem Rückweg gewesen? Jasmin hatte die Autovermietung aufgesucht, wo Saifullah den Lieferwagen gestohlen hatte. Alle Mietwagen standen hinter dem Bürogebäude, eine Überwachungskamera gab es nicht. Anschließend war sie die Strecke zum Tierheim abgefahren und von dort aus weiter zu dieser Tankstelle. Der schnellste Weg führte quer durch die Stadt, Jasmin bezweifelte jedoch, dass Saifullah ihn gewählt hatte. Warum das Risiko eingehen, mit einer entführten Frau im Stau zu stehen? Sie vermutete, dass er die Stadt umfahren hatte und, nachdem er Lara Blum losgeworden war, auf der A3 oder der Hauptstraße nach Zürich zurückgekehrt war.

Jasmin rechnete die Distanzen aus. Die Oberlandautobahn und die Forchautostraße befanden sich in unmittelbarer Nähe des Tierheims. Beide führten nach Südosten und mündeten sechsundvierzig Kilometer von der Tankstelle entfernt in die A3. Wie weit hätte Saifullah in den drei Stunden, die zwischen der Entführung und der Verhaftung lagen, fahren können? Wenn er auf der Autobahn geblieben war, vermutlich bis nach Chur. Wenn er Nebenstraßen gewählt hatte, bis in die Glarner Alpen. War die Polizei zum gleichen Schluss gekommen? Jasmin wusste es nicht.

Im Tankstellenshop holte sie sich einen Kaffee, kurz überlegte sie, dem Polizisten, der ihr gefolgt war, auch einen anzubieten, verkniff es sich aber. Besser, man konnte ihr später nicht nachweisen, dass sie ihn bemerkt hatte. Die ersten Fahnder, die sich an sie gehängt hatten, waren ihr lange Zeit nicht aufgefallen. Der Motorradfahrer aber, der ihr seit einer Stunde folgte, war ein Dilettant.

Sie stellte sich mit ihrem Kaffee an einen der Stehtische. Sie hatte am Vormittag mehrere Freunde von Lara Blum aufgesucht und erfahren, dass die Beziehung zwischen der Studentin und ihrem Vater kriselte. Früher hatte Lara ihn geradezu angehimmelt, heute distanzierte sie sich von ihm. Was war zwischen ihnen vorgefallen? War es zu einem Streit gekommen? Worüber? Finanzen vielleicht? Arbeitete sie deshalb im Tierheim?

Je mehr Einzelheiten Jasmin über die Studentin erfuhr, desto mehr unterschied sie sich von dem Bild, das die Medien von ihr zeichneten. Lara Blum war kein blonder Engel, sondern eine junge Frau aus Fleisch und Blut. Im Gymnasium hatte sie einer Klassenkameradin den Freund ausgespannt, wenn ihr etwas nicht passte, konnte sie zickig werden.

Jasmin wählte Pals Nummer.

Seine Begrüßung war verhalten.

»Störe ich?«, fragte sie.

»Nein, was gibts?«

Sie berichtete, was man ihr über die Beziehung zwischen Lara und Frank Blum erzählt hatte.

»Davon weiß ich nichts«, sagte er. »Frank Blum und Eva Wagner haben beide ausgesagt, dass es zwischen ihnen und Lara keine Probleme gab.«

»Dann haben sie gelogen.«

»Vielleicht fanden sie die Probleme nicht der Rede wert.«

»Das mag sein, trotzdem möchte ich wissen, worum es ging.«

»Ich bezweifle, dass die Eltern mit dir reden würden.«

»Überlass das mir.« Sie wartete auf seinen Einwand, immerhin waren Frank Blum und Eva Wagner als Zeugen einvernommen worden, doch er schwieg. Sie wechselte das Thema. »Hast du dich entschieden, was du mit dem Handy machen willst?«

»Ich habe es zur Reparatur gebracht.«

Jasmin rutschte beinahe das Telefon aus der Hand. »Wie bitte?«

Ungläubig hörte sie ihm zu. War das der Mann, der Gesetz über Gerechtigkeit stellte? Der Mörder und Vergewaltiger verteidigte, weil der Rechtsstaat für ihn das höchste Gut darstellte? Jasmin war sprachlos.

»Bist du noch dran?«, fragte er.

»Hast du daran gedacht, Handschuhe zu tragen?«

»Natürlich. Hassan auch.«

Hassan! Jasmin griff sich an die Stirn.

»Er hält genau fest, was er macht«, fuhr Pal fort.

Jasmin wusste, wie Polizisten dachten. Niemals würden sie in diesem Fall einem Hassan, der zudem ein ehemaliger Klient von Pal war, glauben. Was war nur in Pal gefahren?

Jasmin räusperte sich. »Das ist gut.«

Der Kaffee war kalt geworden. Jasmin starrte auf die trübe Brühe, ihre Gedanken drehten sich im Kreis. Das Einzige, was sie für Pal tun konnte, war, Lara Blum zu finden. Sie dachte an Claudio Klepic. Vermutlich stammte er aus Bosnien, zumindest deutete sein Name darauf hin. Die bosnische Glaubensgemeinschaft galt in der Schweiz als gemäßigt, radikale Ansichten würden dort sicher auffallen. Ob man aber mit ihr reden würde, war eine andere Frage. Die Stimmung war aufgeheizt, das Misstrauen bei allen muslimischen Gemeinschaften derzeit groß.

Jasmin fuhr auf die Autobahn. Als sie die Spur wechselte, fiel ihr ein VW auf, der hinter ihr beschleunigte. Kurz entschlossen nahm sie die nächste Ausfahrt. Der VW folgte ihr. Gut. Wenn Pilecki erfuhr, dass sie Nachforschungen über Claudio Klepic anstellte, würde er von sich aus nach einer Verbindung zwischen Klepic, Lara Blum oder Mustafa Saifullah suchen.

Das Islamisch-Bosnische Zentrum war in einem alten Fabrikgebäude untergebracht. Jasmin parkte im Hinterhof und betrachtete das Gebäude. Im ersten Stock waren die Fenster mit Sichtblenden abgedeckt, sonst wies nichts darauf hin, dass sich hinter den grauen Mauern eine Moschee befand. Am Eingang zögerte sie. Sie hatte noch nie eine Moschee besucht und wusste nicht, was sie erwartete. Neben der Tür stand ein Mitarbeiter einer privaten Sicherheitsfirma. Er fragte, ob er ihr behilflich sein könne.

»Ich suche ...« Wen eigentlich? Den Imam? War er hier,

mitten am Nachmittag? »Ich habe ein paar Fragen«, sagte sie stattdessen.

»Sind Sie Journalistin?«

»Nein, einfach … interessiert. Ich war noch nie in einer Moschee. Darf man einfach so hineingehen?«

Der Mitarbeiter von der Sicherheit blickte Jasmin skeptisch an und bat sie zu warten. Er wandte sich von ihr ab und zog sein Handy aus der Tasche. Kurz darauf erschien ein grauhaariger Mann mit Tränensäcken unter den Augen. Auch er fragte, ob sie Journalistin sei.

»Nein«, wiederholte Jasmin. »Nur neugierig. Es wird so viel über Muslime geschrieben, ich wollte mir selbst ein Bild machen.«

Sie konnte nicht feststellen, ob der Mann ihr glaubte, doch er bat sie, ihm zu folgen. Im ersten Stock führte er sie in eine Cafeteria, die mit Bildern und Andenken aus Bosnien geschmückt war. Er stellte Jasmin einem Kollegen vor, der an einem der Tische saß und Kaffee trank.

Der Kollege reichte ihr die Hand. »Ich bin hier Religionslehrer.«

Er lächelte freundlich, Jasmin spürte aber, dass er auf der Hut war. Die Augen hinter der Brille musterten sie genau, der kurz geschnittene Bart konnte den angespannten Zug um seinen Mund nicht verdecken.

»Wie kann ich Ihnen helfen?«

Erneut brachte Jasmin ihr Anliegen vor.

»Was möchten Sie denn wissen?«, fragte der Religionslehrer.

»Wie läuft das hier?« Jasmin machte eine undeutliche Geste mit den Armen.

Der Religionslehrer erklärte, dass sie nicht nur Glaubenszentrum, sondern auch kultureller Treffpunkt waren. Er zählte die verschiedenen Angebote auf.

»Die Moschee gehört zu den schönsten der Schweiz«, schloss er.

Jasmin runzelte die Stirn. Die Cafeteria glich einer Kantine, besonders schön sah sie nicht aus.

Der Religionslehrer bot an, ihr den Gebetsraum zu zeigen. Jasmin deutete auf ihre Motorradkleidung. »In diesen Kleidern?«

»Natürlich. Ich nehme an, Sie haben ein Kopftuch dabei?« Als sie zögerte, lachte er. Diesmal erreichte das Lachen seine Augen. »Nur ein Scherz.«

Er führte sie zu einer Tür gegenüber der Cafeteria. Aus dem Augenwinkel sah Jasmin, wie der ältere Mann, der sie am Eingang abgeholt hatte, sich so hinstellte, dass er sie im Blick hatte.

Der Raum hinter der Tür war mit einem dicken Teppich ausgelegt, der die Geräusche schluckte und für eine andächtige Stille sorgte. Die Decke war mit Holzarbeiten verziert, eine sternförmige Lampe spendete gedämpftes Licht.

»Sie symbolisiert eine Kuppel«, erklärte der Religionslehrer, »das Licht von Himmel und Erde.« Er bat Jasmin, die Schuhe auszuziehen, führte sie an den Waschräumen vorbei und zeigte ihr die Gebetskanzel und die Gebetsnische, die mit arabischer Kalligrafie verziert waren. Jasmin fühlte sich wie in einer anderen Welt. Der weiche Boden unter ihren Füßen und der weite Raum wirkten besänftigend.

»Wo beten die Frauen?« Jasmin sah keinen abgetrennten Raum.

»Hier, zusammen mit den Männern.«

»Ich dachte, Frauen dürften nicht zusammen mit den Männern in einem Raum beten.«

»Davon steht im Koran nichts. Dass die beiden Geschlechter häufig getrennt beten, hat andere Gründe. In vielen Moscheen gab es früher schlicht zu wenig Platz. In warmen

Ländern war das kein Problem, man betete im Innenhof. Wo das aber nicht möglich war, wurde es manchmal eng.« Der Religionslehrer war in seinem Element, er hatte eine Zuhörerin, die seinen Erklärungen gebannt lauschte. »Weil das Freitagsgebet für Männer, nicht aber für Frauen Pflicht ist, hat man ihnen den Vorzug gegeben. Heute wird diese Tradition mancherorts so interpretiert, dass Frauen und Männer getrennt beten müssen.«

»Dann sind Sie also liberal?«, fragte Jasmin naiv.

»Ich spreche nicht gern von ›liberal‹ oder ›konservativ‹. Die Begriffe sind mir zu politisch. Bei uns gibt es Gläubige, die ihre Religion offen leben, und andere, die an Traditionen hängen und Neuerungen ablehnen.« Er holte eine Gebetskette aus einem Schrank, der unter den abgedunkelten Fenstern angebracht war. »Sie nehmen zum Beten immer noch ihre Hände und nicht die Subha. Es passt auch nicht allen, dass unser Imam die Gelehrtentracht aus dem Osmanischen Reich trägt.«

»Vertreten diese Personen auch radikale Ansichten?«

Der Religionslehrer trat einen Schritt zurück. Beinahe tat es Jasmin leid, dass sie mit Klischees aufwartete, doch Provokationen führten häufiger ans Ziel als Höflichkeiten, erst recht, wenn jemand etwas zu verbergen hatte.

»Wir fühlen uns in der Schweiz zu Hause, auch wenn viele Mitglieder ursprünglich aus Bosnien stammen«, erklärte der junge Mann mit ruhiger Stimme. »Wir bekennen uns zu Schweizer Werten und versuchen gezielt, ein Abdriften unserer Mitglieder in die Radikalität zu verhindern.«

Die Sätze klangen wie auswendig gelernt, doch Jasmin zweifelte nicht daran, dass sie ernst gemeint waren. »Ich stelle mir das schwierig vor, gerade bei Jugendlichen.«

Der Mann nickte zustimmend. »Junge Menschen sind sehr empfänglich für radikale Ansichten. Der Islam dient heute als Projektionsfläche für allerlei Ängste. Junge Muslime fühlen sich dadurch häufig angegriffen. Der Salafismus gibt ihnen Selbstbewusstsein, er vermittelt ihnen das Gefühl, zu einer Gemeinschaft zu gehören, liefert einfache Antworten auf komplizierte Fragen.«

»Fühlen sich auch Bosnier angesprochen?«

»Natürlich. Aber im Islamisch-Bosnischen Zentrum sprechen wir über unsere religiöse Identität, wir diskutieren, was das negative Islam-Bild in der Schweiz und in Europa für uns bedeutet und in welcher Form wir uns damit auseinandersetzen müssen. Radikalisierung geht oft einher mit sozialer Isolation. Mitglieder einer Gemeinschaft sind weniger gefährdet.«

Jasmin zeigte sich nachdenklich. »Ich habe von einem Kickboxer mit bosnischen Wurzeln gehört, der ziemlich radikal sein soll. Isoliert war er bestimmt nicht, und offenbar konnte auch der Erfolg sein Selbstwertgefühl nicht stärken.«

»Sie meinen sicher Claudio Klepic.« Der Religionslehrer presste die Lippen zusammen. »Es gibt unterschiedliche Gründe dafür, warum sich Menschen radikalisieren. Ich behaupte auch nicht, dass alle Bosnier gemäßigt sind. Im Jugoslawienkrieg haben viele an der Seite von jihadistischen Gotteskriegern gekämpft, die aus Afghanistan in den Balkan gekommen sind. Diese waren es, die den radikalen Islam überhaupt erst nach Europa brachten.«

»Gehörte Klepic auch dazu?«

»Klepic ist in der Schweiz aufgewachsen.« Der Religionslehrer fragte, ob sie die Waschräume sehen wolle, und signalisierte damit, dass er nicht weiter über den Kickboxer reden wollte.

Jasmin hörte nur mit halbem Ohr zu, als er die Materialien beschrieb, aus denen die Waschbecken hergestellt waren.

Ein Gläubiger, der allein vor der Gebetsnische kniete, stand auf und blickte sie verstohlen an.

»Ich muss zu einem Elterngespräch«, sagte der Religionslehrer. »Möchten Sie noch etwas wissen?«

»Danke, nein. Das war spannend, jetzt habe ich eine Vorstellung davon, was Sie hier machen. Sie leisten viel.« Sie verabschiedete sich.

Der ältere Mann, der sie hineingeführt hatte, tauchte neben ihr auf und begleitete sie zum Ausgang, wo er wartete, bis sie um die Ecke gebogen war. Jasmin ließ ein paar Minuten verstreichen, dann ging sie ein Stück zurück. Der Gläubige in der Gebetsnische wollte ihr nicht aus dem Kopf gehen.

Jasmin blickte zu den Fenstern des Gebetsraums hoch. Ob sie Pal bitten sollte, sich hier ein wenig umzuhören? Als Muslim hätte er einen anderen Zugang zu den Gläubigen, und er könnte am Gebet teilnehmen. Kannte er die Abläufe? Die Worte? Ihr fiel auf, wie wenig sie über seine religiöse Erziehung wusste. Sie hatten nie darüber gesprochen, es war nicht wichtig gewesen.

Endlich kam der Mann, den sie in der Gebetsnische hatte knien sehen, heraus. Er machte sich auf den Weg durch das Industrieviertel. Jasmin folgte ihm, als sie außer Sichtweite der Moschee waren, sprach sie ihn an.

»Mir ist aufgefallen, dass Sie vorhin unserem Gespräch gelauscht haben. Kennen Sie Claudio Klepic?«

Ertappt senkte der Mann den Blick. »Wer will das wissen?«

Jasmin beschloss, offen zu sein. »Ich bin private Ermittlerin. Klepic scheint sich in radikalen Kreisen zu bewegen.«

Der Mann nahm eine Schachtel Zigaretten hervor und zündete sich eine an.

»Eine wunderschöne Moschee«, sagte Jasmin und schaute

zurück. »Schade, dass einige wenige Radikale dem Ansehen aller Muslime schaden.«

Ein finsterer Ausdruck schlich sich auf das Gesicht des Mannes.

»Beten hier viele Radikale?«, provozierte Jasmin.

Der Mann zog an seiner Zigarette.

»Kennen Sie Klepic?«, wiederholte sie.

Er zuckte die Schultern. »Vielleicht.«

»War er schon immer radikal?«

Der Mann kämpfte mit sich. Schließlich warf er die Zigarette auf den Boden, drückte sie mit der Schuhspitze aus und schüttelte den Kopf. »Erst seit er boxt.«

»Sie meinen, Kampfsport?«

»Plötzlich rollte er fünf Mal am Tag den Gebetsteppich aus und begann, muslimisch zu trainieren.«

»Was bedeutet das?«, fragte Jasmin.

»Im Gym sind keine Frauen erlaubt, man darf zum Training keine Musik hören und nicht fluchen. Ich habe ihm gesagt, dass ein echter Muslim überhaupt nicht boxt, weil der Koran es uns verbietet, einem Menschen grundlos ins Gesicht zu schlagen.« Er schnaubte. »Das hat ihm gar nicht gefallen. Er meinte, ein guter Muslim ziehe vorbereitet in den Jihad.«

Jasmin dachte an die bärtigen Männer im Hinterraum des Fight. »Kennen Sie die Namen seiner Kollegen?«

»Ich habe nichts mehr mit Claudio zu tun. Aber ich weiß, dass er immer noch in denselben Kreisen verkehrt. Ich habe ihn vor einigen Monaten am Bahnhof gesehen. Er war mit einem selbst ernannten Imam zusammen, Ali heißt er, glaube ich. Mehr weiß ich nicht.«

»Danke.«

»Ich habe es satt, mit diesen Typen gleichgesetzt zu werden.«

Jasmin fragte ihn, ob er bereit wäre, der Polizei zu erzählen, was er über Klepic wusste. Er zögerte, trotzdem gab sie ihm die Telefonnummer der Präventionsabteilung.

»Bitte erwähnen Sie unser Gespräch nicht.« Sie reichte ihm die Hand.

»Passen Sie gut auf«, riet er. »Mit Klepic und seinen Freunden ist nicht zu spaßen.«

Sie wartete, bis er genug Vorsprung hatte, dann folgte sie ihm. Wenig später wusste sie, wo er wohnte.

22

Mein Nacken schmerzt, etwas fühlt sich hart und feucht an unter meiner Wange. Ich richte mich auf, blinzle, versuche zu begreifen, was ich spüre. Rauer Stoff, weiches Polster. Auf dem Eichenparkett liegt ein Kissen mit Mikrofaserbezug, zwischen den abgeworfenen Blättern eines Ficus ein Filzpantoffel. Ein Ohrensessel, ein Fernsehmöbel, ein gläserner Couchtisch. Draußen ist es dunkel, ich kann die Umrisse der Sitzgarnitur nur schwach erkennen. Im Nachbargarten bellt der Hund, ich höre ein Pfeifen, das Bellen verstummt. Ich stelle mir vor, wie der dreibeinige Mischling mit dem Schwanz wedelt, zu seinem Futternapf humpelt. Die Schuhmachers haben eine Vorliebe dafür, sich um Schwächere zu kümmern. Sie ist Heilpädagogin, sein Unternehmen saniert Flachdächer. »Ein Dach ist nur so gut wie seine schwächste Stelle«, verkündet er bei jeder Gelegenheit und lässt dabei keinen Zweifel, dass er diese Schwachstelle findet und repariert. Dass sie den Hund aufgenommen haben, erstaunt mich. Das fehlende Bein lässt sich nicht ersetzen, es muss ihnen wie ein Versagen erscheinen. Früher wurde ich zum Kaffee eingeladen, wenn die Männer bei der Arbeit, die Kinder in der Schule waren. Ich kann mich nicht daran erinnern, wann ich zum letzten Mal in der Nachbarküche saß, nur, dass wir über den Mixer gesprochen haben, dessen Glasbehälter kurz nach Ablauf der Garantiefrist platzte. Die Scherben meiner Seele lassen sich nicht kitten, weder mit pädagogisch-therapeutischen Maßnahmen noch mit Mörtel, Dachpappe oder Bitumenmasse.

Meine Hand berührt einen harten Gegenstand, es ist ein Fotoalbum. Kartonierter Einband, glatt und spröde. Nummer vier. Jetzt erinnere ich mich an das Klassenfoto, das ich angeschaut habe, während mir die Tränen kamen. Ich muss eingeschlafen sein, das Weinen macht mich müde. Ich schlage das Album auf, um sicherzugehen, dass meine Tränen keine Spuren hinterlassen haben. Im Spinnenpapier entdecke ich eine Falte, sie verläuft quer über die Seite. Ich streiche sie glatt, betrachte das Foto darunter. Delia steht in der hinteren Reihe, auf ihrem Gesicht liegt ein listiger Ausdruck. Wird sie sich gleich ducken? Aus dem Bild springen? Das Papier trennt mich von ihr, ich halte das nicht aus, meine Finger zerren daran, es reißt. Ich lasse es zu Boden gleiten, sanft landet es neben den Ficusblättern.

»Haben Sie über eine Ritalin-Behandlung nachgedacht?«, hatte ihre Lehrerin gefragt.

»Delia ist nicht krank«, antwortete Peter. »Sie braucht keine Psychopharmaka.«

»Ich möchte nur das Beste für Ihre Tochter.« Der unterdrückte Seufzer der Lehrerin lag wie ein Vorwurf in der Luft. »Ritalin würde ihre Konzentrationsfähigkeit verbessern. Den Leidensdruck mindern.«

»Delia leidet nicht«, sagte Peter entschlossen. »Wenn sie in der Klasse nicht tragbar ist, müssen wir eine andere Lösung suchen.« Seine Augen blitzten, seine Kiefermuskeln arbeiteten. Mit geradem Rücken saß er auf der Stuhlkante, die Füße fest auf dem Boden verankert.

Ich erkannte ihn nicht wieder, das war der Mann, den ich mir immer gewünscht hatte. Ich stellte mir vor, wie er sich weigerte, die überhöhte Rechnung des Elektrikers zu bezahlen, der ein Fernsehkabel im oberen Stock verlegt hatte.

Wie er im Restaurant großzügig Trinkgeld gab, bei der Arbeit seine Urlaubswünsche durchsetzte, die Augen beim Sex offen ließ.

Nach dem Elterngespräch setzte er sich aufs Sofa und schaltete den Fernseher ein.

Aus dem Keller dringt ein Geräusch. Wie spät ist es? Ich klappe das Album zu, greife nach dem Kissen, bette das Album darauf. Mein Fuß ist eingeschlafen, ich reibe ihn, warte, bis das Kribbeln vergeht. Die Uhr am Backofen zeigt kurz vor elf, unter der Kellertür leuchtet ein Streifen Licht. Peter ist wach. Hat er Tim zu Bett gebracht? Leise steige ich die Treppe hoch, ich bin erleichtert, als ich sehe, dass Tim schläft. Seine Spielkonsole ist eingeschaltet, der Controller liegt auf der Bettdecke. Ich schiebe ihn beiseite, schalte die elektronischen Geräte aus, ziehe die Tür zu. Kurz überlege ich, Peter im Keller zu besuchen, doch ich weiß, den Mann, den ich suche, werde ich dort nicht finden. Rita Krohn fällt mir ein. Sie hat nach Peter gefragt, sie wollte wissen, ob alles mit ihm in Ordnung sei. Ich denke an die Kruste auf seiner Kopfhaut, unvorstellbar, dass er mit Arbeitskollegen über seine Gesundheit spricht, andererseits ist der Fleck kaum zu übersehen.

Ich starre auf das ungemachte Ehebett, stelle mir vor, dass ich irgendwann allein darin schlafen werde, und warte darauf, dass sich ein Verlustgefühl in mir breitmacht. Ich spüre nichts, nicht einmal eine leise Unruhe. Ich werde Peters Kissen und Bettdecke reinigen lassen und für Tim aufbewahren, in ein paar Jahren wird er sich ein breiteres Bett wünschen. Peters Kleider aus dem Schrank räumen, Delias Alben vom obersten Regal holen, ihre alten Stofftiere, das hässliche Krokodil, das ihr als Kissen diente, den Plüschigel, den sie von ihrer Patin geschenkt bekommen hatte und der ihr aus irgendeinem Grund gefiel. In der Truhe, in der ich die Tiere aufbewahre, befinden sich auch ihre Paninibilder, ein Ge-bissabdruck und ein Schlüsselanhänger, dessen Farbe sich der Laune des Trägers anpasst. Ihr Lippenpiercing.

»Was ist das?«, fragte Peter ungläubig, als sie damit nach Hause kam.

Delia stemmte die Hände in die Seiten. »Wonach sieht es denn aus?«

»Wie willst du mit dem Ding essen?«

Demonstrativ griff Delia nach einem Apfel und biss hinein. Ich zuckte zusammen, spürte förmlich, wie der Stecker an der Haut riss. Unwillkürlich fuhr ich mir mit der Zunge über die Unterlippe.

»Cool«, sagte Tim.

»Willst du so zur Schule gehen?«, fragte Peter.

Delia verdrehte die Augen. »Alle haben Piercings.«

»Warum hast du es dann machen lassen?«, wollte Peter wissen. »Wenn du nicht einmal auffällst damit? Ist das nicht der eigentliche Zweck dieser Dinger?«

»So schlimm ist ein Piercing auch wieder nicht«, sagte ich. »Für meine Eltern war es ein Schock, als ich mir die Ohrläppchen stechen ließ. Heute tragen die Jungen eben Schmuck an Nase und Mund.«

»Vielleicht lasse ich mir die Zunge piercen«, schnauzte Delia, der es nicht gefiel, dass ich zu schlichten versuchte. Sie kniff die Augen zusammen, sagte provozierend: »Oder eine andere Körperstelle.«

»Jetzt reicht es aber!« Peter ließ die Zeitung fallen, stand auf und stapfte aus dem Raum.

Delia lachte schallend. Sie schnappte sich einen Joghurt und verzog sich.

Das Piercing ist das Einzige, das von ihr übrig geblieben ist.

23

Die Fotos, die Pal von Lara Blums Handy auf seinen Laptop kopiert hatte, waren in großen Abständen aufgenommen worden. Auf vielen waren Mitstudenten oder Tiere aus dem Heim zu sehen, ab und zu kam eine Landschaft oder eine Stadtansicht vor. Dazwischen befanden sich Aufnahmen von Buchseiten und Wandtafeln sowie Screenshots.

Pal trommelte mit den Fingern auf seinen Schreibtisch. Er hatte das Handy zurückgebracht. Sobald er sicher war, dass die Fotos seinen Klienten nicht belasteten, würde er Jasmin bitten, dafür zu sorgen, dass die Polizei es fand. Er hatte eine Grenze überschritten, die er bis gerade noch als heilig erachtet hatte. Seine eigenen Grundprinzipien missachtet. Pal ließ den Blick über sein Büro schweifen. Die Ordner auf dem Regal standen fein säuberlich in Reih und Glied, jeder war mit Arial narrow beschriftet. Die Fachbücher waren thematisch geordnet, die Unterlagen auf seinem Schreibtisch gerade ausgerichtet. Aber die Ordnung beruhigte ihn nicht wie sonst, im Gegenteil, sie löste in ihm Aggressionen aus. Er stand auf, stieß mit dem Handballen gegen die einzelnen Rücken, bis sie eine ungerade Linie bildeten.

Er fuhr sich über das Kinn. Die Bartstoppeln verschafften ihm eine seltsame Befriedigung. Sie waren ein stummer Protest gegen Erwartungen, die er nicht erfüllen konnte.

Das Telefon klingelte, auf dem Display leuchtete Jasmins Nummer auf.

»Machst du bald Feierabend?«, fragte sie.

Er war in einem Raum mit dem Metzger gewesen. Er hatte seine Lunge mit den Molekülen gefüllt, die der Mann ausgestoßen hatte. Wie konnte er Jasmin in die Augen schauen?

»Ich bleibe noch ein bisschen hier«, murmelte er. »Ich muss ein paar Dinge erledigen.«

Sie zögerte, fragte aber nicht weiter nach, sondern erzählte, was sie in der Moschee erfahren hatte. »Kennst du einen Mann namens Ali?«

»Viele.«

»Ich meine, kommt einer in den Ermittlungsakten vor? Hat Saifullah den Namen je erwähnt? Oder Pilecki?«

»Nicht, dass ich wüsste.« Er kritzelte die Ziffern 168 auf ein Notizblatt. Einhundertachtundsechzig Stunden. So lange war Lara Blum bereits verschwunden.

»Wie ist es bei Hassan gelaufen?«, fragte Jasmin.

Er erzählte ihr von den Fotos. »Sie helfen nicht weiter, aber sie belasten Saifullah, soweit ich es beurteilen kann, auch nicht. Ich wäre froh, du könntest sie dir noch ansehen.«

»Pal ...« Jasmin zögerte. »Weißt du, was du da tust? Wenn Hanisch erfährt, dass du Beweismittel manipuliert hast, wirst du gewaltigen Ärger bekommen.«

»Sonst wirfst du mir immer vor, dass ich zu wenig an die Opfer denke. Sei doch froh, dass mir Lara Blum wichtiger ist als das Gesetz!«

»Schon, aber ...«

»Du hast mal gesagt, Muay Thai sei fast wie Kickboxen, mit dem Unterschied, dass weiterkämpfen im Clinch erlaubt sei. Ich habe die Disziplin gewechselt, das ist alles.«

»Was du machst, ist nicht mehr Muay Thai, sondern Mixed Martial Arts. Du kämpfst, als sei alles erlaubt!«

»Ich hätte nie gedacht, dass ausgerechnet du mich zurückpfeifst.«

»Ich pfeife dich nicht zurück! Ich mache mir Sorgen um dich, das ist alles.«

»Danke, aber das ist nicht nötig.« Er beendete das Gespräch, bevor sie weitere Fragen stellen konnte.

Jasmins Moschee-Besuch brachte Pal auf eine Idee. Ein ehemaliger Schulfreund seines Bruders war muslimischer Seelsorger in der JVA Pöschwies. Zwar unterstand ein Seelsorger wie ein Anwalt dem Berufsgeheimnis, einem Freund würde er aber vielleicht einen diskreten Hinweis geben. Erneut griff Pal zum Hörer, diesmal wählte er Sokols Nummer, der räumte allerdings ein, dass er seinen ehemaligen Schulfreund aus den Augen verloren hatte.

»Willst du ihn nicht mal besuchen?«, schlug Pal vor. »Vielleicht könnte er dir mit Rinor weiterhelfen.«

»Mit meinem Sohn komme ich allein klar!«

»Einem Außenstehenden vertraut sich Rinor vermutlich eher an.«

»Baba hat mit ihm geredet. Seither benimmt er sich wieder.«

Pal konnte sich vorstellen, wie Nexhat Palushi mit seinem Enkel gesprochen hatte. Eine scharfe Zurechtweisung, untermauert von ein paar Ohrfeigen.

»Baba hat sich übrigens darüber beklagt, dass du ihn nicht besuchst«, fuhr Sokol fort.

»Warum? Braucht er Geld?« Die Frage war Pal herausgerutscht. Es war ein offenes Geheimnis, dass Nexhat immer dann nach ihm fragte, wenn er sich etwas anschaffen oder Pal einem Bekannten vorführen wollte. Der Sohn, der Anwalt geworden war.

»Was ist los mit dir?«, blaffte Sokol. »Lässt dich Jasmin nicht an die Wäsche?«

In den Augen seiner Familie lebte Pal den Traum jedes Migranten. Dass dieser seinen Preis hatte, begriffen weder

Nexhat noch seine Geschwister. Seine Mutter ließ manchmal durchblicken, dass sie von den Schattenseiten seines Lebens wusste, sagte aber nie etwas. Pal versprach, seinen Vater zu besuchen, und legte auf.

Lustlos griff er nach einer Akte. Er hatte gelogen, als er Jasmin gegenüber behauptet hatte, dass er noch arbeiten müsse. Seit er mit Mustafa Saifullah in Verbindung gebracht wurde, hatte er keine neuen Klienten gewonnen. Zwar hatte er mit den alten Fällen noch genug zu tun, unter Zeitdruck stand er aber nicht. Unter anderen Umständen hätte er die kürzeren Arbeitszeiten begrüßt. Das Wetter lud doch zu einer ersten Passfahrt ein, aber die Vorstellung, dass er sich vergnügte, während Lara Blum starb, ertrug er nicht.

Er beschloss, Saifullah einen weiteren Besuch abzustatten. Vielleicht konnte er ihn doch noch dazu bringen, mit der Polizei zu kooperieren.

Lisa Stocker hatte ihren Computer bereits heruntergefahren, als Pal in den Empfangsraum trat. Sie sah ihn überrascht an.

»Gehst du?«

»Ja, zu Saifullah«, sagte er kurz.

»Schon wieder? Das Gericht wird deine Kostennote mit Sicherheit nicht gutheißen.«

Als Pal die Tür aufzog, stand Jasmin vor ihm. In der Hand hielt sie die Tragetasche eines asiatischen Take-aways. Es duftete nach Curry und warmem Plastik.

»Du hast bestimmt noch nicht gegessen«, sagte sie.

Er blieb regungslos stehen.

»Darf ich reinkommen?«

Er trat einen Schritt zurück. Lisa verabschiedete sich und verließ die Kanzlei. Pal schloss die Tür hinter ihr. Jasmin beugte sich vor, um ihn zu küssen. Fast erwartete er, dass sie den Metzger auf seiner Haut riechen würde, doch sie sah ihn nur besorgt an und ging in die kleine Küche, wo sie das Essen auspackte. Das Curry war scharf, und Pal erinnerte sich daran, wie Jasmin früher das Gesicht verzogen hatte. Jetzt schien ihr die Schärfe nichts auszumachen. Er kaute auf einer Chilischote, das Feuer in seinem Mund war wohltuend. Schweiß trat ihm aus den Poren und reinigte ihn von den Spuren des Metzgers.

»Wirst du mir sagen, was mit dir los ist, oder muss ich raten?«, fragte Jasmin.

»Der Fall setzt mir zu, das ist alles.« Er sah ihre Enttäuschung, doch das war besser als der gehetzte Ausdruck, der in ihren Augen gelegen hatte, wenn sie an den Metzger dachte.

Sie sammelte den Abfall ein. »Darf ich mir die Fotos auf dem 27-Zoll-Monitor in deinem Büro anschauen?«

»Die Praktikantin hat auch einen großen Bildschirm.« Er führte sie in ein Büro, das am anderen Ende des Flurs lag, und kehrte an seinen Schreibtisch zurück, um sich der Buchhaltung zu widmen.

Es war dunkel geworden, Gelächter drang durch das offene Fenster. Die Straßenlaternen warfen trübes Licht auf die Hausfassaden. Pal dachte an die schwarzen Nächte in seinem Heimatdorf, an das Krähen des Hahns in der Morgendämmerung. Er legte kurz den Kopf auf den Schreibtisch.

Jasmins Stimme ließ ihn hochschrecken. »Ich glaube, ich habe etwas ...«

Pal hob den Kopf.

Sie kam mit ausgestreckter Hand auf ihn zu. »Komm, ich fahr dich nach Hause.«

»Hast du etwas gefunden?«, murmelte er. Die Zunge klebte ihm am Gaumen, sein Nacken fühlte sich steif an. Er bewegte den Kopf hin und her.

Jasmin stellte sich hinter ihn, mit sanftem Druck massierte sie seine Schultern. Er wollte sich abwenden, schaffte es aber nicht. Ihre Finger lösten seine verkrampften Muskeln, wärmten ihn.

»Ich weiß nicht, ob es etwas bedeutet, aber der gleiche Mann ist zwei Mal im Hintergrund zu sehen.« Sie beugte sich vor, um die Dateien auf seinem PC zu öffnen. »Hier, schau.«

Das erste Foto zeigte eine Katze, die einen Buckel machte. Neben der Katze sah man eine Hundeschnauze, die hinter einem Baum hervorschaute. Ein Männerarm ragte ins Bild, die Leine verschwand in seiner geballten Faust. Das zweite Foto, das Lara Blum aufgenommen hatte, zeigte einen Abfalleimer. Ein Fuchs machte sich am Müll zu schaffen, am Bildrand stand ein Mann in Jeans und Poloshirt. Von seinem Gesicht war nur das Kinn erkennbar. Jasmin zoomte näher heran, bis die Hand des Mannes den Bildschirm ausfüllte. Sie zeigte auf den Mittelfinger. Das vorderste Fingerglied fehlte.

»Und jetzt schau dir die Faust mit der Hundeleine genau an.« Sie klickte auf das Foto. »Man sieht es nicht so gut, aber wenn du weißt, wonach du suchst, stellst du fest, dass es die gleiche Hand ist.«

Pal kniff die Augen zusammen. Was er zuerst für einen gebogenen Finger hielt, war tatsächlich ein Mittelfinger, dem das vorderste Glied fehlte. »Wie bist du bloß draufgekommen?«, fragte er verwundert.

Sie zuckte die Schultern. »Mein Chef hat früher gesagt, Spurensuche sei reine Fleißarbeit. Wer nichts finde, habe nur nicht lange genug gesucht. Das Haus im Hintergrund gehört übrigens den Blums. Es war gestern in der Zeitung.«

Pal lehnte sich zurück. »Dieser Mann hat sie also beobachtet.«

»Vermutlich.«

»Schade, dass man nur das Kinn sieht.«

»Ich finde, dass das Kinn in diesem Fall das Wichtigste ist.«

Jetzt erst begriff Pal. Der Mann trug keinen Bart. Vielleicht war er nicht strenggläubig? Vielleicht hatte er sich den Bart aber auch nur abrasiert? Oder war er gar kein Muslim? Hatte Mustafa Saifullahs Religionszugehörigkeit am Ende nichts mit diesem Fall zu tun? Handelte er doch aus sexuellen und nicht aus politischen Motiven? Pal rieb sich das Gesicht.

»Vielleicht hat er sich den Bart abrasiert, um weniger aufzufallen«, sagte er.

»Vielleicht«, stimmte Jasmin zu.

Pal schloss die Akte, an der er gearbeitet hatte.

Jasmin streckte sich. »Fahren wir nach Hause?«

»Geh du schon mal voraus«, sagte er. »Ich komme bald nach.«

Sie sah ihn lange an, dann verließ sie den Raum. Er hörte, wie sie im Flur ihre Motorradstiefel anzog und in ihre Jacke schlüpfte. Sie ging, ohne sich von ihm zu verabschieden.

24

Frank Blum parkte zweihundert Meter vom Kripogebäude entfernt in einer Seitenstraße. Erleichtert stellte Jasmin fest, dass ihm keine Journalisten gefolgt waren. Sie fuhr an seinem Wagen vorbei und drehte eine Runde um den Häuserblock. Als sie wieder bei dem Mercedes angelangt war, sah sie gerade noch, wie Blum um die Ecke verschwand. Sie stieg von ihrer Ducati und stellte sich in den Schatten eines Containers. Der Vormittag war warm, von einem Balkon über ihr tropfte Wasser.

Am Vorabend hatte Jasmin ihre Verfolger zu der Stelle gelotst, an der Lara Blums Handy lag, und einem Techniker dadurch eine schlaflose Nacht bereitet. Nun hatte man Frank Blum herbestellt, vermutlich, damit er sich die Fotos auf dem Telefon seiner Tochter ansah. Seine Frau war nicht mitgekommen.

Eine Stunde später kehrte Frank Blum zurück. Sein Schritt hatte an Schwung verloren, seine Haltung war gebückt. Jasmin wusste genau, welche Bilder sich in seinem Kopf festgesetzt hatten, und sie ahnte, dass er sich Vorwürfe machte. Wenn er sich mehr Zeit für Lara genommen hätte, würde er die Personen auf den Fotos kennen. Wenn ihr Verhältnis besser gewesen wäre, hätte sie ihm mehr aus ihrem Leben erzählt.

»Herr Blum?«

Er zuckte zusammen, fasste sich aber sogleich wieder. »Wer sind Sie?«

»Jemand, der Ihnen helfen will.«

Seine grauen Augen blitzten zornig. »Wenden Sie sich an die Medienstelle.«

»Ich bin keine Journalistin, sondern eine private Ermittlerin.«

»Sparen Sie sich die Mühe.«

»Ich möchte nicht von Ihnen engagiert werden.«

Frank Blum zögerte. »Was wollen Sie dann?«

»Mit Ihnen reden.«

»Ich höre.«

»Können wir uns irgendwo hinsetzen, wo wir ungestört sind?«

Auf Blums Gesicht zeichnete sich ein Kampf ab. Er gab sich Mühe, seine Gefühle zu verbergen, doch er war zu erschöpft, um seine Mimik gänzlich unter Kontrolle zu halten. Jasmin sah leise Hoffnung, aber auch Resignation. Schließlich willigte er ein. Sie fürchtete schon, dass er ein Café vorschlagen würde, aber er zeigte auf den Mercedes und öffnete ihr die Beifahrertür. Sie stieg ein. Die Innenausstattung war luxuriös, es roch nach Leder und teurem Aftershave.

»Nun, was möchten Sie mir sagen?«, forderte Blum sie auf, nachdem er auf dem Fahrersitz Platz genommen hatte.

Jasmin betrachtete seine Hände. Kein Zittern, keine nervösen Bewegungen. Da saß der Unternehmer, nicht der Vater. Sie musste Blums Vertrauen gewinnen. Kurz schloss sie die Augen, dann erzählte sie ihm, wie sie entführt worden war. Es widerstrebte ihr, diesem Fremden gegenüber ihr Innerstes zu offenbaren, doch während sie sprach, veränderte sich Blums Ausdruck allmählich. Er hörte ihr aufmerksam zu.

»Ich kann nicht anders als an Ihre Tochter denken«, erklärte sie. »Deshalb beschäftige ich mich mit dem Fall.« Pal erwähnte sie nicht, dennoch hatte sie nicht das Gefühl, Blum zu hintergehen. Sie erzählte ihm von ihren Überlegungen und ihrer Vermutung, dass zwei Täter hinter der Entführung steckten. Er wollte etwas sagen, besann sich dann aber anders.

»Sie müssen sich nicht dazu äußern«, fuhr Jasmin fort. »Ich möchte Ihnen nur meine Gedanken darlegen, vielleicht helfen sie weiter.«

»Warum gehen Sie damit nicht zur Polizei?«

»Die Polizei mag es nicht, wenn Außenstehende sich in Ermittlungen einmischen.« Sie wechselte das Thema, bevor Blum merkte, dass mehr dahintersteckte. »Wenn ich richtig informiert bin, sind keine Lösegeldforderungen eingegangen?«

Blum schüttelte kaum merklich den Kopf.

»Lara kann zufällig entführt worden sein, ich glaube es aber nicht«, sagte Jasmin.

Blum fragte nicht, weshalb, doch er senkte schuldbewusst den Kopf.

Jasmin änderte ihre Taktik. »Wie gut kennen Sie Ihre Tochter?«

»Sehr gut.« Die Antwort kam ein bisschen zu schnell.

Jasmin nickte. »Als ich damals verschwand, hat die Polizei mit meiner Familie und meinen Freunden gesprochen. Alle haben behauptet, dass sie mich gut kennen, trotzdem hielt es niemand für möglich, dass ich freiwillig mit meinem Entführer mitgegangen sein könnte.«

»Lara war immer sehr offen, auch uns gegenüber.«

»Wie ist Ihr Verhältnis?«

Er sah aus dem Fenster. Eine Straßenputzmaschine fuhr auf der anderen Seite der Straße den Randstein entlang, der Lärm schwoll an wie eine Welle und verebbte wieder.

»Ich kann mir vorstellen, dass Sie wenig Freizeit haben«, sagte Jasmin. Als Blum immer noch schwieg, fragte sie: »Was machen Sie bei Cementex genau?«

Blums Haltung änderte sich, jetzt wirkte er abweisend. War ihm das Gespräch zu persönlich, oder wollte er nicht über seine Arbeit reden?

»Dass Sie so viel Zeit in der Firma verbringen, ist für Lara bestimmt nicht immer einfach«, sagte sie. »Hat sie Ihnen deswegen Vorwürfe gemacht?«

»Deswegen nicht …« Er verstummte abrupt, presste verärgert die Lippen zusammen.

Jasmin wechselte erneut das Thema. »Die Polizei hat Ihnen Fotos gezeigt. Ist Ihnen ein Mann mit einem fehlenden Fingerglied aufgefallen?«

Blum schüttelte den Kopf. »Wer soll das sein?«

Jetzt war es Jasmin, die schwieg.

»Ist er auf einem der Bilder? Haben Sie Laras Fotos zu Gesicht bekommen?«, fragte Blum misstrauisch.

Gleich würde er sie bitten, den Wagen zu verlassen.

Jasmin sah ihm in die Augen. »Herr Blum, wir wissen beide, dass Sie nicht die Wahrheit sagen. Lara hat sich von Ihnen distanziert. Was ist zwischen Ihnen vorgefallen?«

Frank Blum hielt ihrem Blick stand, es gelang ihm aber nicht, den Schmerz ganz zu verbergen, den ihre Worte in ihm auslösten. Für den Bruchteil einer Sekunde glaubte Jasmin, dass er sich ihr anvertrauen würde, dann stieg er aus, öffnete die Beifahrertür und bat sie mit kühler Stimme, den Wagen zu verlassen.

Jasmin ließ sich Zeit. Als sie neben dem Wagen stand, legte sie die Hand auf die offene Tür. »Ich kann Ihnen helfen«, versuchte sie es noch einmal. »Aber nur, wenn Sie es zulassen.«

»Ich brauche keine Hilfe.« Blum schloss die Beifahrertür, umrundete wortlos den Wagen, stieg ein und fuhr davon.

Jasmin wartete einen Moment, dann folgte sie ihm auf der Ducati. Seine Aussage hätte nicht deutlicher sein können: Er hatte bereits Hilfe. Jasmin wollte wissen, von wem.

Zwanzig Minuten später betrat Blum ein Restaurant am Stadtrand und setzte sich zu einem durchtrainierten Anzugträger mit wachsamem Blick und Millimeterschnitt an den Tisch. Vor dem Gebäude standen ein Geländewagen aus Zug, ein Honda und ein Saab. Jasmin gab die Nummernschilder in den Autoindex ein. Der Honda und der Saab gehörten Privatpersonen, der Geländewagen war auf die Firma Cementex zugelassen. Der Anzugträger musste ein Mitarbeiter der Sicherheitsabteilung sein. Warum traf sich Blum nicht im Büro mit ihm? Jasmin rief Pal an, seine Mailbox schaltete sich ein. Sie hinterließ eine Nachricht und bat ihn, Cementex unter die Lupe zu nehmen. Er war gut darin, zwischen den Zeilen eines Geschäftsberichts zu lesen.

Eine Wolke schob sich vor die Sonne, die Welt wurde grau. Auf einmal waren die Gedanken, die Jasmin den ganzen Morgen verdrängt hatte, wieder da und mit ihnen eine nagende Unruhe. Pal war in der Nacht nicht nach Hause gekommen. Er hatte behauptet, dass er am Morgen einen frühen Termin habe und durcharbeiten wolle, doch Jasmin hatte einen Blick in seinen Kalender geworfen, als sie bei ihm im Büro war. Vormittags war kein einziger Termin eingetragen gewesen. Ging er ihr aus dem Weg? Seine Freude über ihre Rückkehr war echt gewesen, dann aber war etwas vorgefallen. Warum sprach er nicht mit ihr darüber? Dass es eine andere Frau in seinem Leben gab, konnte sie sich nicht vorstellen.

Oder doch? Zwei Mal hatte sie ihn in den letzten drei Jahren betrogen. Sie hatte an einem Abgrund gestanden und in ihrer Verzweiflung versucht, das Loch, das sie beinahe verschluckte, zu füllen. Das änderte jedoch nichts an der Tatsache, dass sie Pal hintergangen und angelogen hatte. Glaubte er, dass ihm nun das gleiche Recht zustand?

Sie zwang sich, den Gedanken beiseitezuschieben. Sie musste wissen, ob die Polizei den Mann mit dem fehlenden

Fingerglied bemerkt hatte. Amin erwartete sie erst in zwei Stunden, ihr blieb genügend Zeit, um sich mit Fahrni zu treffen.

Er sagte sofort zu, als sie ihn fragte, ob er Lust auf eine Pizza habe. Sie verabredeten sich in einem Restaurant, das sie früher oft besucht hatten. Diesmal war Jasmin nicht nervös, sie ließ sich sogar von Fahrni umarmen. Niemand war ihr gefolgt, sie vermutete, dass Fahrni die Fahnder zurückgepfiffen hatte. Ihre Treffen sollten in keinem Protokoll erscheinen.

»Du siehst erschöpft aus«, sagte sie, nachdem sie beide ihre Pizzen bestellt hatten.

»Die Zeit läuft uns davon. Wenn Lara Blum noch lebt, müssen wir sie innerhalb der nächsten Tage finden.«

Jasmin nahm einen Untersetzer in die Hand und rollte ihn auf dem Tisch hin und her. »Vielleicht wird sie von jemandem versorgt.«

Fahrni verstand sofort, dass sie von einem zweiten Täter sprach. »Boxen ist eine Einzelsportart.«

Jasmin lächelte. Ihr Besuch im Fight war also nicht unbemerkt geblieben. »Man tritt einzeln an, doch man ist Mitglied eines Teams. Die ganze Schweiz war stolz, als Klepic eine Medaille holte.«

»Ja, ich weiß. Zum Glück wurde er kurz vor der Europameisterschaft eingebürgert.«

»Du kennst ihn?«

»Du hast mir einmal dringend geraten, eine Kampfsportart zu lernen, damit ich mich besser verteidigen kann. Erinnerst du dich?«

»Klar, aber ich habe nicht damit gerechnet, dass du es auch machst.«

»Mache ich auch nicht, aber ich achte seither vermehrt darauf, was sich in der Kampfsportszene tut.«

Die Bedienung brachte ihre Pizzen, stellte Olivenöl und Pfeffer auf den Tisch und wünschte einen guten Appetit.

»Und Klepic hat dein Interesse geweckt?«, fragte Jasmin, ohne ihrer Pizza Beachtung zu schenken.

Fahrni steckte sich eine Olive in den Mund und erzählte, dass der Nachrichtendienst Klepic seit Längerem im Visier hatte, weil er mit umstrittenen Organisationen in Kontakt stand. Er tauschte sich in Internetforen mit Hasspredigern aus und vertrat die Ansicht, dass man für den Jihad körperlich fit sein müsse.

»Eine verbreitete Ansicht«, sagte Jasmin.

»Wir verbinden den Begriff Jihad immer nur mit dem Heiligen Krieg, aber er bedeutet sehr viel mehr. Jihad umfasst jede Art von Bemühen, Gott näherzukommen. Bis hin zum Kampf gegen die eigene Bequemlichkeit. Wenn ein Muslim allein vom bewaffneten Krieg spricht, horcht der Nachrichtendienst auf.« Fahrni schnitt sich ein Stück Pizza ab. »Klepic hat ein paar üble Freunde.«

Jasmin wedelte mit den Fingern. Fahrni sah sie verständnislos an.

»Fehlt einem von ihnen das vorderste Glied des Mittelfingers?«, fragte sie unvermittelt.

Fahrni hatte aufgehört zu kauen. »Wie kommst du darauf?«

Jasmin zuckte die Schultern. Sie konnte nicht fassen, dass ihre Kollegen den Mann übersehen hatten. Sie hielt ihr Handy hoch. Fahrni legte Messer und Gabel hin, stand auf und ging nach draußen, um zu telefonieren. Als er zurückkam, schüttelte er den Kopf.

»Jetzt schuldest du mir auch etwas«, sagte Jasmin.

»Daniel Schneider war seit sieben Wochen nicht mehr in seinem Atelier. Er hat während dieser Zeit auch sein Handy nicht benutzt. Oder den Laptop.«

»Das weiß ich bereits. Was schließt ihr daraus? Dass er bewusst abtauchte? Weil Lara Blums Entführung doch geplant war?«

»Nicht die Entführung, nein. Sonst hätte er nicht so viele Fehler gemacht.«

»Was dann?«

Fahrni zuckte mit den Schultern.

»Komm schon, ein bisschen mehr musst du mir schon geben. Wo hat er während der letzten sieben Wochen gewohnt?«, bohrte Jasmin.

Wieder zuckte er die Schultern.

»Was weiß der Nachrichtendienst?«

»Schneider ist bis jetzt nur ganz am Rand der radikalen Szene aufgetaucht. Der NDB hat eine Gebetsgruppe im Visier, die er eine Zeit lang besucht hat. Er war aber schon länger nicht mehr dort.«

Jasmin hörte seiner Stimme an, dass er mehr wusste. »Und?«

Fahrni zögerte. Schließlich sagte er: »Cementex.«

Jasmin lehnte sich zurück. Also doch Erpressung? Warum wusste Pal nichts davon? Bestimmt wäre Saifullah dazu befragt worden.

Fahrni schob ein Stück Pizza auf seinem Teller hin und her. »Da ist noch etwas.«

Jasmin wartete. Es brauchte viel, um Fahrni den Appetit zu verderben.

»Juri hat den Zusammenhang erkannt«, sagte er endlich.

»Zusammenhang?« Jasmin wusste nicht, wovon er sprach.

»Zwischen Pal und Mira Lazovic.«

Mira war Pals Ex-Freundin. Was hatte sie mit Pilecki zu tun? Jasmin wartete auf eine Erklärung, aber es kam keine.

»Tobi?«, sagte sie.

Fahrni mied ihren Blick. »Es tut mir leid, Bambi. Wir

schätzen es sehr, dass ihr uns helft. Juri hätte nichts verraten, aber Hanisch hat Wind davon bekommen.«

Jasmin war mulmig zumute. »Ich verstehe kein Wort. Wovon hat sie Wind bekommen?«

Endlich sah er auf. »Du weißt nichts davon?«

»Wovon?«, fragte sie verärgert. Plötzlich begriff sie. Die Anwältin, die an Pals Stelle Informationen weiterleitete. Mira Lazovic, seine Ex-Freundin.

Fahrni bemerkte ihre veränderte Miene und schüttelte bedauernd den Kopf. »Juri hat versucht, mit Hanisch zu reden. Aber wenn sie sauer ist, wird sie zu einem tickenden Pulverfass. Ich weiß nicht, was sie gegen Pal hat, aber es ist offensichtlich, dass sie ihn nicht mag. Es geht weit über ihre Abneigung gegen Verteidiger hinaus.«

»Das ist eine alte Geschichte«, sagte Jasmin zerstreut.

Mira Lazovic. Pals erste große Liebe.

»Dass er das Berufsgeheimnis verletzt hat, wird sie sich zunutze machen. Vermutlich wird sie ihn anzeigen, sobald man Lara Blum gefunden hat.«

Jasmin hatte sich wieder gefasst. »Sie muss es zuerst beweisen können. Mira wird mit Sicherheit nicht aussagen.«

»Kaum«, stimmte Fahrni zu.

»Ich muss los.« Jasmin stand auf. »Danke, Tobi.«

25

Cementex war in den 1930er-Jahren gegründet worden, bereits wenige Jahre später baute die Firma eine Niederlassung im Nahen Osten auf. Nach dem Zweiten Weltkrieg tat man sich in Südamerika mit mehreren Baustoffherstellern zusammen, später kam es zu größeren Übernahmen in Asien und Nordamerika. Pal studierte Kapitalstruktur, Konzernrechnung, Geschäftsverlauf und Strategieziele des Unternehmens; er sah sich die Mitglieder des Verwaltungsrats und der Konzernleitung an, vertiefte sich in den finanziellen Lagebericht und den Bericht der Revisionsstelle, las Pressemitteilungen und Zeitungsartikel. Was er sah, gefiel ihm. Cementex war eine solide Firma, die sich sozial engagierte und ihre Mitarbeiter fair entlohnte.

Frank Blum arbeitete seit fünfzehn Jahren dort. Der studierte Betriebsökonom hatte in einer unteren Kaderposition angefangen und rasch die Karriereleiter erklommen. Nach vier Jahren als Betriebsleiter wechselte er den Bereich, fortan war er für den Nahen Osten zuständig. Als Cementex einen Zementkonzern in der Türkei übernahm, gelangte das Unternehmen in den Besitz mehrerer Fabriken im Nahen Osten, dazu gehörte auch eine Zementfabrik in Syrien, die saniert werden musste. Blum ergriff die Chance und reiste nach Damaskus.

Pal lehnte sich im Sessel zurück. Blum hatte Geschäfte in Syrien getätigt. Jetzt war seine Tochter von einem Islamisten entführt worden. Das konnte Zufall sein, aber warum spielte Blum in dem Fall nicht mit offenen Karten? Oder tat er das? Hatte Fahrni Jasmin auf Cementex hingewiesen, weil die Polizei Informationen von Blum bekommen hatte? Warum war Saifullah nicht dazu befragt worden?

Pal holte sich eine Tasse Kaffee und vertiefte sich weiter in die Unterlagen. Er fand eine Pressemitteilung, die bei Ausbruch des Bürgerkriegs in Syrien versandt worden war. Cementex erklärte, dass die Fabrik in dem von Präsident Bashar al-Asad kontrollierten Gebiet lag, das als sicher galt. Der Ort befand sich im Norden des Landes, nahe der türkischen Grenze. Nach einigem Suchen fand Pal eine grafische Darstellung des Kriegsverlaufs. 2012 hatte die Armee ihre Truppen nach Damaskus verlegt. Zuerst füllten kurdische Milizen das Vakuum, später wurden sie von Rebellengruppen abgelöst. 2013 spitzte sich die Lage zu, die Nusra-Front übernahm die Kontrolle im Norden, und der Islamische Staat kam ins Spiel.

Genau zu diesem Zeitpunkt war Frank Blum vor Ort gewesen.

Das Telefon klingelte, Lisa Stocker kündigte einen Anruf aus der JVA Pöschwies an. Pal wurde heiß und kalt. Hatte jemand dem Metzger ein Handy ins Gefängnis geschmuggelt? Eine innere Stimme sagte Pal, dass der Metzger in diesem Fall kaum erwähnt hätte, dass er aus der Pöschwies anrufe.

»Soll ich ihn durchstellen?«, fragte Lisa.

Pal räusperte sich. »Ja.«

Es klickte, am anderen Ende hörte Pal ein Atmen. Er sah das selbstgefällige Lächeln des Metzgers vor sich und schaffte es nicht, sich zu melden.

»Hallo?«, sagte eine unsichere Stimme.

Nicht der Metzger.

Pal stieß die angehaltene Luft aus. »Wer ist da?«

»Bekim«, sagte die Stimme. »Bekim Krasniqi.«

»Entschuldigen Sie, ich …« Pal wechselte auf Albanisch. Mit der Sprache wechselte er auch den Film, der vor seinem inneren Auge ablief. »Alles in Ordnung? Wie geht es Ihren Söhnen?«

Nachdem sie ein paar Höflichkeiten ausgetauscht hatten, kam Krasniqi auf den Grund seines Anrufs zu sprechen. »Ich wollte mich da raushalten, aber Sie haben so viel für mich getan, ich dachte mir, es kann nicht schaden, wenn ich mich ein bisschen umhöre. Wegen dieser Entführungsgeschichte, verstehen Sie?«

Pal richtete sich auf. »Haben Sie etwas erfahren?«

»Man erzählt sich so einiges. Der Typ, der das Mädchen – «

»Wer ist er?«

»Er heißt Faisal, sagt man. Er hat das Mädchen – «

»Hat oder hatte? Lebt sie noch?«

»Easy, Mann, ich weiß nur, was ich gehört habe.«

»Entschuldigen Sie, reden Sie weiter.«

»Dieser Typ hat den Konvertiten angeblich dazu gebracht, das Mädchen zu entführen.«

»Was erzählt man über ihn?«

»Niemand kennt ihn persönlich.«

»Wer hat die Gerüchte in Umlauf gesetzt?«

Im Hintergrund erklang eine Stimme, Krasniqi sagte etwas Unverständliches, dann sprach er wieder mit Pal. »Hören Sie, meine zehn Minuten sind um. Mehr weiß ich nicht.«

Pal bedankte sich und legte auf. Stimmte die Information? Oder hatte der Metzger sie verbreitet? Handelte es sich um einen weiteren Versuch, Jasmin in eine Falle zu locken? Der Metzger war hervorragend darin, Menschen zu manipulieren. Pal fuhr sich mit beiden Händen über das Gesicht. Was jetzt? Vielleicht kannte der Metzger diesen Faisal tatsächlich. Das durfte Pal nicht ignorieren, auch wenn er damit das Spiel des Psychopathen mitspielte. Er würde nochmals hingehen müssen, dieses Mal aber wäre er besser vorbereitet.

Kam ein Mann namens Faisal in den Ermittlungen der Polizei vor? Jasmin wusste vielleicht mehr. Er konnte ihr nicht länger aus dem Weg gehen. Einen gemeinsamen Abend zu Hause schaffte er nicht, er würde sie fragen, ob sie Lust hatte, mit ihm essen zu gehen. Er schickte ihr eine Nachricht, kurz vor sechs antwortete sie mit einer SMS. »Ja«, schrieb sie. Kein weiteres Wort.

Er reservierte einen Tisch in einem Gartenlokal und machte sich auf den Weg. Jasmin war schon dort, als er ankam. Sie saß unter einer farbigen Lichtergirlande und nippte an einer Cola. Ihr Haar war feucht, sie hatte es zu einem Pferdeschwanz zusammengebunden. Pal küsste sie flüchtig und setzte sich ihr gegenüber.

»Wie war das Training?«, fragte er.

»Keine Männer, denen ein Fingerglied fehlt.«

»Hast du irgendwelche Namen aufgeschnappt?«

»Nicht von den Kämpfern, die im hinteren Raum trainieren. Aber Ela wird immer gesprächiger. Sie glaubt, dass mein Vater Türke ist.«

»Wie kommt sie darauf?«

»Ich habe angedeutet, dass meine Mutter ihren Mann in Istanbul kennengelernt hat«, sagte Jasmin. »Und erzählt, dass ich gern mehr über seine Kultur wüsste. Wir kamen auf das Thema Religion zu sprechen, sie hat angeboten, mich mit dem Islam vertraut zu machen.«

Das gefiel Pal nicht. Jasmin verschränkte die Arme und sah ihn herausfordernd an. Die Bedienung trat an den Tisch.

»Erzähl«, forderte Jasmin ihn auf, nachdem sie bestellt hatten.

Die Art, wie Jasmin ihn ansah, beunruhigte Pal. Wusste sie von den Bemühungen des Metzgers, mit ihr in Kontakt zu treten? Schon einmal war es dem Mann gelungen, ihr einen Brief zukommen zu lassen, deshalb achtete Pal immer darauf, dass er vor Jasmin am Briefkasten war. Das hatte er in den letzten Tagen vernachlässigt.

»Mira«, sagte sie. »Deine Anwältin.«

Erleichtert lehnte er sich zurück. »Deswegen schaust du mich so an!«

»Ist das etwa kein Grund? Deine Ex-Freundin vertritt dich, und du hältst es nicht für nötig, mir das zu sagen?«

»Ich habe den Moment verpasst«, gestand er und erzählte von ihrem Treffen in der Weinbar.

Jasmin hörte schweigend zu, ab und zu nickte sie. Sie stellte einige Fragen zu Mira, wirkte aber weder besorgt noch verärgert. Pals Anspannung ließ nach, die Gedanken an den Metzger traten in den Hintergrund. Für einen Augenblick vergaß er die Ereignisse der letzten Woche und gab sich ganz dem Moment hin. Er hörte Vogelgezwitscher und den Kies, der unter den Füßen der Bedienung knirschte, roch den Duft von gegrilltem Fleisch. Das Bier wirkte stärker als sonst, sein Kopf fühlte sich leicht an.

Dann sagte Jasmin: »Wenn nicht Mira dich beschäftigt, was dann?«

Ihre Worte waren wie eine kalte Dusche. Pal erzählte von Krasniqis Anruf, verschwieg aber die Rolle, die der Metzger möglicherweise bei der Sache spielte.

»Faisal«, wiederholte sie nachdenklich. »Ich werde mich im Fight umhören. Alles deutet darauf hin, dass er in radikalen Kreisen verkehrt, und Faisal ist ein arabischer Name.«

Pal trank sein Bier aus. »Erzähl mir von Frank Blum.«

Jasmin beugte sich vor. »Du weichst mir aus. Was beschäftigt dich wirklich?«

Pal rollte das leere Glas zwischen den Händen. »Ich bin erschöpft, das ist alles. Ich habe seit einer Woche kaum geschlafen, die feindselige Stimmung macht mir zu schaffen.«

Die Bedienung brachte das Essen, sie unterbrachen das Gespräch und aßen eine Weile schweigend. Dann berichtete Pal, was er über Cementex erfahren hatte.

»Kann es sein, dass Saifullah in Syrien gekämpft hat?«, fragte Jasmin.

Pal schüttelte den Kopf. »Das haut zeitlich nicht hin. Aber vielleicht dieser Faisal. Mich erstaunt, dass die Fabrik in Syrien nach Kriegsausbruch weiter produzierte. Ich habe mir die Zahlen angesehen, es gibt keinen Umsatzeinbruch. Auch nicht, als der IS das Gebiet übernahm.«

»Du hast deine Schlüsse bereits gezogen, ich sehe es dir an.«

»Ich vermute, dass sich Frank Blum mit dem IS arrangiert hat. Bestenfalls hat er Schutzgeld bezahlt, schlimmstenfalls mit der Terrororganisation zusammengearbeitet.«

Jasmin pfiff leise vor sich hin. »Er hätte sich damit eine Menge Feinde geschaffen. Allerdings nicht unter Radikalen. Ganz im Gegenteil.«

»Ja, das verstehe ich auch nicht. Aber es würde zumindest erklären, warum Blum nicht mit offenen Karten spielt. Terrorfinanzierung, Beihilfe zu Kriegsverbrechen, Verbrechen gegen die Menschlichkeit … das sind keine Bagatelldelikte. Ich nehme an, die Sonderkommission ermittelt bereits in diese Richtung. Deshalb hat Fahrni dir den Tipp gegeben.«

Auf einmal wirkte Jasmin besorgt. »Pal, da gibt es noch etwas, das ich dir erzählen muss.«

Der Metzger!, schoss es Pal wieder durch den Kopf, und seine Hände wurden feucht.

»Pilecki«, sagte Jasmin. »Er hat die Verbindung hergestellt. Zwischen Mira und dir. Und das ist nicht alles. Hanisch hat Wind davon bekommen.«

»Pilecki hat es ihr gesagt?« Pal war erst verwundert, dann wurde er wütend. Pilecki hatte ihn geradezu aufgefordert, mit ihm zusammenzuarbeiten!

»Nein«, sagte Jasmin rasch. »Bestimmt nicht. Aber die Welt ist klein, vor allem innerhalb der Strafverfolgung. Und Wände haben Ohren.«

Pal zweifelte keinen Augenblick daran, dass Hanisch alles tun würde, um ihm zu schaden.

»Sie hat keine Beweise«, sagte Jasmin, die verstand, was er dachte. »Und Juri wird ganz sicher nicht danach suchen.«

»Nein, aber das bedeutet, ich kann ihm keine weiteren Informationen durch Mira zukommen lassen.«

Jasmin zögerte. »Das ist vielleicht ganz gut«, sagte sie schließlich. »Du hast dich schon viel zu weit aus dem Fenster gelehnt. Überlass das lieber mir.«

»Als meine Hilfsperson unterstehst du ebenfalls dem Berufsgeheimnis, dir sind die Hände gebunden.«

»Aber ich habe ein paar mehr Tricks auf Lager.«

26

Deniz legte die letzten Korane in einen Karton und verschloss den Deckel. Achtzig Stück, dazu Prospekte und weiteres Material. Er trug den Karton ins Schlafzimmer, das er als Lagerraum zur Verfügung gestellt hatte. Sein schlechtes Gewissen meldete sich. Was Faisal wohl dazu sagen würde? Er fand es viel zu riskant, Material in der Wohnung zu lagern. Deniz hatte sich zu Beginn über Faisals Vorsicht geärgert, mit der Zeit aber hatte er begriffen, dass es nicht darauf ankam, was man tat, sondern nur, wie es auf die Ungläubigen wirkte. Für sie waren alle Muslime Terroristen, da genügte es bereits, dass man einen einzigen Koran besaß.

Deniz schüttelte trotzig den Kopf. Was Faisal dachte, konnte ihm egal sein. Der Mann hatte sich aus dem Staub gemacht, obwohl Deniz alles getan hatte, was er verlangte, und immer schön den Mund hielt. Manchmal hatte er richtig Lust, seine Brüder einzuweihen. Ihnen von dem Paket zu erzählen und von Faisals großen Plänen. Dann aber dachte er an Faisals ernste Miene und hörte ihn sagen: »Den Geduldigen wird ihr Lohn ohne zu rechnen gewährt werden«, und er wusste, dass er schweigen würde.

Im Wohnzimmer lümmelte Rinor auf dem Sofa und spielte mit seinem Handy. Ab und zu tippte er auf eine Sure und hörte sich die arabischen Worte an. Versuchte, sie nachzusprechen. Deniz bezweifelte, dass ihn jemand verstehen würde. Das war okay, auch er hatte zu Beginn Mühe damit gehabt. Vor vier Jahren war er in derselben Lage gewesen wie Rinor jetzt.

Wohlwollend legte er dem Jungen die Hand auf die Schulter. »Üben wir ein bisschen zusammen?«

Rinor lächelte dankbar. Gemeinsam sprachen sie Gebete, und Deniz erklärte ihre Bedeutung.

»Ich habe übrigens mit Ali geredet«, sagte Deniz. »Wenn du möchtest, kannst du mit uns Korane verteilen.«

»Aber ich kenne keine Gebete auswendig.«

»Dawa kann man trotzdem machen.«

Rinor nickte ernst. »Okay. Wann?«

»Ali meint, wir sollen damit bis zur Friedenskonferenz warten. Dann sind die Menschen in der richtigen Stimmung und öffnen ihr Herz.«

»Friedenskonferenz?«

»In Zürich findet in zwei Wochen eine Friedenskonferenz statt. Es kommen Brüder von überall her, Deutschland, Österreich, Belgien, Ägypten, der Türkei, sogar aus Malaysia. Einer der Redner hat in Mekka studiert und ist Professor. Das wird großartig! Fast wäre die Konferenz abgesagt worden, aber dann hat Allah den Kafir die Augen geöffnet, gelobt sei sein Name.«

»Ich habe auf Muslim Pro elektronische Grußkarten mit Koranversen gefunden.« Rinor öffnete die App. »Ich könnte einige ausdrucken und verteilen. Was meinst du?«

»Super.« Deniz hielt nicht viel von selbst ausgedruckten Karten, sie wirkten schäbig. Nicht die Karten aber waren wichtig, sondern der Prozess, das hatte Ali ihm beigebracht. Rinor würde Stunden damit verbringen, Koranverse zu studieren. Das pusht den Iman hoch. Vielleicht würde er sie seiner Familie zeigen, mit ihnen über den Islam reden, sich Gedanken machen, was haram und was halal war. Die Karten würden sie schon irgendwie loswerden.

»Hast du eigentlich ein Mädchen?«, fragte Rinor plötzlich.

»Ali kennt eine Braut, die gut zu mir passt«, antwortete Deniz. »Er will mich ihrem Vater vorstellen.«

Rinor sah beeindruckt aus.

»Keine Unzüchtige, sondern eine, die weiß, was sich gehört. Sie heißt Ela.«

»Du kennst ihren Namen?«

»Ali hat sie schon lange im Auge. Willst du sie sehen?«

»Hast du ein Foto?«

Deniz sprang auf. »Ich zeige sie dir in echt. Sie arbeitet in einem Kickboxzentrum. Omar trainiert dort.«

Er musste raus, an die Luft, etwas unternehmen. Hier drinnen wurde es langsam stickig. Vielleicht durften sie mittrainieren. Das wollte er schon lange, aber Faisal hatte es ihm ausgeredet. Wie immer hatte er in Rätseln gesprochen, etwas von low profile gesagt, keine Verbindung zwischen den einzelnen Zellen, eine Taktik, die auch der Geheimdienst anwende. Deniz wollte wissen, wer sonst noch in den großen Plan eingeweiht war, aber Faisal hatte nur den Kopf geschüttelt.

Deniz ging zum Schrank und nahm eine Jogginghose heraus. *Den Geduldigen wird ihr Lohn ohne zu rechnen gewährt werden.* Die Versuchung war immer da, sie lauerte überall, wie ein Tier, das auf Beute wartet. Deniz legte die Jogginghose zurück. Er war ein Pfeiler, der ein Haus stützte. Ein Soldat, der einer Armee diente.

»Ich habe es mir anders überlegt«, sagte er. »Lass uns Dawa machen. Du hast gesagt, in deiner Klasse gibt es einen Mazedonier, der genug hat von dem ganzen Imperialistenscheiß. Vielleicht können wir ihm den richtigen Weg zeigen.«

Plötzlich ging die Tür auf, und Omar marschierte herein, gefolgt von zwei Typen, die Deniz noch nie gesehen hatte.

Einer erinnerte ihn mit seiner schnabelartigen Nase an einen Vogel, der andere wirkte unscheinbar, wenn man von seinen Muskeln absah.

»Welcher ist es?«, fragte das Muskelpaket.

Omar zeigte auf Deniz. Drei große Schritte, und sie waren bei ihm. Mit einem Satz hatte ihn das Muskelpaket an den Armen gepackt und ihm diese auf den Rücken gedreht.

»Was soll das?«, rief Deniz.

Langsam kam Omar auf ihn zu. Der Ausdruck in seinen Augen machte Deniz Angst. Er hatte keine Ahnung, um was es hier ging, das war nicht der Omar, den er kannte.

»Bruder!«, flehte er. »Ich habe nichts –« Der Mann mit der schnabelartigen Nase schlug ihm in den Magen. Deniz krümmte sich vornüber, das Muskelpaket richtete ihn wieder auf.

»Für wen arbeitest du?«, fragte Omar.

»Was?«, krächzte Deniz.

Noch ein Schlag. Aus dem Augenwinkel sah Deniz, wie sich Rinor gegen die Wand presste.

»Ich habe keine Ahnung, wovon du sprichst!«

Omar kam einen Schritt näher.

Deniz brach der kalte Schweiß aus. »Bruder!«, flehte er. »Ich arbeite für niemanden, ich schwöre es beim lebendigen Gott!«

»Ich weiß von Faisal!«

Deniz öffnete den Mund, doch kein Ton kam heraus.

»Wer ist Faisal?«, fragte Omar.

»Du kennst ihn doch auch«, stotterte Deniz. »Er kam früher in die Moschee.«

»Und dann verschwand er von der Bildfläche. Von unseren Brüdern in Deutschland haben wir erfahren, dass er kürzlich ein besonderes Paket bestellt hat. Rate mal, wer es in Empfang nahm?«

Omars Gesicht war jetzt so nah, dass Deniz die einzelnen Barthaare auf seinen Wangen sehen konnte.

»Du!«, zischte Omar.

Ein leises Wimmern kam von der Wand, an der Rinor stand.

»Wo ist er?«, bohrte Omar.

»Ich weiß es nicht, ich schwöre bei Gott!«

»Was hat er vor?«

»Keine Ahnung! Ich habe nur ein paar Sachen für ihn erledigt.« Deniz sprach jetzt schnell. »Eine Sendung in Empfang genommen, ein – «

»Eine Sendung? Was war drin?«

»Ich habe sie nicht aufgemacht!«

»Wie hat er dich kontaktiert?«

»Über Telegram. Die App, die – «

»Ich weiß, was Telegram ist! Hast du seine Handynummer?«

»Nein, er wechselt sie jedes Mal.«

»Wo ist dein Handy?«

Deniz erklärte ihm, wo es sich befand, und nannte sein Passwort.

»Durchsucht die Wohnung«, befahl Omar seinen Handlangern. »Vielleicht lagert er Material für Faisal.«

Die Typen ließen Deniz los. Seine Knie gaben nach, er sackte zusammen, vergrub das Gesicht in den Händen. Er hörte, wie Schubladen herausgezogen wurden, Gegenstände zu Boden fielen, Geschirr in die Brüche ging.

»Nichts«, sagte einer der Typen nach einer gefühlten Ewigkeit.

Vorsichtig sah Deniz auf. Omar starrte ihn an, auf seinem Gesicht lag Verachtung. Deniz spürte, wie sein Magen sich krümmte, es fühlte sich an wie damals, als er das Auto seines Vaters zu Schrott gefahren hatte.

Omar machte eine Kopfbewegung Richtung Schlafzimmer. »Nehmt die Sachen mit. Die Korane, die Prospekte, alles. Hier sind sie nicht mehr sicher.«

»Aber Faisal kämpft auf unserer Seite«, sagte Deniz verwirrt.

Omar ging vor ihm in die Hocke. »Wie blöd bist du eigentlich? Was, wenn Faisal für den Nachrichtendienst arbeitet?«

Deniz schüttelte heftig den Kopf. »Er ist einer von uns!«

»Und wennschon! Was meinst du, wie lange es dauert, bis die Behörden auf ihn aufmerksam werden? Sobald sie ihn mit uns in Verbindung bringen, stehen wir alle auf der Liste des Nachrichtendienstes.«

Deniz' Kehle schnürte sich zu. Er kämpfte gegen die Tränen an, die ihm in die Augen schossen, und dachte daran zurück, wie Faisal ihn beiseitegezogen und leise gefragt hatte, ob er Allah dienen wolle. Deniz hatte sich auserkoren gefühlt, er hatte sofort gewusst, das war seine Chance. War er deswegen ein schlechter Muslim?

Omar steckte das Handy in seine Hosentasche und wandte sich an Rinor, der immer noch an der Wand stand.

»Bruder Rinor, richtig?«, fragte er.

Rinor nickte ängstlich.

»Wir brauchen jemanden, der Deniz' Platz einnimmt. Fühlst du dich bereit? Ist dein Glaube stark genug?«

Rinor richtete sich auf. »Was muss ich tun?«

»Du kannst damit beginnen, Kartons in den Wagen zu laden.«

Rinor eilte ins Schlafzimmer.

Deniz legte die Stirn auf den Boden und wartete. Er hörte, wie jemand an ihm vorbeiging, Omar sprach leise mit Rinor, in der Wohnung über ihnen schaltete jemand den Fernseher ein. Die Wohnungstür fiel klickend ins Schloss. Schritte auf der Treppe. Stille.

27

Die Polizei weiß, dass Sie seit sieben Wochen nicht mehr in Ihrem Atelier waren. Es ist nur eine Frage der Zeit, bis man Ihren aktuellen Wohnort findet. Möchten Sie nicht lieber kooperieren?«, fragte Pal.

Saifullah schwieg.

Pal lehnte sich auf dem harten Stuhl zurück. Seit zwei Stunden saß er bei seinem Klienten in der Zelle. Stunden, die er nicht verrechnen durfte und die er besser hätte nutzen können. Es roch nach Feuchtigkeit, altem Essen und ungewaschenem Körper. Pal sehnte sich nach Luft, doch das Fenster ließ sich nicht öffnen.

Er spielte seine letzte Karte. »Haben Sie bei Faisal gewohnt?«

Hätte er nicht genau darauf geachtet, wäre ihm das kurze Aufblitzen in den Augen seines Klienten entgangen.

»Ja, ich weiß von Faisal«, sagte Pal.

Ein feiner Schweißfilm breitete sich auf Saifullahs Gesicht aus.

»Woher kennen Sie ihn?«, fragte Pal. Im Kickboxzentrum trainierte niemand, der Faisal hieß. Er beugte sich vor. »Hat Faisal Sie dazu angestiftet, Lara Blum zu entführen?«

Keine Antwort.

»Herr Saifullah, wenn Sie zugeben, dass man Druck auf Sie ausgeübt hat, wird sich das zu Ihren Gunsten auswirken. Das Gericht gewichtet auch die Umstände einer Tat.«

Plötzlich entspannten sich Saifullahs Gesichtszüge. Er stand auf, hob den Blick zum Fenster, das weit oben in der Mauer angebracht war, und betrachtete den Himmel. Pal fragte sich, was diese Reaktion hervorgerufen hatte. Seine Worte? Ein Gedanke, der Saifullah durch den Kopf geschossen war? Die Vorstellung, dass es da oben ein Gericht gab, das ihm weit mehr bedeutete als das irdische hier unten? Pal wusste es nicht. Klar war ihm nur, dass es keinen Zweck hatte, das einseitige Gespräch fortzusetzen.

Saifullah drehte sich nicht um, als die Tür geöffnet wurde und Pal die Zelle verließ. Draußen schloss Pal die Augen und sog die frische Luft ein. In einer Stunde hatte er eine Verabredung, die Zeit reichte für einen Kaffee. Pal kaufte sich einen doppelten Espresso, dann fuhr er nach Regensdorf.

In dem Einkaufszentrum waren die üblichen Geschäfte untergebracht. Auch die Klientel unterschied sich nicht von der in anderen Einkaufszentren. Jugendliche, die ihre Freizeit in den Elektronik- und Kleiderläden verbrachten, Mütter, denen es zu Hause zu einsam war, Arbeitslose und Rentner, die ihre Zeit zwischen künstlichen Pflanzen und Sonderangeboten totschlugen. Die Menschen waren Pal so vertraut wie das Sprachengemisch, das ihn umgab. Genau deshalb hatte er diesen Treffpunkt gewählt. Ein Ort, an dem er nicht auffiel. Wo ihn niemand kannte.

Er beugte sich vor und stützte die Unterarme auf das Geländer. Betrachtete die Gartenausstellung im Erdgeschoss, drei Stockwerke weiter unten. Zweihundertvierzehn Stunden waren seit Lara Blums Entführung verstrichen. Neun Tage.

»Pal Palushi?«

Pal drehte sich um. Ibro Sinanovic sah genauso aus wie auf dem Foto, das Pal im Internet gefunden hatte. Ebenmäßige Gesichtszüge, dichtes Haar, warme Augen, die Pal direkt ansahen. Nur seine Schläfen waren grauer als auf dem Bild.

Pal reichte ihm die Hand. »Danke, dass Sie hergekommen sind.«

»Nenn mich Ibro«, bot der Seelsorger an. »Sokols kleiner Bruder braucht Hilfe! Wie die Zeit vergeht.«

Sie setzten sich in ein Café. Pal erzählte von dem Fall, ohne Namen zu nennen. Zuerst sprach er nur über die Fakten, dann wurde er immer persönlicher. Ibro besaß die Gabe zuzuhören, ohne ihm ein Gefühl von Verwundbarkeit zu geben. Der Seelsorger nickte an den richtigen Stellen, zeigte Anteilnahme, aber kein Mitleid. Pal hatte eigentlich nur wissen wollen, ob ihm in der JVA etwas zu Ohren gekommen war. Jetzt aber ertappte er sich dabei, wie er ihm das Herz ausschüttete.

»Eine schwierige Situation«, sagte Ibro nachdenklich. »Lass uns zunächst darüber reden, was ich für dich tun kann. Wenn du möchtest, kann ich Faisals Namen an die Polizei weiterleiten. Ich würde mich, wie deine Anwältin, auf das Berufsgeheimnis beziehen. Dass wir uns kennen, weiß niemand.«

»Das wäre sehr hilfreich. Ist dir der Name denn schon einmal begegnet?«

»Ich befinde mich in der gleichen Situation wie du. Ich darf nicht über das reden, was mir als Seelsorger anvertraut wird. Zum Glück finden viele Gespräche aber in einem anderen Rahmen statt. Kürzlich haben zwei Gefangene in der Werkstatt über die Gerüchte gesprochen, die zurzeit kursieren. In diesem Zusammenhang fiel der Name Faisal tatsächlich. Sie haben sich gefragt, wer der Mann ist, offenbar kennen sie ihn nicht. Dass ihm das vorderste Glied des Mittelfingers fehlt, haben sie nicht erwähnt. Die beiden sitzen schon lange, du kannst also davon ausgehen, dass Faisal nicht vorbestraft ist, zumindest nicht unter diesem Namen.«

Oder nicht in der Schweiz, dachte Pal. Woher kannten sich Faisal und Saifullah? Was verband sie?

»Hast du schon einmal von der Kampfsportschule Fight gehört?«, fragte er.

»Natürlich. Selbst ernannte Prediger indoktrinieren die Sportler, bereiten sie auf den Kampf gegen Ungläubige vor.«

»Warum schreiten die Behörden nicht ein? Fehlt es an Beweisen?«

»Die Szene ist ständig in Bewegung. Sobald der Nachrichtendienst genauer hinschaut, tauchen die Verdächtigen ab und formieren sich woanders wieder neu. Es sind aber immer mehr oder weniger die gleichen Akteure, die in Erscheinung treten.« Er nannte einige Namen, die Pal nicht kannte.

»Sagt dir der Name Ali etwas? Er soll ein Imam sein, angeblich hat Claudio Klepic mit ihm verkehrt.«

»Es gibt einen Tunesier, der in Hinterhöfen predigt. Früher trat er unter dem Namen Abu Hussein al-Tunisi auf. Er soll von den Saudis finanziert worden sein, stand in engem Kontakt zur Islamischen Weltliga. Vor einigen Jahren verschwand er, ich habe gehört, dass er jetzt wieder in der Schweiz ist und sich Ali nennt. Ein gebildeter Mann und ein sehr geschickter Rhetoriker. Er holt die Menschen dort ab, wo sie stehen, und versteht es, sie um den Finger zu wickeln. Imam!« Ibro schüttelte den Kopf. »Genau deshalb ist es so wichtig, dass wir uns für eine staatlich anerkannte Ausbildung der Imame einsetzen! Heute kann sich jeder Imam nennen. Woher sollen Gläubige wissen, mit wem sie es zu tun haben? Warum interessiert dich Ali? Hat er etwas mit der Entführung zu tun?«

»Ich weiß nur, dass er mit Klepic verkehrt. Und dass Klepic meinen Klienten kennt.«

»An deiner Stelle würde ich mir die Teilnehmer der Friedenskonferenz anschauen, die am übernächsten Sonntag stattfindet. Abu Hussein al-Tunisi ist in der Vergangenheit immer wieder bei solchen Anlässen in Erscheinung getreten. Er ist gut vernetzt und hat Kontakte zu Referenten aus aller Welt. Unter den Organisatoren wirst du übrigens viele Schweizer Salafisten finden. Friedenskonferenz!« Wieder schüttelte Ibro den Kopf. »Manchmal verstehe ich dieses Land einfach nicht. Man kann auch zu tolerant sein. Darunter leiden alle, auch wir. Es darf nicht sein, dass ein paar Extreme das Bild aller Muslime prägen.«

»Vermutlich spielt in diesem Fall nicht Toleranz eine Rolle, sondern Geld«, gab Pal zu bedenken. »Die Firma, die den Raum vermietet, hatte den Vertrag gekündet, als sie erfuhr, wer dort auftreten würde. Ich nehme an, die Organisatoren forderten Schadenersatz.«

»Schon möglich.« Ibro bestellte noch einen Kaffee. »Engagierst du dich immer so stark?«

»Nur, wenn ich das Gefühl habe, dass ich etwas bewirken kann.«

»Das ist kräfteraubend. Vor allem, wenn du gleichzeitig als Sündenbock herhalten musst.«

Pal zuckte die Schultern. »Als Strafverteidiger hat man nur Feinde. Man steht unter Druck, bekommt keine Anerkennung, keinen Dank, am Schluss kämpft man sogar um das Honorar. Das wusste ich, als ich mich für den Beruf entschied.«

»Das macht es nicht einfacher.«

»Nein, aber es schützt vor zu hohen Erwartungen.«

»Fühlst du dich für Lara Blum verantwortlich?«

»Ein guter Jurist kann nur werden, wer mit einem schlechten Gewissen Jurist ist«, zitierte Pal den deutschen Rechtsphilosophen Gustav Radbruch.

»Du weichst meiner Frage aus.«

»Eine junge Frau ist in Lebensgefahr, wenn nicht bereits tot. Natürlich fühle ich mich verantwortlich. Ginge es dir nicht genauso? Was würdest du tun, wenn mein Klient dich aufsuchen würde?«

»Das Gleiche wie du.« Ibro lächelte. »Nur mehr beten.«

Pal dachte an Bekim Krasniqi, der im Gefängnis zum Glauben gefunden hatte. Wie viele Leben hatte Ibro mit seinem Einfühlungsvermögen und seiner Toleranz beeinflusst? Auch er war der Kritik ausgesetzt, er schien aber gut damit umgehen zu können. Auf einmal beneidete Pal ihn um seinen Glauben.

Ibros Stimme hallte in Pal nach, als er das Einkaufszentrum verließ. Gerne hätte er länger mit ihm gesprochen, jetzt aber musste er ein anderes Gespräch führen.

Es gab keinen Weg daran vorbei. Faisal existierte tatsächlich. Und der Metzger wusste offenbar etwas über ihn. Pal durfte das nicht ignorieren. Widerwillig steckte er den Schlüssel ins Zündschloss. Er wollte gerade losfahren, als Pilecki anrief.

»Eine Frau, die Daniel Schneider kennt, hat sich bei der Polizei gemeldet«, erklärte der Polizist. »Wir müssen sie so rasch wie möglich befragen.«

Pal sah auf die Uhr. Um fünfzehn Uhr hatte er einen Termin mit einem Klienten. Er würde ihn verschieben müssen. »Ich bin in einer halben Stunde da.«

Auf dem Weg zurück nach Zürich hob sich Pals Stimmung merklich. Vielleicht war der Besuch beim Metzger soeben hinfällig geworden.

Pilecki kam Pal am Eingang mit schwungvollen Schritten entgegen. Die Frau, die in seinem Büro wartete, war Mitte dreißig, wirkte jedoch wegen der Jeansjacke, die nur knapp ihren Bauchnabel bedeckte, und der tief sitzenden, engen Hose jünger. Pal erfuhr, dass sie Jutta Winterberg hieß, in Bielefeld lebte und zu Besuch in der Schweiz weilte. Pilecki hatte die Wahlkonfrontation bereits durchgeführt, Winterberg hatte Saifullah erkannt. Pal nahm hinter der Frau Platz und wartete, bis sein Klient hereingeführt wurde.

Als die Tür aufging, sprang Jutta Winterberg vom Stuhl auf und zeigte auf Saifullah. »Genau, das ist er!«

Saifullah zuckte sichtbar zusammen, sagte aber nichts. Auch nicht, als Jutta Winterberg ihn direkt ansprach. Pilecki erledigte die Formalitäten, dann bat er sie zu erzählen, woher sie Daniel Schneider kannte.

»Durch den Ussi, meinen Ex«, erklärte sie.

Ussi hieß Usama, hatte goldbraune Augen und die längsten Wimpern, die Jutta Winterberg je an einem Mann gesehen hatte. Leider hielt ihn das nicht davon ab, sich als Macho aufzuspielen, woran die Beziehung schließlich zerbrach. Als er Daniel zum ersten Mal zu sich nach Hause eingeladen hatte, war die Liebe aber noch intakt gewesen. Daniel kam aus der Schweiz, er hatte Ussi über das Internet kennengelernt. Ein Jahr zuvor war er zum Islam konvertiert. Ussi verkehrte seit Längerem in religiösen Kreisen, dass er Jutta Winterberg nicht liebte, sondern nur als Geldquelle betrachtete, war ihr damals nicht klar gewesen. Auch der Schweizer, wie Daniel genannt wurde, war für Ussi und seine Brüder in erster Linie eine Geldquelle. Daniel spendete bereitwillig, im Gegenzug erhoffte er sich die Möglichkeit, seinen Glauben unter Beweis stellen zu dürfen. Er träumte davon, in den Jihad zu ziehen, und wollte den Umgang mit Waffen lernen.

»Dabei konnte der nicht mal einen Mikrowellenherd bedienen«, sagte Jutta Winterberg. »Der Ussi hat über ihn gespottet, er hat gemeint, wenn man dem Schweizer eine Waffe in die Hand drückt, hält der sie noch verkehrt herum und knallt sich selbst ab.«

»Wurde Daniel Schneider in Kampftechniken ausgebildet?«, fragte Pilecki.

Jutta Winterberg schnaubte. »Prospekte hat er gefaltet. Und die Moschee geputzt. Er tat mir richtig leid. Nach zwei Jahren ging er enttäuscht nach Hause. Gerade rechtzeitig, nur einen Monat später kam der Verfassungsschutz Ussi und seinen Brüdern auf die Spur.«

Pal betrachtete seinen Klienten, der auf seinem Stuhl sachte hin- und herschaukelte. Hanisch würde später genau wissen wollen, was er in Deutschland gemacht hatte, Pilecki interessierten jetzt vor allem die Namen. Er notierte die Namen aller Gläubigen, an die sich Jutta Winterberg erinnerte. Er war mit seinen Fragen fast durch, als es an der Tür klopfte. Fahrni kam herein und reichte Pilecki eine Notiz. Pilecki fragte Winterberg, ob sie einen Mann namens Faisal kenne.

Pal stieß ein stummes Dankgebet aus. Ibro hatte sein Versprechen gehalten. Das Timing hätte nicht besser sein können. Pal beobachtete seinen Klienten. Saifullah faltete die Hände, seine Knöchel waren weiß.

»Faisal?«, wiederholte Jutta Winterberg nachdenklich. »Nee, noch nie gehört.«

Ein Film lief in Pals Kopf ab. Er sah Saifullahs Zimmer im Dachgeschoss, die Koransprüche und die Flagge des Islamischen Staates an der Wand. Saifullah lag im Bett und starrte auf die Zeichnung des grünen Vogels. Er träumte vom Märtyrertod und davon, Spuren zu hinterlassen. Im Internet fand er Gleichgesinnte, er reiste nach Deutschland, um dort Seite an Seite mit seinen Brüdern zu kämpfen. Seine Enttäuschung musste riesig gewesen sein, als er begriff, dass er seine Träume nicht verwirklichen konnte. Zurück in der Schweiz, war er leichte Beute für jemanden, der andere für seine Zwecke instrumentalisierte. Hatte er sich einer Gemeinschaft angeschlossen? Oder hatte er von der Kampfsportschule Fight gehört und entschieden, in den Krieg zu ziehen? Welchen Krieg? Der Islamische Staat war besiegt. Bereitete sich

Saifullah auf ein Selbstmordattentat vor? Während dieser Zeit musste er Faisal kennengelernt haben. Wer war dieser Mann? Warum kannte ihn niemand? War Abu Hussein al-Tunisi oder Ali, wie er sich jetzt nannte, das fehlende Glied in der Kette?

Pilecki wandte sich an Pal. »Haben Sie noch Ergänzungsfragen, Herr Palushi?«

Pal rang mit sich. Wenn er Abu Hussein al-Tunisi erwähnte, schadete er womöglich seinem Klienten. Andererseits hatte er jetzt die Möglichkeit, Pilecki Informationen zukommen zu lassen. Durch das offene Fenster hörte er eine Amsel flöten. Das Glück erschien ihm auf einmal sehr kostbar.

»Sagt Ihnen der Name Abu Hussein al-Tunisi etwas?«, fragte Pal Jutta Winterberg.

»Tunisi?« Sie runzelte die Stirn. »Ist das vielleicht der Tunesier?«

»Gut möglich. Er nennt sich heute Ali.«

Pilecki hatte aufgehört zu tippen.

»Ussi hat manchmal von einem Tunesier gesprochen, ja.« Sie sah Pilecki entschuldigend an. »Den habe ich vorhin vergessen. Ich glaube, er hat ab und zu als Gast in der Moschee gepredigt.«

Pal gab Pilecki ein Zeichen fortzufahren. Mit schlechtem Gewissen lehnte er sich zurück. Saifullah hatte nicht gemerkt, dass Pal ihm in den Rücken gefallen war, er schien in Gedanken weit weg zu sein.

Mehr wusste Jutta Winterberg über den Tunesier nicht. Wenn es der gleiche Mann war, der mit Claudio Klepic gesehen worden war, konnte sich Pal den weiteren Verlauf von Saifullahs Geschichte zusammenreimen. Durch den Tunesier hatte er Klepic kennengelernt und war auf das Fight aufmerksam geworden. Vielleicht war der Tunesier sogar gleichzeitig mit Saifullah in die Schweiz zurückgekehrt und hatte hier eine Gemeinschaft aufgebaut. Der auch Faisal angehörte?

Der Drucker summte, Pilecki stand auf. Er holte das ausgedruckte Protokoll, legte es vor Jutta Winterberg auf den Tisch und reichte Pal eine Kopie. Pal las die Seiten sorgfältig durch. Als er bei der letzten Seite angekommen war, stockte er. Pals Frage fehlte. Laut Protokoll hatte Jutta Winterberg von sich aus Abu Hussein al-Tunisi erwähnt. Pilecki begab sich damit auf Glatteis. Die Wahrscheinlichkeit, dass Winterberg während der Einvernahme gegenüber der Staatsanwaltschaft Pal erwähnte, war groß. Aus dem Augenwinkel sah Pal, wie die Frau das Protokoll unterschrieb.

Saifullah wurde in eine Zelle gebracht, wo er auf den Transportdienst wartete.

»Danke, Frau Winterberg«, sagte Pilecki. »Sie haben uns sehr geholfen. Die Staatsanwaltschaft wird sich direkt mit Ihnen in Verbindung setzen. Ich bringe Sie nach unten.«

Er bat Pal, kurz im Büro zu warten. Als er zurückkehrte, erwähnte er das Protokoll mit keinem Wort. Stattdessen entschuldigte er sich bei Pal.

»Ich kann es mir nicht leisten, auf persönliche Befindlichkeiten Rücksicht zu nehmen.«

Pal wusste nicht, wovon er sprach.

»Hat sie Ihnen nichts gesagt?«

»Wer?«

»Bambi ... Jasmin«, korrigierte er sich. »Ich habe sie vorgeladen.«

Pal war klar, dass Lara Blum jetzt wichtiger war als Jasmins seelisches Gleichgewicht, dennoch reagierte er wütend. »Sie darf Ihnen nichts sagen. Als meine Hilfsperson untersteht auch sie dem Berufsgeheimnis.« Pal spürte, wie seine Ohren heiß wurden, als ihm die Ironie seiner Worte bewusst wurde.

Vor wenigen Minuten hatte er nicht nur absichtlich gegen das Berufsgeheimnis verstoßen, er hatte der Polizei Informationen gegeben, die seinem Klienten mit großer Wahrscheinlichkeit schadeten.

Pilecki ließ sich nichts anmerken. »Ich habe nicht vor, sie im Rahmen ihrer … Aufgaben als Hilfsperson zu befragen. Mich interessiert bloß, was sie in ihrer Freizeit macht.«

Mit anderen Worten, er wollte mehr über das Fight wissen. Ein geschickter Schachzug.

28

Die Augen des Polizisten, der uns Delias Piercing brachte, waren klar und blau. Ich fragte mich, wie ein Mensch, der täglich in Abgründe sah, sich einen ungetrübten Blick bewahren konnte. Er hätte Delia gefallen. Ihr erster Freund sah ihm ein wenig ähnlich, das spitz zulaufende Gesicht, die gewölbten Augenbrauen, die volle Unterlippe. Ich hole das fünfte Album hervor, darin müssten sich Fotos von Lukas befinden, sie haben sich in der sechsten Klasse kennengelernt. Ich finde ihn nur auf dem Klassenfoto, er steht weit weg von Delia, noch wissen sie nicht, dass sie beide aufs Gymnasium gehen und vier Jahre lang gemeinsam Bus fahren werden.

Ob Delia noch leben würde, wenn sie sich nicht von Lukas getrennt hätte? Peter versteht bis heute nicht, warum sie ihm den Laufpass gab. Lukas war umsichtig und klug, er lachte über Missgeschicke und liebte Apfelkuchen. Zwei Jahre lang war er unsere Verbindung zu Delia, bis heute glaube ich, dass Delia nicht ihm, sondern uns den Laufpass gab. Er ist nicht zur Beerdigung gekommen.

»Lukas macht jetzt Matura«, sage ich beim Abendessen.

Peter erstarrt, die Gabel, die er zum Mund führt, schwebt in der Luft. Dann setzt er die Bewegung fort, kaut, schluckt, spießt ein weiteres Stück Fleisch auf.

»Hast du mich verstanden?«, frage ich.

»Ja.«

Tim schaut überrascht von mir zu Peter, er muss sich

erst daran gewöhnen, dass wir miteinander reden. Er hört bloß die Worte, die ich ausspreche, Peter aber hört auch die anderen.

Delia würde jetzt auch Matura machen, wenn sie noch lebte.

Peter nimmt noch einen Bissen, dann legt er Gabel und Messer auf den Teller. »Ich muss los.«

»Wohin?« Peter geht abends nie weg.

»Eine Verabredung.«

Der Gedanke, dass Peter eine Verabredung hat, ist unvorstellbar, vielleicht rutscht es mir deshalb heraus: »Rita Krohn hat nach dir gefragt.«

Peter sieht mich an, als hätte ich ihn geohrfeigt. Erschrocken und wütend, aber auch wie ertappt. Erst einmal hatte ich Schuldgefühle bei ihm erlebt, kurz nach unserer Hochzeit. Der Aktienfonds, in den er investiert hatte, hatte an Wert verloren, und Peter fühlte sich für unseren Verlust verantwortlich. Ich suche nach einem Grund für sein Verhalten, da fällt es mir auf. Der neue Haarschnitt. Die gepflegten Fingernägel. Nach Delias Tod hatte sich Peter gehen lassen, ich dachte, das sei seine Art, sich gegen das Schicksal aufzulehnen. Er konnte es sich nicht leisten, den Job zu verlieren, musste funktionieren, Hypothekarzinsen und Versicherungsprämien bezahlen, das Haushaltskonto füllen. Über seinen Körper aber konnte er frei verfügen.

Jetzt wird mir vieles klar, ich staune nur darüber, dass ich es nicht früher sah. Peters verändertes Aussehen. Rita Krohn, die umständlich nach ihm fragt. Wie lange dauert die Beziehung schon? Ich horche in mich hinein, stelle fest, dass ich bei der Vorstellung weder Eifersucht noch Wut empfinde, ich bin nicht gekränkt. Endlich können wir mit dieser Farce aufhören, diesem Zusammenleben, das doch keines ist.

Peter geht es offenbar ähnlich. Er kommt erst in den frühen Morgenstunden zurück, gibt sich keine Mühe, sein

Wegbleiben zu verbergen. Ich kann nicht schlafen, stehe auf und hole mir in der Küche ein Glas Wasser. Ich warte auf Peter, der mir mitteilen wird, dass er ausziehen will, doch er kommt nicht. Ich höre die Kellertür, seine Schritte auf der Treppe. Unschlüssig halte ich mich an meinem Glas fest, dann gehe ich in den Flur. Wir haben die Trennung eingeleitet, jetzt möchte ich sie zu Ende bringen. Es ist lange her, dass ich ein Ziel hatte, ich fühle mich wach und konzentriert. Der Schleier, durch den ich meine Welt sah, hat sich aufgelöst, meine Zukunft hat Konturen angenommen.

Ohne anzuklopfen, öffne ich die Kellertür. Seit Delias Tod war ich nicht mehr unten, ich ertrage den Gedanken nicht, dass Peter weiterhin an seinen Robotern bastelt, als habe sich nichts in seinem Leben verändert. Feuchtigkeit und der Geruch von Flussmittel schlägt mir entgegen. Früher roch ich es gern, mir gefiel, wie Peter mit einem Lötkolben umgehen konnte. Jetzt aber steigt Übelkeit in mir auf. Ich verbinde den Geruch mit Delias Piercing, sehe das geschmolzene Titan vor mir, aus dem der unversehrte Kopf des Steckers ragt. Aus dem Raum, den Peter als Werkstatt eingerichtet hat, höre ich ein Zischen, ich sehe die bläuliche Flamme vor mir, die sich in Peters Schutzbrille spiegelt.

»Hat sie gelitten?«

»Wir … wissen es nicht.«

»Wusste sie, was mit ihr geschah?«

»Vermutlich nicht.«

»Hätte man sie retten können?«

»Nein. Es war nichts mehr zu machen.«

»Darf ich sie sehen?«

»Das ist leider nicht möglich.«

»Bitte!«

»Wir halten das für keine gute Idee, Frau Richter. Behalten Sie Ihre Tochter so in Erinnerung, wie sie war.«

29

Die Vorstellung, durch die vertrauten Gänge zu gehen und womöglich Kollegen zu begegnen, die sie neugierig und voller Mitleid ansahen, hätte bei Jasmin noch vor Kurzem zu weichen Knien geführt. Jetzt aber merkte sie, dass sie zwar aufgeregt, jedoch nicht beunruhigt war. Sie stand vor dem Eingang des Kripogebäudes und sah zum fünften Stock hoch. Das Fenster in ihrem ehemaligen Büro war geschlossen, die Sonne spiegelte sich in der Scheibe. Sie stellte sich den Schreibtisch vor, der im rechten Winkel davorstand. Die Magnettafel, an der Telefonnummern und neue Weisungen hingen. Einladungen zu Polizeiwettkämpfen, eine Liste mit Pikettdiensten, Fotos von Teamausflügen. Das Leib/Leben war ihre Familie gewesen, diesem Gefühl von Zugehörigkeit trauerte sie nach, doch sie erkannte auch, dass das strenge Korsett, das sie als Polizistin trug, sie eingeengt hatte. Einer privaten Ermittlerin schrieb niemand vor, wie sie ihre Schwerpunkte zu setzen hatte; sie musste keine lästigen Protokolle verfassen, keinem Vorgesetzten Rechenschaft ablegen.

Am Morgen hatte sie Ela getroffen. Außerhalb des Kickboxzentrums war die junge Frau gesprächiger gewesen, Jasmin hatte mehr erfahren als während der kurzen Wortwechsel nach dem Training. Sie wusste jetzt, dass Mustafa Saifullah kein begabter Kampfsportler war und dass er die Anerkennung von Claudio Klepic gesucht hatte, sich dann aber plötzlich von ihm distanzierte. Ela glaubte, dass er neue Kollegen gefunden, sich vielleicht sogar einer neuen Gemeinschaft angeschlossen hatte. Seine Kehrtwende hatte Amin geärgert. Als Jasmin fragte, weshalb, zuckte Ela die Schultern.

»Çayı geçerken at değiştirilmez«, sagte sie. »Während man den Fluss überquert, wechselt man nicht das Pferd.«

Mitten im Strom soll man nicht die Pferde wechseln. Auf welches Pferd hatte Saifullah umgesattelt? Hier stieß Jasmin an ihre Grenzen. Als Polizistin hätte sie Zugang zu Amins Telefongesprächen gehabt. Sie hätte seine Kontakte überprüft, die Sportler im Fight observieren lassen. Als private Ermittlerin gab es diese Möglichkeiten für sie nicht. Zum Glück hatte sie Beziehungen.

Sie öffnete die Tür und meldete sich am Empfang. Ob sie sich immer noch unbegleitet im Gebäude bewegen durfte? Der Gedanke, dass man sie wie eine Fremde im Wartezimmer abholte, schmerzte sie. Nach einem kurzen Telefongespräch winkte der Portier sie durch. Erleichtert betrat Jasmin den Aufzug. Oben wartete Pilecki. Sein Haar war etwas schütterer, das Kinn spitzer, doch sein Lachen war noch dasselbe, und als er sie umarmte, roch sie wie früher abgestandenen Rauch.

»Bambi!« Seine Stimme war belegt. »Was für ein Anblick!«

Sie stieß ihm den Ellenbogen in die Seite. »Heuchler. Ich weiß genau, dass du zu Hause einen weitaus schöneren Anblick genießt.« Seine ukrainische Frau hätte Model sein können.

Er grinste, offenbar erleichtert, dass sie gleich zu dem entspannten Verhältnis zurückfanden, das ihre Zusammenarbeit über Jahre hinweg geprägt hatte.

Dann wurde er ernst. »Ist es in Ordnung, wenn wir uns zu mir ins Büro setzen? Oder möchtest du lieber woandershin? Wir können auch ins K29 hinüber.«

Jasmin war gerührt. In der Polizeikaserne war die Wahrscheinlichkeit, dass man sie erkannte, geringer. Sie lehnte dankend ab. Pilecki öffnete die Glastür, die die Büros des Leib/Leben vom Treppenhaus trennte. Neugierig sah Jasmin sich um. Einiges hatte sich verändert, seit sie hier nicht mehr arbeitete. Der Dienst Häusliche Gewalt gehörte nicht mehr zur gleichen Abteilung wie das Leib/Leben, die Brandermittler waren umgezogen. Der neue Kommandant war bekannt dafür, dass er keinen Stein auf dem anderen ließ.

Pilecki bemerkte Jasmins Blick und verdrehte die Augen. »Change Management, heißt es offiziell.« Er senkte die Stimme. »Ich nenne es ›sich ein Denkmal setzen‹.«

Jasmin lachte.

»Es gibt aber auch gute Entwicklungen«, gab er zu. »Zum Beispiel die Sonderkommission gegen Terrorbedrohung. Sie ist auch in diesen Fall involviert.«

Diese bestand aus Vertretern der Stadtpolizeien Zürich und Winterthur, der Kantonspolizei, des Bundesamts für Polizei und des Nachrichtendiensts. Bei einer akuten Bedrohung beurteilten sie die vorliegenden Informationen und versuchten, die Gefahr einzuschätzen.

Sie waren bei seinem Büro angekommen, Pilecki bat sie herein und schloss die Tür.

»Setz dich.« Er startete den Computer. »Ich habe dich hergebeten, weil ich mehr über das Kampfsportzentrum Fight wissen möchte. Ich habe gehört, du trainierst dort.«

Wie viel durfte sie sagen? War es leichtsinnig gewesen, ohne Anwalt zu erscheinen? Sie wollte Pal nicht noch mehr Schwierigkeiten bereiten.

»Ja, ich habe das Training in den letzten Monaten sträflich vernachlässigt. Deshalb habe ich mich für einen Intensivkurs eingeschrieben.«

»Und?«

Sie beschrieb das Training, die Stimmung im Fight und nannte ihm die Sportler, die sie kennengelernt hatte. »Leider darf ich noch nicht mit den Fortgeschrittenen trainieren. Stell dir vor, früher hat sich der Europameister Claudio Klepic um die Männer gekümmert! Jetzt ist Amin zuständig, aber ich finde ihn, ehrlich gesagt, nicht qualifiziert genug. Er setzt zu viel Kraft ein, nutzt den Schwung nicht aus, und seine Beinarbeit lässt zu wünschen übrig. Mit seiner Schwester verstehe ich mich übrigens gut. Von Ela habe ich sogar einen türkischen Satz gelernt.« Sie wiederholte das Sprichwort von dem Pferd im Strom.

Pilecki ließ sie reden, er versuchte nicht, das Gespräch in eine bestimmte Richtung zu lenken. Am Ende ihres Berichts hatte Jasmin das Gefühl, alle wichtigen Informationen weitergeleitet zu haben.

»Tobias hat mir erzählt, dass ihr euch getroffen habt«, sagte Pilecki. »Er freut sich sehr darüber. Ich hoffe, ihr bleibt in Kontakt. Er hat immer Spannendes zu berichten.« Er machte eine Pause, um sicherzugehen, dass sie den Hinweis verstand: Tobias war ihre Hintertür, niemand würde es erfahren, wenn sie sich ihm anvertraute. »Wenn du konkrete Informationen hast, ruf mich an. Ich werde dafür sorgen, dass sie an die richtigen Stellen gelangen.«

»ADDW«, sagten sie gleichzeitig.

Auf dem Dienstweg. Pilecki war gewissermaßen der Haupteingang.

Er stand auf. »Den Nachmittagskaffee haben wir bis auf Weiteres gestrichen, aber wenn du möchtest, kann ich mit dir noch einen Gang durchs Gebäude machen.«

Jasmin lehnte ab. »Du hast Wichtigeres zu tun. Ist es in Ordnung, wenn ich noch bei einigen Kollegen vorbeischaue?«

»Natürlich! Du bist hier immer willkommen.«

Jasmin verließ sein Büro. Der vertraute, enge Flur. Blaues Linoleum, graue Spinde. Der Geruch von Putzmittel und Trockenheit. Geräusche aus der Kantine im oberen Stock, das Klingeln eines Telefons, Stimmen aus der Kripo-Leitstelle. Jasmin hörte, wie die Kripo-Chefin und der Chef der Fahndungsabteilung in dringendem Tonfall miteinander sprachen. Ein Polizist, den Jasmin nicht kannte, stieß die Tür am Ende des Flurs auf und nickte ihr flüchtig zu, während er mit einem Asservatenbeutel in der Hand an ihr vorbeieilte. Jasmin klopfte an die Tür eines Kollegen, der seit fünfzehn Jahren beim Leib/Leben arbeitete. Sein anfängliches Erstaunen wich Freude, als er sie erkannte. Trotz des Arbeitsdrucks kamen weitere Sachbearbeiter in sein Büro, um Jasmin zu begrüßen. Manche reagierten herzlich, andere betreten. Immer wieder ertappte sich Jasmin dabei, wie sie die Narben an ihren Handgelenken zu bedecken versuchte. Ihr Puls schoss in die Höhe, wenn sie jemand zu lang anstarrte oder ihren Blick mied.

»Der Analyst vom Bund ist da«, verkündete ein Offizier, der plötzlich in der Tür stand.

Jasmin verabschiedete sich und verließ das Kripogebäude. Unter den Platanen auf der gegenüberliegenden Straßenseite blieb sie stehen. Sie fühlte sich, als hätte sie ein Intensivtraining absolviert. Sie war erschöpft, gleichzeitig erleichtert und angenehm entspannt. Dreieinhalb Jahre hatte sie diesen Ort gemieden. Der Graben zwischen Vergangenheit und Gegenwart war ihr zu tief erschienen. Nun schloss er sich, beinahe wie von selbst. Irgendwann würde sie den Kollegen ohne Herzklopfen einen Besuch abstatten können, eine Begegnung mit ihnen würde neue Erinnerungen heraufbeschwören, nicht alte. Jasmins Leben fühlte sich rund an.

Es war kurz vor fünf, als sie zwei Querstraßen von Cementex entfernt von ihrer Monster stieg. In die Firmengarage zu gelangen, war einfach, um diese Zeit machten sich viele Mitarbeiter auf den Nachhauseweg. Jasmin wartete vor der Tür, die zur Garage führte; als eine junge Frau herauskam, schlüpfte sie hinein. Ein Gang führte zum Aufzug, kurz darauf stand sie im Büro von Frank Blum.

Er hatte ihr den Rücken zugedreht und blickte aus dem Fenster, während er telefonierte. Der Schreibtisch war mit Tabellen und Grafiken übersät, dazwischen lag ein Notebook. Er beendete das Gespräch und drehte sich um.

»Ich weiß, dass Sie in Syrien Geschäfte getätigt haben.« Jasmin wartete nicht auf eine Antwort. »In einem Gebiet, das vom Islamischen Staat kontrolliert wurde.«

»Was fällt Ihnen – «

»Ich nehme nicht an, dass der IS Sie einfach so gewähren ließ. Vermutlich haben Sie Schutzgeld bezahlt.«

Sie redete weiter und setzte sich währenddessen auf einen Stuhl, unter dem sie eine Wanze befestigte. Acht Millimeter dünn, mit einer Betriebszeit von fünfhundertsiebzig Stunden. Zwar hielt die Batterie bloß einen Tag, da die Wanze jedoch mit einem Tonerkennungssensor ausgerüstet war, schaltete sie sich nur ein, wenn jemand sprach. In Thailand halb so teuer wie in der Schweiz, genau wie das Handy, auf das die Daten gesendet wurden. Nur die Prepaid-SIM-Karte, die Jasmin illegal in der Schweiz erworben hatte, war teurer gewesen. Dass sie das Gesetz brach, kümmerte sie nicht. Sie hatte nicht vor, sich erwischen zu lassen.

Frank Blum war aufgestanden. Seine Augen blitzten vor Zorn, Jasmin sah in ihnen aber auch Schuldbewusstsein. Er griff zum Telefonhörer und bat seine Assistentin mit ruhiger Stimme, Jasmin nach draußen zu begleiten.

»Wenn Sie mich noch einmal belästigen, informiere ich die Polizei.«

Jasmin ging zur Tür. »Mit Ihren Lügen setzen Sie das Leben Ihrer Tochter aufs Spiel.«

Die Assistentin schaute sie verstört an. Jasmin folgte ihr zum Hauptausgang. Draußen griff sie nach ihrem thailändischen Handy. Das Aufnahmegerät hatte sich bereits eingeschaltet.

Auf den ersten Blick wirkten die Redner der Friedenskonferenz harmlos. Ein Professor aus Ägypten, ein Imam aus Saudi-Arabien, ein zum Islam konvertierter rechtspopulistischer Politiker aus Deutschland, ein Rechtsgelehrter aus Malaysia, eine bosnische Sängerin. Als Pal sich näher mit den Teilnehmern beschäftigte, erfuhr er, dass der Rechtsgelehrte wegen Terrorverdachts nicht in die USA einreisen durfte, die Sängerin Frauen dazu aufrief, den Schleier zu tragen, und der Imam einen im Flughafengefängnis inhaftierten Iraker besucht hatte, der ausgewiesen werden sollte, weil er die innere Sicherheit der Schweiz gefährdete. Alle vertraten ultrakonservative Ansichten und predigten einen salafistischen Islam.

Abu Hussein al-Tunisi, oder Ali, wie er sich jetzt nannte, war nicht unter den Organisatoren aufgelistet. Als Pal aber andere Konferenzen aufrief, tauchte der Name immer wieder auf. Der Tunesier wurde auch in Zusammenhang mit einer Koran-Verteilaktion genannt. Offenbar verkehrte er mit Mitgliedern der türkisch-konservativen Vereinigung Milli Görüs und pflegte engeren Kontakt mit einem Wahabiten-Prediger, der von der Islamischen Weltliga finanziert wurde. Ein Foto suchte Pal vergeblich, in einem YouTube-Video stieß er aber auf einen Kurzfilm, der bei einer Koran-Verteilaktion aufgenommen worden war. Darin sah man einen asketischen Mann mit Brille, der Passanten ansprach. Im Hintergrund rief jemand »Bruder Ali«, und der Mann drehte sich um. Seinem Teint und den Gesichtszügen nach konnte er durchaus aus dem Maghreb stammen. Pal machte ein Foto von dem Mann im Video.

Er lehnte sich im Sessel zurück und verschränkte die Arme hinter dem Kopf. Was hatte das alles mit Lara Blum zu tun? Wenn Frank Blum mit dem Islamischen Staat zusammenarbeitete, hätten Sympathisanten kaum seine Tochter entführt. Es sei denn, er hätte den Terroristen geschadet. Warum hätten sie in diesem Fall aber so lange gewartet, um sich zu rächen? Und wenn Rache im Spiel war, warum hatte Saifullah Lara Blum nicht getötet?

Vielleicht hatte er genau das getan und führte die Ermittler an der Nase herum. Pal dachte an Saifullahs Bedürfnis nach Anerkennung. An sein ungeschicktes Verhalten. Die Fehler, die er bei der Entführung begangen hatte. Pal bezweifelte, dass sein Klient diese Fehler absichtlich begangen hatte. Saifullahs Verhalten passte zu Jutta Winterbergs Beschreibung: Er war kein Stratege, er fügte sich lieber in ein Regelwerk ein und befolgte Anweisungen.

Pal fuhr seinen Computer herunter und packte seine Sachen zusammen. Er verließ die Kanzlei durch den Notausgang, um den Journalisten aus dem Weg zu gehen, die seit Stunden vor dem Eingang ausharrten. Rinor war nicht nach Hause gekommen, Sokol machte sich Sorgen deswegen. Kaum lief etwas schief, wandte sich seine Familie an Pal. Als ob er Rinor hervorzaubern könnte. Dennoch hatte er versprochen vorbeizugehen.

Als er Sokols Wohnungstür aufstieß, blickte ihm seine Familie hoffnungsvoll entgegen. Pal hob entschuldigend die Hände. Das Essen stand auf dem Tisch, Sokol ging mit dem Telefon am Ohr im Wohnzimmer auf und ab.

Seine Frau füllte einen Teller und reichte ihn Pal. Während er aß, klagte sie ihm ihr Leid.

»Er ist nicht mehr der Gleiche! Er schließt sich im Zimmer

ein, hockt dauernd vor dem PC, macht seine Hausaufgaben nicht. Er behandelt uns respektlos, in der Schule passt er nicht auf.«

»Wann hat es angefangen?«, fragte Pal.

Sokol nahm kurz das Handy vom Ohr. »Vor zwei Monaten.«

»Vor drei«, widersprach seine Frau. »Vorgestern hat er mir gesagt, ich sei eine schlechte Muslimin, weil ich kein Kopftuch trage!«

Pal hörte auf zu kauen. »Eine schlechte Muslimin? Seit wann interessiert er sich für den Glauben?« Hatte Rinors Veränderung gar nichts mit einem Mädchen zu tun?

»Das ist auch neu. Bis vor Kurzem trank er Bier – wir haben es ihm verboten, aber ich weiß genau, dass er es trotzdem gemacht hat –, jetzt erklärt er uns, was halal und was haram ist, nennt uns schlechte Muslime und gibt uns die Schuld an allem, was in seinem Leben schiefläuft.«

»Nichts läuft schief!«, sagte Sokol, der aufgelegt hatte. »Der Junge hat alles! Weißt du, wie viele von uns zu Hause davon träumen, in der Schweiz zu leben? Hier eine Ausbildung zu machen?« Er fuhr sich mit der Hand durch sein dunkles Haar.

»Das sieht er nicht«, erklärte seine Frau. »In der Garage hatten sie ihm versprochen, dass er dort schnuppern –«

»Enttäuschungen gehören nun mal zum Leben!«, unterbrach Sokol.

»Schon«, brachte sich Pal ein, »deswegen sind sie aber nicht leichter zu ertragen.«

Seine Schwägerin bedachte Sokol mit einem Blick, als wolle sie ihm ein »siehst du« zurufen. »Dieser Deniz ist schuld«, sagte sie. »Er übt einen schlechten Einfluss auf ihn aus.«

»Woher kennt er ihn?«, fragte Pal.

»Das will er uns nicht sagen.« Sokol setzte sich an den Tisch. »Es begann damit, dass er nach dem Fußballtraining nicht mehr direkt nach Hause kam. Später erfuhren wir, dass er gar nicht mehr zum Training ging.« Er sah Pal hilflos an. »Was sollen wir tun?«

Was sollen wir tun? Pal hörte wieder die Stimme seines Vaters, als man ihm kündigte. Die Stimme seiner Mutter, als der Hauseigentümer die Wohnungsmiete erhöhte. Die Stimme seiner Schwester, als die Stadt ihr die Einbürgerung verweigerte. Die Stimme seines Onkels, der beim Kauf eines gebrauchten BMWs übers Ohr gehauen wurde. Alle hatten sie sich an ihn gewandt. Er war siebzehn Jahre alt, als er die Kündigung seines Vaters anfocht. Achtzehn, als er sich gegen die Mieterhöhung wehrte. Während seine Brüder Fußball spielten, sich rauften und am Bahnhof Mädchen trafen, studierte Pal das Obligationenrecht und befasste sich mit Klagen. Er schloss die Augen. Er wollte nur noch schlafen.

»Ich rede noch einmal mit ihm«, sagte er und stand auf.

Sokol breitete die Arme aus. »Wo willst du hin? Was, wenn er heute nicht nach – «

»Wir können im Moment nichts tun.« Pal bedankte sich für das Essen und ging.

Der Himmel war mit pastellfarbenen Streifen durchzogen, die Luft warm. Auf dem Spielplatz saßen zwei Jugendliche auf den Schaukeln, zwischen ihnen stand eine Flasche Wodka im Kies. Langsam ging Pal zum Parkplatz. Hinter ihm quietschten leise die Schaukeln.

30

Jasmin hörte sich die Aufnahme zum vierten Mal an.

»Diese Frau, von der ich dir erzählt habe, sie war soeben hier. Sie weiß Bescheid«, sagte Frank Blum.

Pause.

»Vielleicht war ihre Geschichte nur eine Masche, um an mich heranzukommen.«

Pause.

»Dass ich dem IS – «

Pause.

»Wofür hältst du mich?« Blum klang verärgert. »Aber sie weiß über das Schutzgeld Bescheid.«

Pause.

»Eine verdeckte Ermittlerin? Schon möglich, aber die Entführungen hat sie mit keinem Wort erwähnt.«

Pause.

»Hast du ihn gefunden?«

Pause.

»Natürlich streitet er alles ab! Was hast du erwartet? Bist du noch in Genf?«

Pause.

»Biete ihm Geld an. Das wollen sie doch alle, egal wie edel ihre Ziele sind.«

Jasmin nahm die Stöpsel aus den Ohren. Entführungen. Mehrzahl. Sie war sich sicher. Genauso sicher war sie, dass Frank Blum nicht mit seinem Handy oder von seinem Festnetzanschluss aus telefoniert hatte. Vermutlich hatte ihm der Sicherheitchef ein Handy gegeben, das Gespräche verschlüsselte, Blum hätte sonst kaum die Schutzgeldzahlungen erwähnt.

Der goldene Buddha, der in der Ecke des Restaurants saß, lächelte versonnen. Jasmin stocherte grübelnd in ihrem Reis herum. War noch jemand entführt worden? Sie suchte im Internet. Die meisten Einträge zum Stichwort »Entführung« bezogen sich auf Lara Blum. In Berlin war ein vietnamesischer Geschäftsmann auf offener Straße gekidnappt worden, in Leipzig ein Mädchen, das die Polizei aber bereits wieder gefunden hatte.

Die Bedienung blickte sie besorgt an. »Nicht gut?«

Jasmin versicherte ihr, dass das Curry ausgezeichnet war. Sie legte ihr Handy weg, beendete ihre Mahlzeit und bezahlte. Es war erst kurz vor neun, Pal war bestimmt noch im Büro. Wenn sie sich beeilte, könnte sie schon im Bett sein, wenn er nach Hause kam. Es widerstrebte ihr, ihn anzulügen, noch schlimmer wäre es jedoch, wenn er von ihren illegalen Handlungen Wind bekäme. Sie hatte sich deshalb entschieden, ihm eine Weile aus dem Weg zu gehen.

Sein Superbike stand auf dem Parkplatz, die Fenster der Wohnung aber waren dunkel. Dass er mit öffentlichen Verkehrsmitteln unterwegs war, kam so selten vor, dass Jasmin sich perplex fragte, ob sein Motorrad defekt war. Sie warf einen kurzen Blick auf den Motor, ihr fiel nichts auf. Hatte jemand ihn abgeholt? Mira vielleicht? Wollte er das weitere Vorgehen mit ihr besprechen? Jasmin dachte an sein seltsames Verhalten während der letzten Tage. Ob doch eine Frau dahintersteckte? Viel wahrscheinlicher war, dass er sich überfordert fühlte und Ordnung in sein Gefühlschaos bringen wollte.

Die Wohnungstür war unverschlossen, über dem Herd

brannte Licht. Pals Schuhe standen im Flur und nicht im Regal wie sonst, sein Jackett hing über der Stuhllehne. Jetzt war Jasmin sicher, dass etwas nicht stimmte. Beunruhigt betrat sie sein Schlafzimmer.

»Pal? Was …« Sie verstummte abrupt.

Was sie sah, war so außergewöhnlich, dass sie in der Tür stehen blieb. Pal schlief.

Jasmin schaute noch einmal auf die Uhr. Sie hatte richtig gelesen. 21.30 Uhr. Sie schlich auf das Bett zu und setzte sich vorsichtig auf die Bettkante. Er regte sich nicht. Sein gewelltes Haar war an den Schläfen feucht, seine breite Stirn glatt und entspannt. Manchmal vergaß Jasmin, dass er jünger war als sie. Welche Umstände hatten dazu geführt, dass er als jüngstes von sechs Geschwistern so bereitwillig Verantwortung übernommen hatte? Ein Gefühl von Zärtlichkeit überkam sie. Wie anders ihr Leben aussähe, wenn er immer den einfachen Weg eingeschlagen hätte. Gern hätte sie sich jetzt neben ihn gelegt, um die Zuversicht, die sie spürte und die sie doch vor allem ihm verdankte, mit ihm zu teilen.

Als sie am nächsten Morgen aufstand, hatte er die Wohnung schon verlassen. Jasmin wurde das Gefühl nicht los, dass er ihr aus dem Weg ging. Sie setzte Kaffee auf. Pal besaß eine moderne Espressomaschine, Jasmin bevorzugte aber ihre Mokkakanne. Während sie wartete, bis das Wasser kochte, hörte sie die Wanze ab. Frank Blum war seit einer Stunde im Büro, er hatte seiner Sekretärin Anweisungen gegeben, dann hatte sich das Aufnahmegerät ausgeschaltet. Erst eine Stunde später war es wieder aktiv. Jasmin erfuhr, dass Blum um elf Uhr ein Treffen außer Haus hatte. Genau das hatte sie gehofft.

»15 Uhr, Voliere am See«, schrieb sie auf ein Blatt Papier, das sie in einen Umschlag steckte.

Sie duschte, aß im Stehen eine Schale Müsli und machte sich auf den Weg zu Cementex nach Zug. Diesmal musste sie länger warten, bis sie in die Tiefgarage gelangen konnte. Sie legte den Umschlag unter den Scheibenwischer von Blums Mercedes. Um elf Uhr würde er die Nachricht lesen. Vier Stunden reichten dem Sicherheitschef, um von Genf nach Zug zu fahren.

Bis dahin wollte Jasmin einige Nachbarn der Blums aufsuchen. Die Familie wohnte in Richterswil. Das moderne Backsteinhaus war in den Hang gebaut, die breite Fensterfront gab den Blick auf See und Bergpanorama frei. Jasmin schaute durchs Fenster. Es schien niemand im Haus zu sein. Sie horchte. Ein Zug fuhr am See entlang, über ihr rauschte leise die Autobahn.

Sie ging zum Haus nebenan. Wie erwartet begegnete man ihr mit Misstrauen. Die Frau, die ihr die Tür öffnete, erklärte, sie habe bereits mit der Polizei gesprochen. Ein Haus weiter hörte Jasmin zwar Schritte, als sie klingelte, doch niemand kam zur Tür. Am Ende der Straße ging ein Garagentor auf, ein Mädchen mit einem Leuchtstreifen über dem T-Shirt sauste auf einem Kickboard die abschüssige Einfahrt hinunter.

»Alina!«, rief eine Frauenstimme. »Komm sofort zurück!«

Jasmin breitete die Arme aus und hielt das Mädchen auf. Eine Frau mit modischem Kurzhaarschnitt kam aus der Garage gerannt.

»Danke!«, sagte sie atemlos, als sie das Mädchen eingeholt hatte. »Alina, ich habe dir gesagt, dass du nicht allein draußen herumfahren darfst!«

»Nur bis zur Ecke! Bitte!«, flehte das Mädchen.

»Nein, es ist zu gefährlich.«

Jasmin sah die Frau verständnisvoll an. »Wenn ich ein Kind hätte, ich würde es auch keinen Augenblick aus den Augen lassen.«

Die Frau seufzte. »Ich habe jede Nacht Albträume.« Erst

jetzt schien sie Jasmin richtig wahrzunehmen. »Wohnen Sie in der Gegend? Ich habe Sie noch nie gesehen.«

»Nein, aber ich kannte … kenne Lara. Wir haben zusammen gearbeitet. Im Tierheim.«

Die Frau schüttelte den Kopf. »Es ist furchtbar. Die armen Eltern. Was sie jetzt durchmachen! Ich habe mehrmals versucht, Eva anzurufen, aber sie spricht mit niemandem. Waren Sie bei ihr?«

»Sie macht nicht auf. Mir ist eingefallen, dass Lara von einem ihr unbekannten Mann sprach, das wollte ich Eva mitteilen. Ich weiß nicht, ob es wichtig ist, vielleicht sollte ich damit zur Polizei.«

»Der Täter wurde gefasst, er sitzt seit über einer Woche hinter Gittern.«

»Vielleicht hat er einen Komplizen gehabt.«

Die Frau betrachtete ihre Tochter, die zwischen ihnen auf dem Kickboard balancierte. »Hat dieser Mann, den Sie erwähnen, Lara angesprochen?«

»Ich glaube nicht. Einmal stand er vor ihrem Haus, ein andermal spazierte er mit einem Hund an ihr vorbei.«

»Er war hier? In dieser Straße?«

»Ja, er fiel Lara auf, weil ihm das vorderste Glied des Mittelfingers fehlt.«

»Rex ist ein lieber Hund«, sagte Alina unvermittelt. »Er hat den Finger nicht abgebissen.«

Die Frau ging vor dem Mädchen in die Knie und packte es an den schmalen Schultern. »Du hast mit dem Mann gesprochen? Alina! Ich habe dir – «

Jasmins Herz raste. Sie berührte die Frau leicht am Arm und schob sie zur Seite. »Alina«, sagte sie sanft. »Was ist Rex für ein Hund? Weißt du das noch?«

»Er ist auch krank, seine Nase ist ganz nass.«

»Welche Farbe hat sein Fell?«

Alina dachte nach, schließlich zeigte sie auf einen haselnussbraunen Briefkasten.

»Braun?«, fragte Jasmin. »Am ganzen Körper?«

»Seine Nase ist schwarz.«

»Und die Nase des Mannes? Ist sie auch schwarz?«

Alina lachte. »Nein, weiß.«

Die Frau konnte immer noch nicht fassen, dass ihre Tochter mit einem fremden Mann gesprochen hatte. Sie stand stumm da, während Jasmin behutsam weitere Fragen stellte. Jasmin befürchtete, dass sich das Mädchen ihr gegenüber verschließen könnte, Alina gab aber bereitwillig Auskunft. Sie erzählte, dass der Fremde eine Brille und einen Hut getragen habe, lieb gewesen sei und ihr ein Bonbon angeboten habe.

»Ich habe das Bonbon nicht genommen«, sagte Alina stolz.

Ihre Mutter umarmte sie. »Das hast du gut gemacht.«

»Wie hat er gesprochen?«, fragte Jasmin.

Alina zuckte die Schultern. »Normal.«

Also Schweizerdeutsch, vermutete Jasmin. »Sie müssen mit dieser Information zur Polizei«, sagte sie und blickte die Mutter ernst an.

»Selbstverständlich!« Das Gesicht der Frau war blass.

Niemand war Jasmin auf ihrer Fahrt nach Zug gefolgt, Pilecki vertraute jetzt darauf, dass sie mit ihm zusammenarbeitete. Unentwegt gingen ihr Alinas Worte durch den Kopf. Vielleicht würde man mithilfe des Mädchens ein Phantombild anfertigen können. Alinas Aussagen waren ziemlich klar, sie wirkte aufgeweckt und selbstbewusst. Nur mit Hunden hatte sie offenbar keine Erfahrung. Sonst hätte sie eine feuchte Schnauze kaum auf eine Erkältung zurückgeführt.

Die Voliere befand sich neben dem Landsgemeindeplatz, direkt am Ufer des Zugersees. Die Anlage bestand aus mehreren Käfigen, auch eine Fasanerie gab es. Vögel zwitscherten in allen Tonlagen, hinter der Voliere erhob sich die Altstadt von Zug. Jasmin setzte sich auf eine Bank zwischen zwei Rosskastanien und sah zu, wie die leuchtend roten Fasanen ihre Körner pickten.

Sie hörte Schritte auf den Pflastersteinen und drehte sich um. Blums Sicherheitschef kam auf sie zu, diesmal ohne Anzug, dafür trug er eine verspiegelte Sonnenbrille. Jasmin malte sich eine andere Kulisse aus: eine Wüstenlandschaft in der gleißenden Sonne, staubige Straßen, ein Jeep mit offenem Dach.

Er blieb vor ihr stehen. »Wer sind Sie?«

Jasmin erhob sich. Sie stellte sich vor und streckte ihm die Hand entgegen.

Er ignorierte ihre Geste. »Wer sind Sie wirklich?«

Glaubte er, dass sie für einen privaten Kunden arbeitete? Hielt er sie für eine verdeckte Ermittlerin? Er war über einen Kopf größer als sie, sie musste einen Schritt zurücktreten, um ihm ins Gesicht schauen zu können. Es irritierte sie, dass sie seine Augen nicht sehen konnte, genau das hatte er beabsichtigt.

»Ich will Lara Blum finden«, sagte sie. »Alles andere ist unwichtig.«

»Sie mischen sich in Angelegenheiten ein, die Sie nichts angehen.«

»Drohen Sie mir?«

Jasmin setzte sich, nach kurzem Zögern nahm der Sicherheitschef neben ihr Platz. Jetzt waren sie fast auf Augenhöhe.

»Was wollen Sie?«, fragte er.

»Das habe ich Ihnen gesagt. Lara Blum finden. Ich weiß, dass Ihr Chef nicht die Wahrheit sagt.« In dem verspiegelten Glas sah sie sich selbst, herausfordernd, kampfbereit. »Mich interessieren die Syriengeschäfte nicht. Die Schutzgeldzahlungen und die Entführungen sind mir egal.«

Der Sicherheitchef zuckte leicht zusammen, als sie die Entführungen erwähnte. Er überspielte seine Überraschung, indem er sich vorbeugte. Jasmins Gesicht wölbte sich in den Brillengläsern.

»Wenn Sie Geld wollen, sind Sie bei Frank Blum an der falschen Adresse.«

»Ich will kein Geld. Ich will wissen, ob Lara aufgrund der Ereignisse in Syrien entführt wurde.«

Der Mann holte Luft, er schien kurz davor, ihr etwas anzuvertrauen. Dann veränderte sich seine Haltung, Jasmin spürte förmlich, wie er sich innerlich zurückzog.

»Hören Sie«, sie senkte die Stimme. »Ich weiß alles. Er ist hier, in Genf, nicht wahr?«

Diesmal konnte der Mann seine Betroffenheit nicht verbergen. Er atmete schneller, richtete seinen Blick auf den See. Ein Kursschiff fuhr an ihnen vorbei, Schwäne schaukelten auf den Wellen. Eine Touristin fotografierte die Fasanen, und der Sicherheitchef drehte sich schnell zur Seite, um nicht mit aufs Bild zu kommen.

»Frank Blum kann Ihnen nicht helfen«, sagte er wenig überzeugend. »Lassen Sie ihn in Ruhe.«

Er stand auf und ging.

Jasmin wartete einen Augenblick, bevor sie sich auf den Weg machte. Sie wusste, dass er ihr folgen würde. Als sie am Bahnhof in einen Bus einstieg, gab der Sicherheitchef die Verfolgung auf.

An der nächsten Haltestelle stieg sie wieder aus und fuhr zurück. Ihre Monster stand auf einem Parkplatz vor einem Kleiderladen, Jasmin setzte sich auf den Randstein und holte das thailändische Handy hervor.

Die Wanze hatte sich unmittelbar nach dem Treffen eingeschaltet. Jasmin konnte sich ein Lächeln nicht verkneifen, als sie Frank Blums beunruhigte Stimme hörte.

»Sie weiß von den Entführungen?« Unterdrücktes Fluchen. »Arbeitet sie für den Bund?«

Pause.

»Ist das dein Ernst? Kein Wort?«

Pause.

»Irgendetwas muss sie doch gesagt haben!«

Lange Pause.

Ein Seufzer. »Ja, ja, ist gut. Das ist mir auch klar. Was schlägst du vor?«

Pause.

»Und wenn sie weiterhelfen könnte?«

Pause.

»Lara geht vor! Wenn du es nicht schaffst, das allein zu regeln, bleibt mir keine Wahl.«

Pause.

»Das ist der letzte Versuch. Wenn er immer noch abstreitet, dass er dahintersteckt, muss ich handeln. Egal, wie du darüber denkst. Fährst du heute noch?«

Pause.

»Ruf mich an. Egal, wie spät es ist.«

Es klackte, eine Schublade wurde geöffnet, Blum gab Anweisungen, ihn nicht zu stören. Eine Weile war es ruhig, dann war ein unterdrückter Laut zu hören, es klang wie ein ersticktes Schluchzen. Ein tiefer Atemzug. Blum putzte sich die Nase. Das Aufnahmegerät schaltete sich aus.

Jasmin empfand plötzlich Mitgefühl. Egal, was Frank Blum getan hatte, er war ein Vater, der um das Leben seiner Tochter bangte. Als Polizistin hatte es zu Jasmins Aufgaben gehört, Todesnachrichten zu überbringen. Sie konnte sich an jede einzelne erinnern, an die Schreie der Mütter, die Fassungslosigkeit der Väter, die Verzweiflung der Kinder, die Tränen der Geschwister, das Elend der Partner. Manche Hinterbliebene weigerten sich stumm, die Wahrheit zu akzeptieren. Andere lehnten sich dagegen auf, schlugen um sich, zerstörten Gegenstände, bis ihre äußere Welt mit der inneren eins geworden war.

Ein Kloß hatte sich in Jasmins Hals gebildet. Sie hatte nicht dorthin gehen wollen, Trauer lähmte sie, zog sie in die Tiefe wie ein Bleigewicht. Sie stellte sich ihr Geisterhäuschen vor, das warme Orange, die goldenen Flammen, die das Dach verzierten. Allmählich wich die Trauer, sie spürte den warmen Luftzug, der über den Parkplatz wehte, roch die Blumen, die den Rand säumten.

Sie rief Fahrni an, der andeutete, dass sich Alinas Mutter gemeldet hatte. Er kam auf das Wetter zu sprechen und warnte sie davor, bei dieser Hitze zu viel zu trainieren. Jasmin lächelte. Offenbar plante die Polizei eine Razzia im Fight. Sie spürte das ihr bekannte Kribbeln im Bauch, stellte sich die schwere Schutzausrüstung der Grenadiere vor, wie sie sich vor dem Einsatz konzentrierten. Frauen waren bei der Einsatzgruppe Diamant hauptsächlich für Personenschutz zuständig, Jasmins Ausbildung aber war die gleiche gewesen. Sie hatte jede Minute davon genossen.

Sie kehrte in die Gegenwart zurück. Träumen konnte sie, wenn Lara Blum gefunden worden war. Jetzt musste sie nach Zürich. Die Razzia würde erst am Abend stattfinden, wenn die bärtigen Männer im Hinterraum trainierten. Bis dahin hatte Jasmin noch eine letzte Chance, im Fight an Informationen zu gelangen.

31

Diesmal hatte sich Pal besser auf das Treffen vorbereitet. Entspannt saß er auf dem Stuhl, er zeigte keine Gefühle, Gedanken an Jasmin ließ er nicht mehr zu. Während er auf den Metzger wartete, dachte er daran, dass Hilfsbereitschaft in den menschlichen Genen angelegt war. Wenn der Metzger begriff, dass er Jasmin nicht sehen konnte, würde er Pal vielleicht trotzdem mit Informationen versorgen. Immerhin blieb damit der Zugang zu Jasmin offen. Der Metzger war gut darin, seine Bedürfnisse aufzuschieben, das hatte er in der Vergangenheit mehrmals bewiesen. Während der drei Monate, die er Jasmin gefangen hielt, hatte er sie nie zu sexuellen Handlungen gezwungen, obwohl er bestimmt davon träumte. Er wollte von ihr geliebt, nicht bloß ertragen werden. Das war seine größte Schwäche.

Die Tür ging auf, unwillkürlich beschleunigte sich Pals Puls. Als sich sein Herzschlag wieder normalisierte, konnte er dem Metzger zunicken.

Dieser musterte ihn neugierig. »Sie haben sich vorbereitet. Der feurige Secondo musste zu Hause bleiben.«

»Ich habe eine halbe Stunde Zeit.« Rahmenbedingungen festlegen. Pal neigte den Kopf leicht, senkte das Kinn, um weniger aggressiv zu erscheinen.

»Eine halbe Stunde ist mehr als genug«, antwortete der Metzger. »Denn meine Bedingungen haben sich nicht geändert. Ich rede nur mit Bambi.«

»Ich verstehe, dass Sie mit Jasmin reden möchten.«

Der Metzger wartete. Als Pal weiter schwieg, blinzelte er ein paar Mal. »Warum sind Sie also hier?«

»Ich brauche Ihre Hilfe.«

»Wie kommen Sie darauf, dass ich Ihnen helfen will?«

»Ich weiß nicht, ob Sie das möchten.«

»Ich will mit Bambi reden!«

»Das verstehe ich. Sie vermissen Jasmin. Es ist lange her, seit Sie sie das letzte Mal gesehen haben.«

»Drei Jahre, vier Monate und neunzehn Tage.«

»Sie zählen die Tage. Sie müssen Jasmin sehr lieben.«

Der Metzger lehnte sich im Stuhl zurück. Pal sah einen machtlosen Mann, der nach Strohhalmen griff, um nicht unterzugehen. War ihm Jasmin tatsächlich so wichtig, oder diente sie ihm nur als Projektionsfläche? Was suchte er wirklich?

»Erzählen Sie mir von Andalusien«, schlug Pal vor.

Der Metzger kämpfte mit sich, konnte der Versuchung aber schließlich nicht widerstehen. Stockend beschrieb er das Haus, das er bauen wollte, die Einrichtung, den Garten.

Pal hörte zu, fragte nach, nickte an den richtigen Stellen. »Klingt traumhaft.«

»Denken Sie, es wird Bambi gefallen?«

»Ja, ich glaube, es würde ihr dort gefallen.« Pal lächelte. »Ich bin heute aber nicht wegen Bambi hier, sondern wegen Lara.«

Der Metzger hörte aufmerksam zu.

»Lara mag Spanien auch«, sagte Pal. »Vor zwei Jahren hat sie an der Costa de la Luz Urlaub gemacht. Noch lieber mag sie Tiere. Sie träumt davon, Tierärztin zu werden.«

»Sie muss intelligent sein.«

»Das ist sie. Sie hat auch ein großes Herz. In ihrer Freizeit arbeitet sie in einem Tierheim.« Pal sah dem Metzger in die

Augen. »Sie ist seit dem 5. Juni verschwunden. Ihre Familie macht sich große Sorgen um sie.«

»Arme Lara.« Der Metzger klang fast traurig. »Der Mann, der sie gefangen hält, wird kein Haus für sie bauen.«

»Kennen Sie ihn?«, fragte Pal ruhig.

»Nicht persönlich. Aber Sie wissen, wie es ist. Hier drinnen«, der Metzger machte eine Geste, die das ganze Gefängnis umfassen sollte, »gibt es keine Geheimnisse. Wir leiden alle unter psychischer Deprivation. Wir erleben so wenig, wir saugen jede Neuigkeit förmlich in uns auf.«

»Ich stelle mir das sehr schwierig vor.«

»Ja.«

Pal wartete einen Moment, dann fragte er: »Was haben Sie über den Mann gehört, der hinter Lara Blums Entführung steckt?«

Der Metzger strich sich gedankenverloren über den Arm. Draußen fuhr eine S-Bahn vorbei, irgendwo schlug Metall auf Metall. Pal lehnte sich ebenfalls im Stuhl zurück, er lauschte seinen Atemzügen, zwang sich, seine Ungeduld im Zaum zu halten.

»Lara Blum.« Der Metzger ließ den Namen auf der Zunge zergehen.

»Ja«, sagte Pal.

Der Metzger lächelte. »Ein schöner Name. Er hat sein Opfer aber nicht deswegen ausgesucht.«

»Sondern?«

»Ich war ein Falke, den sein kühner Flug hinauf zum Reich der ewigen Rätsel trug. Dort fand ich keinen, der sie mir enthüllt, und kehrt' zur Erde wieder bald genug.«

Pal sah den Metzger verständnislos an.

»Ein Rubaijat – ein vierzeiliges Gedicht – des persischen Mathematikers und Philosophen Omar Chajjam. Wissen Sie, wann er gelebt hat? Im elften Jahrhundert. Fünfhundert

Jahre vor unserer Aufklärung, stellen Sie sich das einmal vor! Die islamische Philosophie war im Hochmittelalter viel freigeistiger als unsere. Warum hat sie sich nicht weiterentwickelt? Ich sage es Ihnen: Weil die Gesellschaft Philosophen zwar als Wissenschaftler verehrt hat, die orthodoxen Gläubigen sie jedoch verschmäht haben. Das erstaunt nicht weiter, immerhin riefen manche Philosophen die Menschen dazu auf, den Koran kritisch zu lesen. Mohammed sei zwar von Gottes Geist erfüllt gewesen, sagten sie, er habe Gottes Botschaft aber in Worte gekleidet, die seinem eigenen Fassungsvermögen entsprachen. Ist das nicht unglaublich? Und dann erst die Auffassung einiger Philosophen vom Jüngsten Gericht! Paradies und Hölle seien bloß Symbole, behaupteten sie. Mohammed habe eine bildhafte Sprache benutzt, weil das Volk seine Botschaft sonst nicht verstanden hätte. Paradies bedeutet ihrer Ansicht nach die Vollkommenheit der reinen Idee, und die Hölle steht für unsere irdischen Daseinsängste.« Der Metzger gluckste. »Nach Omar Chajjams Tod verschwanden seine Rubaijate. Siebenhundert Jahre später wurden sie von europäischen Orientalisten wiederentdeckt, kurze Zeit sogar von einer kleinen, muslimischen Bildungsschicht geschätzt. Aber dann kamen die Fundamentalisten. Ich muss Ihnen nicht erklären, was dann passierte.« Der Metzger schien mit sich zufrieden zu sein.

»Ich verstehe nicht, was Sie mir damit sagen wollen«, räumte Pal ein.

»Denken Sie nach.«

Ich war ein Falke, den sein kühner Flug hinauf zum Reich der ewigen Rätsel trug. War Pal der Falke? *Dort fand ich keinen, der sie mir enthüllt, und kehrt' zur Erde wieder bald genug.* War er hier in der JVA auf der Erde? Wollte der Metzger ihm sagen, dass er die Antworten kannte, die Pal suchte? Lagen sie in seinen Ausführungen über die sogenannte islamische Aufklärung? Pal wusste wenig über diese Zeit, nur, dass ihm der Begriff »Aufklärung« nicht gefiel, weil er von einer westlichen Denkweise geprägt war.

Der Metzger beugte sich vor. »Saulus, Saulus, warum verfolgst du mich?«

»Wie bitte?«

»Kennen Sie die Apostelgeschichte nicht?«

Natürlich kannte Pal sie. Saulus hatte in Damaskus Christen verhaften wollen, da erschien ihm in einer Vision Jesus. Nach dem Schock war Saulus drei Tage lang blind gewesen, dann wurde er Christ. Aus Saulus wurde Paulus. Ein »Damaskuserlebnis« erschütterte die Persönlichkeit eines Menschen tief und führte zu einem Gesinnungswandel.

Der Metzger nickte langsam. »Spüren Sie es schon?«

»Was?«

Der Metzger lächelte.

Langsam begann sich Pal zu ärgern. »Sagen Sie mir, was Sie wissen!«

Der Metzger bedeutete ihm, näher zu kommen.

Pal beugte sich über den Tisch.

Der Metzger senkte die Stimme. »Nichts.«

»Wie bitte?«

»Nichts!«, rief der Metzger und lachte schallend.

Pal starrte ihn an.

»Ich weiß nichts!« Der Metzger schlug sich heiter auf den Oberschenkel. »Nur, dass dieser Fall Ihr Damaskuserlebnis ist!«

War alles nur ein Spiel gewesen? Die Verwirrung, die Trauer, die vorgetäuschte Bereitschaft, Informationen über Lara Blum preiszugeben? Die Verse, die Parabel? Hatte der Metzger ihn an der Nase herumgeführt?

Pal wurde es schwarz vor Augen. Noch ehe er einen vernünftigen Gedanken fassen konnte, war er auch schon aufgesprungen. Er packte den Metzger am Kragen, riss ihn hoch und stieß ihn gegen die Wand. Ein Teil von ihm registrierte, dass er dem Mann in die Hände spielte, doch er war unfähig, sich zu zügeln. Mit einem dumpfen Schlag krachte der Hinterkopf des Metzgers gegen die Wand. Die Tür ging auf, ein Angestellter rannte herein. Schwer atmend trat Pal zurück.

»Nichts passiert!«, versicherte der Metzger. »Wir haben uns nur ein wenig unterhalten. Nicht wahr, Paulus?«

Pal war sprachlos.

Der Metzger griff sich an den Kopf, seine Finger waren blutverschmiert. Ein weiterer Angestellter eilte herbei, er stürzte sich auf den Metzger, wurde aber von seinem Kollegen noch rechtzeitig ins Bild gesetzt und starrte jetzt Pal an.

Die Augen des Metzgers funkelten vergnügt. »Alles in Ordnung«, wiederholte er. »Kosovaren sind etwas temperamentvoll, aber das wissen wir, schließlich sind unsere Gefängnisse voll von ihnen.«

Pal wandte sich ab.

Die Tür. Weg von hier. An die Luft.

Hinter ihm die Stimme des Metzgers: »Ich sandte aus die Seel' durchs Unsichtbare, auf dass sich ihr das Jenseits offenbare. Nach langen Jahren kehrte sie zurück, und sprach: In dir sind Höll' und Himmel, Schmerz und Glück.«

Blauer Himmel, Wohnhäuser ohne Gitter, Menschen, die ihren alltäglichen Verrichtungen nachgingen. Pal lief weiter, er wusste nicht, wohin, einfach weg. Er kam zu dem Einkaufszentrum, in dem er Ibro getroffen hatte. Die Erinnerung an den Seelsorger brachte ihn zur Besinnung.

Eine Stunde später saß er in Miras Büro und versuchte, die verstörenden Ereignisse in juristische Begriffe zu fassen. Objektiver Tatbestand: einfache Körperverletzung. Falls keine schweren Verletzungen vorlagen. Subjektiver Tatbestand: Wissen und Wille vorhanden. Zumindest eventualvorsätzlich. Bei einem leichten Fall kann die Strafe durch den Richter gemildert werden. Als leichter Fall gelten Verletzungen, die nicht mehr als Tätlichkeiten zu qualifizieren sind, aber problemlos ausheilen.

Mira erinnerte ihn daran, dass sie keine Strafverteidigerin war.

»Aber du vertrittst mich bereits, was inzwischen bekannt ist.«

»Ja, das tut mir übrigens leid, damit hatte ich nicht gerechnet. Ich habe die Polizei unterschätzt.«

»Nicht du. Wir.«

»Hat dich die Staatsanwältin bei der Aufsichtskommission angezeigt?«

»Nein, vermutlich will sie warten, bis man Lara Blum gefunden hat, oder sie hat keine Beweise. Vielleicht fürchtet sie auch eine Rechtsgüterabwägung. Dass man den Schutz eines Menschenlebens höher gewichtet als die Verletzung des Berufsgeheimnisses. Oder aber, sie hatte schlicht noch keine Zeit dazu.«

»Weiß sie, dass du Lara Blums Handy hast reparieren lassen?«

»Ich glaube nicht. Es wird ihr auch nicht viel nutzen. Sie könnte mir höchstens Begünstigung vorwerfen, aber die Motivlage passt nicht. Viel schlimmer ist, dass die Polizei nur deshalb im Besitz des Handys ist, weil ich das Berufsgeheimnis verletzt habe. Aber das weiß sie nicht.«

»Du hast die Daten kopieren lassen«, wandte Mira ein. »Das ist Anstiftung zur unbefugten Datenbeschaffung.«

»Hacken«, korrigierte Pal müde. »Ich habe mich nicht bereichert. Ich habe nur für die Reparatur bezahlt, keinen Datendiebstahl in Auftrag gegeben.«

»Und Hacken ist ein Antragsdelikt«, sagte Mira nachdenklich. »Die Geschädigte müsste einen Strafantrag stellen, in diesem Fall also Lara Blum. Was sie natürlich nicht tun wird, auch wenn sie könnte.«

»Kaum.«

Mira tippte mit einem Stift auf den Notizblock, der vor ihr lag. »Mit etwas Glück zeigt dich der Metzger auch nicht an. Ich schlage vor, wir warten ab.«

Pal nickte stumm. Er bezweifelte, dass das Glück auf seiner Seite war, in diesem Fall schien von Anfang an alles schiefzulaufen. Ihm blieb aber gar nichts anderes übrig, als abzuwarten. Wie hatte er sich vom Metzger übertölpeln lassen können? Die Wut in seinem Bauch glomm wie Glut, die beim kleinsten Luftzug aufflammen könnte.

Mira beobachtete ihn über den Schreibtisch hinweg. Heute trug sie einen Blazer, darunter eine helle Bluse. Der Farbton passte zum Grün ihrer Augen. Sie legte den Stift hin.

»Vielleicht ist es Zeit, die Rüstung abzulegen, Vitez. Du hast deine Karriere aufs Spiel gesetzt, ein Disziplinarverfahren riskiert, jetzt droht dir ein Strafverfahren. Irgendwann reicht es.«

»Lara Blum schwebt in Lebensgefahr«, entgegnete Pal scharf.

»Die Polizei arbeitet rund um die Uhr an diesem Fall.«

»Jasmin haben sie erst nach drei Monaten gefunden.«

Miras Gesichtszüge entspannten sich. »Machst du dir Vorwürfe deswegen? Weil du sie nicht gefunden hast?«

War es das schlechte Gewissen, das ihn antrieb? Pal hatte sich eingeredet, dass es menschlich war, sich Sorgen um ein Entführungsopfer zu machen, doch kein anderer Fall war ihm je so nahegegangen. Bis auf einen.

»Glaubst du, du hast damals versagt?«, fragte Mira.

Pal schloss die Augen. Die Polizei war dem Metzger lange Zeit nicht auf die Spur gekommen. Weil sie nicht nach ihm gesucht hatte. Es hatte keinen Grund dazu gegeben. Der Mann, der Frauen tötete und ausweidete, saß bereits im Gefängnis. Zumindest hatten alle das geglaubt. Bis sich herausstellte, dass der Gefangene ein falsches Geständnis abgelegt hatte. Der wahre Mörder befand sich nach wie vor auf freiem Fuß.

»Pal?«

Er öffnete die Augen. »Ich hätte Jasmins Entführung verhindern können«, sagte er leise. »Der Mann, der ein falsches Geständnis abgelegt hatte, war mein Klient. Ich habe nicht gemerkt, dass er gelogen hat.«

Miras Blick war voller Mitgefühl. »Bist du deshalb all die Jahre bei ihr geblieben? Glaubst du, du schuldest es ihr?«

Pal richtete sich auf. »Natürlich nicht!«

Oder doch? Zweifel überkamen ihn, er sah Jasmin, wie sie im Dunkeln lag, unfähig, in die Welt hinauszugehen. Immer und immer wieder hatte er sie an der Hand genommen, sie zurück ins Leben geführt. Ängstlich auf den nächsten Absturz gewartet, der unweigerlich kam. Schuldgefühle, Verzweiflung, Hoffnungslosigkeit. Eine abgrundtiefe Müdigkeit hatte ihn zeitweise erfasst, dennoch hatte er weitergemacht.

Ein Kloß bildete sich in Pals Hals. Er hatte sich immer eingeredet, dass die Liebe zu Jasmin ihm die Kraft gab, für sie weiterzukämpfen. Beruhte die Beziehung auf Schuldgefühlen?

Mira legte ihre Hand auf seine.

32

Rinor war nicht zufrieden. Auf dem Bildschirm wirkten die Karten professionell, druckte er sie aus, erinnerten sie ihn an die Geschenke, die er als Kind in der Schule gebastelt hatte. Er wählte einen neuen Hintergrund, statt der Moschee im Morgenlicht eine schlichte Silhouette. »Friede sei mit dir« löschte er, die arabischen Zeichen waren zu lang, stattdessen fügte er »Ameen« ein, das sah aus wie eine einzelne Träne.

Im Wohnzimmer summte der Drucker bereits. Rinors Mutter kam aus der Küche, um zu sehen, was er machte. Rinor stöhnte auf. Da erinnerte er sich an Alis Worte. Als sich Rinor über seine Eltern beklagte, hatte sich Ali neben ihn gesetzt und ihm erklärt, dass seine Mutter geduldig Schwangerschaft und Geburt ertragen habe, deshalb stünden ihr auch gewisse Rechte zu. Das gehöre zur Barmherzigkeit Allahs. So hatte Rinor die Sache noch nie betrachtet. Trotzdem fiel es ihm schwer, Dankbarkeit zu zeigen, als sie jetzt neben ihm stand. Er riss sich zusammen, griff nach dem Blatt und hielt es ihr hin.

»Warum verschwendest du deine Zeit mit Basteln?«, fragte sie. »Du solltest Hausaufgaben machen!«

Auch davor hatte Ali ihn gewarnt. Ungläubige auf den richtigen Weg zu bringen, erfordere viel Geduld.

»Mit solchen Bildern wirst du keine Lehrstelle finden!«

Rinor nahm die Worte ungerührt hin. Er fühlte sich wie damals, als die Familie Urlaub in Albanien gemacht hatte und sie gemeinsam zum Strand gegangen waren. Die Wellen brachen über ihm zusammen, zogen sich wieder zurück. Seine Füße versanken im Sand, der Boden gab ihm Halt. Jetzt war es der Glaube, der ihm Halt gab.

Rinor versprach, seine Hausaufgaben zu machen, und ging in sein Zimmer. Rasch konjugierte er einige Französischverben. Er legte das Heft so auf den Tisch, dass es nicht zu übersehen war, wenn man das Zimmer betrat. Dann schlich er aus der Wohnung. Eigentlich stand er unter Hausarrest, weil er am Vorabend dem Essen unentschuldigt ferngeblieben war, heute aber fand eine wichtige Besprechung statt. Seine Eltern zu ehren, gut und schön, aber das hier war wichtiger.

Er lief die Treppe hinunter und verschwand um die Hausecke. Er würde mit Ali und seinen Brüdern Maghrib beten! Die erste Rakah kannte er bereits auswendig. Er wusste auch, wann er sich niederwerfen musste, heute würde er aufpassen und sich gemeinsam mit den anderen auf die Knie fallen lassen, nicht eine halbe Sekunde später, wie ein lächerliches Echo. Vermutlich klang sein Arabisch furchtbar, trotzdem lobte Ali seine Fortschritte. Er war ganz anders als sein Vater, der andauernd auf ihm herumhackte.

Ali wohnte bei der Familie seiner Frau. Rinor kam das seltsam vor, immerhin war Ali so alt wie sein Vater. Vielleicht konnte er sich keine eigene Wohnung leisten. Bekam er etwas für seine Predigten? Rinor blickte da noch nicht durch. Einige Brüder arbeiteten tagsüber ganz normal, andere saßen herum und besprachen wichtige Dinge. Und jetzt gehörte er auch dazu! Schade nur, dass Deniz nicht dabei sein durfte. Rinor hatte versprechen müssen, den Kontakt zu ihm abzubrechen. Er verstand immer noch nicht, was man Deniz vorwarf. Was hatte er getan? Ein Paket abgeholt, ja, und? Allah war doch barmherzig, gelobt sei sein Name.

Im Bus holte Rinor sein Handy hervor und überprüfte die Gebetszeiten. Er war früh dran, die Dämmerung setzte erst um 17.41 Uhr ein. Am Bahnhof stiegen Pendler zu, Rinor dachte an Alis Worte und machte einer Frau mit Kind Platz. Sie lächelte dankbar, und Rinor warf sich stolz in die Brust.

Die Siedlung, in der Ali wohnte, lag in der Nähe der Möbelhäuser. Als Kind hatte Rinor die Ausflüge dorthin geliebt. Die Hotdogs kosteten nur einen Franken, er hatte so viele essen dürfen, wie er wollte. Dazu gab es Cola, danach Softeis. Vor jeder Reise in den Kosovo hatten sie dort eingekauft. Auf dem Weg in die Heimat saß Rinor eingepfercht zwischen Fertigvorhängen, Mischbatterien, Einbauspülen, Wandleuchten, einmal hatten sie sogar zwei Waschbecken dabei.

Omar kam zur Tür, er legte den Arm um Rinors Schultern und führte ihn ins Wohnzimmer. Ali und einige Brüder, die Rinor noch nicht kannte, saßen um einen niedrigen Tisch herum. Omar stellte ihn vor, Rinor durfte sich zwischen sie setzen. Alis Frau schenkte Tee nach, stellte Pistaziengebäck auf den Tisch und verschwand in der Küche.

»Vielleicht sollten wir darauf verzichten, die Korane zu verteilen«, sagte einer der Brüder. »Zumindest bis nach der Konferenz.«

»Die Sicherheitsdirektion hat die Aktion nicht verboten«, widersprach Omar. »Es ist nur eine Empfehlung.«

»Ich bin auch der Meinung, dass wir bis nach der Friedenskonferenz warten sollten«, entschied Ali. »Ich will die Veranstaltung nicht gefährden. Die Verteil-Aktion ist danach genauso wirksam. Vielleicht sogar stärker.«

Rinor hörte still zu. Er verstand nur die Hälfte von dem, was gesprochen wurde, begriff aber, dass die Ungläubigen jeden Vorwand nutzten, um gegen Muslime zu hetzen. Er betrachtete die Runde, die wohlwollenden, freundlichen Gesichter. Keiner regte sich auf, keiner ließ eine negative Bemerkung fallen.

»Bruder Rinor, möchtest du die Referenten betreuen?«, fragte Ali.

Rinor richtete sich auf.

»Wir brauchen jemanden, der dafür sorgt, dass die Wassergläser auf dem Rednerpult ausgetauscht werden. Du wärst auch Ansprechperson, falls ein Referent einen besonderen Wunsch hat.«

»Und wenn ich den Wunsch nicht erfüllen kann?«, fragte Rinor aufgeregt.

»Du musst nur die richtige Person informieren. Die wird sich darum kümmern. Ich habe volles Vertrauen in dich.«

»Danke, Bruder Ali!«

Ali lächelte. »Zeige deine Dankbarkeit, indem du dein Herz vor Sünden schützt und deine Pflicht erfüllst.«

Rinor nickte beflissen.

Das Gespräch wandte sich anderen Themen zu. Rinor dachte an die Referenten, die er persönlich kennenlernen würde. Er hatte im Internet nach ihnen gesucht, Blogs gelesen und Videos geschaut. Die Songs der bosnischen Sängerin hatte er sogar heruntergeladen. Er nahm sich vor, nicht nur seine Pflicht zu erfüllen, sondern darüber hinaus noch mehr gute Taten zu verrichten.

Ali wandte sich an Omar. »Bist du weitergekommen? Gibt es eine Spur von ihm?«

»Nichts. Der Mann ist wie vom Erdboden verschluckt. Wir können nur hoffen, dass er sich bei Deniz meldet. Das Handy ist immer eingeschaltet.« Omar unterhielt sich weiter mit Ali, sah dabei aber Rinor an. »Vielleicht sollten wir Bruder Rinor fragen, was er weiß.«

Rinors Herz schlug schneller. Glaubte Omar etwa, er habe

ihn angelogen? Er dachte an die beiden Typen, die Deniz bearbeitet hatten.

»Rinor?«, wiederholte einer der Brüder, der offenbar nicht verstand, was Omar damit meinte.

»Ja.« Omar und Ali sahen sich an. »Rinor Palushi.«

»Heißt nicht Mustafas Anwalt Palushi?«, fragte der Bruder.

»Ganz genau.«

Rinor begriff gar nichts mehr. Er spürte die Blicke auf sich und wusste, etwas lief gerade gründlich schief. Machte man ihn dafür verantwortlich, dass sein Onkel einen Entführer verteidigte? Seine Eltern sprachen andauernd darüber, sein Vater nannte es eine Verschwendung von Talent, seine Mutter meinte, Onkel Pal ruiniere seinen guten Ruf. Rinor interessierte das Gerede nicht, sie zogen immer über seinen Onkel her. Vielleicht mochte ihn Rinor deshalb so gern. Onkel Pal kümmerte es nicht, was andere über ihn dachten, er tat einfach, wozu er Lust hatte. Leider hörte er aber nicht auf Allah, er verteidigte sogar Imperialisten, und das störte Rinor gewaltig. Deshalb hatte er sich von ihm abgewandt.

»Ist dieser Anwalt mit dir verwandt?«, fragte der Bruder.

»Er ist Rinors Onkel.« Alis Stimme klang seltsam, sanft und bedrohlich zugleich. Er sah Rinor an. »Woher kennt dein Onkel Mustafa Saifullah?«

Rinor begann zu schwitzen. Hätte er doch besser aufgepasst! Er hatte sich nie groß für Onkel Pals Arbeit interessiert, seine Motorräder fand er viel spannender. Er wusste nur, dass sich ein Anwalt seine Klienten nicht immer aussuchen konnte, das hatte er so oft gehört, dass es hängen geblieben war. Onkel Pal stand auf einer Liste, manchmal musste er mitten in der Nacht los, weil jemand verhaftet worden war. Es gab aber auch Klienten, die er selbst auswählte. Zu welcher Sorte gehörte der Entführer?

»Bruder Rinor?«, sagte Ali leise.

»Ich … weiß es nicht«, gestand Rinor.

»Lügen ist eine Sünde.«

»Ich habe echt keine Ahnung!«

Ali nickte langsam. »Gut, ich glaube dir. Erzähl uns, was du über Mustafa Saifullah weißt.«

»Der Typ hat eine Studentin entführt, und er sagt nicht, wo er sie hingebracht hat.«

»Weiter?«, forderte Omar ihn auf. »Warum verteidigt dein Onkel ihn?«

»Weil jeder das Recht auf eine Verteidigung hat?« So ähnlich hatte Onkel Pal das einmal erklärt.

Einer der Brüder schnaubte. »Sein Onkel ist also nur zufällig der Verteidiger eines Verräters? Schon der beste Freund des Jungen war ein Verräter!«

Zustimmendes Nicken, leises Gemurmel. Rinor senkte den Blick. Was hatte Deniz mit Onkel Pal zu tun? Zu seinem Ärger füllten sich seine Augen mit Tränen. Eben noch gehörte er zu den Auserkorenen, nun warfen sie ihm Verrat vor. Da begriff er. Das war eine Prüfung. Allah wollte seinen Iman testen. Hatte Ali nicht selbst gesagt, dass kein Unglück ohne Allahs Erlaubnis eintreffe? Rinor begann leise zu beten. Er blendete die Stimmen um sich herum aus, ignorierte die anklagenden Blicke und dachte nur an Allah, subhanahu wa ta'ala.

Es war still geworden im Raum. Rinor öffnete die Augen, alle schauten sie ihn an.

Ali lächelte, er tätschelte Rinors Hand. »Lassen wir Bruder Rinor doch seine Treue beweisen.«

»Sag mir, was ich tun soll!«

»Verbring ein bisschen Zeit mit deinem Onkel. Hör ihm gut zu.«

»Soll ich ihn etwas fragen?«

»Verhalte dich wie immer. Glaubst du, du schaffst das?«

Rinor nickte, erleichtert, dass der Treuebeweis so einfach war. Er begriff zwar nicht, was Ali von Onkel Pal wissen wollte, darüber machte er sich jetzt aber keine Gedanken. Hauptsache, man hielt ihn nicht für einen Verräter.

»Denk daran«, warnte Omar. »Ein Verrat an uns ist ein Verrat an Gott, seinem Gesandten, seiner Religion und der gesamten Umma.«

33

Der erwartete Anruf kam am nächsten Morgen. Frank Blum bat Jasmin um ein Treffen. Er schlug ein Lokal in Zürich vor, das Jasmin nicht kannte. Sie klappte ihren Laptop zu, räumte das Frühstücksgeschirr weg und packte ihre Trainingssachen zusammen. Die Razzia im Fight hatte noch nicht stattgefunden, vermutlich aus taktischen Gründen. Das gab Jasmin nach dem Gespräch mit Blum eine weitere Gelegenheit, Informationen zutage zu fördern.

Der Himmel war bedeckt, die Luft kühl. Als Jasmin losfuhr, setzte leichter Regen ein. Sie klappte das Visier hoch, um den feuchten Asphalt zu riechen. Sie liebte es, im Regen unterwegs zu sein, die Monster reagierte empfindlicher, und der unberechenbare Verkehr machte die Fahrt spannend. Allzu schnell kam sie bei dem vereinbarten Lokal an. Es sah teuer aus. Ein Kellner nahm ihr Jacke und Helm ab und führte sie in ein Separee, in dem ein einziger Tisch stand. Frank Blum saß bereits dort, vor sich ein Glas Whisky. Seine Augen waren blutunterlaufen, seine Hand zitterte leicht.

»Nehmen Sie Platz«, sagte er. »Möchten Sie etwas trinken?«

Jasmin bestellte einen Kaffee.

»Sie haben mich gefragt, worüber Lara und ich gestritten haben«, begann Blum ohne Umschweife.

Jasmin nickte.

Blum trank sein Glas aus und faltete die Hände. »Kurz vor dem arabischen Frühling hat Cementex einen syrischen

Zementkonzern übernommen. Er lag im Norden des Landes, nahe der türkischen Grenze. Die Lage galt dort als sicher, dennoch haben wir verschiedene Notfallszenarien durchgespielt.« Blum sprach klar und deutlich, trotz des Alkohols. »Wenig später gewannen kurdische Milizen die Kontrolle über das Gebiet. Der Betrieb lief weiter, das –«

»Sie hätten eigentlich schließen müssen«, unterbrach ihn Jasmin.

»Laut Sicherheitsdispositiv, ja«, gab Blum zu. »Ich war nicht vor Ort, ich habe mich auf die Berichte verlassen, die man mir geschickt hat. Darin stand, dass die Sicherheitslage stabil sei. Die lokale Bevölkerung war auf Arbeit angewiesen, außerdem brauchte sie Material, um die zerstörten Häuser wiederaufzubauen. Wir wollten die Menschen nicht im Stich lassen.« Der Kellner brachte den Kaffee, Blum wartete, bis er die Tür hinter sich geschlossen hatte. »Es kam zu mehreren Machtwechseln, ich will hier nicht auf Einzelheiten eingehen. Plötzlich verlief die Front ganz in der Nähe der Fabrik. Wir haben für unsere Mitarbeiter Unterkünfte auf dem Fabrikgelände gebaut, damit sie die Frontlinie nicht überqueren mussten. Nicht alle gingen auf unser Angebot ein, einige nahmen den gefährlichen Weg freiwillig auf sich. Um ihre Sicherheit zu gewähren, zahlten wir dem IS Schutzgeld. Leider wurden trotzdem neun Mitarbeiter entführt.«

Die Entführungen. Mehrzahl, dachte Jasmin.

»Lara warf mir Profitgier vor. Sie hat nicht verstanden, dass die Bevölkerung genauso daran interessiert war, den Betrieb aufrechtzuerhalten, wie wir. Damals hat sie die Welt in Gut und Böse eingeteilt. Ich gehörte zu den Bösen.«

»Wer waren die entführten Mitarbeiter?«

»Einheimische. Zu diesem Zeitpunkt hatte man die ausländischen Mitarbeiter bereits in anderen Betrieben untergebracht.«

»Nur die ausländischen? Galt das Sicherheitsdispositiv nicht auch für Einheimische?« Jasmin sah Blum an, dass sie einen wunden Punkt getroffen hatte.

»Es lag nicht in unserer Macht, einheimische Mitarbeiter zu evakuieren. Mein Sicherheitschef hat für sie getan, was er konnte.«

»Was geschah mit den Entführten?«

»Wir haben alle freigekauft, niemand kam zu Schaden.« Die Aussage passte nicht zu Blums nachdenklichem Gesichtsausdruck.

»Aber?«, fragte Jasmin.

Blum rieb sich die Nasenwurzel. »Eine schwangere Frau erlitt eine Fehlgeburt, nachdem man ihren Mann entführt hatte.«

Jasmin lehnte sich im Stuhl zurück und versuchte zu fassen, was sie gerade gehört hatte. Frank Blum war mitschuldig daran, dass neun Menschen vom IS entführt worden waren. Dass eine Frau ihr Kind verlor. Das alles hatte er der Polizei verschwiegen.

Er schien ihre Gedanken zu erahnen. »Diese Angestellten stammten aus einfachsten Verhältnissen. Ich konnte mir nicht vorstellen, dass einer von ihnen einen derart komplexen Racheakt umsetzen könnte.«

Jasmin wartete ab.

»Dann erfuhr ich, dass der Mitarbeiter, der sein ungeborenes Kind verlor, in Genf einen Asylantrag gestellt hat. Mein Sicherheitschef fuhr sofort zu ihm.«

Weil er andere Mittel hatte, um einen Mann zum Reden zu bringen, als die Polizei, das war Jasmin klar. Blum hatte so viele Grenzen überschritten, auf eine mehr oder weniger kam es nicht an. Nicht, wenn es um das Leben seiner Tochter ging.

»Der Mann behauptet, er wisse nichts von Laras Entführung. Er weist jegliche Schuld von sich.«

Der Kaffee war kalt geworden, Jasmin schob die Tasse beiseite. »Warum erzählen Sie mir das alles?«

Blum sah sie an. »Ich will Sie einstellen.«

Jasmin hatte mit vielem gerechnet, aber nicht damit.

»Ich weiß nicht, wie Sie an Ihre Informationen kommen«, fuhr Blum fort. »Ich weiß nur, dass Sie gut sind. Sie haben herausgefunden, dass ich Schutzgeld bezahlt habe. Dass meine Mitarbeiter entführt wurden.«

»Warum gehen Sie nicht zur Polizei?«

»Die Polizei arbeitet viel zu langsam.«

»Ist es nicht eher so, dass Sie die Konsequenzen fürchten?« Jasmin sah ihn herausfordernd an. »Sie haben sich der Beihilfe zu Kriegsverbrechen, der Terrorfinanzierung und der Verbrechen gegen die Menschlichkeit schuldig gemacht.«

»Der Nachrichtendienst weiß Bescheid.«

»Und die Polizei?«

Auf einmal wirkte Blum nur noch müde. »Wer sind Sie wirklich?«

»Keine verdeckte Ermittlerin. Trotzdem kann ich Ihre Verbrechen nicht ignorieren.«

»Wenn ich mich vor den Konsequenzen fürchten würde, hätte ich überprüft, ob Sie ein Mikrofon tragen. Ich bin bereit, für meine Fehler einzustehen.« Blum schloss kurz die Augen. »Für mich zählt nur Lara.«

Daran hätte er früher denken sollen, ging es Jasmin durch den Kopf, aber sie verkniff sich eine Bemerkung. Sie versprach, alles zu tun, was sie konnte. Unter zwei Bedingungen.

»Erstens, Sie gehen gleich im Anschluss an unser Gespräch zur Polizei und erzählen, was Sie mir soeben erzählt haben.« Sie wartete, bis Blum nickte. »Zweitens, ich arbeite nicht für Sie. Sie sagen mir weder, was ich zu tun habe, noch, wie ich es zu tun habe. Und ich nehme kein Geld von Ihnen an.«

Jetzt war Blum verwirrt. »Das verstehe ich nicht. Sie wollen mir helfen, möchten aber nicht dafür bezahlt werden?«

»Wie ich Ihnen erklärt habe, weiß ich, was es bedeutet, entführt zu werden. Lara zu finden, liegt mir so sehr am Herzen wie Ihnen.«

Blum fiel es offenbar schwer zu glauben, dass sie keine finanziellen Interessen verfolgte. Das passte nicht in sein Weltbild. Jasmin bat ihn um eine Liste der entführten Mitarbeiter. Er erklärte, sein Sicherheitschef erwarte sie und werde ihr alles geben, was sie brauche.

»Arbeitet Lara deshalb im Tierheim?«, fragte Jasmin aus einer Eingebung heraus.

Blum nickte resigniert. »Sie wolle kein schmutziges Geld, hat sie mir an den Kopf geworfen.«

Es hatte aufgehört zu regnen, ein leichter Wind war aufgekommen. Jasmin setzte sich auf ihre Monster und versuchte, Ordnung in ihre Gedanken zu bringen. Ob der Nachrichtendienst mit offenen Karten spielte? Kaum. Vermutlich waren auch hochrangige Politiker in die Schutzgeldzahlungen eingeweiht gewesen.

Gern hätte sie sich jetzt mit Kollegen ausgetauscht, in einer Task-Force eine Ermittlungsstrategie festgelegt. Die versteckten Hinweise, die Fahrni ihr gab, waren kein Ersatz für die Informationen, die eine Sonderkommission zusammentragen konnte. Ob man anhand von Alinas Beschreibung bereits ein Phantombild des Mannes mit dem Hund angefertigt hatte? Hoffentlich erzählte das Mädchen der Polizei dasselbe wie Jasmin. Kinder waren unberechenbar, außerdem konnten sie nicht einschätzen, was wichtig war und was nicht. Aber Alina schien ein waches Kind zu sein. Dazu passte allerdings nicht, dass sie eine feuchte Hundeschnauze auf eine Erkältung zurückführte. Hatte das Mädchen keine Erfahrung mit Hunden? Waren das wirklich ihre Worte gewesen? Erstmals bereute Jasmin, dass sie die Gespräche, die sie führte, nicht protokollierte. Auch als Privatdetektivin käme sie nicht um Schreibarbeit herum. Jetzt wollte sie aber mit Frank Blums Sicherheitschef sprechen. Sie startete den Motor.

Sein Büro hatte er in einem Vorort von Zug, es war in einem unscheinbaren Achtzigerjahrebau untergebracht. Die Einrichtung war schlicht und funktional, das Fenster bot Aussicht auf die Autobahn nach Luzern. Nur die rot lackierte Kaffeemaschine wirkte teuer.

Jasmin war schnell klar, dass der Sicherheitschef Blums Entschluss, mit der Wahrheit herauszurücken, nicht guthieß.

Widerwillig nahm er eine Mappe von seinem Schreibtisch und reichte sie ihr. »Wenn Sie Fragen haben, rufen Sie mich an. Meine Nummer finden Sie in den Unterlagen.« Er öffnete ihr die Tür, die zum Ausgang führte.

Jasmin ignorierte seine Aufforderung, das Büro zu verlassen, und setzte sich an einen Besprechungstisch. Wenn sie Fragen hatte, würde sie diese jetzt klären. Sie schlug die Mappe auf und zog eine Liste mit neun Namen heraus. Jeder war mit einem Foto versehen, darunter standen die biografischen Angaben sowie Bemerkungen zu ihren Aktivitäten während der letzten Monate. Zwei von diesen Männern waren tot, drei lebten noch in Syrien, vier im Ausland. Diese vier hatte der Sicherheitschef genauer unter die Lupe genommen. Jasmin kannte sie alle nicht. Einer von ihnen befand sich seit knapp zwei Jahren in Griechenland und wartete darauf, dass er nach Deutschland weiterreisen durfte, wo seine Familie lebte. Der Zweite war mit seiner Frau nach Kanada ausgewandert. Die Namen der beiden anderen Männer hatte der Sicherheitschef unterstrichen.

Bei dem einen handelte es sich um den Mann, der sein Kind verloren hatte und in Genf Asyl suchte. Sein rechtes

Auge war verletzt, den biografischen Angaben entnahm Jasmin, dass ihn ein Granatsplitter getroffen hatte.

»Hat die Verletzung etwas mit der Entführung zu tun?«, fragte sie.

Der Sicherheitschef stand immer noch neben der Tür, die Arme vor der Brust verschränkt. »Nein.«

»Hat er weitere Verletzungen erlitten?«

»Keine sichtbaren.«

»Sind Sie sicher?«

Der Sicherheitschef ließ die Arme sinken und trat einen Schritt näher. »Natürlich. Warum fragen Sie?«

Jasmin beschrieb den Mann, der Lara beobachtet hatte. Aus der Reaktion des Sicherheitschefs schloss sie, dass Frank Blum das fehlende Fingerglied nicht erwähnt hatte. Der Sicherheitschef setzte sich zu ihr an den Tisch.

Er zeigte auf das Foto des Asylbewerbers. »Ich habe ihn zwei Mal besucht. Beim ersten Mal habe ich ihm gedroht, beim zweiten Mal habe ich ihm Geld angeboten. Er bestreitet, dass er etwas mit der Entführung zu tun hat. Ein Fingerglied fehlt ihm nicht, das wäre mir aufgefallen.«

»Ist seine Frau mit ihm in die Schweiz geflohen?«

»Nein, sie ist mit den Kindern in Syrien geblieben. Sie werden nachkommen, sobald er genug Geld für ihre Reise gespart hat.«

»Und trotzdem hat er Ihr Geldangebot abgelehnt?«

»Das ist ungewöhnlich«, räumte der Sicherheitschef ein.

»Wie war er als Mitarbeiter?«

»Fleißig. Verschwiegen. Loyal.«

Offenbar auch ehrlich. Hinzu kam, dass er sich die Fahrt von Genf zum Haus der Blums gar nicht hätte leisten können. Ein Asylsuchender erhielt pro Tag rund zehn Franken. Damit musste er Nahrung, Kleider und Hygieneartikel kaufen. Wie hätte der Mann eine Zugfahrt bezahlen sollen?

Jasmin betrachtete das Foto des zweiten Mannes. Ein jugendliches Gesicht, asymmetrische Augen. Er lebte in Berlin, wo er als Jugendarbeiter tätig war. In den Unterlagen stand, er habe bei Facebook radikale Prediger mit dem »Gefällt mir«-Symbol versehen. Die Moschee, in der er arbeitete, war mehrmals in einem Bericht des Berliner Verfassungsschutzes erwähnt worden. Gleichzeitig distanzierte sich der Jugendarbeiter von Gewalt und organisierte interreligiöse Veranstaltungen.

»Er ist erst achtundzwanzig«, stellte Jasmin fest.

»Er war damals unser jüngster Mitarbeiter. Ein intelligenter Junge, der viel Verantwortung übernahm.«

Und der in den gleichen Kreisen verkehrte wie Mustafa Saifullah, dachte Jasmin.

»Ich fliege morgen früh nach Berlin«, sagte der Sicherheitschef. »Gibt es etwas, das ich wissen sollte?«

Kurz überlegte Jasmin, ob er womöglich selbst in die Geschichte verwickelt war, sie verwarf den Gedanken aber gleich wieder. Die Entführung hatte die krummen Geschäfte von Cementex ans Licht gebracht, darunter würde auch der Sicherheitschef zu leiden haben.

»Versuchen Sie herauszufinden, ob er Freunde in Bielefeld hat.« Jasmin nannte ihm einige Namen, erwähnte Jutta Winterberg jedoch nicht. »Gibt es etwas, das *ich* wissen müsste?«

»Nein.«

Es klang, als sei er der Meinung, sie wisse ohnehin schon viel zu viel.

34

Weder Polizei, Staatsanwaltschaft oder Aufsichtskommission meldeten sich bei ihm. Entweder hatte der Metzger keine Anzeige erstattet, oder die Mühlen der Justiz mahlten langsam. Pal rieb sich die Augen. Er war die halbe Nacht wach gelegen. Als er endlich eingeschlafen war, träumte er von einem Falken, der immer höher flog. Plötzlich war er der Falke, die Flügel fielen von ihm ab, und er stürzte der Erde entgegen. Dort stand Jasmin, die die Arme vor der Brust verschränkt hatte und keine Anstalten machte, ihm zu helfen. Sie warf ihm vor, dass er sie nie geliebt habe, sondern nur aus Schuldgefühlen handelte. Kurz vor dem Aufprall erwachte er schweißgebadet, das Lachen des Metzgers im Ohr.

Er versuchte, sich auf die Akten zu konzentrieren, die vor ihm lagen. Bilanzen, Verträge, Scheinkäufe, Offshore-Konten.

Wovon hatte Mustafa Saifullah seit seiner Rückkehr aus Deutschland gelebt? Er hatte weder Sozialhilfe bezogen noch gearbeitet. Gläubiger hatten sich bis jetzt auch nicht gemeldet. War er von Faisal entlohnt worden? Besaß er ein geheimes Bankkonto?

Ich war ein Falke, den sein kühner Flug hinauf zum Reich der ewigen Rätsel trug. Dort fand ich keinen, der sie mir enthüllt, und kehr' zur Erde wieder bald genug.

Vielleicht hatte der Metzger mit dem Gleichnis vom Rubaijat ja gar nicht Pals Suche nach der Wahrheit beschreiben wollen, sondern Saifullahs Suche nach Gott. Was hatte es in Saifullah ausgelöst, als er feststellte, dass es nicht genügte, zum Islam zu konvertieren, um ein neuer Mensch zu werden? Dass Mustafa Saifullah nicht erfolgreicher war als Daniel Schneider? Er wurde geduldet, nicht geliebt. Belächelt, nicht bewundert. Ein tief religiöser Mensch ließ sich dadurch nicht erschüttern, Saifullah aber hatte sich die neue Religion nur umgehängt wie einen Mantel. Wie war er mit seiner Enttäuschung umgegangen? Fand er bei Faisal, was er so dringend suchte? Hatte Faisal Saifullahs Schwäche erkannt und ihn benutzt? Das zeugte von Intelligenz und guter Menschenkenntnis. Es war nicht verwunderlich, dass die Polizei keine Verbindung zwischen den beiden herstellen konnte. Faisal hatte dafür gesorgt, dass es keine gab. War das überhaupt möglich? Konnte ein Mensch jede Spur von sich verwischen? Etwas blieb immer zurück. Es sei denn, der Mensch hat gar nie existiert.

Pal vertiefte sich wieder ins Aktenstudium. Immer wieder schweifte er ab, benötigte doppelt so lange wie üblich, um die Unterlagen zu lesen. Es war Mittag, als er endlich durch war. Er hatte keinen Appetit, wollte nicht in sein Stammlokal. Ganz gegen seine Gewohnheit holte er sich ein Sandwich und setzte sich wieder an den Schreibtisch. Während er noch mechanisch darauf herumkaute, suchte er im Internet nach Einträgen zu Omar Chajjam. Der Perser hatte ein umfangreiches Werk hinterlassen, Pal interessierte sich aber vor allem für seine Vierzeiler.

»O Frömmler, einen Wunsch nur mir erfülle! Spar deinen guten Rat und schweig mir stille. Glaub mir, ich gehe geradeaus, du siehst nur schief – Drum lass mich gehen und kauf dir eine Brille!«

Chajjam hatte sich gegen Fanatismus und religiösen Dogmatismus gewehrt. Das Leben war für ihn vergänglich, ans

Paradies glaubte er nicht. Er genoss das irdische Dasein, verzichtete weder auf Alkohol noch auf andere Freuden.

Pal verschränkte die Arme hinter dem Kopf und starrte zur Decke. Die Gedichte waren heute genauso aktuell wie damals. Was für ein beschränktes Wesen der Mensch doch war. Drehte sich jahrhundertelang im Kreis, machte immer und immer wieder die gleichen Fehler. Pal fragte sich, ob er deshalb nicht weiterkam. Weil er es nicht schaffte, seine Denkmuster zu durchbrechen. War das die wahre Botschaft des Metzgers?

Er stand auf. Um vierzehn Uhr musste er bei der Staatsanwaltschaft sein. Die Vorstellung, den Nachmittag in Hanischs Büro zu verbringen, widerstrebte ihm. In Gedanken hörte er Mira. *Vielleicht ist es Zeit, die Rüstung abzulegen, Vitez.* Ritterlichkeit war bei Hanisch tatsächlich fehl am Platz.

Diesmal bestand er darauf, vor der Einvernahme mit seinem Klienten zu sprechen. Die Zelle bot kaum Platz für zwei. Die Wände waren vollgekritzelt mit Sprüchen und Schimpfwörtern, Platzangst überkam Pal, und er musste kurz die Augen schließen. Saifullah saß mit gesenktem Kopf auf der schmalen Bank. Pal erklärte ihm, warum man ihn zur Einvernahme hergeholt hatte. Saifullah hörte teilnahmslos zu, er wirkte noch apathischer als sonst. Auf einmal begriff Pal, weshalb. Heute war Freitag.

»Es ist in Ordnung, dass Sie das Freitagsgebet in der Moschee ausfallen lassen«, sagte er. »Gott hat dafür Verständnis.«

Saifullah sah auf, in seinem Blick lagen Zweifel.

»Sie sind doch im Gefängnis, weil Sie Gott dienen, nicht wahr?«

»Ja.«

»Dann haben Sie auch nichts zu befürchten. Außer …« Pal machte eine Pause. »Sind Sie sicher, dass Sie dem Richtigen dienen?«

Saifullah verstand die Frage nicht.

»Hat er zu Ihnen gesprochen oder nur zu Faisal?«, fragte Pal.

Jetzt sah Pal einen Schimmer von Angst in den Augen seines Klienten. Er schlug vor, gemeinsam zu beten. Dankbar nahm Saifullah das Angebot an.

»Es ist wichtig, dass Sie sich fragen, ob Sie Allahs Willen oder Faisals Willen befolgen«, sagte Pal, nachdem sich Saifullah wieder gesetzt hatte.

»Das ist ein und dasselbe.«

»Können Sie Faisal trauen?«

Saifullah kämmte mit den Fingern seinen Bart. Pal hörte Schritte auf dem Gang und fürchtete schon, Hanisch habe die Geduld verloren und lasse ihn holen, doch die Schritte entfernten sich wieder. In der Nachbarzelle redete ein anderer Anwalt mit seinem Klienten, jedes Wort war deutlich zu verstehen.

»Die so handeln, sind ehrlich und gottesfürchtig«, sagte Saifullah leise.

»Wie handelt Faisal?«

»Er verbreitet die Botschaft des Friedens.«

Saifullahs Züge entspannten sich, der zweifelnde Ausdruck in seinen Augen war verschwunden.

Pal versuchte, ihm weitere Informationen zu entlocken, ohne Erfolg. Auch als er kurze Zeit später im Büro der Staatsanwältin Frank Blum gegenüberstand, zeigte er keine Reaktion. Pal erschrak, als er den Unternehmer vor sich sah. Die Arroganz, die Blum trotz seiner Trauer der Polizei gegenüber gezeigt hatte, war weg. Hier saß ein gebrochener Mann. Hatte er die Hoffnung, dass Lara lebte, aufgegeben?

»Schön, dass Sie uns nicht länger warten lassen«, sagte Hanisch zu Pal.

Er begrüßte die Anwesenden und nahm neben Saifullah Platz. Schon bald vergaß er seine Wut auf Hanisch. Was Frank Blum von Syrien erzählte, schockierte ihn. Lara Blum wurde seit elf Tagen vermisst. Während der ganzen Zeit hatte ihr Vater eine heiße Spur verschwiegen, um – Pal kam kein passenderes Wort in den Sinn – seinen Arsch zu retten. Auch wenn die Strafprozessordnung ihm dieses Recht zusprach, Pal konnte sein Verhalten nicht nachvollziehen.

Hanisch war nicht zimperlich in ihrer Wortwahl. »Sind Sie von allen guten Geistern verlassen?«

»Ich bin bereit, die Konsequenzen zu tragen«, sagte Blum.

»So ein Quatsch! Lara trägt die Konsequenzen, nicht Sie«, schnauzte Hanisch.

Saifullah hörte gebannt zu. Pal war sich sicher, dass er nichts von den Schutzgeldzahlungen oder den Entführungen der Cementex-Mitarbeiter wusste. Ebenso sicher war er, dass der Nachrichtendienst bestens Bescheid wusste. Offenbar war ihnen das Leben von Lara Blum aber nicht wichtig genug, um geheime Informationen preiszugeben.

Was hatte das alles zu bedeuten? Hatte Faisal gegenüber Saifullah seine wahren Absichten verschwiegen? Oder gab es zwischen Lara Blums Entführung und den Geschäften von Cementex keinen Zusammenhang? Während Hanisch den Einzelheiten nachging, versuchte Pal, Blums Informationen über Syrien einzuordnen.

Saifullah beugte sich zu Pal. »Er hat dem IS Geld bezahlt?«, flüsterte er.

»Sie können ja reden!«, stellte Hanisch zynisch fest. »Was für eine Überraschung!«

»Ich bitte um eine kurze Unterbrechung«, sagte Pal. »Ich möchte meinen Klienten unter vier Augen sprechen.«

Hanisch wandte sich wieder an Blum und fuhr mit der Einvernahme fort.

Pal seufzte innerlich. Das gleiche Spiel von vorne. »Bitte notieren Sie, dass die Staatsanwältin eine Unterbrechung ablehnt«, bat er den Protokollführer.

Hanisch fuhr unbeirrt fort.

»Haben Sie eine Protokollnotiz verfasst?«, drängte Pal.

Der Protokollführer sah die Staatsanwältin unschlüssig an.

»Beschweren Sie sich ruhig wieder, wenn es Ihnen nicht passt«, sagte Hanisch, ohne Pal eines Blickes zu würdigen.

Wenigstens wusste er jetzt, dass sie seine Beschwerde zur Kenntnis genommen hatte. Auswirkungen hatte das offenbar keine gehabt.

»Sie sind verpflichtet aufzuschreiben, was während dieser Einvernahme geschieht«, sagte er kühl.

»Wollen Sie, dass ich Sie hinausschicke?«, fragte Hanisch.

Beide wussten, dass die Einvernahme ohne seine Anwesenheit unverwertbar wäre.

»Wenn Sie nicht aufschreiben, dass Sie mir das Gespräch mit meinem Klienten verweigern, begehen Sie eine Falschbeurkundung!«, gab Pal zurück.

Jetzt hatte er ihre Aufmerksamkeit. Langsam drehte sie sich um, ihre blauen Augen blitzten zornig. »Drohen Sie mir?«

Wenn er sie anzeigte, müsste sie in den Ausstand treten. Ein neuer Staatsanwalt würde sich in den Fall einarbeiten, wertvolle Zeit ginge verloren. Zeit, die Lara Blum vielleicht nicht hatte.

Pal schwieg lange. »Fahren Sie fort«, sagte er schließlich.

Die nächsten Stunden zogen wie hinter einem Schleier an ihm vorbei. Als er die Staatsanwaltschaft kurz vor fünf verließ, war die Versuchung groß, seine Wut an den Journalisten auszulassen, die erneut vor der Tür warteten. Er presste die Lippen zusammen und fuhr in die Kanzlei.

35

Auf den ersten Blick wirkte alles wie immer. In der Autowaschanlage neben dem Fight wurden Frontscheiben getrocknet, Karosserien poliert. Der Schriftzug der Druckerei warb mit schnellem Service und günstigen Preisen. Ein Trolleybus donnerte vorbei, ein Lieferwagen hupte, die Straßenlaternen gingen an. Ein aufmerksames Auge erkannte jedoch, dass die Kastenwagen vor der Autowaschanlage nicht dorthin gehörten und dass sich hinter der Druckerei Schatten bewegten. Noch zwanzig Minuten, schätzte Jasmin, dann würde die Polizei das Kampfsportzentrum stürmen.

Die Tür des Fight ging auf, und die letzten Kunden kamen mit feuchtem Haar und Sporttaschen über der Schulter heraus. Jetzt befanden sich nur noch die »Fortgeschrittenen« im Gebäude. Amin wusste genau, wofür sie trainierten, das war Jasmin inzwischen klar. Er war es gewesen, der Claudio Klepic angeheuert hatte, um die Männer für den Kampf fit zu machen. Das hatte sie von einem Trainer erfahren. Über die Entführungen in Syrien wusste niemand etwas. Jasmin hatte die Namen der Cementex-Mitarbeiter beiläufig ins Spiel gebracht, weder Amin noch seine Kollegen hatten darauf reagiert.

Eine Schiebetür an einem der Kastenwagen ging auf, Polizisten in Schutzmontur eilten auf das Kampfsportzentrum zu, die Waffen im Anschlag. Jasmin spürte, wie ihr Körper Adrenalin ausschüttete. Sie machte Handzeichen, die niemand sehen konnte. Einer der Bartträger entkam durch ein Fenster, fast wäre Jasmin ihm nachgerannt. Ein Grenadier stellte sich ihm in den Weg, Sekunden später sah man den Flüchtenden mit Handschellen. Viel zu schnell war das Spektakel vorbei. Niemand hatte Widerstand geleistet. Ela wurde als Letzte herausgeführt, sie kämpfte mit den Tränen.

Die Festgenommenen wurden abtransportiert, ein Wagen des Forensischen Instituts fuhr vor. Weitere Polizisten trafen ein, sie begannen mit der Durchsuchung. Schaulustige hatten sich am Straßenrand versammelt und versperrten Jasmin die Sicht. Es gab ohnehin nichts mehr zu sehen. Sie kehrte zu ihrer Monster zurück.

Bei einem Take-away holte sie zwei Portionen Curry und fuhr zu Pal in die Kanzlei.

Er begrüßte sie mit einem gequälten Lächeln, sein Kuss fiel kurz aus.

Sie hielt die Tüte hoch. »Hunger?«

»Danke, ich habe schon gegessen.«

»Darf ich trotzdem hereinkommen?« Seine Stimmung machte ihr zu schaffen.

»Ich hab viel zu tun.«

»Trifft sich gut, ich auch.« Sie ging an ihm vorbei. »Kann ich das Büro der Praktikantin benutzen?«

Unwillig machte er den Computer an, gab das Passwort ein und verschwand wieder in seinem Büro. Jasmin stellte ihr Curry auf den Schreibtisch und brachte Pal die Tüte.

»Falls du es dir anders überlegst.«

Er war so nah, und doch so weit weg. Sie dachte daran, wie zärtlich er sie am Telefon immer Zemêr genannt hatte – Herz. Wie sie sich mit Worten liebkosten, über Tausende von Kilometern hinweg. Auf einmal verfluchte sie diesen Fall, die Erinnerungen, die er in Pal wachrief, die Folgen, die er für alle Beteiligten hatte.

Sie ging wieder zum Computer zurück. Es war Zeit, ihre Vorsätze in Taten umzusetzen. Während sie ihr Curry aß, schrieb sie alles auf, woran sie sich erinnerte: Gespräche, Gedanken, Hinweise, Spuren, Schlussfolgerungen. Dass niemand ihre Notizen lesen würde, machte es einfacher. Irgendwann hörte sie, dass auch Pal sich über sein Curry hermachte. Kurz vor Mitternacht kam er herein und reichte ihr ein Protokoll.

»Wir hatten recht, Frank Blum hat dem IS Schutzgeld bezahlt«, sagte er. »Trotzdem kam es zu einem Zwischenfall. Neun Mitarbeiter wurden entführt.«

Jasmin lehnte sich zurück. Frank Blum war zur Polizei gegangen. »Rache ist ein starkes Motiv.«

»Finde ich auch.«

»Ich nehme an, Hanisch geht der Sache nach?«

»Ja, sie ist ziemlich sauer auf Blum.«

»Gibt es sonst noch etwas, das ich wissen müsste?«

Pal senkte schuldbewusst den Blick. »Mehr Informationen habe ich nicht.«

Draußen war Gelächter zu hören, es kam von der Bar gegenüber. Das Wochenende hatte begonnen.

»Was machst du?« Pal deutete auf den Bildschirm.

»Protokolle schreiben.« Jasmin verzog das Gesicht. »Besser gesagt, Notizen. Ich dachte, das bliebe mir als private Ermittlerin erspart, aber inzwischen haben sich zu viele Informationen angesammelt. Die arabischen Namen machen die Sache nicht einfacher.«

»Weil du ihre Bedeutung nicht kennst. Sonst könntest du sie dir gut merken.«

Jasmin betrachtete ihn. Seine Augen waren matt, seine Haut fahl. Er hatte sich beim Rasieren geschnitten, das beunruhigte Jasmin fast mehr als seine Distanziertheit.

»Du hast vorhin nicht besonders überrascht gewirkt«,

stellte er fest. »Als ich dir von den Entführungen in Syrien erzählt habe.«

Jetzt war es Jasmin, die den Blick senkte. Pal mochte emotional an seine Grenzen gekommen sein, seine Denkfähigkeit beeinträchtigte das offenbar nicht. Sie zuckte die Schultern. Er nickte, sagte aber wohlweislich nichts.

Er wandte sich ab. »Ich bleibe noch eine Weile im Büro. Du brauchst nicht auf mich zu warten.«

»Ich bin noch nicht müde.«

Das war gelogen, doch sie wollte so viel wie möglich niederschreiben, damit sie am nächsten Morgen ihre Aufzeichnungen mit frischem Blick noch einmal durchlesen konnte.

Sie war bei dem Gespräch mit Alina angekommen, inzwischen zeigte die digitale Anzeige auf dem Bildschirm 2.14 Uhr. Jasmin tippte mechanisch, ihr fielen fast die Augen zu. Nur noch dieses Gespräch, sagte sie sich. In Gedanken ging sie ihre Begegnung mit dem Mädchen durch. Alina hatte von dem Mann mit dem Hund erzählt. »Wie sieht Rex aus? Weißt du das noch?«, hatte Jasmin gefragt. »Er ist erkältet, seine Nase ist ganz nass.« Jasmin dachte nach, ihre Finger schwebten über der Tastatur. Nein, so hatte das Mädchen es nicht gesagt. »Er ist krank, seine Nase ist ganz nass.« Etwas stimmte immer noch nicht. Jasmin rieb sich die Schläfen. »Er ist auch krank, seine Nase ist ganz nass.« Eine seltsame Formulierung, doch Jasmin war sich sicher, dass Alina es genau so gesagt hatte. Sie streckte sich und gähnte. Ohne Koffein käme sie nicht weiter. Sie verließ das Büro.

Pal saß am Besprechungstisch, vor ihm lagen zahlreiche Unterlagen.

»Kaffee?«, fragte Jasmin, die in der Tür stand.

»Gern.«

Sie schaltete die Kaffeemaschine ein, holte zwei Espressotassen aus dem Schrank und griff nach den stärksten Kapseln.

Pal sah nicht auf, als sie ihm die Tasse hinstellte.

Jasmin setzte sich auf die Tischkante. »Die Polizei hat eine Razzia im Fight durchgeführt. Es gibt eine Menge Personen, die befragt werden müssen. Wirst du dabei sein?«

Pal trank seinen Kaffee in einem Zug aus. »Kaum. Die Verbindung zur Entführung ist zu vage.«

Sie erzählte, was sie von den Angestellten im Kampfsportzentrum erfahren hatte. »Ich glaube nicht, dass sie neue Aussagen machen werden. Wenn du mich fragst, hat Saifullah zwar dort Kontakte geknüpft, als er in die Schweiz zurückkehrte, sich dann aber von den Mitgliedern distanziert.«

»Das glaube ich auch. Faisal gab ihm, was er so dringend suchte. Anerkennung, ein Ziel im Leben.«

»Wie hat er ihn kennengelernt?«

»Ich vermute, durch diesen Ali. Abu Hussein al-Tunisi.« Pal drehte die leere Tasse in den Händen. »Etwas geht nicht auf. Wenn Faisal tatsächlich ein ehemaliger Mitarbeiter von Cementex ist, warum hat er Lara Blum nicht selbst entführt? Warum der Umweg über Mustafa Saifullah? Rache ist etwas Persönliches.«

»Vielleicht war ihm das Risiko zu groß.«

»Und dann wendet er sich ausgerechnet an Saifullah? Er muss doch gewusst haben, wie ungeschickt der Mann ist.«

Jasmin musterte ihn. »Du hast eine Vermutung, nicht wahr?«

Er legte die Fingerkuppen aufeinander. »Was, wenn die Entführung gar nicht sein eigentliches Interesse war?«

»Sondern?«

»Vor einer Woche hat mich Saifullah bei einem meiner Besuche plötzlich nach dem Datum gefragt. Dann hat er gelächelt. Ich sehe ihn noch vor mir, dieses Lächeln war seltsam. Ich glaube, er wartet auf etwas.«

»Worauf?«

Pal stellte die Tasse hin.

»Sag mir, was du denkst«, bat Jasmin.

Er zögerte. »Kann es sein, dass Faisal einen Anschlag plant?«

Jasmin hielt den Atem an.

»Und kämpft gegen sie, bis es keine Verführung mehr gibt und bis die Religion gänzlich nur noch Gott gehört«, zitierte Pal. »Das hat Saifullah gesagt, als ich ihm klarmachen wollte, dass Allah Lügner verflucht.«

»Du glaubst, Faisal durfte nicht riskieren, gefasst zu werden, weil eine viel größere Aufgabe auf ihn wartet?«

»Ja.«

Ein Schauer lief Jasmin über den Rücken. Bis jetzt war die Schweiz von Anschlägen verschont geblieben. Nicht wegen ihrer Neutralität, da machte sich Jasmin nichts vor, sondern weil internationale Terroristen das Land seit Jahrzehnten als Rückzugsort benutzten. Die Behörden duldeten sie stillschweigend, im Gegenzug war die Schweiz als Ziel tabu. Das war schon in den 1970er-Jahren der Fall gewesen, als man einen Deal mit Ilich Ramírez Sánchez, auch bekannt als Carlos, gemacht hatte. Carlos und seine palästinensischen Kampfgenossen durften sich in der Schweiz frei bewegen, niemand intervenierte, auch nicht, als er sich in Genf mit Mitgliedern der Japanischen Roten Armee traf. In den 1980er-Jahren hatte die palästinensische Abu-Nidal-Organisation von der Schweiz aus agiert. Zehn Jahre später ließ sich der Al-Kaida-Chef Aiman al-Zawahri in Genf wegen einer Schusswunde operieren. Sogar afghanische Warlords reisten in die Schweiz, um ihre Kriegsverletzungen auszukurieren.

»Was geht dir durch den Kopf?«, fragte Pal.

»Dass die Schweiz ein Ruheraum für Terroristen ist.«

»Das hat sich mit der Einführung des IS-Gesetzes geändert«, gab Pal zu bedenken.

»Nur bedingt. Es halten sich immer noch Terroristen hier auf. Um ein Strafverfahren zu eröffnen, müsste die Bundesanwaltschaft ihre Quellen offenlegen. Dagegen sträubt sich der Nachrichtendienst. In Deutschland ist das anders. Dort dürfen Angehörige eines Nachrichtendienstes ihre Erkenntnisse ohne Angabe von Quellen weitergeben.«

»Das Behördenzeugnis. In der Schweiz fehlt ein solches Instrument.« Pal lehnte sich zurück. »Es würde die Terrorfahndung erleichtern.«

»Will man das denn überhaupt?«, fragte Jasmin zynisch. »Erinnerst du dich daran, wie die USA uns nach den Anschlägen mangelnde Kooperation vorwarfen? Ich habe mich damals darüber geärgert, ich hielt die Anschuldigungen für Machtgebaren. Dabei war die Schweiz tatsächlich eines der wenigen Länder in Westeuropa, das auf Fragen vonseiten der US-Regierung keine Antworten gab.«

»Du findest meine Gedanken also nachvollziehbar?«

»Leider, ja. Ich verstehe nur nicht, was Lara Blum damit zu tun hat. Stellt Cementex einen Stoff her, aus dem man Bomben bauen kann?«

Darüber hätte Blum mit seinem Sicherheitschef doch gesprochen. Oder wusste er, dass sie eine Wanze in seinem Büro installiert hatte? Führte er sie absichtlich auf Irrwege? Nein, Blums Geständnis würde strafrechtliche Folgen haben. So weit würde er nicht gehen, um eine falsche Fährte zu legen.

»Was ist mit den entführten Mitarbeitern?«, fuhr Jasmin fort. »Glaubst du, sie haben mit der Geschichte gar nichts zu tun?«

Pal zuckte ratlos die Schultern. »Vielleicht hat der Drahtzieher einen der Mitarbeiter instrumentalisiert.«

»Das würde bedeuten, dass drei Personen im Spiel sind. Der Drahtzieher benutzt Faisal, und der wiederum lässt

Saifullah für ihn die Drecksarbeit erledigen.« Jasmin schüttelte den Kopf. »Zu heikel.«

Pal starrte auf seine Unterlagen, auf einmal war er wieder weit weg.

»Was bedeutet Faisal eigentlich?«, fragte Jasmin.

Pal sah auf. »Was?«

»Vorhin hast du gesagt, ich könnte mir die Namen besser merken, wenn ich ihre Bedeutung kennen würde«, erklärte Jasmin. »Was heißt Faisal?«

»Der Richter.«

36

Ich starre auf ein Foto von unserem Chalet, betrachte den schweren Schnee auf dem Dach, die Fenster darunter, die mir wie verschlafene Augen erscheinen. Ich erinnere mich an unsere Freude beim Kauf des Hauses und staune, dass ich einmal in der Lage gewesen bin, Glück zu empfinden. Zu Beginn fuhren wir jedes Wochenende in die Berge. Tim war gerade auf die Welt gekommen, ich lag mit ihm auf der Wiese, während Peter mit Delia Gipfel um Gipfel erklomm. Schon als Säugling war Tim genügsam, er schlummerte an meiner Brust, verspürte er Hunger, wand er sich stumm, als sei es ihm unangenehm, etwas von mir zu fordern. Ich genoss diese Stunden auf eine seltsame, distanzierte Art. Die Zeit stand still, mein Körper erholte sich, gleichzeitig wartete ich darauf, dass Peter mit Delia zurückkehrte. Sie war die Batterie, die mich am Laufen hielt, ohne sie kam ich mir vor wie eine Schaufensterpuppe, starr und seelenlos. Ich hörte sie immer schon von Weitem, sie brachte alles zum Erwachen, in mir und um mich herum. Sogar die Blumen schienen die Köpfe in ihre Richtung zu drehen, wenn sie an ihnen vorbeiging. Sie lief immer ein paar Schritte vor Peter, egal wie lange sie unterwegs waren. Sie tänzelte vor seinen Füßen hin und her, zeigte nach links und rechts, sodass mir schon vom Zusehen schwindlig wurde. In den Bergen war genügend Platz für ihre Energie, sie stieß nirgends an Grenzen.

Im Winter fuhren Peter und Delia Ski. Sie verließen frühmorgens das Haus, oft kehrten sie erst in der Dämmerung zurück. Ich beneidete Peter um diese Stunden, traute mich aber nicht, Tim bei ihm zu lassen und allein mit Delia loszuziehen. Sie sauste den Hang hinunter, kannte weder Furcht noch Schmerz, verhielt sich, als könnte sie die Regeln der Physik außer Kraft setzen. Abends erzählte sie von jeder Abfahrt, jeder Kurve, jeder Schanze, die sie bezwungen hatte. Manchmal betrachtete ich sie, wenn sie schlief. Ihre Augenlider zuckten, ihr Körper bewegte sich, ein Lächeln huschte über ihre Lippen.

Ich blättere um. Peter und Delia mit Rucksäcken und Schirmmützen. Peter und Delia mit Wollmützen und Handschuhen. Delia neben einem Schneemann. Dunkle Locken, die hinter einer weißen Schneemauer hervorgucken. Delia barfuß im Gras. Im Handstand. Beim Heidelbeeren-Pflücken. Tim in seiner Wippe. Im sechsten Album gibt es fast nur Bergfotos. Wir haben Weihnachten und Silvester im Chalet gefeiert, unseren zwanzigsten Hochzeitstag, wir waren über Pfingsten und Himmelfahrt dort, am Nationalfeiertag, an Ostern.

Mein Fuß ist eingeschlafen, ich lege das Album weg und reibe mir die Zehen. Im Wohnzimmer höre ich Schüsse, und ein schlechtes Gewissen packt mich. Tim sitzt immer noch vor dem Fernseher. Wie spät ist es? Seit ich von Rita Krohn weiß, kommt Peter nicht mehr pünktlich nach Hause. Wir haben es beide aufgegeben, den Schein zu wahren. Unsere Ehe ist wie das Chalet. Leer, kalt, unbewohnt. Die Skier liegen vergessen im Keller, Mäuse haben sich im Wohnzimmer eingenistet, Staub bedeckt die Wanderkarten. Ich bin eine Schaufensterpuppe, Peter ein Roboter.

Die Haustür geht auf. Ich höre Tims »Hallo, Papa?«. Peters Antwort geht in einer weiteren Salve Schüsse unter.

Jetzt riecht es nach Fertigmahlzeit. Der Mikrowellenherd gibt ein »Pling« von sich, die Schüsse verstummen, aus der Küche höre ich das Klappern von Besteck. Gläser klirren, Wasser rauscht, ein Licht geht an im Flur. Schritte auf der Treppe, die Tür zum Bad fällt ins Schloss. Der Fernseher läuft wieder. Ich will aufstehen, es ist dunkel draußen, Tim muss ins Bett.

Nur noch eine Seite.

Delia steht vor dem Chalet, in der Hand hält sie eine Wunderkerze. Eine Flasche Champagner steckt im Schnee. Eine rot-weiße Tischdecke, darauf ein Fonduetopf, die Flamme darunter leuchtet blau. Delia, wie sie im Käse rührt. Sie holt eine Tafel Schokolade aus der Küche, bricht ein Stück ab, spießt es auf. Peter sagt entschieden Nein, Delia taucht die Schokolade trotzdem ins Fondue, wo sie schmilzt. Ein brauner Streifen durchzieht den Käse, Peter greift nach Delias Arm, er will ihr die Fonduegabel entreißen, sie wehrt sich. Er stößt gegen den Griff der Pfanne, merkt nicht, wie er sie vom Rechaud schiebt. Geschmolzener Käse rinnt auf den Tisch, bahnt sich einen Weg zwischen den Tellern. Ein Lavastrom, heiß und zähflüssig. Peters Stimme, schrill vor Wut. Delia schiebt trotzig das Kinn vor, gibt ihm die Schuld am Unglück. Tim schaut uns erschrocken an, der Käse fließt auf ihn zu.

Ich öffne die Augen. In letzter Zeit döse ich häufig, ohne dass ich es will. Schuld sind die Tabletten. Meine Ärztin hat mir geraten, sie wieder einzunehmen. Neun Monate habe ich ohne gelebt, eine Schwangerschaft lang. Je näher der Sommer rückt, desto dringender benötige ich sie. Die Plakate hängen jetzt wieder überall. An Litfaßsäulen und Wänden, Bushaltestellen und Reklametafeln. Jedes Wochenende findet irgendwo ein Open-Air-Konzert statt.

Ich spiele das verbotene Spiel. Was-wäre-wenn. Wir ihr das Taschengeld gestrichen hätten. Weniger gutgläubig gewesen wären. Früher durchgegriffen, ihr den Kontakt mit Cyril verboten hätten. Strenger gewesen wären. Es an jenem Julitag geregnet hätte.

Doch wir waren es nicht. Taten es nicht. Und am 1. Juli schien die Sonne.

37

Das Hinterrad drehte durch, die Enduro schlitterte, Staub wirbelte auf. Pal gelang es, das Motorrad unter Kontrolle zu bringen. Er fuhr zu aggressiv, versuchte, die Enduro zu bezwingen statt die Piste. In Gedanken war er bei der Arbeit, das schlechte Gewissen plagte ihn. Obwohl es nichts gab, was er jetzt für Lara Blum hätte tun können, stand ihm der Sinn nicht danach, Supermoto zu fahren.

»Die Sonderkommission muss nun Spuren auswerten, die Mitglieder des Fight befragen«, hatte Jasmin gesagt. »Wenn Faisal einen Anschlag plant, werden sie entsprechende Hinweise finden.«

Pal hatte da seine Zweifel. Faisal war ein Gespenst, er hinterließ keine Spuren. In einem Punkt aber musste er Jasmin recht geben. Polizei und Nachrichtendienst hatten mehr Mittel, einem drohenden Anschlag auf die Spur zu kommen, als er. Jasmin hatte dafür gesorgt, dass Fahrni Bescheid wusste, er würde die richtigen Stellen informieren.

Pal raste auf eine Kurve zu, schaltete zu spät in einen niedrigeren Gang und kam von der idealen Linie ab. Ein Anfängerfehler. Rinor, der die Fahrt vom Pistenrand aus filmte, würde heute lernen, wie man nicht fahren sollte. Wenn es ihn überhaupt interessierte. Es war Rinors Idee gewesen, nach Frauenfeld zu fahren. Die Strecke hatte einige schnelle Sprünge und lag nicht so weit entfernt wie die Rennbahn im Elsass. Auf der Fahrt hatte er jedoch mehr über Pals Arbeit wissen wollen als über den Motorsport. Pal hatte ihn scherzhaft gefragt, ob er erwäge, Anwalt zu werden. Daraufhin war Rinor verstummt. Hatte Pal einen wunden Punkt getroffen? Wollte sein Neffe vielleicht aufs Gymnasium, traute es sich aber nicht zu? Sokol behauptete, Rinor interessiere sich gar nicht mehr für die Schule, und Rinors Noten deuteten darauf hin, dass er recht hatte.

Pal überquerte die Ziellinie mit der schlechtesten Zeit, die er seit Langem gefahren war. »Stell den Film ja nicht auf YouTube«, scherzte er.

»Was?« Rinor sah ihn verständnislos an.

Pal deutete auf Rinors Handy.

»Ach so.« Rinor zuckte die Schultern. »Hab ich nicht vor.«

Kein Grinsen, keine Bemerkung über Pals Fahrfehler. Hatte er überhaupt zugesehen? Hinter ihnen erklang der Aufruf für die nächste Runde.

Pal nahm den Helm vom Kopf. »Du bist dran. Mach dich bereit. Die Filme schauen wir uns zu Hause an.«

»Ich habe Hunger«, sagte Rinor.

»Jetzt schon? Willst du nicht noch eine Runde fahren? Wenn du nächstes Jahr bei den Youngsters starten möchtest, kann ein bisschen mehr Übung nicht schaden.«

»Ich glaube nicht, dass ich Rennen fahren will«, antwortete Rinor zu Pals Erstaunen.

Pal schob das Motorrad auf einen Parkplatz, gemeinsam gingen sie zu den Essensständen. Sie holten sich zwei Kalbsbratwürste und Getränke und setzten sich an einen Tisch. Es war warm geworden. Pal öffnete den Reißverschluss seiner Motorradkombi und schlüpfte aus den Ärmeln. Er trank einen großen Schluck Bier. Rinor presste missbilligend die Lippen zusammen.

»Ich mache auch Schluss für heute«, erklärte Pal.

»Alkohol ist trotzdem nicht gut«, sagte Rinor.

»Es kommt auf das richtige Maß an.«

»Mit Alkohol kann man nicht klar denken«, warf Rinor ihm vor.

Pal kniff die Augen zusammen. »Wer sagt das?«

»Das weiß doch jeder!«

»Meinst du, jeder Muslim?«

Rinor blickte ihn trotzig an. »Alkohol hält dich von wichtigen Aufgaben ab.« Der Satz klang einstudiert, als wiederholte Rinor Worte, die er von jemandem gehört hatte.

Pal schob das Bier weg. »Vom Gedenken an Gott zum Beispiel?«

Rinor nickte.

Der Lautsprecher knisterte, eine Männerstimme kündigte den Start der nächsten Gruppe an. Motoren heulten, der Startschuss fiel, die Zuschauer feuerten die Fahrer an. Pal interessierte das nicht. Er versuchte, sich zu erinnern, wann die Veränderung bei Rinor eingesetzt hatte. Die Aussage, Amerika sei scheiße. Der Vorwurf, Sokol habe von nichts eine Ahnung. Die neuen Freunde, die vielen Stunden, die er allein in seinem Zimmer verbrachte. Aber warum hatte er heute Supermoto trainieren wollen?

»Ist es dir wichtig, ein guter Muslim zu sein?«, fragte Pal.

Rinor musterte ihn, als witterte er eine Falle. Er richtete sich auf, straffte die Schultern und sagte herausfordernd: »Ja!«

»Religion kann etwas Wunderbares sein«, sagte Pal. »Sie kann dir Kraft geben, dir den richtigen Weg weisen. Aber auch den falschen.«

»Im Koran steht, was richtig ist und was falsch.«

»Viele Verse im Koran sind aber nicht eindeutig.« Pal wählte seine Worte mit Bedacht. »Das hat unter anderem damit zu tun, dass er auf Arabisch geschrieben wurde. Einige Begriffe lassen sich zum Beispiel unterschiedlich interpretieren. Oder sie sind – «

»Das stimmt nicht«, unterbrach Rinor. »Das sagen Kafir nur, damit sich die Gläubigen untereinander streiten!«

An was für Leute war Rinor geraten? Wie hatte er sie kennengelernt? Sokol hatte einen Deniz erwähnt, steckte der dahinter? Pal lehnte sich zurück. Wenn sich Rinor angegriffen fühlte, würde er sich verschließen, Pal musste jetzt vorsichtig sein. Er erzählte ihm von seinem Gespräch mit Ibro Sinanovic. Rinor war überrascht, dass er einen Seelsorger aufgesucht hatte.

»Ich bin auch auf der Suche nach Antworten«, erklärte Pal. »Genau wie du.«

»Gehst du in die Moschee?« Das Feindselige war aus Rinors Stimme gewichen.

»Ich würde gern mal ein Freitagsgebet besuchen. Kommst du mit?«

»Okay.« Rinor biss in seine Wurst. »Verteidigst du den Entführer, weil du einem Bruder helfen willst?«

Er stellte die Frage fast beiläufig, doch Pal entging sein aufmerksamer Blick nicht. Schon wieder wollte Rinor über seine Arbeit sprechen. Pal erläuterte die Funktionsweise eines Rechtsstaats und erklärte, warum er Menschen verteidigte, die Verbrechen begangen hatten. Rinor hörte gelangweilt zu, dann lenkte er das Gespräch wieder auf Mustafa Saifullah. Warum interessierte er sich für ihn? Steckten seine neuen Freunde dahinter?

»Welche Moschee besuchst du eigentlich?«, fragte Pal.

»Es ist keine wirkliche Moschee. So eine Gebetsgruppe.«

»Nimmst du mich mal mit?«

»Ich weiß nicht.« Rinor griff nach seiner Cola. Er schaute Pal unsicher an. »Ich muss fragen«, sagte er schließlich.

»Mach das.«

Rinor stand auf. »Wollen wir los? Ich muss noch Hausaufgaben machen.«

Pal verkniff sich eine Bemerkung ob dieser offensichtlichen Lüge. Sie zogen sich um, luden die Motorräder auf den Anhänger und machten sich auf den Rückweg.

»Stört es dich eigentlich nicht, dass man dich fertigmacht?«, fragte Rinor plötzlich.

»In den Medien? Klar stört mich das.«

»Im Internet steht, dass du immer Muslime verteidigst.«

»Ich verteidige viele Albaner«, stellte Pal klar. »Aber das hat nichts mit Religion zu tun, sondern damit, dass ich Albanisch spreche.«

»Siehst du, das meine ich. Die Kafir verdrehen alles. Sie hassen uns!«

»Die Medien wollen ihre Auflagen steigern«, erklärte Pal.

»Alle reden schlecht über uns! Im Fernsehen haben sie gesagt, wir gehören nicht in die Schweiz. Und bald sind Kopftücher verboten, weißt du das?«

»Meinst du das Burkaverbot? Darüber werden wir vermutlich abstimmen, ja. Es betrifft aber nur die Vollverschleierung, von einem Kopftuchverbot ist – «

»Das geht die doch einen Scheiß an!«

»Mich ärgert das Verbot auch«, sagte Pal beschwichtigend. »Ich kann zwar verstehen, dass man sich daran stört, wenn eine Frau ihr Gesicht verhüllt, aber – «

»Es steht im Koran!«, stieß Rinor aus.

»Man kann das so interpretieren. Es gibt aber auch Islamgelehrte, die das anders sehen. Nikab und Burka haben ihre Wurzeln auf der Arabischen Halbinsel und in Afghanistan. In vielen muslimischen Ländern wurden sie jedoch nie getragen.«

»Ja, und? Man muss sie nicht gleich verbieten, oder?«

Pal teilte seine Meinung, wenn auch aus anderen Gründen. Er mochte es nicht, dass ein Problem geschaffen wurde, wo keines war. Für ihn betrieben die Initiatoren der sogenannten Burka-Initiative eine gefährliche Symbolpolitik, die gegen alle Muslime gerichtet war. Davon sagte er jetzt aber nichts, er wollte Rinor in seiner Wut nicht noch bestärken.

»In der Schweiz möchte man einem Menschen, mit dem man kommuniziert, in die Augen schauen können«, erklärte Pal. »Das gehört sich so. Wenn ich tanke oder mir an einer Raststätte etwas kaufe, nehme ich ja auch den Helm ab.«

Rinor dachte nach. Möbelhäuser, Baumärkte und Einkaufszentren säumten die Autobahn, ein Schild kündigte die Nordumfahrung an. Pal wechselte die Spur. Der Verkehr floss zügig dahin, schon bald fuhr er auf Regensdorf zu. Die JVA Pöschwies lag nur zwei Kilometer entfernt. Instinktiv blickte Pal aus dem Beifahrerfenster und an Rinor vorbei, der sein Handy hervorgeholt hatte und darauf herumtippte. Der Metzger hatte immer noch nicht reagiert. Pal zweifelte keine Sekunde daran, dass er ihn absichtlich im Ungewissen ließ, um mehr Macht über ihn zu erlangen. Dass seine Strategie aufging, ärgerte Pal. Er fühlte sich als Spielball, war jedoch unfähig, dem etwas entgegenzusetzen. Kurz fragte er sich, ob er wirklich richtig handelte. Jasmin hatte große Fortschritte gemacht, vielleicht würde sie die Wahrheit verkraften. Er verwarf den Gedanken sogleich wieder. Die Wahrheit würde sie vielleicht verkraften, nicht aber eine Begegnung mit ihrem Peiniger. Genau darauf würde sie aber bestehen, denn sie würde nichts unversucht lassen, um Lara Blum zu finden.

Ein Hupen holte Pal in die Gegenwart zurück, neben ihm bremste ein Fahrzeug. Unwillkürlich hatte er den Wagen in Richtung Ausfahrt gesteuert. Sofort riss er das Steuer herum, dachte dabei aber nicht an den Anhänger, der ausscherte und das Heck seines Wagens nach links stieß. Jetzt stand er fast quer auf der Fahrbahn. Pal steuerte gegen, hörte das

Quietschen der blockierten Reifen, der Anhänger musste die Auflaufbremse ausgelöst haben. Der Wagen wurde auf die andere Seite gestoßen, Rinor rief etwas, Pal drehte am Lenkrad, der Anhänger zog gefährlich schwankend in die entgegengesetzte Richtung. Endlich gelang es Pal, das Gespann zu stabilisieren. Das Herz klopfte ihm bis zum Hals, seine Hände waren schweißnass.

»Scheiße, Mann«, stieß Rinor aus. »Das war knapp!«

Pal brachte keinen Ton heraus. Mit Tempo achtzig fuhr er auf der rechten Spur und klammerte sich mit beiden Händen an das Lenkrad. Eine Viertelstunde später setzte er Rinor vor seiner Wohnung ab, ging aber nicht mit ihm hoch. Sokol würde beleidigt sein, das war Pal egal. Nachdem er die Motorräder untergebracht hatte, machte er sein Handy aus und fuhr in die Bibliothek.

38

Jasmin lehnte sich im Stuhl zurück und streckte sich. Dutzende von Karteikärtchen lagen um sie herum, sie bedeckten den Tisch, die Küchenablage, die Stühle, eine Reihe hatte sie auf dem Fußboden ausgebreitet. Sie hatte ihre Protokolle regelrecht seziert, jede Information hatte ein eigenes Kärtchen bekommen. Jetzt konnte sie sie nach Belieben sortieren, neue Abfolgen erstellen und Zusammenhänge überprüfen. Diese Methode hatte ihr Chef immer angewendet, wenn er in einem Fall feststeckte. Sie war zeitraubend, aber effektiv.

In Gedanken versunken, griff Jasmin nach der Cornflakes-Packung, die zwischen den Kärtchen auf dem Tisch stand. Leer. Sie trug ihr Frühstücksgeschirr in die Küche. Sie konnte es fast nicht glauben, als sie die Leuchtziffern auf dem Backofen sah: 17.45 Uhr. War Pal nicht eben erst gegangen? Sie beneidete ihn um den Nachmittag auf der Supermotopiste. Er hatte angeboten, sie mitzunehmen, für Rinor aber waren die Stunden mit seinem Onkel etwas Besonderes, Jasmin wollte sich nicht zwischen die beiden drängen.

Sie setzte sich wieder und suchte alle Kärtchen mit Informationen über Faisal. Das Phantombild, das mit Alinas Hilfe angefertigt worden war, zeigte einen Mann mit einem länglichen Gesicht, einer kurzen Nase und einem runden Kinn. Er war vermutlich zwischen dreißig und fünfundfünfzig, von mittlerer Größe und gewöhnlichem Gewicht. Alina hatte gesagt, dass er normal redete. War er also Schweizer?

Vermutlich war das Mädchen noch nicht oft mit anderen Kulturen in Berührung gekommen. Zudem gab es viele Menschen aus dem Balkan oder der Türkei, die europäisch aussahen und Schweizerdeutsch sprachen. Auch Syrer? Jasmin wusste es nicht.

Faisal. Der Richter. Laut Frank Blum hatten die Mitarbeiter von Cementex gewusst, worauf sie sich einließen. Aber hatten sie eine Wahl gehabt? Nicht jeder konnte auf dem Fabrikgelände wohnen, die Mitarbeiter hatten Familien, Verpflichtungen. Eine andere Arbeitsstelle zu finden, war aussichtslos gewesen. Nach den Entführungen war niemand zur Rechenschaft gezogen worden. Frank Blum hatte die Ereignisse vertuscht und weiter satte Gewinne eingesteckt. Jasmin betrachtete das Foto des Berliner Jugendarbeiters, der früher bei Cementex gearbeitet hatte. Das Gesicht mit den großen, dunklen Augen hatte keine Ähnlichkeit mit dem Phantombild.

Sie legte die Kärtchen mit Alinas Aussagen in die richtige Reihenfolge. *Rex ist ein lieber Hund. Er hat den Finger nicht abgebissen. Er ist auch krank, seine Nase ist ganz nass. Seine Nase ist schwarz.* Irgendetwas störte Jasmin an dieser Geschichte. Sie starrte auf die Kärtchen, als erwarte sie von ihnen eine Antwort. Sie versuchte, auf andere Gedanken zu kommen, und widmete sich Frank Blum. Er hatte ihr die Wahrheit gesagt, das bestätigten die Aufnahmen der Wanze. Jetzt, wo Jasmin wusste, warum er sich so seltsam verhalten hatte, erschienen ihr seine Aussagen schlüssig und kohärent.

Mustafa Saifullah, Daniel Schneider, Frank Blum, Eva Wagner, Claudio Klepic, Jutta Winterberg, Amin und Ela, Abu Hussein al-Tunisi oder Ali, Deniz, Faisal. Jasmin las die Stichworte, die sie sich zu den Personen notiert hatte, bis die Buchstaben vor ihren Augen verschwammen.

Ihre Glieder waren steif vom langen Sitzen, ihre Gedanken stockten. Sie beschloss, ins Fight zu fahren.

Die Spuren der Razzia waren deutlich zu sehen. Im Büro standen Schubladen und Schränke offen, Unterlagen waren verschwunden, alle elektronischen Geräte waren weg. Im Dojo und in den Garderoben hatten Kriminaltechniker Spuren gesichert, um sie mit den Spuren im Lieferwagen des Entführers zu vergleichen. Ela stand inmitten des Chaos und rang die Hände.

»Sie haben Amin verhaftet«, weinte sie. »Nur weil er sich ein paar Mal über Ungläubige geärgert hat.«

Und zum Kampf gegen sie aufrief, dachte Jasmin.

»Claudios Schüler auch«, klagte Ela.

»Das ist ja furchtbar!«

»Ich weiß nicht, wie es weitergehen soll! Was, wenn die Polizei Amin länger festhält?«

»Er hat doch nichts verbrochen, oder?«

»Natürlich nicht! Aber wovon sollen wir jetzt leben?«

Jasmin stellte sich dumm. »Wie meinst du das?«

»Die Mitglieder werden ihr Geld zurückverlangen.«

»Machst du den Laden dicht? Führst du ihn nicht weiter, bis Amin zurückkommt?«

Ela sah sie verständnislos an. »Ich?«

»Wer denn sonst?«

»Aber ... ich kann das nicht.«

»Es ist nicht schwierig. Soll ich dir helfen?«

»Würdest du das tun?«

Ela hatte angebissen.

»Ich war in Thailand für eine Altersresidenz verantwortlich«, sagte Jasmin. »Ich habe einiges über die Führung eines Betriebs gelernt.«

Ela zögerte. »Ob Amin einverstanden wäre?«

Jasmin schwieg.

»Wer wird die Fortgeschrittenen unterrichten?«, fragte Ela weiter.

»Das übernehme ich gern«, bot Jasmin an. »Ich will schließlich auch weitertrainieren.«

»Du bist eine Frau …«

»Dann müssen die Herren eben eine Weile auf ein muslimisches Training verzichten.«

Ela lachte zaghaft. »Ich meinte nicht Claudios Schüler, die werden sich hier nicht mehr blicken lassen. Sondern die Fortgeschrittenen, die Amin trainiert hat.«

»Zeig mir den Trainingsplan.«

»Würdest du das wirklich tun? Nur vorübergehend, ich bin mir sicher, dass Amin bald wieder da sein wird.«

Jasmin war sich da nicht so sicher. Trotzdem sagte sie zu. Sie wollte sich die Gelegenheit, einen Blick hinter die Kulissen zu werfen, nicht entgehen lassen.

Ela bedankte sich überschwänglich und holte den Trainingsplan. Jasmin stapelte Matten, brachte das Büro in Ordnung, wischte den Boden und putzte die Spiegel. In Gedanken ging sie die Informationen durch, die sie in den letzten Tagen gesammelt hatte. Früher hatte sie mit ihrem Chef im Fitnessraum Hypothesen aufgestellt, sie stellte sich nun vor, wie sie auf dem Laufband joggen und ihm von diesem Fall berichten würde. Sie würde ganz am Anfang beginnen und sich Schritt für Schritt voranarbeiten. Endlich löste sich der Knoten.

Er ist auch krank, seine Nase ist ganz nass.

Es waren zwei Aussagen, nicht eine! Sie gehörten nicht zusammen, weder formal noch inhaltlich. Jasmin hatte sie verlinkt, weil ihr der erste Satz nicht logisch erschien. Was hatte Alina unmittelbar davor gesagt? Jasmin kramte ihr Handy hervor, auf dem sie alle ihre Notizen gesammelt hatte.

Rex ist ein lieber Hund. Er hat den Finger nicht abgebissen.

Anschließend hatte Jasmin das Mädchen gefragt, wie Rex aussehe.

Er ist auch krank.

Es ging also gar nicht um die feuchte Nase des Hundes, sondern … um das fehlende Fingerglied? Jasmin stürzte aus dem Fight, setzte sich auf ihre Maschine und brauste davon.

Alinas Mutter kam zur Tür, ihr Haar war feucht, sie roch nach Duschgel. Alina schlafe bereits, erklärte sie, obwohl es erst acht Uhr war. »Wir waren in den Bergen, sie ist erschöpft.«

»Ich muss sie dringend sprechen.«

»Kann das nicht bis morgen warten?«

Hinter ihr erschien ein Mann mit einer Weinflasche in der Hand. Alinas Mutter stellte Jasmin vor.

»Bitte«, drängte Jasmin. »Laras Leben steht auf dem Spiel!«

»Glauben Sie tatsächlich, dass noch Hoffnung besteht?«, fragte er.

Jasmin konnte ihre Ungeduld nicht verbergen. »Ja, das glaube ich. Deshalb muss ich Alina etwas fragen. Jetzt gleich.«

Sie wurde hereingebeten. Schiefergraue Platten bedeckten den Boden, an den Wänden hingen abstrakte Bilder, nichts, was Jasmin als Kunst bezeichnet hätte. Im Wohnzimmer war der Tisch für zwei Personen gedeckt, leise Musik kam aus unsichtbaren Lautsprechern. Alinas Mutter führte sie ins Kinderzimmer, wo sie ihre Tochter sanft weckte. Verwirrt schaute Alina zu Jasmin hoch, ihre Augen waren glasig, ihre Wangen gerötet.

Jasmin kniete sich neben ihr Bett. »Ich habe gehört, dass du heute in den Bergen warst.«

Alina nickte.

»Bist du weit gelaufen?«

»Bis zum See.«

»Warst du baden?«

Alina drehte den Kopf auf dem Kissen hin und her. »Es war kalt. Kälter als das Wasser aus dem Gartenschlauch.« Die Augen fielen ihr wieder zu.

»Alina«, sagte Jasmin rasch. »Kannst du mir noch einmal sagen, wie Rex aussieht?«

»Braun«, murmelte das Mädchen.

»Und krank, nicht wahr?«, sagte Jasmin.

»Mmh.«

»Woran hast du gemerkt, dass Rex krank ist?«

»Krücke.«

»Der Hund hat eine Krücke?«, wiederholte Jasmin.

Alina drehte sich auf die Seite. Schlief sie wieder? Wusste sie überhaupt, was sie sagte? Jetzt waren auch ihre Eltern neugierig geworden. Die Mutter strich ihr über den Kopf, ihr Vater trat näher an das Bett heran.

»Wie hat er die Krücke gehalten?«, fragte Jasmin. »Mit der Hand?«

Alina lächelte. »Hunde haben keine Hände.«

Jasmin verzog das Gesicht. »Natürlich, wie dumm von mir! Wie hat er die Krücke dann gehalten?«

»Der Gürtel hat sie gehalten.«

»Ach so, Rex trug Kleider!«

Jetzt war Alina wach. Sie kicherte. »Nein, nur einen Gürtel.«

Ihre Mutter stand auf, holte einen Stoffhund aus einer Kiste und einen Gürtel aus dem Schrank. Sie wickelte den Gürtel um Bauch und Rücken des Stofftiers.

»So?«, fragte sie.

Alina fummelte an dem Gürtel herum, bis er vom Rücken des Hundes zu seinem Vorderbein führte. Auf einmal begriff Jasmin, was das Mädchen mit Krücke meinte.

»War das vielleicht eine Prothese?«, fragte sie aufgeregt.

Alina verstand nicht.

Ihr Vater setzte sich auf die Bettkante. »Hatte der Hund ein Bein wie Kater Karlo?«

Das Mädchen nickte.

Er sah Jasmin an. »Das ist der Erzfeind von Micky Maus. Er trägt ein Holzbein, in späteren Geschichten eine Prothese.«

Jasmin bedankte sich und verließ das Haus so rasch, dass sie die Abschiedsworte von Alinas Eltern kaum wahrnahm. Im Gehen wählte sie Pals Nummer, der aber nicht abnahm. Es gab nicht viele Hunde mit Prothesen in der Schweiz, über den entsprechenden Hersteller könnte die Polizei mit Sicherheit die meisten Halter ausfindig machen.

Jasmin fuhr direkt zur Kripo, wo sie erneut versuchte, Pal zu erreichen. Ohne Erfolg. Sie würde Pilecki informieren müssen, ohne vorher mit Pal darüber geredet zu haben. Wo steckte er nur? In Pileckis Büro brannte kein Licht. Seine Wohnung lag wenige Minuten vom Kripogebäude entfernt, direkt gegenüber der Bäckeranlage. Dutzende von Menschen tummelten sich auf der Wiese, sie spielten Frisbee, picknickten, schwatzten. Es war Jahre her, seit Jasmin das letzte Mal bei Pilecki zu Hause war. Sie klingelte und wartete ungeduldig, bis die Tür aufging. Pileckis Stieftochter stand vor ihr, sie war seit ihrer letzten Begegnung mindestens einen Kopf größer geworden. Mit ihren slawischen Gesichtszügen, ihrer milchfarbenen Haut und den klaren, grauen Augen glich sie ihrer Mutter aufs Haar.

»Hallo, Katja. Ich bin Jasmin. Du kennst mich wahrscheinlich nicht mehr – «

»Du hast früher mit Juri zusammengearbeitet.«

Jasmin nickte überrascht. »Genau.«

Pileckis Frau Irina tauchte hinter Katja auf. »Jasmin? Juri

hat erzählt, dass er dich getroffen hat.« Ihr Deutsch war perfekt, der ukrainische Akzent verschwunden.

»Ist er hier?«, kam Jasmin direkt zur Sache.

»Er schläft.«

»Würdest du ihn wecken?«, bat Jasmin zum zweiten Mal an diesem Abend. »Ich muss ihn dringend sprechen.«

»Er hat seit zwölf Tagen nicht mehr richtig durchgeschlafen.«

»Es ist wirklich wichtig!«

Irina stemmte die Hände in die Seiten.

Hinter ihr war ein Schatten zu sehen. »Schon gut, Irka, ich bin wach.«

Irina presste die Lippen zusammen und wandte sich ab.

Pilecki rieb sich die Augen, kramte eine Zigarette hervor und lehnte sich gegen die Hauswand. »Was gibts?«

Jasmin erzählte ihm von der Hundeprothese.

Pilecki drückte die Zigarette aus. Seine Müdigkeit war wie weggeblasen. »Ich ziehe mich kurz um und fahre ins Büro.«

Jasmin hielt ihn zurück. »Was haben die Befragungen ergeben?«

Pilecki zögerte, seine Ungeduld war deutlich zu spüren.

»Das schuldest du mir, Juri!«

Seufzend holte er eine weitere Zigarette hervor, zündete sie an und fasste zusammen, was die Mitglieder des Fight ausgesagt hatten. Das meiste wusste Jasmin bereits, nur einen Namen hatte sie noch nie gehört: Omar Saleh. Der Mann hatte früher im Fight trainiert, heute rekrutierte er Muslime, die sich im Kampf gegen Ungläubige engagieren wollten.

»Er arbeitet mit einem Wanderprediger zusammen, der – «

»Abu Hussein al-Tunisi?«

»Ja. Er nennt sich auch Ali, die Kollegen in Deutschland haben ihn schon länger im Visier. Der Nachrichtendienst geht davon aus, dass er seine Finger im Spiel hat.«

»Gibt es eine Verbindung zu Blum?«

»Nein. Aber zu Faisal.«

»Wie hoch schätzt ihr die Wahrscheinlichkeit eines Anschlags ein?«

»Sehr hoch.«

»Ziel?«

Pilecki schüttelte grimmig den Kopf. »Im Juni ist so viel los. Zürich Festival, Zürich Pride, das Formel-E-Rennen, im Hallenstadion treten Shakira, Bryan Adams und Lenny Kravitz auf. Vielleicht haben die Attentäter auch keine Veranstaltung im Visier, sondern öffentlichen Raum. Die Menschen tummeln sich am See, Tausende fahren mit dem Zug zur Arbeit …« Er breitete die Arme aus. »Jede verfügbare Kraft steht im Einsatz. Die Sonderkommission ist aufgestockt worden, der Bund ist involviert, alles andere bleibt im Moment liegen. So etwas habe ich in meinen sechsundzwanzig Dienstjahren noch nicht erlebt.«

»Was hat Lara Blum damit zu tun?«

»Das bereitet allen Kopfzerbrechen. Wir haben keine Ahnung. Du? Oder Pal?«

»Nein.«

Pilecki ließ die Zigarette fallen, drückte sie mit dem Schuh aus und warf die beiden Kippen in einen Aschenbecher, der auf dem Fensterbrett stand. Er kehrte in die Wohnung zurück.

»Ich möchte wissen, wem der Hund gehört«, rief Jasmin ihm nach.

Pilecki streckte den Daumen in die Höhe, ohne sich noch einmal nach ihr umzudrehen. Als die Tür hinter ihm ins Schloss fiel, spürte Jasmin, dass auch sie müde war. War es wirklich erst acht Tage her, seit sie aus Thailand zurückgekehrt war? Es fühlte sich an wie acht Wochen.

39

Fünf Anrufe in Abwesenheit. Vier Mal hatte Jasmin versucht, ihn zu erreichen. Die zweite Nummer kannte Pal nicht. Er setzte sich auf die Mauer vor der Bibliothek und dachte an ein anderes Telefongespräch, gefühlte Lichtjahre her. Er hatte die untergehende Sonne betrachtet, während Jasmin in Thailand in den Sternenhimmel blickte. Wie er sich nach ihr gesehnt hatte! Jetzt war sie hier, aber zwischen ihnen lag eine weit größere Distanz als die neuntausend Kilometer von damals.

Er stand auf und wählte die unbekannte Nummer.

Die Stimme am anderen Ende klang schüchtern. »Ich bin die Frau von Bekim Krasniqi.«

»Frau Krasniqi! Was kann ich für Sie tun?«

»Mein Mann hat mir diese Nummer gegeben. Ich war heute bei ihm. Ich hoffe, es ist in Ordnung, dass ich anrufe?«

»Natürlich. Braucht er etwas?«

»Nein, er … ich soll Ihnen nur etwas ausrichten. Er sagte, Sie wüssten schon, was gemeint ist.«

Ein ungutes Gefühl beschlich Pal. »Ja?«

Die Frau räusperte sich, die Sache schien ihr unangenehm zu sein. »Der Metzger gibt Ihnen eine letzte Chance. Er will Jasmin morgen sehen, sonst … zeigt er Sie an.« Dann fügte sie noch rasch ein »Entschuldigung« hinzu.

Pal bedankte sich und legte auf. Die Ohnmacht, die er seit Tagen verspürte, wich Ärger. Der Metzger besaß genauso viel

Macht über ihn wie damals über Jasmin. Ebenso gut hätte Pal Fesseln tragen können. Im Gegensatz zu Jasmin aber ließ er sich bereitwillig darauf ein. Er musste dieser Situation ein Ende bereiten, sonst hätte der Metzger ihn auf unabsehbare Zeit in der Hand. Er steckte sein Handy weg und startete seine Ducati. Langsam fuhr er die steile Straße ins Nieder-dorf hinunter. Fußgänger liefen durch die Gassen, Touristen fotografierten historische Gebäude. Pal sah dem Treiben zu, er sehnte sich nach seinem Alltag.

Die Hauptwache der Stadtpolizei lag am Ufer der Lim-mat. Wegen der Deckenmalereien von Augusto Giacometti galt ihre Eingangshalle als die schönste der Schweiz. Für Kunst hatte Pal jetzt aber kein Auge. Er meldete sich an der Pforte und nahm auf einem Besucherstuhl Platz. Eine halbe Stunde später wurde er in ein Büro gebeten.

»Sie möchten Anzeige wegen Körperverletzung erstat-ten?«, vergewisserte sich eine Polizistin.

»Ja.«

»Gegen wen?«

»Mich.«

Die Polizistin runzelte verdutzt die Stirn. Pal schilderte, was geschehen war, allmählich begriff die Polizistin, dass der Vorfall tatsächlich stattgefunden hatte. Sie wies Pal auf seine Rechte hin, aber er beharrte auf der Anzeige.

Die Polizistin setzte sich schulterzuckend an ihren Com-puter. »Sie wissen schon, dass der Geschädigte einen Straf-antrag stellen muss? Wenn er die Sache nicht aufgreifen will, werden wir nichts unternehmen.«

Das wusste Pal. Er wollte ihn zu einer Reaktion zwingen. Entweder der Metzger unterschrieb den Strafantrag, oder er verzichtete ausdrücklich darauf. Da ein Verzicht unwiderruf-lich war, musste er entscheiden, welchen Weg er einschlagen wollte.

Später stand Pal vor der Wache und starrte auf die Lichter, die sich im Wasser der Limmat spiegelten. Morgen würde er Bekim Krasniqi darum bitten, ihm keine weiteren Nachrichten mehr zu übermitteln, sich Montag früh mit dem Amt für Justizvollzug in Verbindung setzen und von den Versuchen des Metzgers berichten, mit Jasmin Kontakt aufzunehmen. Das hätte er gleich tun sollen. Die Hoffnung, der Metzger könnte ihm tatsächlich helfen, Lara Blum zu finden, hatte ihn blind gemacht.

Plötzlich sehnte er sich nach Jasmin. Das schmutzige Gefühl, das ihm seit seiner ersten Begegnung mit dem Metzger anhaftete, war weg. Die Anzeige hatte ihn gereinigt, Distanz zum Metzger geschaffen. Er fuhr auf direktem Weg nach Hause. Er hatte es eilig, er wollte keine weitere Minute versäumen.

Jasmin schlief schon. Sie schlug die Augen auf, als er neben ihr Bett trat. »Das ist der Durchbruch«, murmelte sie.

Pal hatte keine Ahnung, wovon sie sprach.

»Hast du meine Nachricht nicht gehört?« Sie stützte sich auf den Ellenbogen. »Der Hund trägt eine Prothese!« Sie erzählte von ihrem Besuch bei Alina.

Eine weitere Last fiel von Pal ab. Er brauchte die Hilfe des Metzgers nicht. Die Polizei würde Faisal finden, mit oder ohne seine Unterstützung. Pal beugte sich über Jasmin und küsste sie. Sie legte ihm die Arme um den Nacken, zog ihn näher zu sich heran.

»Ich gehe mir schnell die Zähne putzen«, flüsterte er.

»Lass das Zähneputzen.«

Bevor er etwas erwidern konnte, drückte sie ihm die Lippen auf den Mund. Er tauchte ein in einen Strudel aus Erleichterung und Erregung, der sich immer schneller drehte, bis es nichts mehr gab als diesen Moment. Die Schleusen öffneten sich, er hörte seinen keuchenden Atem, spürte, wie sich Jasmin gegen ihn presste, immer wieder. Als er in der Nacht aufwachte, schlummerte Jasmin in seinen Armen.

Am Morgen weckte ihn der Duft von Kaffee. Im Wohnzimmer kniete Jasmin vor zwei Reihen mit ausgebreiteten Karteikarten.

»Spielst du Memory?«, scherzte er.

Sie lächelte. »Sozusagen.«

Er holte sich eine Tasse Kaffee.

Jasmin umarmte ihn. »Willkommen zurück!«, sagte sie. »Was ist gestern geschehen?«

Mit einer Ausrede würde sie sich nicht abspeisen lassen, das wusste er. »Ich … ich kann nicht darüber reden.«

Sie entzog sich der Umarmung. »Okay. Aber wenn du darüber reden kannst, will ich die Erste sein, die es erfährt.«

»Versprochen.«

»Wie war der Nachmittag mit Rinor?«

Er erzählte ihr von seinem Gespräch mit ihm.

»Was wirst du tun?«, fragte sie wenig überrascht.

»Versuchen, ihm eine Alternative aufzuzeigen. Dass er Halt im Glauben sucht, ist ja nicht grundsätzlich falsch, im Gegenteil.« Er sah Jasmins skeptischen Blick. »Ein Jugendlicher orientiert sich an seinem Umfeld. Deshalb finde ich es gar nicht so schlecht, wenn er moralische Wegweiser sucht. Aber es müssen die richtigen sein. Ich möchte mit Rinor eine Moschee besuchen, in der ein liberaler Islam gepredigt wird. Vielleicht gibt es auch eine Jugendgruppe, in der er Gleichgesinnte treffen kann.« Er erzählte von der Gebetsgruppe, die Rinor erwähnt hatte.

»Klingt nach Hinterhofmoschee«, stellte Jasmin fest.

»Es gefällt mir auch nicht.« Pal beschrieb, wie Rinor ihn auszuhorchen versucht hatte. »Ich weiß nicht, ob wirklich Absicht dahintersteckt. Vielleicht interessiert ihn meine

Arbeit tatsächlich. Oder er hat bei seinen neuen Freunden etwas gehört, das seine Neugier geweckt hat.«

»Über Lara Blums Entführung?«

»Oder über Mustafa Saifullah. Die Schweiz ist klein, es ist nicht unwahrscheinlich, dass Rinors neue Freunde Saifullah kennen. Ich habe ihn gebeten, mich mitzunehmen, wenn er das nächste Mal zu seiner Gebetsgruppe geht.«

»Pass auf!«, warnte Jasmin. »Mit diesen Leuten ist nicht zu spaßen. Und wenn sie tatsächlich einen Anschlag planen, sind sie brandgefährlich.«

»Alles, was wir über Faisal wissen, deutet darauf hin, dass er allein arbeitet.« Er deckte den Frühstückstisch.

Beim Frühstück brachten sie sich gegenseitig auf den neusten Stand.

»Du glaubst also, die Geschichte in Syrien hat nichts mit Lara Blums Entführung zu tun?«, fragte Pal.

»Sieht ganz danach aus. Ich warte noch auf die Rückmeldung des Sicherheitschefs. Er ist jetzt in ...« Sie verstummte, als ihr bewusst wurde, was sie hier gerade ausplauderte.

Pal holte Luft, fragte dann aber nicht nach. Besser, er wusste nicht alles. »Du bist tagelang einer falschen Spur gefolgt, dafür wirkst du erstaunlich gelassen.«

Sie zuckte mit den Schultern. »Ich verstehe einfach nicht, warum Lara Blum entführt wurde. Wozu braucht Faisal sie?«

Pal deckte den Frühstückstisch ab und stellte das Geschirr in die Spülmaschine. Jasmin kniete schon wieder vor ihren Karteikarten.

Er zeigte auf ein Kärtchen, auf dem »Deniz« stand. »Rinors neuer Freund heißt Deniz.«

Jasmin griff sich an den Kopf. »Ich wusste, dass ich den Namen schon einmal gehört habe! Sokol hat ihn erwähnt!«

»Es ist kein außergewöhnlicher Name«, gab Pal zu bedenken.

»Amin will Ela mit einem Deniz verkuppeln. Diese Kreise sind klein, es wäre ein großer Zufall, wenn es im Umfeld des Fight mehrere Männer gäbe, die Deniz heißen.« Sie sprang auf. »Wir müssen mit Rinor reden!«

Pal legte ihr die Hand auf den Arm. »Überlass das mir. Er ist im Moment sehr empfindlich. Wenn er merkt, dass wir ihn aushorchen, wird er sich verschließen.« Sein Handy klingelte. »Mira«, sagte er zu Jasmin und ging mit dem Handy in die Küche.

»Mira!«, begrüßte er sie. »Guten Morgen.«

»Ich fürchte nicht«, antwortete sie. »Ich dachte, du würdest es sofort wissen wollen. Theresa Hanisch hat dich bei der Aufsichtskommission wegen Verletzung des Berufsgeheimnisses angezeigt. Wenn du deinen Klienten noch einmal sprechen willst, musst du dich beeilen. Spätestens morgen bist du den Fall los.«

40

Ali war nicht zufrieden mit Rinors Ausbeute, das merkte Rinor ganz genau. Hätte er andere Fragen stellen müssen? Was genau wollte Ali über seinen Onkel wissen? Rinor schielte zu ihm hinüber, aber Ali starrte geradeaus, als sei er gar nicht da. Die Schiebetür ging auf, Flugpassagiere traten in die Ankunftshalle, braun gebrannt, in Freizeitkleidung. Einer schob eine riesige Golftasche vor sich her, ein anderer trug einen zentnerschweren Rucksack. Rollkoffer ratterten, Angehörige fielen sich um den Hals, küssten sich.

Wieder ging die Tür auf, jetzt kamen zwei Männer in moderner Kleidung und Hatta heraus, gefolgt von verschleierten Frauen mit Kleinkindern. Das musste der Flug aus Jordanien sein! Der Imam war in Amman umgestiegen, von Riad gab es keine Direktflüge. Rinor hielt nach einem Mann in einer Galabiya Ausschau. Auf den Fotos im Internet war der Imam immer traditionell gekleidet, doch der Mann, der schließlich vor Ali stehen blieb, trug einen Anzug, und sein Kopf war unbedeckt.

»Assalamu aleikum, Shaikh Ahmed!«, sagte Ali.

»Wa aleikum assalam.« Der Imam griff nach Alis Hand.

»Wie geht es Ihnen?«, fragte Ali.

»Alḥamdulillah.«

Ali fragte nach seiner Reise, seiner Gesundheit, ob er am Zoll oder bei der Einreise Schwierigkeiten gehabt habe, wie es seiner Familie gehe. Endlich war die Begrüßungsrunde vorbei, und Rinor wurde vorgestellt. Der Händedruck des Imam war sanft, sein Blick stechend. Er gehörte zu den Referenten und war als Erster in die Schweiz eingereist. Diese Woche würde er in verschiedenen Moscheen auftreten, sein Vortrag auf der Friedenskonferenz am Wochenende würde den Höhepunkt bilden.

Die Männer setzten sich in Bewegung, das Gepäck ließen sie stehen. Verwirrt folgte Rinor ihnen, da schaute Ali verärgert zurück und gab ihm ein Handzeichen. Plötzlich begriff Rinor. Beschämt packte er die Koffer und eilte den beiden hinterher. Sie sprachen arabisch, er verstand kein Wort. Ali bezahlte am Automaten die Parkgebühr, und sie stiegen in den Aufzug. Auf der Fahrt nach St. Gallen, wo der Imam bei einem befreundeten Islamwissenschaftler wohnen würde, diskutierten die beiden angeregt. Rinor fühlte sich überflüssig, und einen Moment lang fragte er sich, was er hier zu suchen hatte. Sofort schämte er sich dafür. Wie viele Muslime wären jetzt gern an seiner Stelle!

In St. Gallen wurde Shaikh Ahmed überschwänglich begrüßt. Auch Omar war anwesend. Wieder wurden die obligatorischen Begrüßungsfragen gestellt, schließlich begleitete der Gastgeber den Imam auf sein Zimmer. Rinor setzte sich zusammen mit weiteren Gästen an einen niedrigen Tisch im Wohnzimmer, wo ihnen Getränke angeboten wurden. Verstohlen blickte er sich um. Ein gemusterter Teppich bedeckte den Boden, die dunklen Möbel waren mit Schnitzereien verziert. Bilder gab es keine, dafür hingen Koransprüche an den Wänden. Ein Jugendlicher in Rinors Alter nahm neben ihm auf einem Kissen Platz. Er stellte sich mit Yussef vor und wollte alles über Rinor wissen.

»Was für eine Ehre, Shaikh Ahmed zu betreuen! Du musst ein sehr guter Muslim sein.«

Seine Bewunderung schmeichelte Rinor. Während die

Erwachsenen über die bevorstehende Konferenz sprachen, tauschten sich Rinor und Yussef über den Glauben und über ihre Familien aus. Als Yussef hörte, dass Rinors Eltern nicht praktizierten, sah er ihn bewundernd an.

»Du hast den Weg selbst gefunden?«

»Allah hat ihn mir gezeigt«, antwortete Rinor stolz.

»Ein Schulkollege von mir praktiziert zu Hause auch nicht. Als er sich beschneiden lassen wollte, hat sein Vater es ihm verboten. Er musste es heimlich tun, mein Onkel hat ihm geholfen.«

Rinor stellte abrupt das Teeglas ab, das er in der Hand hielt. Beschneiden? Bis jetzt hatte niemand von ihm verlangt, dass er sich dieser Prozedur unterzog. Bei dem Gedanken daran wurde ihm ein bisschen übel. Glücklicherweise bemerkte Yussef das nicht. Er erzählte Rinor von seinem Traum, Imam zu werden, und sie sprachen wieder über den Glauben. Eine Stunde später kam Shaikh Ahmed aus seinem Zimmer, jetzt trug er einen Umhang. Er setzte sich neben den Gastgeber, dessen Frau mit einer Kanne frischem Tee und einem Tablett voller Köstlichkeiten ins Wohnzimmer kam. Sie vermied es, die Anwesenden anzuschauen. Rinor lief das Wasser im Mund zusammen, als er die Lammfleischbällchen, die Hähnchenspieße, die Rouladen und Salate sah. Das Gespräch drehte sich jetzt um die bevorstehenden Auftritte des Imam. Immer mehr Leute gesellten sich zu ihnen, Rinor und Yussef wurden an den Rand der Gesellschaft gedrängt. Vier Handys verkündeten gleichzeitig, dass es Zeit für das Nachmittagsgebet war. Shaikh Ahmed hielt eine Predigt, gemeinsam beteten sie Asr. Rinor kniete zwischen Yussef und einem der Gäste, er war glücklich.

Nach der letzten Rakah verabschiedeten sich einige Besucher, neue kamen hinzu. Von dem vielen Tee machte sich Rinors Blase bemerkbar, er bahnte sich einen Weg zwischen den Gästen hindurch zum Flur. Die Toilette war besetzt, unruhig ging Rinor auf und ab. Eine Tür stand leicht offen, die Stimmen von Ali und Omar drangen aus dem Zimmer. Rinor ging etwas näher heran. Er hörte, wie Ali etwas über Faisal sagte, dann fiel das Wort Semtex.

»Da bist du ja!«, rief Yussef hinter ihm. »Komm, ich zeig dir die Bilder, die mein Vater in Mekka gemacht hat.«

Die Stimmen verstummten, die Tür wurde aufgezogen, und Omar stand vor ihnen. Er gab Rinor wortlos zu verstehen, dass er eintreten solle, und schloss die Tür, ohne Yussef zu beachten.

»Für wen arbeitest du?«, zischte er.

Rinors Knie wurden weich. »N-Niemanden.«

»Warum belauschst du uns?«

»Ich wollte nur aufs Klo.« Seine Stimme brach, das letzte Wort klang eine Oktave höher.

Auch Alis Blick war misstrauisch.

»Die Toilette ist besetzt«, stotterte Rinor. »Ich habe gewartet.«

»Weiß dein Onkel, dass du hier bist?«, fragte Ali.

Rinor schüttelte den Kopf.

»Was hast du gehört?«, wollte Omar wissen.

Rinor dachte daran, wie Deniz von Omars Schlägern zum Reden gezwungen worden war. Lügen war zwecklos. »Wer ist Faisal?«

Omar und Ali tauschten Blicke. Lange sagte keiner etwas, dann legte Ali Rinor die Hand auf die Schulter und drückte ihn sanft nach unten. Rinor setzte sich auf den Boden, Ali nahm im Schneidersitz vor ihm Platz.

»Faisal stieß vor einigen Jahren zu uns. Wir haben ihn in unsere Gemeinschaft aufgenommen, so wie wir dich aufgenommen haben. Wir haben ihm vertraut, doch er hat unser Vertrauen missbraucht. Er hat sich gegen uns gewandt, schlimmer noch, er hat unsere eigenen Brüder gegen uns aufgehetzt. Zuerst Bruder Mustafa, jetzt Bruder Deniz.«

»Wir wussten lange nicht, warum«, sagte Omar, der sich mit verschränkten Armen gegen einen Schreibtisch lehnte. »Kürzlich haben wir erfahren, dass er Semtex gekauft hat.«

»Was ist das?«

»Sprengstoff«, erklärte Ali.

Rinor schaute ihn mit offenem Mund an.

»Wir wissen nicht, was er vorhat. Entweder plant er einen Anschlag, was nicht nur für die Opfer, sondern auch für uns verheerend wäre. Der Islam ist eine Religion des Friedens. Das ist die Botschaft, die wir verbreiten möchten. Ungesetzliches Töten von unschuldigem Blut ist gleich dem Töten der gesamten menschlichen Rasse, so steht es im Heiligen Koran. Wer dagegen handelt, handelt gegen die Lehren des Islam. Das wird aber niemanden interessieren, wenn Faisal einen Anschlag verübt. Man wird uns alle verurteilen.«

Das kannte Rinor. Manche Mitschüler schimpften ihn einen Terroristen, nur weil er betete.

»Es gibt noch eine andere Möglichkeit«, fuhr Omar fort. »Faisal könnte ein verdeckter Ermittler sein, der den Sprengstoff zum Schein kauft, um den Hintermännern gewalttätiger Terroristen auf die Spur zu kommen.«

»Dieser Verräter hat Bruder Mustafa verführt«, sagte Ali. »Dein Onkel ist der Einzige, der ihn im Gefängnis besuchen darf. Deshalb haben wir dich gebeten, die Ohren offen zu halten. Wir müssen wissen, was Faisal plant.«

Jetzt erst wurde Rinor die Tragweite seines Auftrags bewusst. Darum war Ali enttäuscht gewesen! Er richtete sich auf, stolz, dass man ihm so viel Verantwortung übertrug.

»Ich werde es herausfinden!«, versprach er.

Er hatte keine Ahnung, wie er das bewerkstelligen sollte, er vertraute aber darauf, dass Allah ihm den Weg zeigen würde.

41

Die Polizei hatte gründliche Arbeit geleistet. Sogar der Kalender mit den handschriftlichen Terminen war weg. Ela sah verzweifelt aus, sie war den Tränen nah. Immer wieder betonte sie, dass im Fight nichts Ungesetzliches geschah.

Jasmin legte ihr die Hand auf den Arm. »Gibt es eine Sicherheitskopie der Daten?«

»Ich habe nie eine gesehen.«

»In einem Safe vielleicht?«, fragte Jasmin.

Ela schüttelte den Kopf. »Wir haben keinen Safe. Die heiklen Unterlagen sind bei mir zu Hause eingeschlossen.«

»Bei dir? Nicht bei Amin?«

»Nach Claudios Verhaftung hat er sie mir gegeben. Er meinte, bei mir seien sie besser aufgehoben.«

»Sind es Finanzunterlagen?«

Ela erklärte, dass sie die Dokumente nie angeschaut habe. Jasmin fragte sich, ob sie vielleicht mehr wusste, als sie zugab. Oder hatte es sie schlicht nicht interessiert? Jasmin staunte immer wieder darüber, wie selektiv manche Menschen ihre Welt wahrnahmen. Sie sahen bloß, was sie sehen wollten, alles andere kümmerte sie nicht. Jasmin schlug vor, zu Elas Wohnung zu fahren. Mit Sicherheit handelte es sich bei den Unterlagen um mehr als Rechnungskopien oder Mitgliederverträge.

Sie ließ ihre Monster beim Kampfsportzentrum stehen und ging mit Ela zur Bushaltestelle. Die Straßen waren an

diesem Sonntagvormittag fast leer, nur vor der Autowaschanlage sah man einen Mann, der mit seinem Sohn einen
BMW polierte. Jasmin war bereits im Tierheim gewesen,
einen Hund mit Prothese hatte man dort nie gesehen. Von
Pilecki hatte sie noch nichts gehört, dafür hatte sich Blums
Sicherheitschef endlich gemeldet. Berlin war eine Sackgasse
gewesen. Für ihn stand fest, dass die Entführungen in Syrien
nichts mit Lara Blum zu tun hatten. Er klang am Telefon
verärgert. In seinen Augen hatte Blums Geständnis nichts
gebracht.

Ela wohnte mit ihren Eltern in einer großzügigen Dreizimmerwohnung. Dass sie einen Gast mitgebracht hatte,
versetzte ihre Mutter in Aufregung. Ein Schwall von türkischen Sätzen brach über Jasmin herein. Ela erklärte, dass ihr
Vater zur Polizei gefahren war in der Hoffnung, dort mehr
über die Vorwürfe gegen Amin zu erfahren. Man würde ihm
nichts sagen, dachte Jasmin, dieses Wissen behielt sie aber
für sich.

Sie drückte Elas Arm. »Deine Mutter braucht dich. Trink
mit ihr in Ruhe eine Tasse Kaffee. Ich schaue mir unterdes-
sen die Unterlagen an.«

Nach kurzem Zögern brachte Ela sie in ein Zimmer,
holte eine Mappe aus einem Schrank und ging in die Küche
zurück.

Die Unterlagen gaben keinen Aufschluss über die Geschäfte des Fight. Dafür viel über die bärtigen Männer im
hinteren Raum. Jasmin erfuhr, dass zwei der Kämpfer in Syrien ums Leben gekommen waren und nach einem dritten
international gefahndet wurde. Unter den Namen befand
sich auch Mustafa Saifullah. Auf dem letzten Blatt in der
Mappe stieß sie auf Kontaktangaben. Weder Faisal noch Abu
Hussein al-Tunisi standen auf der Liste, dafür aber Saifullah.
Seine Adresse war durchgestrichen, darüber hatte jemand

von Hand eine neue geschrieben. Jasmin fotografierte die Unterlagen und legte sie zurück.

»Nichts«, sagte sie bedauernd, als Ela wieder ins Zimmer trat. »Ich muss los, in einer Stunde beginnt meine erste Lektion.«

Zu zweit fuhren sie ins Fight zurück. Jasmin dachte an die von Hand ergänzte Adresse. Hatte sie soeben das fehlende Puzzleteil gefunden? Trotz intensiver Recherchen war es der Polizei nicht gelungen herauszufinden, wo sich Saifullah in den sieben Wochen vor seiner Verhaftung aufgehalten hatte.

Als sie sah, wie sich die Fortgeschrittenen mit skeptischem Blick um sie versammelten, vergaß Jasmin Saifullah für kurze Zeit. Dennoch war sie froh, als die Lektion zu Ende war. Bevor sie sich auf den Weg machte, erstellte sie mit Ela einen Plan für die nächsten Tage. Sie empfahl ihr, sich so bald wie möglich einen Laptop zu besorgen.

»Ruf mich an, wenn du einen hast. Ich bin sicher, Amin hat ein Back-up des Systems erstellt, das wir laden können.« Jasmin umarmte sie kurz und eilte hinaus.

Die Fahrt vom Fight zu der auf dem Kontaktbogen notierten Adresse dauerte nur eine Viertelstunde. Die Genossenschaftssiedlung lag unmittelbar neben der stark befahrenen Hohlstraße, dank der Lärmschutzwand war es aber angenehm ruhig. Jasmin fuhr in ein kleines Sträßchen, das Zubringern vorbehalten war. Auf den Grasflächen neben den Eingängen blühte Löwenzahn, die Wege waren mit Kreidezeichnungen bemalt.

Die Tür ging auf, und eine ältere Frau kam heraus. Jasmin erkundigte sich nach Daniel Schneider, erntete aber nur einen fragenden Blick.

»Er ist vielleicht bei jemandem zu Besuch.«

»Dann muss es im Erdgeschoss sein«, antwortete die Frau mit einem missbilligenden Kopfschütteln. »Dort geht allerlei Gesindel ein und aus. Dass die Hausverwaltung immer noch nichts unternommen hat! Anständige Familien müssen sich Jahre gedulden, bis sie eine Wohnung bekommen, aber –«

Jasmin bedankte sich und trat ins Treppenhaus. Vor der rechten Tür standen Kinderschuhe, links lehnte ein Rollbrett an der Wand. Ein leichter Cannabisgeruch hing in der Luft. Jasmin klingelte an der linken Tür. Lange regte sich nichts, dann hörte sie Schritte, und die Tür wurde einen Spalt geöffnet. Dahinter tauchte ein verschlafenes Gesicht auf, der Cannabisgeruch war jetzt stärker.

»Hey«, sagte Jasmin. »Ich bin gekommen, um ein paar Sachen von Dani zu holen.«

»Wer?«

»Dani Schneider.«

Die Tür wurde aufgezogen, ein Mann Mitte zwanzig wandte sich desinteressiert ab. Rastalocken fielen ihm über den Rücken, er trug eine Trainingshose und ein schlabbriges T-Shirt, auf dem »Peace« stand. Ohne sich noch einmal nach ihr umzudrehen, verschwand er in einem Zimmer. Jasmin stieg über mehrere Paar Schuhe, Rucksäcke und Tüten voller leerer Flaschen. Im Wohnzimmer lag ein Mann auf einer Couch und schlief, auf dem Boden stand ein voller Aschenbecher. Es gab noch ein weiteres Zimmer. Die Läden dort waren geschlossen, Jasmin tastete nach einem Lichtschalter. In einem Bett nahm sie eine Frau wahr, die sich auf die andere Seite drehte und den Kopf unter einem Kissen verbarg. Das Bild mit dem grünen Vogel, das Ines Ramirez erwähnt hatte, hing an der Wand.

»Weiß Dani, dass du in seinem Bett schläfst?«

Die Frau blinzelte verwirrt. »Ich wohne nicht hier.«

»Dann ist es jetzt Zeit zu gehen.« Jasmin wartete, bis sie ihre Sachen zusammengesucht hatte. Sie schloss die Tür, zog sich Handschuhe über und durchsuchte den Raum systematisch.

Viel hatte Saifullah nicht mitgebracht. In einer Kommode mit abgebrochenen Griffen lagen ein paar wenige Kleidungsstücke, im Schrank stand eine Reisetasche mit Hygieneartikeln, Socken und Unterwäsche. Eine Tube Zahnpasta lag unter einer angebrochenen Tüte Chips, ein Gebetsteppich lehnte an der Wand. Auf dem Schreibtisch herrschte ein Durcheinander aus Notizen, islamistischem Propagandamaterial und Prospekten. Ein Blatt, auf dem Wochentage und Uhrzeiten notiert waren, fiel Jasmin auf. *Samstag 11 bis? Montag ganzer Nachmittag. Freitag?* Sie begriff, dass es sich um Lara Blums Arbeitszeiten handeln musste. Saifullah hatte tatsächlich nicht genau gewusst, wann sie sich im Tierheim aufhielt.

War es möglich, dass Faisal einen Terroranschlag plante, gleichzeitig aber unfähig war, im Vorfeld auch nur die einfachsten Dinge abzuklären? Das passte nicht zusammen. Es bestätigte Jasmins Gefühl, dass Lara Blums Entführung nicht von langer Hand vorbereitet worden war, sondern sehr spontan erfolgte. Warum? Was war passiert?

Zwischen den Papierstapeln stieß Jasmin auf einen Laptop, der mit Klebeband zusammengeflickt worden war. Sie platzte fast vor Neugier, aber sie musste Ruhe bewahren. Wenn sie aus Versehen eine Datei beschädigte? Etwas veränderte? Entweder musste sie Pals Klienten Hassan um Hilfe bitten oder die Polizei auf die Spur des Laptops bringen. Wie lange brauchte Hassan, um eine Kopie der Harddisk zu erstellen? Wenn Faisal einen Anschlag plante, zählte jede Minute. Gehörte der Laptop vielleicht ihm? Oder hatte sich Saifullah einen neuen angeschafft, als er die Entführung plante? Das passte nicht zu ihm, Jasmin vermutete, dass Faisal ihn unterstützt hatte.

Sie legte das Gerät zurück. Sie musste dafür sorgen, dass die Polizei so rasch wie möglich informiert wurde, auch wenn sie damit der Anklage Beweismaterial lieferte. Der Umweg über Fahrni dauerte zu lange, Jasmin überlegte gerade, ob sie Pal anrufen sollte, als die Tür aufging und der Typ mit den Rastas hereinkam.

Er sah ihre Handschuhe und wich zurück. »Ich habe nichts damit zu tun!«

»Womit?«, fragte Jasmin.

Er machte eine ausschweifende Geste mit dem Arm. »Das hier! Ich kenne Dani kaum. Er dreht sein eigenes Ding.«

»Ach? Und warum hast du dich dann nicht bei der Polizei gemeldet? Dir dürfte kaum entgangen sein, dass Danis Foto in allen Zeitungen war.« Sie baute sich vor ihm auf.

Er hob die Hände. »Ich will keinen Ärger!«

»Den hast du schon. Die Polizei hat Tage damit zugebracht, Dani zu identifizieren. Was glaubst du, wie man dort reagiert, wenn sich herausstellt, dass ein Anruf von dir ihnen die ganze Arbeit erspart hätte? Die entführte Studentin wäre jetzt vielleicht zu Hause.«

Der Typ wurde bleich. »Easy! Ich hab nichts von der Sache mitbekommen, am Anfang jedenfalls. Und dann war es schon zu – «

»Bullshit«, sagte Jasmin. »Deine Drogengeschäfte waren dir wichtiger!«

Jetzt fing der Typ an zu schwitzen. »Hey, ich deale nicht, verstanden? Okay, ich kiffe ab und zu, aber das ist auch schon alles.«

»Ach?« Jasmin stemmte die Hände in die Seiten. »Wenn das so ist, dann macht es dir bestimmt nichts aus, wenn ich jetzt die Polizei informiere.«

»Gib mir ein paar Minuten.«

»Lara Blum hat keine Zeit.« Jasmin nahm ihr Handy

hervor, wartete einen Moment. »Wenn du willst, kannst du anrufen«, bot sie großzügig an.

Er zögerte. Jasmin schüttelte verärgert den Kopf und begann, eine Nummer zu wählen. Sofort zog der Typ sein Handy aus der Tasche.

»Okay!«, sagte er rasch. »Ich ruf an! 117 oder 119? Wie heißt du überhaupt?«

Jasmin diktierte ihm die Nummer der Hotline. »Wenn du bei der Polizei punkten willst, solltest du mich nicht erwähnen.«

Sie sah ihm an, dass er nicht überzeugt war von dem, was er tat, er schien aber unfähig, einen klaren Gedanken zu fassen. Schicksalsergeben wählte er die Nummer. Anschließend ging er in die Küche, vermutlich ließ er mehr verschwinden als Cannabis für den Eigengebrauch. Jasmin war das egal. Sie schlich aus der Wohnung und wartete in einem benachbarten Hauseingang, bis ihre Kollegen eintrafen. Ehemalige Kollegen, korrigierte sie sich in Gedanken. Wie gern wäre sie jetzt dabei gewesen!

Langsam schlenderte sie zu ihrer Monster zurück. Ein gefaltetes Blatt Papier steckte in ihrem Helm. Sie öffnete es und erkannte Pileckis Schrift.

»Danke!«

42

Cyril ging nicht mit Delia aufs Gymnasium. Das erfuhr ich jedoch erst im Nachhinein. Ich wusste, er war älter als sie, dennoch nahm ich an, dass sie sich dort kennengelernt hatten. Der Gedanke, dass Delia ein Leben außerhalb der Schule besaß, entzog sich meiner Vorstellungskraft.

Noch heute fällt es mir schwer zu erklären, was mir an Cyril nicht gefiel. War es seine zur Schau gestellte Gleichgültigkeit? Seine fehlende Wertschätzung? Er weigerte sich, Teil der Gesellschaft zu sein, gleichzeitig stellte er Ansprüche an ebendiese. Am meisten ärgerte mich, dass Delia ihn nicht durchschaute. Oder war ihr seine Inkonsequenz schlicht egal? Benutzte sie Cyril, um uns zu provozieren? Wir waren ihr zu spießig, mich nannte sie einen Putzlappen, Peter einen Feigling. Ich war ihre Zurückweisung gewohnt, ich hatte mich schon lange damit abgefunden, ihr nicht zu genügen. Peter aber traf sie hart. Statt die Vorwürfe an sich abprallen zu lassen, bot er Delia die Stirn. Er stieg in den Ring, bereit zum Kampf, nach wenigen Runden lag er k. o. am Boden.

Das siebte Album erzählt die Geschichte dieses Kampfes. Weihnachtsfotos, auf denen Delia fehlt, weil sie sich in ihr Zimmer eingeschlossen hatte. Bilder von Ausflügen, wo sie sich verärgert abwendet. Dann wieder ein strahlendes Lächeln, sie läuft der Kamera mit einem Fußball unter dem Arm entgegen, die Haare zusammengebunden, Grasflecken auf den Knien. Es war ein ständiges Auf und Ab, Delias Launen bestimmten unser Wohlbefinden. Wir waren ihr ausgeliefert, hassten sie dafür und liebten sie gleichzeitig deswegen.

Was-wäre-wenn. Peter an jenem 1. Juli nicht so erschöpft, ich nicht so enttäuscht gewesen wäre. Wenn es geregnet hätte. Die Sonne schien zum ersten Mal seit Wochen. Wir wollten in die Berge fahren, endlich wieder ein Wochenende im Chalet verbringen. Der Frühling war nass und kalt gewesen, Peter war von seiner Arbeit stark beansprucht worden. Stellenabbau, Umstrukturierung, Zusatzbelastung. Am Freitagabend fehlte ihm die Energie für die lange Autofahrt, am Samstagmorgen schlief er aus. Um das Haus herum fielen Arbeiten an, für die er während der Woche keine Zeit fand, er verbrachte das Wochenende mit Rasenmähen, half mir mit den schweren Einkäufen, kümmerte sich um Computerprobleme und defekte Geräte. In mir schlummerte die leise Hoffnung, dass ein Ausflug in die Berge die Vergangenheit aufleben lassen würde. Die glücklichen Jahre, als Delia noch gerne wanderte und Peter mit gebräunter Haut und einem Glas Wein in der Hand neben mir im Gras saß, während die Kinder schliefen.

»Ich komme nicht mit«, sagte Delia, an die Küchenzeile gelehnt.

Dass sie im Stehen frühstückte, hatte Peter immer in Rage versetzt, jetzt aber schaute er kaum von seiner Zeitung auf.

»Natürlich kommst du mit«, antwortete ich. »Das haben wir so besprochen.«

»Ihr habt das so besprochen, nicht ich«, widersprach Delia und machte sich noch ein Brot.

Tim stellte seine Müslischale in die Spüle. Er mochte laute Worte und heftige Gefühle nicht, er verschwand immer rasch, wenn sich ein Streit anbahnte.

»Peter?« Ich schaute ihn Hilfe suchend an, doch er hob nicht einmal den Kopf.

Delia stopfte sich das Brot in den Mund, an ihrer Wange klebte Marmelade. Ihre Absage traf mich hart. Mir war klar, dass ich den gleichen Fehler beging wie Peter, trotzdem stieg ich in den Ring.

»Das hättest du uns früher sagen müssen!« Meine Stimme wurde laut. »Ich habe schon alles eingekauft. Die Brötchen sind belegt, die Rucksäcke gepackt!«

Eigentlich wollte ich sagen, dass sich meine Arme bereits nach dem Glück ausstreckten, dass ich es zwischen den Fingern spürte, es in Gedanken schon festhielt. Ich brachte die Worte nicht über die Lippen. Delia zu gestehen, was mir dieses Wochenende bedeutete, wäre so, als würde ich ihr eine geladene Waffe in die Hände drücken.

Sie zuckte die Schultern. »Ich habe etwas vor.«

Endlich sah Peter auf. »Mit diesem Cyril?«

»*Dieser* Cyril ist mein Freund, ob es euch nun passt oder nicht.«

»Ich verbiete dir, dich mit ihm zu treffen«, sagte Peter.

Delia lachte. Ich erwartete, dass er die Zeitung auf den Tisch knallen, aufstehen und ebenfalls in den Ring treten würde. Stattdessen schüttelte er nur den Kopf und verließ die Küche. Überrascht schaute Delia ihm nach. Im Flur hörte ich, wie Tim an einem der Rucksäcke herumfummelte. Als er in die Küche zurückkam, hatte er meine Kamera in den Händen und hielt sie hoch.

»Kann ich die …« Er zuckte zusammen, als er meinen zornigen Blick sah.

Aus Versehen drückte er den Auslöser.

Ich betrachte das Foto, das er gemacht hat. Delias Gesicht ist abgeschnitten, nur ihre Nase und ihre Augen sind zu sehen. Kein Lippenpiercing, kein spöttisches Lächeln. An ihrer

Wange klebt Marmelade. Die Überraschung in ihren Augen lässt sie verletzt aussehen, als hätte sie mitten in einem Theaterstück ihren Text vergessen. Wie oft habe ich diese Augen betrachtet und mich gefragt, was sie in diesem Moment sahen. Eine Frau in mittlerem Alter, farblos, durchschnittlich, die nichts Besonderes im Leben erreicht hatte und nichts konnte, außer einen Haushalt zu führen? Oder eine Mutter, die ihre Tochter trotz aller Schwierigkeiten mehr liebte als sich selbst?

Ich werde es nie wissen. Dieses Foto ist das letzte Bild von Delia. Die restlichen Seiten im Album sind leer.

43

Pal hatte getan, was er konnte. Trotzdem verließ er das Gefängnis mit dem Gefühl, versagt zu haben. Es war ihm nicht gelungen, mehr von Saifullah zu erfahren. Er hatte seinem Klienten erklärt, dass man ihm vermutlich den Fall entziehen würde, Saifullah schien das nicht zu kümmern. Pal fragte sich, ob er überhaupt begriff, was es bedeutete, wenn ein Anwalt das Berufsgeheimnis verletzte.

Eine seltsame Ruhe erfüllte ihn. Seit er gegen sich selbst Anzeige erstattet hatte, brauchte er keine Entscheidungen mehr zu treffen. Er hatte eine Maschinerie in Gang gesetzt, die sich nicht mehr aufhalten ließ. Er stellte sich keine Grundsatzfragen, sondern konzentrierte sich ganz auf den nächsten Schritt. Dieser war klar: Er musste mehr über Deniz erfahren. Kurz überlegte er, Rinor zum Essen einzuladen, doch zwei Einladungen an einem Wochenende würden ihn misstrauisch machen. Besser, er schaute einfach bei Sokol vorbei, wie er es häufig tat.

Rinor war nicht zu Hause. Sokol hatte keine Ahnung, wo er steckte. Dafür war ein Cousin, den Pal schon lange nicht mehr gesehen hatte, mit seiner Familie zu Besuch. Pal setzte sich zu ihnen, sie sprachen über das Den Haager Kriegsverbrechertribunal und das Spezialgericht, das im Kosovo die Verbrechen der UÇK untersuchte, Themen, die Pal unter normalen Umständen brennend interessierten, für die er jetzt aber keinen Nerv hatte. Er überlegte bereits, wie er sich wieder verabschieden konnte, ohne unhöflich zu wirken, als die Tür aufging und Rinor hereinkam. Nach der Begrüßungsrunde blieb er vor Pal stehen.

»Willst du den Film sehen?«, fragte er.

Es dauerte einen Moment, bis Pal begriff, dass er die Aufnahmen von der Supermotopiste meinte.

In seinem Zimmer klappte Rinor den Laptop auf. Eine Grußkarte erschien auf dem Bildschirm, sie zeigte eine Moschee im Abendlicht. Darüber stand »Barack Allahu feek«, Allahs Segen sei mit euch. Die Buchstaben waren markiert, Rinor hatte sie bearbeitet. Rasch legte er den Finger auf das Mousepad, um das Programm zu schließen.

Pal zeigte auf den Bildschirm. »Ist das eine elektronische Grußkarte?«

»Eigentlich eine Vorlage.« Rinors Stimme klang trotzig, als rechne er mit einer missbilligenden Reaktion.

»Barak schreibt man nur mit K«, erklärte Pal. »Wofür brauchst du die Vorlage?«

Rinor löschte das C mit einem argwöhnischen Seitenblick auf Pal. »Ich werde die Karten auf der Friedenskonferenz verteilen.«

Pal ließ sich seine Überraschung nicht anmerken. »Gute Idee«, sagte er nur.

Rinor zeigte ihm weitere Karten und erzählte, dass er während der Konferenz die Referenten betreuen durfte. Pal erschrak. Offenbar war Rinor weit tiefer in salafistische Kreise verstrickt, als er angenommen hatte.

»Ich habe gelesen, dass einige bekannte Persönlichkeiten auftreten werden«, sagte er.

Rinor nickte stolz. »Shaikh Ahmed ist extra aus Saudi-Arabien angereist.« Er zögerte, dann erklärte er, dass er den Imam am Flughafen abgeholt hatte.

Pal gab sich beeindruckt. »Wie war das?«

Rinor erzählte von der Fahrt nach St. Gallen.

»Kommst du auch zu der Konferenz?«, fragte Rinor.

»Wenn ich darf.«

»Klar, jeder kann kommen.«

»Kennst du viele der Teilnehmer?«

Rinor zuckte die Schultern. »Geht so.«

»Wer hat die Referenten eigentlich eingeladen?«, fragte Pal. »War es wieder dieser ... Ali heißt er, glaube ich. Er hat schon viele Konferenzen mit hochkarätiger Besetzung auf die Beine gestellt.«

Rinors Kopf schnellte ruckartig hoch. »Du kennst Ali?«

»Nicht persönlich. Es ist kompliziert.«

Rinor kniff die Augen zusammen. »Was ist kompliziert?«

Pal ließ ein paar Sekunden verstreichen. »Also gut. Aber das muss unter uns bleiben, verstanden?«

Rinor nickte.

»Ich habe dir gestern von meinem Klienten erzählt. Inzwischen weiß ich, dass er nicht allein gehandelt hat. Es gibt einen Mittäter. Und der kennt Ali.«

»Wie heißt der Mittäter?«

»Faisal«, antwortete Pal, ohne den Blick von Rinor abzuwenden. Rinors Gesichtsausdruck verriet ihm alles, was er wissen wollte. Der Junge kannte nicht nur Ali, sondern auch Faisal, zumindest hatte er den Namen schon einmal gehört. Jetzt hatte Pal Gewissheit: Rinor suchte nicht bloß Verständnis, er führte einen Auftrag aus. Niemals hätte er sonst so genau nachgefragt.

»Du kennst Faisal also auch«, sagte er gelassen.

Rinor schüttelte vehement den Kopf. »Mit dem habe ich nichts zu tun!«

»Hat Ali noch Kontakt zu ihm?«

»Ich ... keine Ahnung.« Rinors Wangen waren rot, sein Bein wippte auf und ab.

Dass sich Rinor von Faisal distanzierte, konnte nur bedeuten, dass Ali dessen Pläne nicht guthieß. Während man den Fluss überquert, wechselt man nicht das Pferd. Das hatte Ela gesagt, als Jasmin mit ihr sprach. Langsam fügten sich die Puzzleteile zu einem Bild. Pal vermutete, dass sich Faisal und Saifullah aus der Gruppe gelöst hatten. Aufgrund religiöser Meinungsverschiedenheiten? Eines Machtgerangels? Im Grunde war es egal. Wichtig war, dass Ali offenbar auf der Suche nach Faisal war, genau wie er.

Pal beugte sich vor. »Ich möchte mit Ali reden.«

Rinor sah weg.

»Ich glaube, Ali und ich wollen dasselbe«, erklärte Pal. »Er hat dich gebeten, mich nach Faisal zu fragen, nicht wahr?«

Rinor kaute auf seiner Unterlippe, er sah aus, als würde er gleich in Tränen ausbrechen.

Pal legte ihm den Arm um die Schultern. »Es ist in Ordnung. Du hast nichts falsch gemacht.«

»Du darfst nicht wissen, dass Ali mich … dass ich …«

»Ali wird nichts davon erfahren«, versicherte Pal. »Was genau möchte er erfahren? Wo Faisal steckt?«

Stockend erzählte Rinor von dem Gespräch in St. Gallen. Als er Semtex erwähnte, erstarrte Pal. Er erwog, sofort zur Polizei zu gehen, doch Rinor wusste zu wenig, seine Aussage würde nicht weiterhelfen. Außerdem war die Gefahr groß, dass er sich wie Mustafa Saifullah den Behörden gegenüber verschließen würde. Es gefiel Pal gar nicht, dass sein Neffe in diese Geschichte involviert war. Rinor den Kontakt mit Ali zu verbieten, würde ihn jedoch erst recht in die Arme der Extremisten treiben, vielleicht sogar in Gefahr bringen. Pal musste mit Ali reden, damit wäre allen gedient.

Rinor war auf seinem Stuhl zusammengesunken, sein Blick starr auf die Füße gerichtet. Pal tat es weh, ihn anzulügen, doch er hatte keine Wahl.

»Ich weiß nur sehr wenig über Faisals Pläne«, erklärte er. »Aber ich habe eine Ahnung, wo er sich aufhält.«

Rinor hob den Kopf.

»Mehr darf ich leider nicht sagen.«

Enttäuscht sah Rinor wieder nach unten.

»Ali wird diese Information zu schätzen wissen, das kannst du mir glauben. Am besten, du nimmst gleich mit ihm Kontakt auf.«

Pal drückte Rinors Schulter. Die Fragen über Deniz mussten warten, Pal durfte Rinor nicht überfordern. Er stand auf und verließ das Zimmer. Im Wohnzimmer setzte er sich wieder zu seiner Familie. Sokol warf ihm einen dankbaren Blick zu. Das Gespräch drehte sich jetzt um den Bürgermeister von Pristina und seine Politik der Transparenz. Pal hörte nur mit einem Ohr zu. Wie lange konnte er auf Alis Anruf warten? Wie viel Zeit blieb ihnen noch?

Seit Lara Blums Entführung waren dreihundertzwölf Stunden vergangen. Dreizehn Tage. Wenn die Tat aus einer spontanen Planänderung hervorging, stand der Terroranschlag unmittelbar bevor.

44

Jasmin hielt die Ungewissheit nicht mehr aus. Um zweiundzwanzig Uhr wählte sie Fahrnis Nummer. Die Mailbox sprang an. Eine halbe Stunde später rief er zurück.

»Bist du immer noch im Büro?«, fragte sie.

»Großaufgebot.«

Mehr brauchte er nicht zu sagen, Jasmin konnte sich vorstellen, was los war. Also hatte man etwas auf Saifullahs Laptop gefunden.

Fahrni bestätigte ihre Vermutung, er war zu müde, um ihr etwas vorzumachen. »Eine Mail an einen Mann aus dem Bielefelder Kreis. Saifullah hat eigens dafür einen neuen Account eingerichtet. Er hat den Mann nach der Adresse eines Händlers gefragt, den der deutsche Verfassungsschutz schon länger im Visier hat. Der Händler steht im Verdacht, Material zu liefern, das für den Bau von Bomben verwendet wird.«

»Hat Saifullah eine Antwort erhalten?«

»Nicht auf seine Mail. Wir fanden aber auch mehrere Prepaid-Handys.«

»Registrierte?«

»Nein, auf dem Schwarzmarkt gekauft.«

Beiden war klar, dass Faisal dahinterstecken musste. Der Mann wusste, was er tat.

»Was hat die Auswertung der Telefondaten ergeben?«
Dass sie sich auf die Razzia bezog, brauchte sie nicht extra hinzuzufügen.

»Viel, aber nichts, das uns in Bezug auf die aktuelle Bedrohung weiterbringt. Mit Saifullah hatte niemand Kontakt, schon seit geraumer Zeit nicht mehr.« Im Hintergrund erklangen Stimmen. »Der Gesamteinsatzleiter ist eingetroffen. Ich muss los.« Er legte auf.

Jasmin ging in der Wohnung auf und ab, schließlich hielt sie es drinnen nicht mehr aus. Sie zog die Schuhe an und lief die Treppe hinunter. Die Nacht war still, es roch nach Sommer. Eine niedrige Laterne warf einen Lichtkegel auf den Fußweg, der zwischen den Wohnblocks hindurchführte. Jasmin starrte in die Dunkelheit dahinter und fragte sich, ob sie etwas übersah. Es wollte ihr nicht einleuchten, dass Lara Blum in einen Terroranschlag involviert sein sollte. Verschwieg Frank Blum ihr etwas? Sie hatte die Wanze wieder entfernt, weil sie befürchtete, dass die Polizei nach seinem Geständnis das Büro durchsuchen würde.

Sie kehrte in die Wohnung zurück und zog ihre Motorradkleidung an. Es war fast dreiundzwanzig Uhr, sie zweifelte jedoch keinen Moment daran, dass Frank Blum noch wach war.

Die Polizisten, die das Haus der Blums bewacht hatten, waren weg. Auf Jasmins Klingeln hin rührte sich lange nichts, dann ging die Tür auf. Nicht Frank Blum stand vor ihr, sondern Eva Wagner. Es lag so viel Hoffnung in ihrem Blick, dass Jasmin instinktiv zurückwich.

»Ich suche Ihren Mann«, sagte sie entschuldigend.

Die Hoffnung verschwand aus ihrem Blick. »Er ist im Büro.«

Eva Wagners Gesicht war fahl, ihr blondes Haar unfrisiert. Graue Strähnen zeigten sich am Ansatz. Jasmin dachte an ihre Mutter, die während ihrer dreimonatigen Gefangenschaft die Hoffnung, sie lebend wiederzusehen, nie aufgegeben hatte.

»Sie sind die Privatdetektivin, die Frank engagiert hat«, sagte Eva Wagner mit dumpfer Stimme.

Jasmin widersprach ihr nicht. »Ich wollte ihm einige Fragen stellen. Vielleicht können Sie mir weiterhelfen?«

Eva Wagner schüttelte erschrocken den Kopf. »Mit ... mit seinen Geschäften habe ich nichts zu tun.«

»Darf ich trotzdem hereinkommen?«

Eva Wagner zögerte. »Ich wollte gerade ins Bett. Ich muss morgen zur Arbeit.«

»Hat Ihnen Ihr Arbeitgeber nicht freigegeben?«

»Doch, natürlich«, sagte Eva Wagner rasch. »Aber ich ... ich kann nicht ...« Ihre Augen füllten sich mit Tränen.

Jasmin nickte mitfühlend. »Nichts ist schwieriger, als untätig herumzusitzen und zu warten. Bitte, ich halte Sie nicht lange auf.«

Widerwillig ließ Eva Wagner sie herein. Sie führte Jasmin in einen offenen Wohn- und Essbereich. Mondlicht fiel durch die bodentiefen Fenster in den spartanisch eingerichteten Raum. Eva Wagner schaltete eine dezente Wandleuchte ein. Auf einer Kücheninsel stand eine Kanne Tee. Sie bot Jasmin eine Tasse an und schenkte sich selbst eine ein. Jasmin, die nie Tee trank, nickte.

»Wunderschön haben Sie es hier.«

»Ja.« Eva Wagner stellte die beiden Tassen auf einen Couchtisch und nahm auf der äußersten Kante des Ledersofas Platz.

Jasmin setzte sich neben sie. »Erzählen Sie mir von Lara.«

Damit hatte Eva Wagner offenbar nicht gerechnet. Es dauerte einen Moment, bis sie ihre Stimme fand. Sie beschrieb ihre Tochter, lobte ihre Schulleistungen. Je länger sie sprach, desto persönlicher wurden die Schilderungen. Jasmin nickte ab und zu, sie wollte den Redefluss nicht unterbrechen.

Plötzlich beugte sich Eva Wagner vor. »Lara wird es schaffen, oder? Sie sind doch auch darüber hinweggekommen? Frank hat mir erzählt, was passiert ist«, fügte sie hinzu.

»Ich ... es hat eine Weile gedauert«, antwortete Jasmin.

»Aber Sie waren auch viel länger als drei Wochen ...« Eva Wagner suchte nach einem harmlosen Wort. »Weg.«

»Jeder Mensch reagiert anders auf traumatische Ereignisse. Lara bringt gute Voraussetzungen mit, es zu verkraften.« Wenn sie nicht misshandelt wurde. Wenn sie wieder freikam. Aber davon schien Eva Wagner auszugehen, und Jasmin wollte ihr diese Zuversicht nicht nehmen.

»Hat Ihr Entführer seine Versprechen gehalten?« Eva Wagners Blick hatte einen flehenden Ausdruck angenommen.

Wusste sie etwas? Sie starrten sich an.

»Hat Laras Entführer Ihnen etwas versprochen?«, fragte Jasmin.

»Was?« Eva Wagner schüttelte den Kopf. »Sie haben mich missverstanden! Ich meinte nur, Sie wissen schon.«

Jasmin beugte sich vor. »Warum erpresst er Ihren Mann? Sie können es mir sagen. Ich werde nicht zur Polizei gehen.«

»Frank?« Sie berührte ihren Ehering. »Gar nicht, soviel ich weiß. Das muss natürlich nichts bedeuten, Frank hat viele Geheimnisse. Wenn man in Krisengebieten tätig ist, gelten andere Regeln, sagt er immer. Die Welt dort ist nicht schwarz-weiß.«

Sie klang aufrichtig, jetzt war ihr Blick offen. Jasmin lehnte sich zurück. Sie hatte sich getäuscht. Wenn Frank Blum tatsächlich erpresst wurde, hatte er seine Frau nicht eingeweiht. Jasmin unterdrückte ein Gähnen. Sie war schon lange auf den Beinen, das wirkte sich auf ihr Urteilsvermögen aus. Sie trank einen kleinen Schluck Tee und stellte die Tasse auf den Tisch zurück.

»Dann lasse ich Sie jetzt schlafen. Danke, dass Sie sich Zeit genommen haben.«

Eva Wagner begleitete sie zur Tür.

»Wo arbeiten Sie eigentlich?«, fragte Jasmin.

»Ursprünglich habe ich eine kaufmännische Lehre absolviert. Später habe ich an der KV Business School eine Weiterbildung besucht.« Sie waren an der Haustür angekommen, Eva Wagner schloss auf. »Ich werde Frank ausrichten, dass Sie hier waren.«

»Das ist nicht nötig, danke. Ich ruf ihn morgen an.«

Auf der Heimfahrt überkam sie wieder das Gefühl, dass Eva Wagner mehr wusste, als sie zugab. Der Gedanke ließ Jasmin nicht los. Er kreiste auch im Bett noch in ihrem Kopf. Die Lösung war greifbar, Jasmin bekam sie aber nicht zu fassen.

45

Pal war den ganzen Vormittag im Gericht gewesen. In der Pause hatte er beim Amt für Justizvollzug angerufen und von den Versuchen des Metzgers berichtet, mit Jasmin Kontakt aufzunehmen. Man hatte ihm versprochen, der Sache nachzugehen. Auf dem Weg zum Parkplatz öffnete er seine Mails. Während der Verhandlung hatte er die neu angekommenen Nachrichten ignoriert, es war ihm auch so schon schwergefallen, sich zu konzentrieren. Jetzt aber scrollte er ungeduldig nach unten. Ali hatte sich immer noch nicht gemeldet.

Pal konnte nicht länger warten. Zu viel stand auf dem Spiel. Er musste mit Rinor zur Polizei. Zeit hatte er genug. Die Besprechung, die für den Nachmittag anberaumt gewesen war, hatte der Klient abgesagt.

»Herr Palushi!« Ein Journalist stellte sich Pal in den Weg. »Stimmt es, dass Mustafa Saifullah mit Terroristen – «

Pal drückte sich an ihm vorbei und eilte davon.

»Stecken Sie mit ihm unter einer Decke?«, rief der Mann ihm nach.

In der Kanzlei begrüßte ihn Lisa Stocker reserviert. Pal schloss die Tür hinter sich, packte ein Sandwich aus und setzte sich damit an den Schreibtisch. Während er aß, sah er seine Post durch. Einer der Briefe trug den Absender der Aufsichtskommission. Pal spürte eine seltsame Distanz, als er ihn aufriss. Er enthielt einen Eröffnungsbeschluss. Man hatte ein Disziplinarverfahren gegen ihn eingeleitet.

Pal lehnte sich zurück. Das Warten hatte ihm mehr zugesetzt, als er geglaubt hatte. Er schaute sich in seinem Büro um. Die Stahlrohrsessel. Das Glas und das Chrom. Die geraden Linien, die Neunzig-Grad-Winkel. Es war lange her, dass er seine Aufgabe als ebenso klar empfand. Er nahm sein gerahmtes Anwaltspatent aus der Schublade. Die Urkunde hing nur dann an der Wand, wenn er Klienten aus dem Balkan empfing. Pal hatte das Studium mit summa cum laude abgeschlossen und geglaubt, die Welt stehe ihm offen. Jetzt kam ein Disziplinarverfahren auf ihn zu, vielleicht drohte sogar ein befristetes Berufsausübungsverbot.

Was würde sein Vater dazu sagen? Die Vorstellung beschäftigte ihn mehr, als er sich eingestehen wollte. Eine SMS riss ihn aus den Gedanken, dankbar für die Ablenkung, griff Pal nach seinem Handy.

»20 Uhr BH Dietikon. Rinor«

Die Scham, die er wegen des Disziplinarverfahrens empfand, wich Erleichterung. Pal legte die Urkunde zurück in die Schublade und begann, eine Liste seiner Fälle zu erstellen. Ein Berufsverbot hätte nicht nur für ihn, sondern auch für seine Klienten Konsequenzen. Er war noch nicht weit gekommen, als Jasmin anrief.

»Und?«, fragte sie. »Hat die Aufsichtskommission reagiert?«

»Ja.«

»Glaubst du wirklich, dass dir ein Berufsverbot droht? Du hast dir noch nie etwas zuschulden kommen lassen. Wird man das nicht berücksichtigen?«

Von der Sache mit der Körperverletzung würde Pal ihr erst erzählen, wenn man Lara Blum gefunden hatte. »Hanisch wird keine Ruhe geben. Wenn sie mich schon einbetonieren will, dann richtig.«

»Würde sie nur halb so viel Energie in die Ermittlung

stecken, wäre der Fall längst gelöst!«, ärgerte sich Jasmin. »Hat die Staatsanwaltschaft wegen der Verletzung des Berufsgeheimnisses ein Strafverfahren eröffnet?«

»Noch nicht. Das kann sie nur, wenn Saifullah die Sache verfolgen will. Aber ich bin mir sicher, Hanisch wird nicht lockerlassen, bis sie ihn so weit hat.«

»Also bist du das Mandat noch nicht los?«

»Die Aufsichtskommission kann nicht einzelne Mandate entziehen, nur ein Berufsverbot erteilen«, erklärte er. »Da die Oberstaatsanwaltschaft aber für amtliche Mandate zuständig ist, ist es nur eine Frage der Zeit, bis ich den Fall los bin.«

»Und wenn dich Saifullah als erbetener Verteidiger hinzuzieht? Dürftest du dann weitermachen?«

»Bis zu einem rechtskräftigen Beschluss der Aufsichtskommission, ja. Aber ich denke nicht, dass Saifullah das bezahlen kann oder will. Warum auch? Man wird ihm einen anderen Verteidiger bestellen. Ihm kann es egal sein, er wartet nur einen bestimmten Tag ab.« Pal wechselte das Thema. »Gibt es Neuigkeiten von der Sonderkommission gegen Terrorbedrohung?«

»Sie stuft die Gefahr eines Anschlags als hoch ein, hat aber keine konkreten Anhaltspunkte zu möglichen Zielen, nur Vermutungen.« Jasmins Stimme wurde nachdenklich. »Ich verstehe nicht, wie Faisal es schafft, unter dem Radar zu bleiben. Die Behörden im In- und Ausland sind sensibilisiert. Verdächtige Personen werden seit Monaten oder gar Jahren überwacht, Telefongespräche abgehört, radikale Zellen von verdeckten Ermittlern infiltriert. Und trotzdem ist bis jetzt kein einziges Alarmsignal losgegangen. Normalerweise erhalten Terroristen Anweisungen, jemand liefert ihnen Pläne, Anleitungen für Sprengsätze. Oder sie laden diese aus dem Internet herunter. Das hinterlässt Spuren. Faisal aber ist ein Geist.«

»Was ist mit dem Lieferanten?«

»Die Deutschen versuchen schon lange, ihm etwas nachzuweisen, bis jetzt vergeblich. Auch er versteht es, seine Spuren zu verwischen. Vergiss nicht, Saifullah hat nicht ihm geschrieben, sondern nur seinem Kontakt in Bielefeld.«

Pal erzählte, dass sich Rinor gemeldet hatte.

»Gott sei Dank! Wann triffst du Ali?«

»Heute Abend.«

»Übrigens«, sagte Jasmin. »Hast du die Mittagsnachrichten gehört?«

»Nein, warum?«

»Frank Blum geht in die Offensive. Cementex hat eine Pressemitteilung veröffentlicht, in der sie Fehler in Syrien einräumt.«

Pal hatte nichts anderes erwartet. Blum wusste, dass es besser war zu agieren als zu reagieren. Im Moment konnte er zudem auf Sympathien aus der Bevölkerung zählen. Pal kam nicht umhin, ihn zu bewundern. Auch unter größtem Stress verstand er es, die richtigen Entscheidungen zu treffen.

Nachdem er aufgelegt hatte, las er die Pressemitteilung im Internet. Sie war kurz und sachlich. Blum gab zu, dass er falsche Entscheidungen getroffen hatte, und schilderte die damaligen Umstände in Syrien, ohne dass er in die Rechtfertigungsfalle tappte. Pal nahm sich an ihm ein Beispiel und bat die Anwälte, mit denen er die Räume der Kanzlei teilte, um eine kurze Besprechung, bei der er sie über das eingeleitete Disziplinarverfahren informierte. Obwohl sie untereinander wenig Kontakt hatten, boten sie ihre Mithilfe an. Einer ging sogar so weit, dass er sich bereit erklärte, Pals Mandate nach außen zu vertreten, während Pal im Hintergrund die Fälle betreute. Pal bedankte sich. Sollte es so weit kommen, müssten seine Klienten sich damit einverstanden erklären. Sonst hätte er das nächste Verfahren am Hals.

Den Nachmittag verbrachte er am Schreibtisch. Er schrieb die Ereignisse der vergangenen Wochen aus juristischer Sicht nieder und versah sie mit seinen Kommentaren. Anschließend instruierte er Mira. Ihr war immer noch nicht wohl bei der Vorstellung, einen Strafrechtsfall übernehmen zu müssen, aber Pal wusste, wie sie arbeitete, und er vertraute ihr.

Rinor wartete am Bahnhof Dietikon auf ihn. Pal hatte einen zweiten Helm für ihn mitgebracht.

»Brauchen wir nicht. Wir fahren mit dem Auto.« Rinor zeigte in Richtung Unterführung.

Pal parkte das Motorrad und folgte ihm die Treppe hinunter. Sie gingen an den Bahngleisen entlang, bis sie zu einer Reihe von Parkplätzen kamen. Dahinter floss die Limmat auf die Aare zu. Eine Frau spazierte den Uferweg entlang, ein Zug fuhr vorbei. Rinor blickte sich unsicher um. Die Schiebetür eines Lieferwagens ging auf, und zwei Männer sprangen heraus.

»Welcher ist Ali?«, fragte Pal.

»Keiner.« Rinor zog die Schultern hoch, die Angst in seiner Stimme war deutlich zu hören.

Die Männer näherten sich ihnen bedächtig, ihre Arme hingen locker herunter. Mit seiner schnabelartigen Nase und der flachen Stirn sah der eine aus wie ein Vogel. Das Gesicht des anderen war konturlos, dafür zeichneten sich seine Muskeln deutlich unter seiner Kleidung ab.

Pal trat vor und streckte die Hand aus. »Pal Palushi. Ich bin Rinors Onkel.«

Die Männer deuteten auf den Lieferwagen.

»Einsteigen«, sagte das Muskelpaket.

Rinor setzte sich sofort in Bewegung.

Das Muskelpaket versperrte ihm den Weg. »Du bleibst hier.«

Pal gefiel die Art und Weise, wie die Männer mit ihnen umsprangen, gar nicht. Andererseits, was hatte er erwartet? Dass sich Ali in aller Öffentlichkeit mit ihm treffen würde? Wenn er jetzt nicht mitspielte, hatte er seine Chance vielleicht vertan. Er blickte zu Rinor und nickte kurz.

Im Lieferwagen forderte man Pal auf, seine Kleider auszuziehen. Er lachte ungläubig, merkte aber rasch, dass es den Männern ernst war. Er wurde auf Peilsender und Wanzen durchsucht, als sich die beiden davon überzeugt hatten, dass er sauber war, bekam er seine Kleider zurück. Handy und Brieftasche behielten sie. Sie öffneten die Tür, neben ihnen stand ein Mazda. Rinor saß mit gesenktem Kopf auf dem Rücksitz. Der Mann mit der vogelartigen Nase sprang heraus, reichte dem Fahrer Pals Handy und schloss die Tür des Lieferwagens.

Pals Mund fühlte sich trocken an. Worauf hatte er sich da eingelassen? Würde man ihm jetzt die Hände fesseln und die Augen verbinden? Das Muskelpaket befahl ihm, sich auf den Boden zu setzen. Dann klappte er einen Sitz herunter, nahm Platz und schaute auf Pal hinab. Der Fahrer legte den Rückwärtsgang ein. Eine Weile meinte Pal noch zu wissen, wo sie entlangfuhren, dann verlor er die Orientierung. Schatten glitten durch den Wagen, es wurde kühler. Niemand sprach.

Plötzlich drehte der Fahrer den Kopf nach hinten.

»Wir werden verfolgt«, sagte er.

Die Augen des Muskelpakets wurden schmal.

»Ein rotes Motorrad«, sagte der Fahrer. »Es ist schon seit zehn Minuten hinter uns her.«

Jasmin? Pal fluchte innerlich. Dachte sie ernsthaft, man würde die Monster nicht bemerken?

Der Fahrer beschleunigte und bog an der nächsten Abzweigung nach links ab. Kurz darauf hielt er und wendete. Seinem Fahrstil nach zu urteilen, versuchte er, Jasmin abzuhängen. Endlich wurde die Fahrt ruhiger. Das Muskelpaket blickte eisern vor sich hin, ganz offensichtlich hätte er Pal gern spüren lassen, was er von der Sache hielt. Wenig später bremste der Fahrer ab, die Frontscheibe glitt herunter, es wurde dunkel. Sie befanden sich in einer Tiefgarage. Jetzt nahm das Muskelpaket tatsächlich eine Augenbinde hervor, wie sie an Flughäfen verkauft wurde. Pal zog sie stumm über seine Augen. Die Schiebetür wurde aufgezogen, das Muskelpaket stieg aus. Vorsichtig tastete Pal nach der Stufe, niemand half ihm. Erst als er draußen stand, spürte er, wie eine Hand nach seinem Arm griff. Die Finger schlossen sich um seinen Ellenbogen, hart und unnachgiebig. Es roch nach Abgas und kaltem Beton.

Er wurde zu einer Treppe geführt. Außer Atem erreichte er den dritten Stock. Eine Tür ging auf. Jetzt roch es nach Kaffee. Nach ein paar Schritten ließ man ihn los.

»Sie können die Augenbinde abnehmen«, sagte eine weiche Männerstimme.

Pal nahm sie ab. Er stand in einem Zimmer, die Vorhänge waren gezogen. Ein großes Ecksofa füllte den Raum beinahe komplett aus, die Kissen darauf sahen orientalisch aus. Weitere Sitzkissen lagen vor einem niedrigen Holztisch auf dem Boden. Ein Mann mit Bart blickte ihn durch dicke Brillengläser an und sagte, er sei Ali.

»Entschuldigen Sie die umständliche Anreise, leider können wir nicht vorsichtig genug sein. Wir leben in schwierigen Zeiten. Bitte, nehmen Sie Platz.« Sein Blick war undurchsichtig, sein Lächeln gönnerhaft.

Pal zog seine Schuhe aus, stellte sie neben die Tür und setzte sich auf das Sofa. Eine verschleierte Frau brachte Kaffee. Pal wartete, bis sie gegangen war, dann lehnte er sich zurück.

»Schön haben Sie es hier.«

Ali begann seinerseits, Komplimente auszuteilen. Er lobte Rinor und sein Engagement, bezeichnete ihn als guten Muslim und wertvolles Mitglied der Gemeinschaft. Gebäck wurde aufgetischt, Kaffee nachgeschenkt. Langsam näherten sie sich dem eigentlichen Ziel des Treffens.

»Ich habe gehört, dass Sie ein hervorragender Anwalt sein sollen«, sagte Ali. »Kein einfacher Beruf. Können Sie sich wenigstens Ihre Klienten aussuchen?«

Pal begriff, dass er wissen wollte, in welcher Beziehung er zu Saifullah stand. Er erklärte die Funktionsweise des Pikettdienstes. »Als Mustafa Saifullah verhaftet wurde, bot man mich auf, weil ich an diesem Tag zuoberst auf der Liste stand. Es kommt aber auch vor, dass Staatsanwälte selbst einen Anwalt anrufen. Das ist zwar nicht vorgesehen, geschieht dennoch immer wieder.«

»Dürfen Sie bestimmte Fälle ablehnen?«

»Wenn ich einen guten Grund dafür habe, ja.«

Sie sprachen über die Schwierigkeit, ein Mandat niederzulegen, über Gewissenskonflikte und die Rolle der Verteidigung im Verfahren. Pal hatte einen engstirnigen Extremisten erwartet, stattdessen saß ihm ein Prediger mit rhetorischem Geschick und breitem Wissen gegenüber. Zwar teilte er weder Alis Ansichten, noch hieß er seine Methoden gut, dennoch empfand er einen gewissen Respekt für ihn, auch wenn ihm klar war, dass Ali eine Rolle spielte. Seine Worte kamen nicht von Herzen, sie waren gut durchdacht. Schließlich kam Pal wieder auf Mustafa Saifullah zurück.

»Mein Klient hat ein einsames Leben geführt. Er hat immer wieder versucht, sich einer Gemeinschaft anzuschließen, es ist ihm aber nicht gelungen.«

»Die Geduld gehört zu den höchsten Tugenden eines Muslims.« Alis Stimme war wieder seidig weich. »Standhafte Menschen erreichen ihr Ziel durch Ausdauer, Ungeduldige hingegen resignieren zu schnell und geben die Hoffnung auf.«

»Aus Ihren Worten schließe ich, dass Saifullah ein schlechter Muslim ist.«

Ali wiegte den Kopf. »Viele frisch Konvertierte glühen vor Begeisterung, sie wollen die Süße des Glaubens spüren. Dabei kommen sie manchmal vom Weg ab. Der Iman von Bruder Mustafa ist noch nicht gefestigt, er ist ein dankbares Opfer für den Shaitan. Er schloss sich ihm an in der Überzeugung, er würde ihn auf dem Wege Allahs weiterbringen.«

»In welcher Gestalt trat der Shaitan auf?«

Ali trank einen Schluck Kaffee und musterte Pal mit kritischem Blick. Lange schwieg er, dann entschied er sich zu einer Antwort.

»In der Gestalt von Bruder Faisal.«

Obwohl Pal mit dieser Antwort gerechnet hatte, zuckte er zusammen. Den Namen aus Alis Mund zu hören, war, als hätten sie ein Bündnis geschlossen. Jetzt war es an Pal, etwas preiszugeben.

»Im Laufe des Falls ist mir der Name Faisal mehrmals begegnet. Angeblich ist er verantwortlich für die Entführung von Lara Blum.«

Ali wartete ab.

Pal atmete tief ein. »Ich habe gelogen. Ich weiß nicht, wo sich Faisal versteckt. Ich wollte nur mit Ihnen sprechen.«

Alis offenkundige Enttäuschung gab Pal die Gewissheit, die er brauchte. Was immer Faisal plante, Ali war nicht involviert. Genau wie Pal suchte er Informationen. Jetzt aber verwandelte sich Alis Enttäuschung in Ärger.

»Mustafa Saifullah hat versucht, mit einem Händler in Deutschland Kontakt aufzunehmen«, versuchte Pal, das Vertrauen zwischen ihnen wiederherzustellen. »Der Mann liefert Material, das zur Herstellung von Bomben verwendet wird.«

Ali stand auf und verließ ohne ein weiteres Wort den Raum. Um seine Handlanger zu holen? Wollte er Pal für seine Lüge bestrafen? Pal schaute zum Fenster. Er brauchte nur den Vorhang beiseitezuziehen, dann hätte er einen Hinweis auf seinen Aufenthaltsort. Er blieb sitzen. Er war zu weit gegangen, um jetzt einen Rückzieher zu machen.

Nach einer halben Stunde trat Ali wieder in den Raum, diesmal in Begleitung eines Mannes, den er als Omar vorstellte. Omar schaute zu Ali, dieser nickte.

»Vor elf Tagen wurde eine Lieferung Semtex über die Schweizer Grenze geschmuggelt«, sagte Omar. »Faisal hatte sie bestellt.«

Sie vertrauten ihm. Pal atmete tief ein. »Wer hat sie entgegengenommen?«

»Er heißt Deniz und gehörte früher unserer Umma an.«

Rinors Freund. Pal überlief ein Schauer. Doch Ali war offenbar genauso daran interessiert, einen Anschlag zu verhindern. Vielleicht verurteilte er Gewalt, vielleicht störte es ihn auch nur, dass Faisal im Alleingang handelte. Im Grunde spielte das keine Rolle. Hauptsache, sie verfolgten das gleiche Ziel. Ali schien auch zu diesem Schluss gekommen zu sein. Als Pal ihn fragte, was er über Faisal wisse, zögerte er nicht mit der Antwort.

»Faisal stieß vor knapp zwei Jahren zu uns. Es war klar, dass er noch nicht lange praktizierte. Sein Arabisch war holprig, viele Rituale kannte er nicht. Doch er zeigte sich wissbegierig und geduldig.«

»Trug er einen Bart?«

Die Frage schien Ali zu überraschen. »Ja.«

Pal wollte in der Hosentasche nach seinem Handy greifen, da fiel ihm ein, dass man ihm das Telefon abgenommen hatte. Er erzählte von dem Foto, das Lara Blum gemacht hatte. Ali gab Omar ein Zeichen, dieser verließ den Raum und kam kurz darauf mit Pals Telefon zurück.

»Schalten Sie es auf Flugmodus«, befahl Omar.

Das Telefon war ausgeschaltet. Pal startete es neu und aktivierte den Flugmodus. Er zeigte Ali das Foto.

»Das ist er«, bestätigte Ali. »Er muss sich den Bart abrasiert haben.«

Omar schaute ihm über die Schulter. »Bist du sicher?«

»Ich erkenne ihn an der Haltung.« Er sah auf. »Faisal stand immer leicht nach vorne gekrümmt da, als drücke ihm die Last der Verantwortung auf die Schultern. Er war sehr ernst, ich sah ihn nie lachen. Gleichzeitig strahlte er eine tiefe Überzeugung aus, die bei Konvertiten selten ist.«

»Konvertiten?«

»Als er zu uns stieß, versuchte er, uns weiszumachen, dass er in einer muslimischen Familie aufgewachsen war, die nicht praktizierte.« Ali konnte jetzt seine Verachtung nicht mehr verbergen. »Ich habe ihn sofort durchschaut. Er ist durch und durch Schweizer.«

»Schweizer?«

Ali lächelte spöttisch. »Jedenfalls schweizerischer als Sie.«

46

Schweizer?«, sagte Jasmin überrascht. »Dann hatte Alina also doch recht!«

Pal nickte. »Hohe Stirn, helles Haar. Spricht Zürcher Dialekt.«

Auch er konnte es nicht fassen. Kaum hatte er den Lieferwagen verlassen, war auch schon Jasmin auf ihn zugekommen. Jetzt saßen sie am Fluss, hinter ihnen befand sich der Bahnhof Dietikon. Pal steckte die Angst noch in den Knochen. Er roch seinen Schweiß, beißend und scharf.

»Sagst du mir endlich, wie du mich gefunden hast?«

»Glaubst du, ich lasse dich allein zu diesen Extremisten fahren? Ich bin dir natürlich gefolgt.«

»Aber der Fahrer hat dich abgehängt.«

Jasmin verdrehte die Augen. »Das war Ralf auf der Monster. Er sollte die Typen nur ablenken, damit sie nicht auf mich achten. Ich fuhr in seinem Wagen.«

Pal wollte zu einer vorwurfsvollen Schelte ansetzen, verzichtete dann aber darauf.

»Ich weiß, was du denkst.« Jasmin schüttelte den Kopf. »Aber es wäre viel verdächtiger gewesen, wenn dir niemand gefolgt wäre. Diese Typen sind nicht dumm.«

Pal atmete tief ein. Er war nicht geschaffen für die Feldarbeit, hinter seinem Schreibtisch fühlte er sich wohler. Jasmin nahm ihr Handy hervor und zeigte ihm auf der Karten-App, wo man ihn hingebracht hatte.

»Wir müssen Pilecki informieren«, sagte sie.

Pal zögerte. »Ali vertraut mir. Wir haben vereinbart, dass er sich meldet, wenn er etwas über Faisal erfährt.«

»Die Polizei könnte mit seiner Hilfe ein weiteres Phantombild anfertigen.«

»Er wird nicht mitmachen. Nicht, wenn man ihn hintergeht.«

»Und du glaubst wirklich, dass er sich an eure Vereinbarung halten wird? Bist du nicht etwas gutgläubig?«

Genau das fragte sich Pal auch. Ali hatte es sich zur Lebensaufgabe gemacht, andere von seinen Ansichten zu überzeugen. Er war nicht nur ein erfahrener Rhetoriker, er besaß auch schauspielerisches Talent. Andererseits sprachen die Tatsachen für sich. Ali versuchte mit allen Mitteln, Faisal zu finden, das ließ sich nicht leugnen. Auch nicht, dass Alis Aussagen mit Pals Informationen übereinstimmten.

»Kann es sein, dass Faisal ein verdeckter Ermittler ist?«, fragte Pal. Ali hatte diese Vermutung indirekt geäußert.

»Nein«, antwortete Jasmin. »Die Gefahr ist real, sonst wäre die Sonderkommission gegen Terrorbedrohung nicht involviert. Erzähl mir mehr über Faisal.«

Pal berichtete, was er erfahren hatte. Vor zwei Jahren war Faisal zum ersten Mal in der Winterthurer An-Nur-Moschee aufgetaucht, kurz bevor diese von den Behörden geschlossen wurde. Daraufhin begann er, Alis Gebetsgruppe zu besuchen. Er hielt sich meist im Hintergrund, sog Wissen auf, gab aber wenig von sich preis. Gleichzeitig pflegte er immer engeren Kontakt zu Mustafa Saifullah und Deniz, die ebenfalls der Gebetsgruppe angehörten. Ali beschrieb beide als labil und beeinflussbar. Vor einigen Monaten zog sich Faisal zurück. Auch Saifullah und Deniz distanzierten sich. Ali war überzeugt, dass Faisal dahintersteckte. Saifullah brannte darauf, seinen Glauben zu beweisen, Faisal bot ihm vermutlich Gelegenheit dazu. Von einem Tag auf den anderen tauchte er ganz unter. Ali hatte angenommen, dass er konkrete Pläne umsetzte, Gewissheit erhielt er aber erst, als er von der Lieferung Semtex erfuhr, die Deniz entgegengenommen hatte.

»Was hat Deniz damit gemacht?«, fragte Jasmin.

»Er hat den Sprengstoff in ein Schließfach gelegt und den Schlüssel in einer Toilette versteckt.«

Jasmin schüttelte ungläubig den Kopf. »Und dieses Wissen hat Ali für sich behalten? Es gibt dort Überwachungskameras! Aber in der Zwischenzeit sind die Aufnahmen vermutlich alle überspielt worden.«

»Vandalen hatten die relevanten Kameras in der Nacht davor beschädigt«, erklärte Pal. »Frag mich nicht, wie Ali das erfahren hat. Er ist gut vernetzt.«

»Also weiß niemand, wo der Sprengstoff jetzt ist?«

»Nein.« Pal sah einem Zweig hinterher, der auf dem Wasser dahintrieb. »Was mich verblüfft, ist, wie einfach es ist, an Sprengstoff zu kommen.«

»Zahlreiche Ostblockländer hatten Militärstützpunkte in der ehemaligen DDR. Nach dem Fall der Mauer wurde der Schwarzmarkt förmlich überschwemmt mit gestohlener Ware.« Jasmin sprang auf. »Ich muss Pilecki informieren.«

Auch Pal erhob sich. »Ich möchte zuerst mit Rinor reden.«

Jasmin hatte sich bereits abgewandt und lief zum Parkplatz.

Pal eilte ihr nach. »Jasmin!« Er packte ihren Arm. »Rinor kann uns weiterhelfen. Bitte!«

Sie blieb stehen. »Pilecki muss wissen, dass Faisal Schweizer ist. Dieses Wissen hilft der Polizei vielleicht, das Ziel des Anschlags zu eruieren.«

Pal war anderer Meinung. »Faisal ist zwar ein Konvertit, doch er hat mit großer Wahrscheinlichkeit dieselben Beweggründe wie ein Islamist, der religiös erzogen wurde. Er will möglichst viele Ungläubige strafen.«

Jasmin zögerte. »Ich erkenne dich kaum wieder.«

Ich mich auch nicht, dachte Pal. Schlagartig waren die Zweifel zurück. Tat er wirklich das Richtige? Sein Bauchgefühl sagte Ja, doch Pal war es nicht gewohnt, sich von Gefühlen leiten zu lassen.

»Rinor kennt Deniz. Bitte, lass mich mit ihm reden. Danach entscheiden wir, wie wir vorgehen.«

Es war dunkel geworden. Jasmin schob mit der Fußspitze einen Stein hin und her.

»Einverstanden«, sagte sie schließlich. »Aber ich komme mit.«

Rinor saß bereits auf der Schaukel, als sie auf den Spielplatz kamen. Pal hatte ihn gebeten, draußen auf ihn zu warten, er wollte sich jetzt nicht mit seiner Familie abgeben. Die Ereignisse des Abends waren nicht spurlos an seinem Neffen vorbeigegangen. Er wirkte verwirrt, und als Pal ihn umarmte, zitterte er leicht.

»Das wollte ich nicht«, murmelte er. »Ich hatte keine Ahnung, echt nicht.«

»Ich weiß.« Pal drückte ihn, froh, dass er Rinor trotz Alis Einfluss noch etwas bedeutete.

»Haben sie dir … hat …« Rinor brachte die Worte nicht über die Lippen.

»Mir geht es gut. Sie wollten mich nur einschüchtern.«

»Aber warum?« Rinor fuhr sich mit dem Arm über das Gesicht. »Weil du nicht praktizierst?«

Jasmin hatte sich zurückgezogen, Pal sah sie schemenhaft auf der Rutsche. Ungeduldig wippte sie mit dem Bein. Er zwang sich zur Ruhe. Er musste jetzt behutsam vorgehen, sonst würde Rinor nichts sagen. Vorsichtig erklärte er ihm, worum es bei dem Gespräch mit Ali gegangen war. Er bemühte sich, weder Ali noch Omar zu kritisieren, das würde Rinor in die Defensive treiben. Gleichzeitig wollte er sie auch nicht als Helden darstellen. Rinor musste wissen, dass Extremisten gefährlich waren. Diesmal versuchten sie vielleicht, ein Attentat zu verhindern, nächstes Mal aber würden sie die Bombe selbst zünden oder zumindest ihre Anhänger mit radikalen Predigten dazu aufwiegeln.

»Deniz steckt mit drin?« Rinor wirkte überfordert. »Wurde er deswegen zusammengeschlagen?«

Aus dem Augenwinkel nahm Pal wahr, wie sich Jasmin erhob und einen Schritt näher kam. »Erzähl mir, was passiert ist«, bat er.

Stockend schilderte Rinor, wie Omar und seine Handlanger Deniz aufgesucht hatten. Deshalb war er also so erschrocken, als er die beiden heute auf dem Parkplatz sah, dachte Pal. Jetzt erst begriff er, wie groß Rinors Angst gewesen sein musste. Er legte die Hand auf die Schulter seines Neffen.

Jasmin kam zu ihnen, sie sah Pal fragend an. Als er nickte, ging sie vor Rinor in die Hocke. »Wie hat Faisal Deniz kontaktiert?«

»Über Telegram«, murmelte Rinor. »Das ist eine App, mit der man verschlüsselte Nachrichten schicken kann. Aber er hat jedes Mal ein anderes Handy benutzt.«

»Hast du Deniz getroffen, nachdem Omar bei ihm war?«

»Er hat einmal vor der Schule auf mich gewartet. Ich wollte das nicht, er ist schließlich ein Verräter … ich meine, Ali hat das gesagt, aber ich …« Er rang um Fassung.

»Es ist okay, Rinor«, sagte Jasmin. »Menschen einzuschätzen, ist schwierig. Vor allem, wenn sie einem etwas vormachen.«

»Deniz hat gesagt, er tue Gutes!«

»In seinen Augen stimmt das auch.«

»Aber Ali hat nichts mit der Bombe zu tun?«

»Nicht direkt, nein«, antwortete Pal. »Aber seine kompromisslose Haltung schürt Hass.«

»Er ist nicht kompromisslos! Er predigt nur, was im Koran steht!«

»Das stimmt«, beschwichtigte ihn Pal. »Stell dir das Puzzle einer Landschaft vor. Wenn man dir nur die hellblauen Teile gibt, wirst du glauben, dass du am Schluss das Bild eines Himmels vor dir hast. Gibt man dir aber nur die grünen, wirst du dir eine Wiese vorstellen. Ähnlich verhält es sich mit dem Koran. Ali beeinflusst die Gläubigen, indem er die Stellen, die er in seinen Predigten zitiert, gezielt auswählt.«

»Wie soll man dann wissen, was richtig ist?« Rinor klang verzweifelt.

»Das muss jeder für sich herausfinden. Hör dir an, was Ali und auch andere zu sagen haben, und entscheide dann selbst, was für dich richtig ist.«

»Aber wie kann ich das wissen?«

Jasmin trommelte ungeduldig mit den Fingern auf ihren Oberschenkel. Pal warf ihr einen ermahnenden Blick zu und wandte sich wieder an Rinor.

»Stell Fragen«, sagte er. »Such dir die Puzzleteile zusammen.«

Rinor entspannte sich ein wenig. Er fuhr sich noch einmal mit dem Ärmel über das Gesicht und sah dann zu einem offenen Fenster, aus dem Musik drang. Der Geruch von Zigarettenrauch wehte zu ihnen herüber.

Jasmin rückte etwas näher an ihn heran. »Rinor, ich möchte gern mit Deniz reden.« Ihre Stimme war leise, die Dringlichkeit darin war aber nicht zu überhören. »Gibst du mir bitte seine Adresse?«

»Wirst du ihm die Bull... die Polizei auf den Hals hetzen?«

»Vielleicht werde ich die Polizei einschalten, ja. Deniz könnte helfen, den Anschlag zu verhindern.«

Pal hielt die Luft an. War er zu Rinor durchgedrungen? Er dachte an seine eigene Jugend, und wie die Worte seines Vaters an ihm abgeprallt waren. Er hatte Nexhats Ansichten als veraltet, sein Auftreten als unkultiviert empfunden. Wie arrogant er doch gewesen war!

Rinor schaukelte sanft hin und her, die behaarten Beine passten so gar nicht zu seinem weichen Gesicht. Schließlich nannte er eine Adresse.

»Danke.« Jasmin sprang auf und sah Pal fragend an.

»Ich bleibe noch eine Weile«, sagte er und setzte sich auf die Schaukel neben Rinor.

In der Wohnung brannte Licht, Jasmin klingelte, aber niemand öffnete. Sie drückte die Klinke nach unten, die Tür ging auf. Stickige Luft schlug ihr entgegen. Vorsichtig trat sie ein. Ihr Fuß stieß gegen eine leere Dose, die scheppernd davonrollte.

»Deniz?«, rief sie.

Keine Antwort.

Das Licht kam aus einem Zimmer, das am Ende des Flurs lag. In der Nachbarswohnung weinte ein Kind, eine Männerstimme brüllte etwas, eine Tür schlug zu. Jasmin nahm das Messer hervor, das sie immer am Schienbein mit sich trug. War es ein Fehler gewesen, allein herzukommen? Man hatte Deniz in die Enge getrieben, ihn verletzt und ausgeschlossen. Jasmin dachte daran, wie ungern sie früher in Fällen von häuslicher Gewalt ausgerückt war. Die Beteiligten waren unberechenbar, die Situation konnte jederzeit eskalieren.

Sie hörte ein Rascheln. Ihr Puls schoss in die Höhe, sie umklammerte den Griff des Messers fester. Da streifte etwas an ihrem Bein vorbei. Eine Katze miaute. Jasmin wartete, bis sie sich wieder gesammelt hatte, dann ging sie weiter.

Deniz lag im Wohnzimmer auf der Couch und schlief mit offenem Mund. Neben ihm türmten sich leere Bierdosen, dazwischen stand eine Flasche Wodka. Ein Gebetsteppich lag in einer Ecke, wie achtlos hingeworfen. An den Wänden hingen Koransprüche. Das Zimmer wirkte karg, die Möbel waren abgenutzt und längst aus der Mode gekommen, nichts passte zusammen. Es stank nach abgestandenem Rauch und ungewaschenem Körper.

»Deniz?«, sagte Jasmin.

Er bewegte sich nicht.

»Deniz!«

Nichts.

Jasmin berührte ihn an der Schulter, schüttelte ihn, als er noch immer keine Anstalten machte, die Augen zu öffnen.

Jetzt blinzelte er verwirrt.

»Ich bin eine Bekannte von Rinor«, sagte sie.

Er schloss die Augen. Die Katze sprang auf die Rückenlehne, ihr Schwanz zuckte hin und her. Wieder schüttelte Jasmin ihn, er murmelte etwas Unverständliches. Eine Knoblauchfahne wehte Jasmin entgegen.

»Ich muss mit dir reden!«

Deniz rappelte sich auf und stützte sich auf den Ellenbogen.

Jasmin beugte sich über ihn. »Ich suche Faisal!«

»Faisal?« Ein verständnisloser Blick.

»Ja.«

Deniz schloss wieder die Augen. Es hatte keinen Zweck. Jasmin blickte sich um, irgendwo musste sein Handy liegen. Sie durchsuchte die Wohnung, durchwühlte Kleider, hob die Kissen auf der Couch hoch, auf der Deniz lag. Schließlich entdeckte sie unter einer Trainingshose ein uraltes

Festnetztelefon. Sie hob den Hörer hoch. Das Telefon funktionierte.

Sie wählte Pileckis Nummer und hielt Deniz das Telefon ans Ohr.

»Faisal«, sagte sie.

»Faisal?«, wiederholte er verwirrt.

Jasmin hörte, wie Pilecki am anderen Ende fragte, wer dran sei. Sie versetzte Deniz mit dem Knie einen Tritt.

»Scheiß auf Faisal!«, stieß er aus.

Er drehte sich weg, der Hörer fiel auf den Boden.

Jasmin verließ die Wohnung.

47

Es regnete leicht, als Pal mit Mira die Staatsanwaltschaft verließ. Die Einvernahme hatte den ganzen Nachmittag gedauert, die ernste Stimme des Staatsanwalts hallte in seinem Kopf nach. Schon nach den ersten Minuten war Pal klar gewesen, dass Hanisch ganze Arbeit geleistet hatte. Wie erwartet, hatte sie Saifullah dazu gebracht, einen Strafantrag zu stellen. Sie schreckte nicht einmal davor zurück, Pilecki anzuschwärzen. Jutta Winterberg hatte ihr erklärt, Pal habe die Frage nach Abu Hussein al-Tunisi aufgeworfen. Dass diese Zeilen im Polizeiprotokoll fehlten, hatte Hanisch natürlich bemerkt. Pilecki Absicht nachzuweisen, war schwierig. Er kam vermutlich mit einer Rüge davon. Pal hingegen hatte seinen Klienten belastet. Für seine Beweggründe brachte der Staatsanwalt zwar Verständnis auf, andererseits machte er Pal klar, dass er sich vom Berufsgeheimnis hätte entbinden lassen müssen. Im Zuge der Einvernahme waren auch Pals weitere Vergehen ans Licht gekommen. Wie anders alles aussehen würde, wenn man Lara Blum gefunden hätte! Doch sie blieb verschwunden. Pals Vorgehen wog dadurch umso schwerer.

Immerhin brachte Deniz Schwung in die Ermittlung. Durch ihn war der Bote identifiziert worden, der das Paket in die Schweiz geschmuggelt hatte. Dieser wiederum hatte die Polizei zu dem untergetauchten Chemiker geführt. Dort aber endete die Spur. Zwischen dem Chemiker und Faisal gab es keine direkte Verbindung. Pal war überrascht, wie wenig

Deniz über Faisal wusste. Er hatte ihn häufig getroffen, aber nie bei ihm zu Hause; er kannte weder Faisals richtigen Namen noch seine Adresse. Der Mann war in der Tat ein Gespenst. Nicht einmal seinem Hund war die Polizei bisher auf die Spur gekommen. Pilecki hatte die Suche auf Deutschland und Österreich ausgeweitet, die länderübergreifende Zusammenarbeit hatte aber noch keine Resultate gebracht.

»Zum Glück weiß der Staatsanwalt nichts von der Körperverletzung«, sagte Mira.

»Mit Glück hat das wenig zu tun«, entgegnete Pal. »Vermutlich wird der Metzger den Strafantrag erst kurz vor Ablauf der Frist unterzeichnen, um mich möglichst lang im Ungewissen zu lassen.«

Mira berührte seine Hand. »Du hast getan, was du tun musstest.«

»Ja.«

Pal verstaute seine Unterlagen im Motorradkoffer und verabschiedete sich von Mira. Der Feierabendverkehr hatte eingesetzt, stockend fuhr die Kolonne aus der Stadt. Er war auf dem Weg in die Kanzlei, aber vielleicht sollte er zuerst zu Rinor fahren? Er hatte ihm versprochen, die Texte der Grußkarten zu überprüfen, bevor sie gedruckt wurden. Insgeheim hatte Pal gehofft, Rinor würde seine Teilnahme an der Friedenskonferenz absagen, doch dieser hatte zu viel in die Veranstaltung investiert. Erst danach würde er sich von Ali distanzieren können. Pal tröstete sich damit, dass die Konferenz morgen um diese Zeit schon vorbei war.

Sein Handy klingelte. Jasmin war am Apparat.

»Wie ist es gelaufen?«, fragte sie.

»Nicht gut.« Er erzählte von der Einvernahme. »Und der Staatsanwalt weiß noch nicht einmal alles. Deine Rolle als Hilfsperson kam nicht zur Sprache.«

»Es tut mir wirklich leid. Das hast du nicht verdient.«

Er seufzte. »Ich würde es wieder tun. Darauf kommt es doch an, oder?«

»Ja.«

»Vielleicht ist der Moment gekommen, die Seite zu wechseln«, scherzte er.

»Du wärst ein guter Staatsanwalt«, antwortete Jasmin ernst.

»Dieser Zug ist längst abgefahren, auch wenn die Vorstellung, einen Staatsapparat im Rücken zu haben, im Moment verlockend ist. Ich könnte mir die Zeit nehmen, die ich für einen Fall brauche, und müsste mir am Ende keine Sorgen darüber machen, ob der Klient mich dafür auch bezahlt.«

»Wenn man dir ein Berufsverbot erteilt, suche ich mir wieder eine Stelle als Mechanikerin. Damit können wir die Durststrecke überbrücken.«

An den Lohnausfall, der bei einem Berufsverbot drohte, hatte Pal noch gar nicht gedacht. Ein halbes Jahr käme er über die Runden, weiter würde sein Erspartes nicht reichen. Immer noch unterstützte er seine Familie. Wieder und wieder schwor sich Pal, dass es damit jetzt vorbei sei, aber dann fiel im Kosovo eine Heizung aus, fehlte das Geld für eine teure ärztliche Behandlung, und er sprang wieder bereitwillig ein, obwohl er wusste, dass er das Geld nie zurückbekommen würde.

»Sokol hat uns übrigens FCZ-Saisonkarten geschenkt«, fuhr Jasmin fort. »Als Dankeschön, weil du dich um Rinor gekümmert hast.«

»Was kann man sich als Arbeitsloser Schöneres wünschen?«

»Ich wusste gar nicht, dass du Galgenhumor hast!«

»Ich wurde auch noch nie gehängt.«

Er stellte sich vor, was er in sechs Monaten eines möglichen Berufsverbots alles machen könnte: an seiner Doktorarbeit schreiben, seine Schwester im Kosovo besuchen, sich intensiv um Rinor kümmern. Fröhlich stimmte ihn das nicht. Nach einem halben Jahr Pause müsste er bei null anfangen. Schlimmer noch: ohne Klienten und mit einem schlechten Ruf behaftet.

Pal hielt vor Sokols Wohnung an und stieg vom Motorrad. Bevor er begreifen konnte, was geschah, wurde er von zwei Männern gepackt und in den Lieferwagen gezerrt, in dem er vor ein paar Tagen schon einmal gesessen hatte. Sie rissen ihm den Helm vom Kopf.

Ali stand vor ihm. Sein Blick war hart, unter dem Bart mahlten seine Kiefer. Instinktiv wappnete sich Pal gegen den Schlag, mit dem er rechnete, doch der blieb aus. Stattdessen kam ihm Ali so nahe, dass Pal seinen Atem im Gesicht spürte.

»Wir hatten eine Abmachung!«, zischte der Prediger.

»Und ich habe mich daran gehalten!«, gab Pal zurück.

»Lüg mich nicht an!«

Pal versuchte, einen klaren Gedanken zu fassen. Was war geschehen? Hatte Jasmin der Polizei Alis Adresse mitgeteilt?

Das Muskelpaket, das Pal bereits einmal einzuschüchtern versucht hatte, trat vor und blickte Ali fragend an. Er sah aus wie ein Dobermann, der von der Leine gelassen werden wollte.

»Nur zu«, sagte Pal. »Schlag mich. Zu mehr bist du ohnehin nicht fähig.«

Fast freute er sich auf die Schläge. Sie würden ihn alles andere vergessen lassen. Das Gefühl, versagt zu haben, weil es ihm nicht gelungen war, Saifullah zum Reden zu bringen. Das drohende Berufsverbot. Den Metzger. Lara Blum, die seit drei Wochen irgendwo gefangen gehalten wurde.

Das Muskelpaket holte aus, Ali machte jedoch mit der Hand ein Stoppzeichen. »Hören wir uns an, was der Verräter zu sagen hat, solange er noch reden kann.«

Am liebsten hätte Pal ihm vor die Füße gespuckt, doch seine Neugier war zu groß. »Sag mir lieber, warum du mich für einen Verräter hältst. Oder verschafft es dir einfach Befriedigung, andere zu terrorisieren?«

Ali kniff die Augen zusammen. »Hör auf mit dem Spiel!«

»Ich weiß nicht, wovon du sprichst«, erwiderte Pal kühl.

»Davon, dass man Bruder Omar verhaftet hat, du Scheißkerl!«, sagte der Mann mit der Schnabelnase.

Ali warf seinem Handlanger einen wütenden Blick zu, dann wandte er sich wieder Pal zu. »Willst du mir etwa weismachen, dass du nichts damit zu tun hast?«

Pal konnte seine Überraschung nicht verbergen. Warum war Omar verhaftet worden? Was warf man ihm vor?

»Was weißt du darüber?« Alis Stimme klang jetzt ruhiger, offenbar hielt er Pals Überraschung für echt.

Pal schüttelte den Kopf. »Gar nichts. Kann es sein, dass Deniz ausgepackt hat?«

»Deniz?«

»Vor einigen Tagen hat er bei der Polizei angerufen und von einem Paket erzählt, das er überbracht hat.«

»Deniz hätte uns nicht …« Ali hielt inne, langsam veränderte sich sein Gesichtsausdruck. Er nickte nachdenklich, gab seinen Handlangern die Anweisung, zurückzutreten, und legte Pal beide Hände auf die Schultern. »Ich bitte um Verzeihung, Bruder Pal.«

Pal war die Nähe unangenehm, doch er blieb stehen. »Du glaubst also, dass es Deniz war?«

»Omar hat Deniz' Handy. Er hatte es an sich genommen, weil er hoffte, dass sich Faisal melden würde. Die Polizei muss es geortet haben. So haben sie ihn gefunden.« Ali schüttelte den Kopf. »Das hätte uns nicht passieren dürfen.«

»Dass Omar im Besitz des Handys ist, ist nicht gesetzwidrig«, sagte Pal.

»Man hat ihn nicht deswegen in Untersuchungshaft genommen«, wich Ali aus.

Pal begriff. Omars Fingerabdrücke oder seine DNA mussten bereits im System gewesen sein. Er war der Polizei zufällig ins Netz gegangen. Was hatte er getan?

»Kannst du seine Verteidigung übernehmen?«, fragte Ali plötzlich.

Pal täuschte Bedauern vor und erzählte von dem Strafverfahren, das gegen ihn eingeleitet worden war. Den Grund dafür verschwieg er. »Ich kann im Moment keine neuen Klienten annehmen«, behauptete er.

Es kam nicht häufig vor, dass er ein Mandat aus persönlichen Gründen ablehnte. Kurz fragte er sich, ob er es sich in seiner gegenwärtigen Situation leisten konnte, wählerisch zu sein, doch Ali suchte einen Verbündeten, keinen Anwalt. Jemanden, der seine Ansichten teilte und der mit ihm in den Kampf zog.

»Sehr schade.« Ali entschuldigte sich noch einmal für den Überfall. Er nahm Pals Hände und drückte sie zum Abschied.

Das Muskelpaket öffnete die Tür des Lieferwagens.

»Dann sehen wir uns morgen auf der Konferenz«, sagte Pal beim Aussteigen.

»Leider kann ich nicht teilnehmen. Bruder Omars Verhaftung hat alles verändert.«

Was hatten die beiden ausgefressen? Im Grunde konnte es Pal egal sein. Omar war gefasst worden, er würde die Polizei unweigerlich zu Ali führen. Je früher, desto besser für Rinor. Der Lieferwagen fuhr davon, Pal drehte sich nicht mehr nach ihm um. Auf einmal sehnte er sich nach seiner Familie, nach dem ehrlichen Chaos, den hitzigen Diskussionen und dem Wohlwollen, das auch bei Meinungsverschiedenheiten durchschimmerte. Er hatte genug von Alis Undurchsichtigkeit, den Machtspielchen.

48

Ein Golf Variant bog um die Ecke und fuhr an Jasmin vorbei, die im Schutz der Dunkelheit auf einer niedrigen Mauer saß. Der Fahrer verlangsamte, ein Garagentor ging auf, der Wagen fuhr hinein. Ein Mann stieg aus und öffnete die Heckklappe. Ein Hund sprang heraus. Er geriet bei der Landung leicht in Schieflage, fing sich aber wieder und humpelte davon. Auf der Beifahrerseite ging die Tür auf, Jasmin sah gerade noch zwei Frauenbeine, bevor das Garagentor sich langsam wieder schloss. Kurz darauf ging im Haus ein Licht an. Die Schuhmachers waren zurück.

Fünf Stunden lang hatte man sie befragt. Brigitte Schuhmacher war Heilpädagogin, Robert Schuhmacher Unternehmer. Kinderlos, seit zweiundzwanzig Jahren verheiratet. Sie war Mitglied der Sozialbehörde, er gehörte der Rechnungsprüfungskommission an. Ihre Mittelfinger waren unversehrt. Mehr wusste Jasmin nicht. Außer, dass Alina Rex, der in Wirklichkeit Merlin hieß, zweifelsfrei identifiziert hatte. Es gab zwei Möglichkeiten: Entweder war Faisal den Schuhmachers bekannt, oder ein Fremder hatte sich Zugang zu ihrem Haus verschafft und den Hund mitgenommen.

Kurz vor dreiundzwanzig Uhr ging auf der Terrasse ein Licht an. Jasmin hörte das Klicken einer Tür. Sie schaute die Straße hinunter und lief nun an dem Zaun entlang, der das Grundstück der Schuhmachers begrenzte. Als sie sich der Terrasse näherte, schlug der Hund an.

Hatte er auch reagiert, als Faisal in sein Revier eingedrungen war?

Jasmin kehrte zur Straße zurück und setzte sich wieder auf die Mauer. Pilecki hatte ihr berichtet, dass man den Hund gefunden hatte, mehr nicht. Offenbar wussten Schuhmachers etwas, das die Ermittlungen vorantrieb, vielleicht hatten sie Faisal erkannt. Jasmin stellte sich die Aufregung im Kripogebäude vor.

Sie dachte wieder an Faisal. Hatte er den Hund als Tarnung benutzt? Ein Hund mit Prothese fiel zwar auf, jedoch weniger als ein Mann, der sich allein in einem Wohnviertel herumtrieb. Sie stellte sich gerade vor, was sie an Faisals Stelle getan hätte, als das Garagentor am Haus neben den Schuhmachers aufging und ein Audi herausfuhr. Um diese Zeit? Schnell fand Jasmin heraus, dass hier eine Familie Richter wohnte.

Faisal. Richter auf Arabisch.

Ein Fahrzeug tauchte auf, in dem zwei Männer saßen. Jasmin erkannte sofort, dass es sich um einen zivilen Polizeiwagen handelte. Sie lief darauf zu und erzählte den Polizisten von ihren Beobachtungen mit dem Audi. Die beiden schauten sich an. Sie glaubten ihr nicht.

»Ruft Pilecki an, er kennt mich. Aber fahrt jetzt los, schnell, sonst verliert ihr ihn!«, drängte sie.

Der Fahrer stieg aus, der Beifahrer wählte eine Nummer. Nach einigen Sekunden, die Jasmin wie eine Ewigkeit vorkamen, bestätigte er ihre Aussage. Der Wagen brauste davon. Jasmin kehrte zu ihrem Versteck zurück. Das Herz schlug ihr bis zum Hals. Kaum hatte sie sich gesetzt, rief Pilecki an. Er wollte genau wissen, was Jasmin gesehen hatte. Viel konnte sie nicht berichten.

»Ist er es?«, fragte sie zum Schluss.

»Ja. Er hat von seinem Grundstück aus ungehinderten

Zugang zum Garten der Schuhmachers.« Pilecki sprach schnell. »Du musst dort weg, Bambi! Wir rücken bald aus.«

»Mach ich. Viel Glück.« Sie legte auf, blieb aber sitzen.

Während der nächsten halben Stunde tauchten weitere zivile Fahnder auf, das Haus der Richters wurde von allen Seiten observiert. Kurz vor Sonnenaufgang rückte die Einsatzgruppe Diamant an. Leise bezogen die Grenadiere Stellung. In dem zweistöckigen Einfamilienhaus war es dunkel, der Audi war nicht zurückgekommen. Schatten glitten über den Rasen, verschwanden hinter dem Haus. Mit einem Knall wurde die Tür aufgebrochen.

49

Vor mir stehen fremde Männer, mit ihren Helmen sehen sie aus, als wären sie aus einem Raumschiff gestiegen. Ich verspüre keine Angst, zwei Mal kann man nicht sterben. Sie befehlen mir aufzustehen, meine nackten Füße berühren den Boden, er gibt mir die Gewissheit, dass ich nicht träume. Auch damals kamen sie in der Nacht. Sie klingelten um drei Uhr, ich wusste instinktiv, was sie mir sagen würden. Ich sah es in ihren Augen, erkannte es an ihrer Haltung. Der erste Gedanke, der mir durch den Kopf geschossen war: Hat Cyril es getan? Sie sagten etwas von Frankreich, und auf einmal war meine Welt wieder heil. Delia war hier, in der Schweiz. Nicht in Frankreich.

»Das muss ein Missverständnis sein«, erwiderte ich.

»Bitte kommen Sie mit.«

Der Mann, der nach mir greift, trägt einen Helm. Ich blinzle, Vergangenheit und Gegenwart fließen ineinander. Meine Beine gehorchen der Stimme, mein Verstand begreift nicht, was sie von mir will. Ich höre, wie Tim nach mir ruft, hoch und schrill. Er steht im Flur, der Spiderman-Pyjama ist ihm zu klein. Gestern war er noch zu groß. Jemand führt ihn zu der Treppe, er reißt sich los und wirft sich mir in die Arme. Sie sind überall, wie ein Schwarm fallen sie über das Haus her, öffnen Türen und Schränke, spähen unter die Betten. Ob noch jemand im Haus sei?, werde ich gefragt. Ich weiß es nicht. Als sie damals kamen, setzten Peter und ich uns auf das Sofa und hielten uns an der Hand. Sie erzählten uns, dass Delia mit Cyril nach Frankreich gefahren war. Irgendwann fühlte sich meine Hand kalt an, und ich war allein.

Ich sitze am Küchentisch, halte Tim fest. Ein Polizist nimmt uns gegenüber Platz. Er stellt sich mit einem Namen vor, den ich mir nicht merken kann.

»Frau Richter, wissen Sie, wo Ihr Mann ist?«

»Peter?«

Grüne Augen starren mich an, voller Dringlichkeit. Das spitze Kinn, die scharfen Worte, sie bohren sich in meinen Kokon. Ich drehe den Kopf weg.

»Frau Richter! Hören Sie mich? Hier geht es um Menschenleben!«

»Sie ist schon …«

Er kommt näher. »Was? Was ist sie schon?«

Ich kann es nicht aussprechen. Immer noch nicht. Der Polizist wird ungeduldig, ich solle aufhören, Peter zu schützen.

In der Tür erscheint ein Mann in einem weißen Anzug. »Er hat im Keller eine Werkstatt eingerichtet.«

Der Polizist zieht fragend die Augenbrauen hoch, der Mann nickt. Der Polizist steht auf, nimmt sein Telefon hervor, verlässt die Küche. Ein anderer setzt sich an seinen Platz, sagt aber nichts.

Schritte auf der Kellertreppe, viele Schritte, Polizisten verschwinden in dem Loch wie Wasser im Ablauf. Sie haben Peters Roboter gefunden. Das Licht der Spülmaschine blinkt. Hatte ich sie eingeschaltet? Ich stehe auf, Tim rutscht mir vom Schoß, er rückt seine Hose zurecht. Ich öffne den Geschirrspüler, eine Dampfwolke schlägt mir entgegen. Das Geschirr ist heiß, Wasser hat sich auf den Tassen gesammelt. Ich tupfe sie mit einem Küchentuch ab, räume sie in den Schrank ein.

»Frau Richter?« Eine Frauenstimme.

Ich drehe mich um, wo Tim eben noch war, steht jetzt eine attraktive Frau. Sie trägt einen eleganten Hosenanzug, dazu Schuhe mit hohen Absätzen. Ich streiche mir das Haar glatt.

»Setzen Sie sich!« Ihre Stimme ist hart, sie passt nicht zu der weiblichen Erscheinung.

Ich gehorche.

»Sie scheinen nicht zu verstehen, wie ernst die Angelegenheit ist!«

Es fallen Worte wie Freiheitsberaubung, Beihilfe, Terror. Ich begreife, dass diese Frau Staatsanwältin ist und dass sie mir droht. Ihre Stimme schmerzt in meinen Ohren, ihre Anwesenheit ist wie eine Glasscherbe im Fuß.

»Es ist zu spät!« Bin ich es, die da schreit? »Sie ist tot!« Das Wort zieht sich in die Länge, es will nicht aufhören, jahrelang ist es in mir gewachsen. Ich gebe einen Bandwurm von mir, würge und würge, bis er draußen ist.

Der Polizist ist wieder da, er geht vor mir in die Hocke.

»Wo ist sie?«, fragt er.

Ich sehe Delias Piercing, Tränen rinnen mir über das Gesicht. Ich halte mir die Ohren zu, die Stimme der Staatsanwältin dringt trotzdem zu mir durch, schneidet mir ins Fleisch.

»Wo ist Lara Blum!« Die Staatsanwältin schlägt mit der flachen Hand auf den Tisch.

Lara Blum?

»Wer ist Lara Blum?«, frage ich.

50

Wenn sich eine Frau freiwillig dazu entscheidet, einen Vollschleier zu tragen, dürfen wir sie nicht daran hindern. So steht es in Artikel 18 der Menschenrechtserklärung. Wer das bekämpft, sucht einen Vorwand für seine Islamfeindlichkeit. Ähnlich verhält es sich mit dem Händeschütteln. Mohammed hat gesagt: *Ich gebe den Frauen die Hand nicht.* Das kann man auf verschiedene Weise interpretieren. Entweder sprach der Prophet nur von sich, dann gilt die Aussage nicht für die ganze Gemeinschaft. Oder aber, er wollte ein Vorbild sein. Dann dürfen sich Männer und Frauen grundsätzlich nicht die Hand geben. Welche Auslegung man wählt, steht jedem frei. Unbestritten ist aber, dass es im Islam eine Geste des Respekts ist, einer Frau die Hand nicht zu geben.«

Rinor hörte dem Rechtsgelehrten aus Malaysia gebannt zu. Unter anderen Umständen hätte Pal widersprochen, jetzt aber war er voll damit beschäftigt, seine Ungeduld zu verbergen. Immer wieder sah er auf die Uhr. Kurz vor Mittag. Befand sich Faisal in Gewahrsam? Jasmin hatte ihm von der Hausdurchsuchung berichtet, von der Frau und dem Jungen, die abgeführt worden waren. Von den Sprengstoffexperten.

»Es gibt im Islam keine größere Sünde als die Götzenanbetung und die Gottesleugnung«, dröhnte die Stimme des Malaysiers.

Pal war um eine bequemere Haltung bemüht. Sie saßen

in der vordersten Reihe, damit Rinor den Referenten Wasser nachfüllen konnte. Hinter der Bühne hing eine Leinwand, auf der das Signet der Friedenskonferenz prangte, davor standen in einem Halbkreis acht Stühle. Nach den Einzelreferaten würde es eine Gruppendiskussion geben, sie stellte den Höhepunkt des Tages dar. Bis dahin dauerte es noch Stunden. Pal betrachtete das Publikum. Er sah bärtige Gesichter, viele Kopftücher, ab und zu einen Nikab, aber auch säkular aussehende Personen. Er schätzte, dass über vierhundert Menschen den Weg hierhergefunden hatten. Dass der Regierungsrat kein Verbot ausgesprochen hatte, war ihm unverständlich. Hier wurde ganz klar extremistisches Gedankengut verbreitet.

»Menschen, die den Islam verleugnen und zu den Heiden überlaufen, verraten die Gemeinschaft. Für sie hat der Prophet das Todesurteil angeordnet.«

War es überhaupt der Regierungsrat gewesen, der die Veranstaltung kritisiert hatte? Pal wusste es nicht mehr. Vielleicht hatte sich der Sicherheitsvorstand beschwert. Schon bei der Koranverteilaktion waren die beiden unterschiedlicher Ansicht gewesen. Dass sie nicht am gleichen Strick zogen, spielte den Extremisten in die Hand. Pals Überlegungen wurden vom heftigen Applaus im Saal unterbrochen. Der Rechtsgelehrte bedankte sich, der Moderator trat auf die Bühne und lud zu einem Empfang ein.

Rinor sprang auf. »Ich muss mithelfen!« Er drehte sich im Gehen noch einmal um. »Kommst du allein klar?«

»Ich gehe etwas Luft schnappen. Wir sehen uns am Nachmittag.«

Rinor verschwand in der Menge.

Draußen rief Pal Jasmin an. Sie wusste immer noch nicht mehr. Er hörte, wie frustriert sie war.

»Wie ist die Konferenz?«, wollte sie wissen.

»Wie befürchtet. Solche Anlässe sind nicht nur gefährlich, sie schaden auch dem Islam. Rinors Begeisterung tut mir richtig weh. Es liegt ein langer Weg vor uns.«

Nachdem er aufgelegt hatte, spazierte er um das siebenstöckige Gebäude. Neben Konferenzräumen enthielt es vor allem Büros. Der Kies knirschte unter seinen Füßen, es roch nach Zigarettenrauch. In regelmäßigen Abständen hatte man junge Bäume gepflanzt, dazwischen standen Parkbänke. Eine moderne Anlage, nüchtern und sachlich. Eine willkommene Abwechslung zu den aufwiegelnden Referaten.

Wie würde Saifullah auf Faisals Verhaftung reagieren? Pal dachte daran, wie ruhig er war, als sie über den Mann sprachen. *Er verbreitet die Botschaft des Friedens.* Das waren seine Worte gewesen.

Die Botschaft des Friedens.

Pal blieb stehen. Langsam drehte er sich um und betrachtete das Plakat der Friedenskonferenz, das neben dem Eingang hing. War es so einfach? Hatte er die Antwort die ganze Zeit direkt vor Augen gehabt? Er kramte seinen Motorradschlüssel hervor, lief zum Parkplatz und fuhr davon. Wenn er sich beeilte, könnte er rechtzeitig zum Nachmittagsblock wieder zurück sein.

Zwanzig Minuten später stand er vor Alis Tür und drückte auf die Klingel. Nichts geschah. Pal drückte den Finger so lange auf den Knopf, bis jemand die Treppe hinunterkam.

Ali kniff die Augen zusammen. Dass Pal wusste, wo er wohnte, gefiel ihm gar nicht.

»Die Friedenskonferenz«, stieß Pal hervor, bevor Ali etwas sagen konnte. »Warum findet sie statt? Die Firma hat den Vertrag für die Räume vor einigen Wochen gekündigt.«

»Warum wollen Sie das wissen?«

»Haben Sie mit einer Klage gedroht?«

Verärgert schüttelte Ali den Kopf. »Wir sind keine Erpresser. Schwierigkeiten lösen wir mit friedlichen Mitteln. In diesem Fall aber hat die Firma die Kündigung von sich aus zurückgezogen.«

»Warum?«

»Weil man dort eingesehen hat, dass sie nicht rechtens war!« Ali trat vor die Tür, die hinter ihm ins Schloss fiel. »Warum stellen Sie diese Fragen? Stimmt etwas nicht?«

»Haben Sie wirklich nicht damit gedroht, auf Vertragsbruch zu klagen?«

Alis Augen blitzten wütend hinter den Brillengläsern. »Frau Wagner hat von sich aus reagiert. Es gibt noch Menschen, die zu ihren Fehlern stehen.«

Die Welt um Pal schien stillzustehen. »Frau Wagner?«

»Sie ist zuständig für die Vermietung der Räume.«

»Eva Wagner?«, vergewisserte sich Pal.

»Was soll das!« Ali verschränkte die Arme vor der Brust. »Sagen Sie mir – «

Den Rest des Satzes hörte Pal nicht mehr. Er rannte bereits zurück zum Parkplatz und rief Jasmin an.

»Eva Wagner hat dafür gesorgt, dass die Friedenskonferenz stattfindet!«, platzte er heraus.

Am anderen Ende war es still.

»Bist du noch da?«, fragte er.

»Eva Wagner ... sie ist diejenige, die erpresst wird?« Jasmin hatte Mühe, die Fassung zu wahren.

»Ja!«

Jasmin fluchte. »Ich hätte es merken müssen! Sie hat mir einen Hinweis geliefert, aber ich habe ihn nicht ernst genommen.«

»Einen Hinweis?«

»Als wir über meine Entführung sprachen, hat sie gesagt, ich sei viel länger weg gewesen als Lara. Woher konnte sie wissen, wann Lara freigelassen wird?«

»Vielleicht wollte sie damit ausdrücken, dass du zu diesem Zeitpunkt länger weg gewesen bist als Lara.«

»Nein, sie hat klar von drei Wochen gesprochen. Die drei Wochen waren noch nicht um, als ich bei ihr war. Ich fahre zu Blums. Jetzt gleich.« Sie beendete das Gespräch.

Pal fuhr zurück zur Konferenz. Sein Kopf fühlte sich wie ein Flipperkasten an, ein Gedanke jagte den nächsten, löste neue aus. Wenn Faisal Lara Blum entführt hatte, damit die Friedenskonferenz stattfinden konnte, würde er sie dann heute freilassen? Pal dachte an Saifullahs Ruhe und seine Gewissheit, dass er im Sinne Gottes handelte. Nun verstand er, warum Saifullah so viele Fehler begangen hatte. Der Lieferwagen, der mehrere Tage vor dem Tierheim gestanden hatte. Der leere Tank. Die Entführung war nicht von langer Hand geplant gewesen. Faisal hatte sich kurzfristig dazu entschlossen, weil die Konferenz abgesagt worden war. Warum hatte er Saifullah damit beauftragt? Wollte er ihm ermöglichen, sich Verdienste zu erwerben? Oder hatte Faisal schlicht und einfach nicht das Risiko eingehen wollen, gefasst zu werden?

Jasmin konnte nicht glauben, dass sie so blind gewesen war. Nur weil alle mit großer Wahrscheinlichkeit davon ausgingen, dass Frank Blum das Erpressungsopfer war, bedeutete es noch lange nicht, dass es sich auch so verhielt. Sie beugte sich über den Tank ihrer Monster und legte sich so tief in die Kurve, dass sie mit dem Knie den Asphalt berührte. Vor dem Haus der Blums bremste sie das Vorderrad an, ließ das Hinterrad durchdrehen und leitete einen Halbkreis ein. Rückwärts kam sie auf dem Parkplatz zu stehen.

Noch während sie den Helm abnahm, stürzte Eva Wagner aus dem Haus. Als sie Jasmin sah, sackte sie zusammen.

»Sie haben Lara erwartet«, stellte Jasmin fest.

»Ich …« Eva Wagner senkte den Kopf. »Was wollen Sie?«

»Glauben Sie tatsächlich, dass er Lara höchstpersönlich vor Ihrer Haustür absetzt?« Kaum hatte sie das gesagt, schämte sie sich auch schon dafür. Verzweiflung setzte irrationale Hoffnungen frei, sie hatte kein Recht, zynische Bemerkungen zu machen. »Entschuldigen Sie. Darf ich hereinkommen?«

Eva Wagner regte sich nicht.

Jasmin führte sie ins Haus und schloss die Tür. »Ich weiß, dass Sie erpresst werden.«

Die pure Panik spiegelte sich in ihrem Gesicht. »Bitte! Sie dürfen nicht … wenn er erfährt …«

»Erzählen Sie mir genau, was geschehen ist.«

Eva Wagner ließ sich auf einen Stuhl fallen und begann stockend zu reden. Sie erzählte von dem Anruf, den sie im Büro erhalten hatte. Von dem Mann mit der höflichen Stimme, der ihre Welt von einem Augenblick auf den anderen in Schwarz getaucht hatte. Er hatte versprochen, dass Lara nichts geschah, wenn sich Eva Wagner genau an seine Anweisungen hielt.

»Weiß Ihr Mann davon?«, fragte Jasmin.

»Nein«, flüsterte Eva Wagner. »Frank kann nicht … er ist ein Macher. Er hätte sich nicht an die Anweisungen gehalten.«

»Wo ist er jetzt?«

»Bei der Polizei. Sie haben eine Spur.« Eva Wagner presste die Faust gegen den Mund. »Wenn sie den Mann jetzt verhaften … vielleicht verrät er nicht, wo er sie versteckt hat!« Sie schluchzte.

»Dann hat man ihn also noch nicht gefunden? Das wissen Sie mit Sicherheit?«

»Frank hat vor zwanzig Minuten angerufen. Sie haben seine Familie, er ist aber wie … er hat einen Sohn! Wie kann er uns das antun, wo er doch weiß, was es bedeutet, ein Kind zu lieben?«

Weil Gott es ihm befohlen hat, dachte Jasmin. Oder weil er es genießt, Macht über andere zu haben. Weil er nicht in der Lage ist, Empathie zu empfinden. Weil es ihm schlicht egal ist. Sie konnte sich tausend Gründe vorstellen. Über Menschen und ihre Beweggründe wunderte sie sich längst nicht mehr.

Eva Wagners Handy klingelte. »Es ist Frank.«

Sie drehte sich zur Seite und nahm den Anruf entgegen. Frank Blum sprach so laut, dass Jasmin jedes Wort verstand.

»Der Mann besitzt ein Chalet in den Bergen. Bald erfahren wir mehr.« Die Verbindung wurde unterbrochen.

»Die Polizei muss wissen, dass Sie erpresst werden!«, sagte Jasmin.

»Nein!« Eva Wagner packte ihren Arm.

»Das Leben Ihrer Tochter hängt davon ab! Wer sagt Ihnen, dass er sie wirklich freilässt? Sie kann ihn identifizieren!« Es war nicht der Moment, um taktvoll zu sein. »Je mehr Informationen die Polizei hat, desto besser stehen die Chancen, dass Lara gerettet wird.« Sie hatte bereits Pileckis Nummer gewählt.

Eva Wagners Finger bohrten sich in ihren Arm. Jasmin trat einen Schritt zurück.

Pilecki nahm ab, er sprach schnell. »Ich habe jetzt keine Zeit.«

Jasmin schilderte ihm in wenigen Worten, was sie erfahren hatte. Eva Wagner schlug die Hände vors Gesicht und weinte leise.

»Ich schicke jemanden vorbei, der sie abholt«, sagte Pilecki. »Sorg dafür, dass sie im Haus bleibt.«

»Ist Lara im Chalet?«

»Möglich. Die Kollegen vor Ort warten noch auf den Entschärfungsdienst.«

Jasmin wurde übel. Was hatte Faisal vor? Er hatte sein

Ziel erreicht. Die Friedenskonferenz hatte stattgefunden. Um Lara Blum loszuwerden, brauchte er keinen Sprengstoff. Wollte er das Chalet in die Luft sprengen, um ein Zeichen zu setzen? Ein Zeichen wofür?

Die bosnische Sängerin verließ unter heftigem Applaus die Bühne. Rinor wartete, bis das Licht gedimmt wurde, dann stellte er ein frisches Wasserglas auf das Rednerpult. Er kehrte nicht an seinen Platz zurück, sondern verschwand hinter der Bühne. Shaikh Ahmed war der letzte Referent vor der Gruppendiskussion.

Pal blickte sich um. Faisal musste hier sein! Er hatte alles darangesetzt, damit die Konferenz stattfinden konnte, er würde sich die Teilnahme kaum entgehen lassen. Pal hatte längst aufgehört, den Referenten zuzuhören. Die Vorträge unterschieden sich kaum, was das Publikum aber offenbar nicht störte. Sie waren gekommen, um ihre Ansichten bestätigt zu sehen und sich mit Gleichgesinnten zu treffen, nicht, um sich kritisch mit dem Islam auseinanderzusetzen oder ernsthaft über den Frieden zu diskutieren. Warum nur war Faisal die Konferenz so wichtig? Der Mann war Pal ein Rätsel.

Ich war ein Falke, den sein kühner Flug hinauf zum Reich der ewigen Rätsel trug. Dort fand ich keinen, der sie mir enthüllt, und kehrt' zur Erde wieder bald genug.

Pal schloss die Augen und ging in Gedanken das Gespräch mit dem Metzger noch einmal Wort für Wort durch.

Auf einmal war ihm alles klar.

Pal hatte den Metzger gefragt, was er über Faisal wisse. Das Rubaijat war seine Antwort auf diese Frage. Der Metzger hatte sich nicht auf ihn bezogen, wie er irrtümlich geglaubt hatte. Faisal war es, der kühn in den Himmel geflogen und zur Erde zurückgekehrt war. Anders gesagt: der sich

Extremisten angeschlossen hatte und anschließend wieder in sein gewohntes Umfeld zurückgekehrt war.

Irgendeine Spur blieb immer zurück. Es sei denn, der Mensch hat gar nie existiert. Jetzt verstand Pal auch, was ihm sein Unterbewusstsein zu sagen versucht hatte. Faisal existierte tatsächlich nicht. Er spielte eine Rolle. Aus Saulus wurde Paulus.

War er doch ein verdeckter Ermittler? Jasmin hatte das klar ausgeschlossen. Vielleicht ermittelte er nicht im Auftrag der Polizei, sondern für den Nachrichtendienst? Das ergab genauso wenig Sinn. Faisal hatte ein Verbrechen begangen, damit die Konferenz stattfinden konnte. Pal dachte an die einzelnen Referenten. Ein Rechtsgelehrter, der in den USA unter Terrorverdacht stand. Eine Sängerin, die Frauen dazu aufrief, einen Schleier zu tragen. Ein Imam mit Kontakten zu radikalen Islamisten. Er betrachtete die Stühle, die in einem Halbkreis auf der Bühne standen. Bereit für die Gruppendiskussion. Der Höhepunkt des Tages. Alle Referenten würden gleichzeitig auf der Bühne sein.

Und Faisal hatte Semtex geordert.

51

Ich sitze in einem engen Büro, das Regal ist mit Ordnern vollgestopft, an der Wand hängt ein Einsatzplan, neben dem Telefon liegt ein Strafgesetzbuch. Schritte gehen an der geschlossenen Tür vorbei, zielstrebig, eilig.

»Frau Richter? Haben Sie mich verstanden?« Der Polizist, der die Frage stellt, hat himmelblaue Augen.

»Ja«, antworte ich mechanisch. »Peter hat kein Verhältnis mit Rita Krohn.«

Er nickt. »Frau Krohn hat Sie angesprochen, weil sie sich Sorgen um Ihren Mann gemacht hat. Er ist seit Wochen nicht zur Arbeit erschienen.«

Ich bin mir nicht sicher, ob der Polizist von meinem Peter spricht. Mein Peter fuhr sogar zur Arbeit, wenn er krank war. Als ich ihn kennenlernte, hielt ich ihn für ehrgeizig, später erkannte ich, dass das Pflichtbewusstsein ihn antrieb. Er erfüllte seine Aufgaben zuverlässig, weil er niemandem eine Angriffsfläche bieten wollte.

»Wissen Sie, wo Ihr Mann während der letzten Wochen war?«

Ich weiß gar nichts mehr.

»Sie besitzen ein Chalet in den Bergen«, sagt er. »Kann es sein, dass er dorthin gefahren ist?«

Alles ist möglich. Das ist die einzige Gewissheit, die ich habe. Heute habe ich erfahren, dass Peter eine muslimische Gebetsgruppe besucht hat. Er hatte sein Äußeres nicht aus

Trauer vernachlässigt, er hatte sich den Bart absichtlich wachsen lassen. Er spricht Arabisch und nennt sich Faisal. Vielleicht ist er ein Spion, schießt es mir durch den Kopf. Oder ein Perverser. Er soll eine junge Frau entführt haben.

»In Ihrem Keller fanden wir Spuren von Semtex und eine Bauanleitung für eine Bombe.«

»Eine Bombe?«

»Ja.«

»Wozu bastelt er eine Bombe?«

»Ich hatte gehofft, dass Sie mir das sagen können.«

Ich hielt Peter immer für durchschaubar. Was sagt es über mich aus, dass ich nichts von dem Doppelleben, das er geführt hat, gemerkt habe? Erstmals seit Langem spüre ich so etwas wie Zuneigung zu ihm. Ich habe Peter unrecht getan, als ich ihn mit einem Roboter verglich.

Es klopft an der Tür, der Polizist steht auf und verlässt den Raum. Kurz darauf ist er wieder da, doch er hat sich verändert. Manchmal reicht dazu eine einzige Sekunde, damit kenne ich mich aus.

Er setzt sich wieder, sieht mich voller Mitgefühl an. »Sie hatten eine Tochter. Delia.«

Seine Feststellung katapultiert mich in die Vergangenheit zurück. Andere Polizisten, die gleiche Hilflosigkeit.

Er räuspert sich. »Sie ist in Frankreich bei einem Bombenanschlag ums Leben gekommen.«

Ich schweige. Der Tod hat keinen Nachsatz.

»Wie ist Ihr Mann mit Delias Tod umgegangen?«, fragt der Polizist.

Mit dem Tod geht man nicht um, es verhält sich genau umgekehrt: Der Tod geht mit uns Menschen um. Als die Polizisten erklärten, dass Delia bei einem Anschlag auf ein Open-Air-Konzert gestorben war, hielt ich es für ein Missverständnis. Delia war zu jung, um ein Konzert in Frankreich zu besuchen. Zu jung, um zu sterben. Sie hatte das Wochenende mit Cyril verbracht, ich hatte mir Sorgen gemacht, dass er ihre Grenzen nicht respektierte, immerhin war er zwei Jahre älter als sie. Ich wünschte, ich hätte mit ihr darüber gesprochen, doch solche Gespräche führten wir nicht. Die Polizisten tauschten Blicke, einer fragte uns, wo Delia sei. Dass ich die Frage nicht beantworten konnte, beschämte mich. Nicht in Frankreich, antwortete ich, während ich mich gleichzeitig fragte, woher ich diese Gewissheit nahm. Peter stand neben mir, auf seinem Gesicht lag ein Ausdruck, den ich nicht kannte. Später begriff ich, dass er gefangen war zwischen dem Leben mit Delia und dem Leben ohne sie. Er harrte in diesem Dazwischen aus, denn es gab kein Zurück mehr, und der Schritt nach vorne wäre unerträglich gewesen.

Der Polizist mit den himmelblauen Augen wartet auf eine Antwort.

»Peter ist immer noch dort«, sage ich langsam, weil es mir erst jetzt klar wird. »Im Dazwischen.«

52

Eva Wagner weigerte sich, das Haus zu verlassen. Der Streifenpolizist, der sie ins Kripogebäude fahren wollte, stand vor der verriegelten Schlafzimmertür und telefonierte. Jasmin versuchte, ihr zu erklären, dass sie Lara damit keinen Gefallen tat, doch mit Vernunft war Eva Wagner nicht beizukommen. Sie klammerte sich an die Hoffnung, dass ihre Tochter jeden Moment nach Hause kommen könnte.

Jasmins Handy klingelte, es war Pal. »Ich kann jetzt nicht reden, wir – «

»Die Bombe!« Pal sprach leise, in seiner Stimme lag aber eine Dringlichkeit, die Jasmin bei ihm nicht kannte. »Ich vermute, dass die Friedenskonferenz das Ziel ist.« In wenigen Worten schilderte er, was er über Faisal wusste. »Ich verstehe das Motiv zwar nicht, aber alles passt.«

»Ich ruf dich gleich zurück.« Jasmin drückte den Anruf weg.

Im selben Augenblick fuhr ein Wagen vor, und Fahrni stieg aus.

Jasmin eilte ihm entgegen. »Pal glaubt, dass die Bombe auf der Friedenskonferenz hochgehen wird.«

Fahrni blieb stehen, sein Blick ging ins Leere.

»Wir verstehen zwar nicht, warum, die Teilnehmer sind schließlich keine Ungläubigen, aber – «

Fahrni bedeutete ihr, still zu sein. »Er hat recht«, sagte er nach kurzem Zögern.

Er nahm sein Telefon hervor, bereit, einen Großeinsatz auszulösen. »Faisals Tochter ist bei einem islamistischen Anschlag ums Leben gekommen.«

»Faisal ist gar kein Muslim?«, fragte Jasmin.

Fahrni schüttelte den Kopf. »Die Mörder seiner Tochter wurden nie zur Rechenschaft gezogen. Wir haben allerdings eine neue Spur. Der ... Hallo? Tobias Fahrni hier.« Er wandte sich von Jasmin ab, während er sprach.

Die Haustür ging auf, und der Streifenpolizist kam heraus. Er schüttelte den Kopf. »Keine Chance.«

Jasmin rief Pal zurück. »Lös den Feueralarm aus. Jetzt gleich.«

Pal rannte mit dem Telefon am Ohr an den Stehtischen vorbei. Faisal, der Richter. Er hatte sein Urteil gesprochen, jetzt wollte er es vollstrecken. Hatte er die Täter ausfindig gemacht? Oder waren die Islamisten für ihn austauschbar? Aus dem Saal drang Applaus, Shaikh Ahmed hatte seinen Vortrag beendet. Ein Mitarbeiter stellte Thermoskannen auf das Buffet, die Flügeltüren gingen auf, Teilnehmende kamen heraus. In einer Viertelstunde würde die Diskussionsrunde beginnen.

Der erste Druckknopfmelder, der Pal ins Auge stach, befand sich neben den Toiletten. Er schlug die Scheibe ein, um den Alarm auszulösen, dann eilte er zurück in den Saal, griff nach einem Mikrofon und bat alle, das Gebäude zu verlassen. Lautes Stimmengewirr, unsichere Mienen. Der Saal war schon halb leer, als ihm jemand das Mikrofon entriss.

»Fehlalarm!« Es war der Moderator. »Liebe Brüder, ich wiederhole, Fehlalarm. Bitte kehrt zu euren Plätzen zurück!«

»Was tun Sie?«, rief Pal.

Der Moderator beachtete ihn nicht. »Noch einmal, es gibt kein Feuer! Dies ist ein anti-islamischer Akt, eine Hetze gegen Muslime! Wir dürfen nicht zulassen, dass man uns vertreibt!«

»Eine Bombendrohung ist eingegangen«, zischte Pal, doch der Moderator ignorierte ihn.

Pal versuchte, sich ein anderes Mikrofon zu greifen, als er von hinten gepackt und von der Bühne gezerrt wurde. Im Saal sah er verwirrte Gesichter, noch immer gingen Menschen hinaus, andere kamen wieder zurück.

»Rufen Sie Ali an!«, bat Pal. »Sagen Sie ihm, dass Faisal dahintersteckt. Er wird – «

Zwei kräftige Männer ergriffen Pal und schleppten ihn durch das Eingangsfoyer. Erfolglos versuchte er, sich zu wehren. Er gab den Widerstand auf und begann laut, um die Seelen der Menschen im Gebäude zu beten. Verunsichert blickten sich die Männer an. Pal nutzte den Moment, riss sich los und spurtete den Korridor hinunter. Er rannte um die Ecke, entdeckte einen weiteren Flur, rannte weiter. Hinter ihm wurden die Schritte leiser. Er kam zu einer Treppe, nahm zwei Stufen auf einmal, erreichte das Untergeschoss, die Damentoiletten. Dort würden sie ihn nicht suchen. Er stieß mit der Schulter gegen die Tür, stürzte hinein. Niemand da. Schwer atmend lehnte er sich gegen die Wand.

Rinor! Er musste Rinor finden!

Stau auf der Autobahn. Geschickt fädelte sich Jasmin durch die Kolonnen. Unentwegt schossen ihr Bilder von Terroranschlägen durch den Kopf. Sie versuchte, die Informationen, die sie von Fahrni erhalten hatte, einzuordnen. Omars DNA war tatsächlich im System. Er hatte vor drei Jahren zusammen mit einem Komplizen einen Anschlag auf ein Open-Air-Konzert in Frankreich verübt. War der Komplize Ali? Hanisch hatte bereits einen Haftbefehl ausgestellt.

Endlich erreichte Jasmin die Ausfahrt. Sie brauste über die

Landstraße, stoppte abrupt vor einem Rotlicht, gab Vollgas, kaum hatte die Ampel auf Grün gewechselt.

Die Feuerwehr war schon da, als sie ankam. Der Rettungsoffizier versuchte, sich einen Überblick über die Lage zu verschaffen. Jasmin stieß ein Dankgebet aus, als sie Gion Janett erkannte. Sie hatten mehrmals gemeinsam im Einsatz gestanden, er würde ihr vertrauen. Sie rannte auf ihn zu.

»Jasmin Meyer?«, fragte er verblüfft. »Bist du wieder bei der Kapo?«

»Erzähl ich dir später.« Sie berichtete, was sie über die Bedrohung wusste.

»ZED oder Bomb Squad?«, fragte er routiniert.

Der Zürcher Entschärfungsdienst war für den Kanton Zürich und die Ostschweiz zuständig, die Bomb Squad der Kantonspolizei für den Flughafen, der in unmittelbarer Nähe lag.

»Ein Team des ZED ist im Chalet des Täters, ein weiteres bei ihm zu Hause. Er hat die Bombe im Keller hergestellt. Die Bomb Squad ist unterwegs. Wir müssen dafür sorgen, dass alle das Gebäude verlassen.«

Janett winkte zwei Streifenpolizisten herbei, sie waren als Erste eingetroffen. Jasmin wartete seine Anweisungen nicht ab, sondern wählte Pals Nummer. Sie stand schon im Eingangsfoyer, als er abnahm.

»Bin … Küche … nicht …« Die Verbindung wurde unterbrochen.

Blaulicht blitzte draußen, weitere Einsatzkräfte waren eingetroffen. Im Gebäude herrschte Verwirrung. Einige Konferenzteilnehmer drängten zum Ausgang, andere standen ratlos da. Aus dem Saal dröhnte eine Stimme, die alle aufforderte, sich zu setzen.

Wo war die Küche? Jasmin roch Kaffee. Sie entdeckte ein Buffet, lief den Korridor hinunter und kam zu einer Durchreiche.

»Pal?«, rief sie.

Keine Antwort.

Die Eingangstür befand sich auf der anderen Seite des Raums. Ein Angestellter kam ihr entgegen, er blickte sich verwundert um. Jasmin beschrieb ihm Pal und fragte, ob er ihn gesehen hatte.

»Unten.« Er zeigte auf eine Treppe. »Im Lagerraum. Was ist hier ...«

Den Rest des Satzes hörte Jasmin nicht mehr. Die Tür des Lagerraums stand offen, Jasmin stürzte hinein und stieß mit Pal zusammen.

»Rinor ist nicht hier!« Panik schwang in seiner Stimme. »Er wollte irgendein Spezialgetränk für den Shaikh holen.«

»Das Gebäude wird evakuiert.« Von oben hörten sie Janetts Stimme über die Lautsprecher. »Komm, wir müssen raus.«

»Nicht ohne Rinor!«

Jasmin packte Pal und zog ihn zur Treppe. »Vielleicht ist er bereits draußen. Suche dort nach ihm. Ich mache hier weiter. Ruf mich an, wenn du ihn gefunden hast.«

Sie spurtete los. Es wimmelte jetzt von Einsatzkräften, noch immer bestanden einige Konferenzteilnehmer darauf, im Saal zu bleiben. Ein bärtiger Mann mit weitem Gewand rief »Kafir« und »Gotteslästerer«, ein anderer hatte sich auf den Boden geworfen und fing an zu beten. Fassungslos beobachtete Jasmin, wie sich die Organisatoren gegen die Evakuierung wehrten, während Feuerwehrleute und Polizisten versuchten, Menschen in Sicherheit zu bringen.

Sie stand vor der Bühne, als ihr Handy vibrierte.

»Ich habe Rinor!«, sagte Pal.

Jasmin wollte sich gerade abwenden, als sie sah, wie eine Hand den Vorhang hinter der Bühne beiseiteschob. Einen Spalt nur, doch weit genug, dass Jasmin das fehlende Fingerglied sehen konnte.

53

Im Chalet war es dunkel, alle Fensterläden waren zu. Von Sprengstoff keine Spur. Pilecki stand mit den Grenadieren der Kantonspolizei Graubünden in einem kleinen Eingangsbereich, der direkt in das Wohnzimmer überging. An der Wand hingen Garderobenhaken, daneben gab es eine Tür, die in den Keller führte. Es roch nach Holz und Duschmittel. Sie teilten sich auf. Einige Polizisten gingen nach unten, Pilecki betrat mit vier Kollegen das Wohnzimmer. Ein Sofa aus Pinienholz stand an der Wand, ein Fell lag über der Rückenlehne. Auf dem Kaminsims waren Familienfotos aufgereiht. Ein Mädchen und ein Junge auf der Skipiste, ein Mann und ein Mädchen auf einem steilen Bergpfad, eine Frau und ein Mann, Arm in Arm vor dem Chalet. Lachende Gesichter, gebräunte Haut und Harmonie, wie sie nur auf Fotos die Zeit überdauerte.

Der Kühlschank in der angrenzenden Küche war ausgeschaltet, in den Schränken befanden sich keine Lebensmittel. Die beiden Schlafzimmer sahen aus, als hätte schon lange niemand mehr dort übernachtet. Die Betten waren unbezogen, auf den Möbeln lag eine dicke Staubschicht. Pilecki kehrte ins Wohnzimmer zurück und kontrollierte den Esstisch. Kein Staub. Jemand musste kürzlich hier gewesen sein. Seine Vermutung wurde bestätigt, als er ins Bad trat. Die Duschkabine war feucht.

Von unten gaben die Grenadiere Entwarnung. Vergeblich

wartete Pilecki auf eine Frauenstimme. Er stieg die Treppe hinunter, wappnete sich bereits gegen den Leichengeruch, mit dem er rechnete, doch auch davon keine Spur. Neben einer Tür stapelten sich Skier, Skischuhe und Stöcke, es roch feucht und nach Mensch. Die Grenadiere machten ihm Platz.

Der Raum, den Pilecki betrat, diente als Waschküche und Lager. In einer Ecke lag eine Matratze, davor standen ein Fernseher und ein DVD-Gerät. Ein improvisiertes WC befand sich neben der Waschmaschine, die Regale waren bis auf einige Weinflaschen und ein Paar Wanderschuhe leer. Neben der Matratze sah er Bücher, DVDs, Nahrungsmittel, Wasserflaschen und Kleidung.

Pilecki zweifelte keinen Augenblick daran, dass Lara Blum hier gefangen gehalten worden war. Er durchsuchte den Raum, fand aber keine Spur, die darauf hätte hindeuten können, wo sie sich jetzt aufhielt.

»Holt die Kollegen von der Spurensicherung«, bat er einen Grenadier. »Ich will wissen, was hier geschehen ist.«

Er brauchte seine Befürchtung nicht auszusprechen, alle dachten dasselbe: Lara Blum hatte ihren Zweck erfüllt. Peter Richter brauchte sie nicht mehr. Während die Kriminaltechniker ihrer Arbeit nachgingen, sah sich Pilecki die Gegenstände im Raum genauer an. Die Filme waren anspruchsvoll, die Nahrungsmittel vielseitig, die Bücher neu. Richter hatte eine Auswahl getroffen, die Lara Blum mit Sicherheit gefallen hatte. Handelte so ein Täter, dem sein Opfer egal war?

Pilecki ging vor die Tür und rief den Gesamteinsatzleiter im Lagezentrum in Zürich an, wo alle Fäden zusammenliefen. Nachdem er ihn auf den letzten Stand gebracht hatte, besprachen sie die nächsten Schritte.

Ein Kriminaltechniker kam aus dem Haus.

»Einen Moment.« Pilecki nahm das Telefon vom Ohr.

»Keine Spuren von Blut, Sperma oder Putzmittel.«

Der Kriminaltechniker holte einen Koffer aus einem Wagen und verschwand wieder im Keller. Kurz darauf eilte ein Kantonspolizist auf Pilecki zu.

»Wir haben den gesuchten Audi gefunden. In einem Waldstück in der Nähe von Chur. Ich fahre hin.«

Pilecki gab die Information an den Gesamteinsatzleiter weiter. Sie einigten sich darauf, dass er das Waldstück in Augenschein nehmen würde. Die Möglichkeit bestand, dass Mustafa Saifullah dorthin gefahren war, um Lara Blum zu überbringen. Seither waren zwar einige Wochen vergangen, vielleicht fanden sich trotzdem noch Spuren, die der Lieferwagen hinterlassen hatte. Pilecki bat den Kantonspolizisten, auf ihn zu warten, und telefonierte noch einmal.

»Habt ihr sie gefunden?«, fragte Fahrni, der sich um Eva Wagner und Frank Blum kümmerte.

»Sie ist nicht mehr hier. Aber er hat sie eindeutig im Chalet versteckt. Keine Spuren von Gewalt.«

»Gott sei Dank.« Fahrni klang nicht gerade erleichtert.

»Was ist?«, fragte Pilecki.

»Im Konferenzzentrum herrscht das reinste Chaos. Offenbar glaubt das Publikum, die Evakuierung sei nur ein Vorwand, um die Friedenskonferenz zu stören. Viele Teilnehmer weigern sich, den Saal zu verlassen.«

»Scheiße«, fluchte Pilecki.

Fahrni räusperte sich. »Bambi ist dort drin.«

54

Jasmin rannte über die Bühne. Sie überhörte die Rufe der Einsatzkräfte und konzentrierte sich auf die Stelle, an der Faisal verschwunden war. Hinter der Bühne gab es zwei Ausgänge, einer führte in den Korridor, der andere zu den Garderoben. Welchen hatte Faisal gewählt? Es war wie russisches Roulette – die falsche Entscheidung, und die Chance, ihn zur Vernunft zu bringen, war vertan. Intuitiv ging sie davon aus, dass er sich in der Garderobe versteckte. Dort herrschte Ruhe, er konnte seinen Plan ungestört zu Ende führen.

Sie eilte eine schmale Treppe hinunter, übersprang die letzten Stufen. Ein Klicken. Von einer Tür? Oder war sie das gewesen? Schwarze Wände, schwarzer Gussboden, Halogenlampen an der Decke. Sie kam zu einer geschlossenen Tür und zog ihr Handy hervor. Kein Empfang. Schallisoliert, unmöglich, nach Verstärkung zu rufen. Jasmin sah auf die Uhr. Wäre die Konferenz nach Plan verlaufen, hätte die Gesprächsrunde vor einer Viertelstunde beginnen müssen. Alle Redner säßen jetzt auf der Bühne. Hatte Faisal einen Zeitzünder eingebaut? Sie griff nach der Türklinke, ihre Hand war schweißnass. Die Tür schwang auf, es gab kein Schloss.

»Stehen bleiben!« Die Stimme kam aus der Dunkelheit.

Jasmin hob die Hände. »Ich bin unbewaffnet.«

»Lassen Sie das Telefon fallen.«

Jasmin ging in die Hocke und legte das Telefon vorsichtig auf den Boden. Der Name ihres Providers leuchtete auf, doch es war zu spät, um einen Notruf zu tätigen. Faisal würde sofort merken, was sie vorhatte. Langsam gewöhnten sich ihre Augen an die Dunkelheit. Links sah sie einen Spiegel an der Wand, davor einen Drehstuhl. An den Garderobenhaken hingen Kleidungsstücke, darunter hatten die Referenten Taschen und andere Dinge deponiert. Ein Sofa befand sich in einer Ecke, auf dem Beistelltisch standen Getränkeflaschen, Gläser, ein Tablett mit Brötchen. Jetzt sah Jasmin auch Faisal. Er hielt einen Gegenstand in der Hand, sein Daumen lag auf der Oberfläche.

Jasmin stellte sich vor. »Ich weiß, was Sie durchgemacht haben, Herr Richter.«

»Woher …« Ein Wort nur, doch seine Überraschung war deutlich.

»Darf ich hereinkommen?« Sie wagte sich einen kleinen Schritt weiter vorwärts.

»Bleiben Sie stehen!«, rief er erneut, doch seine Stimme klang schon weniger bestimmt.

Jasmin trat einen Schritt zur Seite, das Licht vom Flur fiel in den Raum. Peter Richter wich zurück. Jasmin betrachtete den Mann, der sich Faisal nannte. Mittelgroß, hohe Stirn, nichtssagendes Gesicht. Aber in seinen Augen sah sie Trauer und Verzweiflung. Eine explosive Mischung, dachte Jasmin. Nun erkannte sie auch, was er in der Hand hielt: eine Fernbedienung. Vermutlich, um die Zündung der Bombe auszulösen.

»Der Tod Ihrer Tochter hat Sie schwer getroffen«, sagte Jasmin sanft.

Richter musterte sie.

»Ich verstehe, dass Sie nach Rache sinnen. Das ist aber nicht der richtige Weg. Wenn Sie die Bombe zünden, werden unschuldige Menschen sterben. Andere Eltern werden ihre Kinder verlieren.«

»Sie sind nicht unschuldig! Mit ihren Hasspredigten hetzen sie junge Menschen auf, machen aus ihnen Mörder!«

»Die Referenten?«, fragte Jasmin, obschon sie genau wusste, wen er meinte. Je länger sie ihn in ein Gespräch verwickeln konnte, desto größer war die Chance, dass Verstärkung eintraf. Wie lange dauerte es, um eine Bombe zu entschärfen? Besaß die Bomb Squad einen Jammer, der Übertragungssignale blockierte?

»Sie glauben doch nicht etwa, dass das eine Friedenskonferenz ist? Das sind Terroristen, allesamt!« Richter zeigte nach oben. »Sie haben vielleicht nicht selbst die Bombe gezündet, die mein Mädchen getötet hat, aber sie sind mitschuldig! Nicht nur an Delias Tod, auch am Tod der Menschen auf dem Berliner Weihnachtsmarkt, in Nizza, Brüssel, Paris, London, Madrid, Istanbul, Casablanca, Bali …« Er atmete schwer.

Jasmin nickte zustimmend. »Sie haben recht, mit ihren Reden haben die Referenten zum Tod vieler Menschen beigetragen. Doch sie sind nicht mehr im Saal. Dort oben sind jetzt Polizisten und Feuerwehrleute. Unschuldige, die sich täglich für andere aufopfern. Die zu Hause Familien haben.«

Richter schüttelte heftig den Kopf, er wollte das nicht hören.

»Die wahren Täter sind verhaftet worden«, fuhr Jasmin fort. »Die – «

»Man hat sie nie gefunden!«

Ruhig erzählte Jasmin, was sie über Omar und Ali wusste. »Omar wurde vor einigen Tagen festgenommen, seine DNA stimmt mit den Spuren am Tatort in Frankreich überein. Heute hat die Staatsanwaltschaft einen Haftbefehl für Abu Hussein al-Tunisi ausgestellt.«

Jasmin wartete, bis ihre Worte bei ihm ankamen. Richter wirkte plötzlich unsicher, er wusste nicht, was er mit dieser neuen Information anfangen sollte. Seine Wut war etwas Lebendiges, solange er sich an sie klammerte, konnte er die Verzweiflung, die der Tod seiner Tochter in ihm ausgelöst hatte, verdrängen. Noch redete er sich ein, dass ihn Rache befriedigen, von den Qualen erlösen würde, unter denen er seit Jahren litt, doch Jasmin wusste es besser. Egal wie viele Terroristen starben, Richters Schmerz würde dadurch nicht kleiner.

»Rache wird Delia nicht zurückbringen«, fuhr sie leise fort. »Mit diesem Schmerz, so unerträglich er auch ist, werden Sie leben müssen. Aber Sie können dazu beitragen, dass andere Eltern nicht das Gleiche durchmachen. Indem Sie mir jetzt den Auslöser geben und mit mir nach oben kommen.«

Richter biss die Zähne zusammen, doch er rührte sich nicht.

»Erzählen Sie mir von ihr«, bat Jasmin. »Wie war Ihre Tochter?«

»Delia?« Die Frage schien ihn zu überraschen.

»Ja. Wie war sie?«

»Sie … ihr Lachen war ansteckend.«

»Wie sah sie aus?«

»Sie hatte dunkle Locken.«

»Sind die Haare Ihrer Frau dunkel?«

»Nein, Delia war immer schon … anders gewesen.«

»Anders?«, hakte Jasmin nach.

»Sie wusste genau, was sie wollte. Von klein auf.«

Jasmin nickte.

»Sie war … sie hatte einen starken Willen. Scheute Konflikte nicht. Sie stürzte sich ins Leben, als … als hätte sie geahnt, dass ihr nicht viel Zeit blieb.« Seine Stimme brach. »Glauben Sie, der Tod ist vorbestimmt? Hätte ich ihn verhindern können, wenn ich darauf bestanden hätte, dass sie mit uns in die Berge fährt? Oder wäre sie dort bei einem Unfall ums Leben gekommen?«

Während er sprach, näherte sich Jasmin ihm vorsichtig. »Ich glaube, dass wir nicht mehr tun können, als aus dem Moment heraus zu entscheiden«, antwortete sie. »Sie haben so reagiert, wie Sie es für richtig hielten. Mehr kann man von einem Vater nicht verlangen.«

Richter kämpfte gegen die Tränen an.

Jasmin stand jetzt eine Armlänge von ihm entfernt. »Bitte, geben Sie mir den Auslöser.«

Müde blickte er sie an. Alle Kraft war aus ihm gewichen, seine Schultern hingen nach unten.

»Omar und Ali werden ihre Strafe bekommen. Von einem Gericht, das ist viel wirkungsvoller als Rache. Gewalt mit Gewalt zu begegnen, schürt nur neuen Hass.«

Richter blinzelte.

»Ihre Familie braucht Sie«, sagte Jasmin. »Ihr Sohn braucht Sie. Tim lebt noch.«

Richter blickte auf die Fernbedienung in seiner Hand. Da spürte Jasmin einen Luftzug. Sie fluchte innerlich. Nicht jetzt, wo sie ihn fast so weit hatte! Sie drehte sich ein wenig zur Seite, damit sie den Kollegen ein Stoppzeichen geben konnte, wenn sie kamen. Gleichzeitig überlegte sie, warum sie sich im Gebäude aufhielten. Hatte man die Bombe gefunden? Bereits entschärft? Kein Einsatzleiter schickte seine Leute in ein Gebäude, das jeden Moment in die Luft fliegen konnte. Andererseits gab es hier unten keine Fenster, durch die ein Scharfschütze hätte zielen können. Jasmin lief der Schweiß über den Rücken.

Richter bemerkte ihre Anspannung nicht.

»Bitte, geben Sie mir die Fernbedienung.«

Unschlüssig kaute er auf seiner Unterlippe, kurz glaubte Jasmin, dass er den Auslöser drücken würde, doch dann streckte er ihr die Hand mit der Fernbedienung entgegen.

»Die Bombe ist unter der Bühne«, sagte er leise.

Vorsichtig nahm Jasmin das Gerät. Kaum hatte sie einen Schritt zurückgemacht, strömten die Grenadiere herein.

»Die Hände hoch!« Der Befehl klang laut im Raum.

Ein Grenadier stellte sich vor Jasmin, ein weiterer nahm ihr die Fernbedienung aus der Hand und verschwand damit.

Richter hob die Hände, mitten in der Bewegung hielt er inne.

»Hoch, habe ich gesagt!« Der Grenadier, der den Befehl erteilt hatte, zielte mit einer Waffe auf ihn.

Entsetzt beobachtete Jasmin, wie Richter die rechte Hand sinken ließ und in seine Hosentasche griff.

»Ich – «, begann er.

Weiter kam er nicht.

Der Grenadier schoss.

Richter ging zu Boden, auf seiner Schulter breitete sich ein roter Fleck aus. Er versuchte, etwas zu sagen, doch kein Ton kam über seine Lippen. Die Finger seiner rechten Hand umklammerten einen Gegenstand, langsam lösten sie sich. Betroffen starrte der Schütze auf Richters Handfläche. Da lag keine Waffe.

Sondern ein Fiat-Schlüssel.

Einer der anwesenden Grenadiere legte Jasmin den Arm um die Schultern und führte sie schweigend zur Tür.

»Seid ihr wahnsinnig?«, fragte sie. »Das Gebäude hätte jederzeit in die Luft fliegen können.«

»Wir lassen keinen Kollegen im Stich.« Er drückte ihre Schulter. »Gut gemacht. Du hast dich kein bisschen verändert.«

Es war als Kompliment gedacht, doch Jasmin wusste, dass das nicht stimmte. Sie hatte sich verändert. Sie setzte jetzt selbst die Grenzen, trug aber auch die Verantwortung für die Risiken, die sie einging. Dass die Kollegen ihr Leben aufs Spiel gesetzt hatten, um sie herauszuholen, berührte sie tief.

Sie hob ihr Handy auf, das neben der Tür auf dem Boden lag. Eine Nachricht von Pilecki erschien auf dem Display.

Lara nicht hier. Frag ihn, wo sie ist!

Zwei Grenadiere hoben Richter auf und trugen ihn hinaus. Die Sanitäter würden sich nicht in das Gebäude hineinwagen, solange die Bombe nicht entschärft war.

»Lebt er noch?«, rief Jasmin.

Sie erhielt keine Antwort.

Das Display verschwamm vor ihren Augen. Sie sah den Raum, in dem sie gefangen gehalten worden war. Mit Händen und Füßen an ein Bett gefesselt. Klebeband über dem Mund. Wochenlang hatte sie so dagelegen. Ihre größte Angst war nicht, dass der Metzger zurückkam. Sondern, dass er nicht zurückkam.

55

Pal stand mit Rinor neben dem Einsatz-Lkw und schirmte die Augen gegen die Sonne ab. Noch immer kamen Teilnehmer aus dem Gebäude. Rinor zitterte am ganzen Körper, auch Pals Nerven waren bis aufs Äußerste gespannt. Er rechnete jederzeit mit einer Explosion und verfluchte die Leute im Saal, die sich, von Rhetorik geblendet, weigerten, den Saal zu verlassen. Vor allem aber verfluchte er Jasmin. Warum musste sie sich als Heldin gerieren? Es waren genug Sicherheitskräfte im Einsatz. Tief in seinem Inneren wusste er, dass er genau das an ihr liebte. Sie ließ die Welt nicht an sich abprallen, schöpfte mit beiden Händen aus dem Leben. Auch wenn sie ihr eigenes damit aufs Spiel setzte.

Ein Feuerwehrmann kam mit einer Frau heraus.

»Ist sie das?« Rinor stellte sich auf die Zehenspitzen.

Die Frau humpelte ungeschickt auf einen Sanitätswagen zu. Pal schüttelte den Kopf. Im Einsatz-Lkw regte sich etwas, zwei Männer eilten die Stufen hinunter. Ein Polizist reckte den Daumen in die Höhe.

»Sie kommen raus!« Er spurtete zu einem Streifenwagen, wo er einem Kollegen Anweisungen gab.

Pal hielt die Luft an. Blaulicht, Stimmengewirr. Hinter der Absperrung hatten sich Neugierige versammelt, Reporter standen vor laufenden Kameras, Mikrofone ragten in die Höhe.

Zwei Grenadiere trugen einen blutenden Mann heraus,

Sanitäter eilten ihnen entgegen. Dann endlich, Jasmin. Konzentriert und mit festem Schritt. Sie unterschied sich nur durch die fehlende Schutzausrüstung von den Grenadieren, die sie begleiteten. Pal wollte ihr entgegengehen, realisierte aber noch rechtzeitig, dass sie nicht als Zivilistin hier war. Sie trug zwar keine Uniform, dennoch war sie im Dienst. Sie sah auf. Etwas stimmte nicht. Sie wandte sich an einen der Grenadiere, nickte kurz und kam auf Pal zu.

»Was ist?«, fragte er.

Sie deutete auf Rinor und hob fragend die Augenbrauen.

Pal wollte seinen Neffen nicht aus den Augen lassen. »Er wird es für sich behalten. Nicht wahr, Rinor?«

Rinor nickte.

Jasmin zögerte. Schließlich sagte sie: »Er ist angeschossen worden.«

»Faisal?«

»Ja.« Sie schilderte, was geschehen war. »Es war nur ein Schlüssel«, sagte sie mit belegter Stimme. »Er hat nur einen Autoschlüssel aus der Tasche genommen!«

Pal runzelte die Stirn. »Warum? Er muss doch gewusst haben, dass man davon ausging, dass er eine Waffe zieht.«

Jasmin blickte zum Gebäude. »Es ergibt überhaupt keinen Sinn!« Sie schüttelte fassungslos den Kopf. »Einen Fiat-Schlüssel!«

»Vielleicht wollte er seine Sachen holen, bevor man ihn ins Gefängnis brachte?« Pal hatte schon seltsamere Dinge erlebt.

»Seine Sachen?«, wiederholte Jasmin langsam. Sie drehte den Kopf Richtung Parkplatz.

»Alles in Ordnung?«

»Richter fährt einen Audi. Keinen Fiat.«

Pal legte ihr den Arm um die Schultern. Er konnte die Energie, die von ihr ausging, förmlich spüren. Sie riss sich los. Die Bewegung kam so plötzlich, dass Pal zuerst glaubte, die Beine seien ihr weggeknickt. Sie spurtete davon, Pal und Rinor eilten ihr nach. Ein Polizist rief etwas, Pal fürchtete schon, Jasmin wolle ins Gebäude zurückkehren, doch sie rannte am Eingang vorbei, duckte sich unter dem Absperrband durch und verschwand in der Menschenmenge. Leute wichen zurück, Pal hörte überraschte Rufe. Er folgte ihr über den Parkplatz, wo die Evakuierung noch im Gang war. Polizisten wiesen Autofahrern den Weg, notierten Nummernschilder und Personalien. Jasmin lief an den Fahrzeugen vorbei und steuerte auf die Parkfelder zu, die am weitesten vom Gebäude entfernt lagen. Dann sah Pal, wie sie auf einen Lieferwagen zuging, der unter einem Baum stand.

Ein Fiat Ducato.

Jasmin rüttelte an den Türen. Verschlossen. Pal entdeckte einen Stahlpfosten, der in einer Bodenhülse steckte, er entfernte die Kette, die daran befestigt war, und reichte ihn Jasmin. Sie schlug das Beifahrerfenster ein. Glasscherben rieselten auf den Asphalt. Er entriegelte die Tür. Jasmin sprang in den Wagen. Pal hörte, wie sie das Gitter entfernte, das den Fahrerbereich vom Rest des Wagens abtrennte. Die Hintertür sprang auf, Tageslicht fiel auf die Ladefläche des Lieferwagens. Jasmin war neben einer jungen Frau in die Hocke gegangen, deren Hände und Füße mit Kabelbindern gefesselt waren. Sie entfernte einen Knebel aus dem Mund der Frau, strich ihr über das blonde Haar.

Sie hatte Lara Blum gefunden.

»Hast du ein Taschenmesser?«, fragte sie Pal.

Rinor zog ein Armeemesser hervor. Jasmin schnitt die Fesseln auf und massierte Lara Blums Hände mit ruhigen, gleichmäßigen Bewegungen.

»Du bist in Sicherheit!«, wiederholte sie immer und immer wieder. Tränen liefen ihr über das Gesicht, sie schien sie nicht zu bemerken.

Lara Blum war blass, wirkte aber unversehrt. Langsam kehrte Leben in ihren Körper zurück. Sie ließ die Handgelenke kreisen, befeuchtete mit der Zunge die Lippen. Mit zittrigen Bewegungen griff sie nach einer Wasserflasche, die in einem Fach stand. Jasmin half ihr, die Flasche an den Mund zu führen, strich ihr eine Haarsträhne aus dem Gesicht.

Auf dem Parkplatz standen nur noch wenige Fahrzeuge. Die Rettungskräfte hatten sich aus dem Gebäude zurückgezogen, vor der Absperrung herrschte eine gespenstische Ruhe. Zwei Sprengstoffexperten hantierten an einem ferngesteuerten Roboter herum, ein anderer befestigte ein Wassergewehr an einem Greifarm, ein weiterer schritt auf den Eingang des Gebäudes zu. Mit der Panzerplatte vor der Brust, dem wuchtigen Helm und dem stabilen Kragen sah er aus wie ein Astronaut.

»Ich möchte nach Hause«, sagte Lara Blum.

56

Pal stand vor einem fünfstöckigen Betonbau mit schmutziger Fassade. Im Erdgeschoss war früher ein Geschäft für Rollläden untergebracht gewesen, jetzt dienten die Räume muslimischen Jugendlichen als Treffpunkt. Ibro hatte die Jugendgruppe empfohlen, weil sie keiner Moschee angehörte. Weder Nationalität noch Ethnie spielten hier eine Rolle, gemeinsam war den Teilnehmenden ihr Interesse am Glauben, geredet wurde ausschließlich Schweizerdeutsch. Pal betrachtete die Jugendlichen durch eine breite Fensterfront. Sie hatten mit ihren Stühlen einen Kreis gebildet, Rinor saß zwischen einem Mädchen mit Kopftuch und einer Brillenträgerin mit Pferdeschwanz.

Ob er eintreten durfte? Auf einem Sofa saßen zwei Frauen mit farbigen Umhängen. Vermutlich hatten sie eine Tochter oder eine Nichte begleitet und warteten wie er auf das Ende der Veranstaltung. Pal stieß die Glastür auf und setzte sich leise in einen Sessel.

Eine Frau, vermutlich die Leiterin der Gruppe, las einen Hadith vor. »Binde dein Kamel fest, sodann vertraue es Allah an.« Sie sah in die Runde. »Was meint der Prophet damit?«

Ein Junge in Trainingshose meldete sich. »Steht in der Schule eine Prüfung an, nutzt es nichts, wenn man betet, statt zu lernen. Man muss beides tun. Allah sorgt zum Beispiel dafür, dass man während der Prüfung keinen Blackout hat.«

Die Leiterin nickte. »Handeln muss der Mensch, das Ergebnis aber liegt in den Händen Allahs.«

»Hat jemand den Tweet gelesen, den Donald Trump nach der Schießerei in Florida schrieb?«, fragte ein junger Mann, der ebenfalls dem Leitungsteam angehörte.

»Trump hat getwittert, dass er für die Familien der Opfer bete«, antwortete ein Mädchen.

»Genau. My prayers are with the families«, zitierte der Leiter. »Reicht es, dass Trump für die Angehörigen betet?«

Rinor schüttelte den Kopf.

»Warum nicht?«

Zögerlich sagte Rinor: »Weil er Präsident ist. Er könnte handeln. Das Waffengesetz ändern oder so.«

»Als Präsident hat er die Möglichkeit, mehr zu tun, als zu beten«, stimmte der Leiter zu.

Sie diskutierten über die Handlungsmöglichkeiten, die ein Mensch hatte, über Zivilcourage und die Angst, sich zu exponieren. Pal staunte über die differenzierten Gedanken der Jugendlichen. Es war deutlich, dass sie sich hier wohlfühlten, die meisten zögerten nicht, ihre Ansichten zu äußern und ihre Gefühle zu zeigen.

»Über welches Thema möchtet ihr nächstes Mal reden?«, fragte die Leiterin zum Schluss.

»Wie stark darf ich mich schminken?«, schlug ein Mädchen vor.

»Eine interessante Frage«, antwortete die Leiterin. »Die Meinungen darüber gehen weit auseinander. Wir sind aber nicht hier, um zu entscheiden, was richtig oder falsch ist.«

»Warum hat ein Mann mehr Rechte als eine Frau?«, sagte ein anderes Mädchen.

»Warum *glaubt* man, dass ein Mann mehr Rechte hat als eine Frau.« Die Leiterin notierte die Stichworte. »Wenn ihr weitere Themen habt, könnt ihr sie auch anonym in die

Fragebox werfen.« Sie zeigte auf einen Kasten, der an der Wand hing.

Die Runde löste sich auf, einige Jugendliche verschwanden in einem Raum, um Maghreb zu beten, andere holten sich an der Bar ein Mineralwasser. Pal hatte befürchtet, dass es Rinor peinlich wäre, von ihm abgeholt zu werden, doch er nahm ihn am Arm und stellte ihn den Leiterinnen und dem Leiter vor. Sie sprachen über die Jugendgruppe, die Trägerschaft und die Aufgaben der Leitung.

»Die Jugendtreffen in den Moscheen werden meist von einem Imam geleitet«, erklärte eine der Frauen aus dem Leitungsteam. »Oft hat er keinen direkten Bezug zu den Problemen von jungen Menschen. Viele Imame sind nicht hier aufgewachsen, manchmal sprechen sie nicht einmal Deutsch.«

»Bei uns gibt es in der Moschee auch eine Fragebox«, sagte ein Mädchen, das sich zu ihnen gesellt hatte. »Aber die Fragen werden vor der ganzen Gemeinde vorgelesen.« Sie lachte verlegen.

»Hier darf man auch blöde Fragen stellen«, ergänzte Rinor.

Pal dachte an Alis Gebetsgruppe. Hätte sich Rinor dort getraut, Fragen zu stellen? Wo stünde er heute, wenn er geblieben wäre? Hätten die radikalen Ansichten bei ihm bereits Wurzeln geschlagen?

»Was meinst du, soll ich Deniz fragen, ob er mal zu einem Treffen mitkommen will?«, fragte Rinor.

»Warum nicht?«, antwortete Pal. Er bezweifelte jedoch, dass Deniz zustimmen würde. Nicht der Glaube interessierte ihn, Deniz wollte sich profilieren, er suchte Anerkennung. »Worüber möchtest du nächstes Mal reden?«, er wechselte das Thema.

Rinor ließ sich Zeit mit der Antwort. Erst als er mit Pal das Zentrum verlassen hatte, sagte er: »Warum lässt Allah so viel Elend zu? Wenn er doch so mächtig ist. Ich meine, ich weiß, das ist vermutlich ein Test, aber ich finde es nicht … fair.« Er sah kurz zurück, als wolle er sich vergewissern, dass niemand zuhörte. Den Islam zu kritisieren, fiel ihm immer noch schwer.

»Das wüsste ich auch gern«, antwortete Pal.

Das und vieles mehr, dachte er. Warum kam ein unschuldiges Mädchen bei einem Terroranschlag ums Leben? Delia war sechzehn Jahre alt, als sie starb. Sie hatte Musik hören wollen, stattdessen wurde sie von einer Bombe in Stücke gerissen. Omar Saleh saß in Haft, das linderte den Schmerz der Familie jedoch nicht. Für Peter Richter wäre es einfacher gewesen, wenn er an den Folgen der Schussverletzung gestorben wäre. Nun musste er nicht nur mit seiner Trauer zurechtkommen, sondern auch mit seiner Schuld. Er hatte Frank Blum und Eva Wagner in die gleiche Hölle geschickt, in der er sich seit dem Tod seiner Tochter befand. Seinetwegen hatte Lara Blum drei Wochen um ihr Leben gebangt. Pal hatte lange mit Ibro darüber gesprochen. Der Seelsorger meinte, für Tim sei ein Vater im Gefängnis besser als gar keiner. Konnte man Leid gegeneinander aufwiegen? Wie schwer wog die Tatsache, dass die Polizei Ali freigelassen hatte? Für seine Beteiligung an dem Anschlag in Frankreich gab es keine Beweise, auch wenn vieles darauf hindeutete, dass er die Tat zusammen mit Omar geplant hatte.

Pal setzte sich auf seine Ducati. Rinor saß auf dem Sozius und schlang seine Arme um Pals Taille. Pal hielt einen Moment inne, um die Wärme zu spüren, die von Rinors Körper ausging. Er führte sich vor Augen, dass noch viel mehr hätte schieflaufen können. Der Bomb Squad war es gelungen, die Bombe zu entschärfen. Rinor und Jasmin waren unversehrt. Physisch und psychisch. Dass die Entführung Jasmin nicht wieder in den Abgrund gerissen hatte, erfüllte Pal mit

Dankbarkeit. Zum ersten Mal glaubte er daran, dass der Boden unter ihren Füßen halten könnte. Zwar würde sie immer wieder Rückschläge einstecken, da machte er sich nichts vor, das Schlimmste hatte sie jedoch hinter sich. Es war richtig gewesen, ihr nichts vom Metzger zu erzählen.

Es ging keine Anzeige wegen Körperverletzung ein. Inzwischen war die Frist verstrichen. Pal zweifelte jedoch keinen Augenblick daran, dass der Metzger sein Spiel noch nicht beendet hatte. Der Mann war wie ein Virus, der jahrelang auf günstige Umstände wartete, um auszubrechen. Pal war immer noch nicht klar, ob der Metzger tatsächlich wusste, dass Faisal kein Muslim war, oder ob er es nur vermutet hatte. Eine Zeit lang hatte er geglaubt, dass der Metzger die Information über Mustafa Saifullahs Tätowierungen an die Presse hatte durchsickern lassen. Inzwischen wusste er aber, dass Theresa Hanisch dahintersteckte. Sie hatte Saifullahs Identifizierung vorantreiben wollen, wofür Pal sogar ein gewisses Verständnis aufbrachte. Im Vergleich zu seinem Verhalten war ihres harmlos. Dennoch ärgerte es ihn, dass die Staatsanwältin weder dafür noch für ihre anderen Vergehen zur Rechenschaft gezogen wurde. Sie hatte gegen die Protokollierungsvorschriften verstoßen, eine Untersuchung wegen Falschbeurkundung oder Amtsmissbrauch wäre seiner Meinung nach zwingend gewesen.

Rinor tippte ihm auf die Schulter und holte ihn in die Gegenwart zurück. Im Rückspiegel sah Pal seinen fragenden Blick. Er reckte den Daumen in die Höhe, startete den Motor und fuhr los. Der Abend war lau, doch der Herbst lag bereits in der Luft. Die Gerichtsferien waren vorbei, normalerweise nahm die Arbeitsbelastung um diese Jahreszeit zu. Viele neue Fälle hatte Pal nicht. Dass er mit seiner Dissertation gut vorankam, war ein schwacher Trost. Es machte ihm zu schaffen, dass er nicht wusste, wie seine Zukunft aussah. Ob die Zeit noch reichte, um ins Büro zu fahren? Er war den ganzen Tag unterwegs gewesen und hatte seine Briefpost noch nicht durchgesehen. Kurz entschlossen setzte er den Blinker und bog Richtung Innenstadt ab. Wenig später parkte er vor der Kanzlei. Er bat Rinor, kurz auf ihn zu warten.

Die Kollegen waren bereits gegangen, der Empfang war nicht mehr besetzt. Auf seinem Schreibtisch lag ein Stapel Briefe, daneben ein Kuvert mit dem Absender der Aufsichtskommission. Pal nahm den Helm ab und setzte sich. Die Stille in der Kanzlei drückte ihm auf die Ohren, es war, als hielte nicht nur er, sondern auch die Welt um ihn herum die Luft an. Er drehte das Kuvert zwischen den Fingern, schließlich öffnete er es und nahm den Brief heraus. Juristische Begriffe sprangen ihm entgegen. Interessenskollision. Rechtfertigungsgrund. Verschulden. Obwohl er Urteile durchaus zu lesen verstand, dauerte es einen Moment, bis er den Sinn der Wörter begriff.

Die Aufsichtskommission hatte ihm ein befristetes Berufsverbot auferlegt. Sechs Monate durfte er nicht als Anwalt tätig sein.

Langsam ließ er den Brief sinken. Er wusste, dass ihm eine Strafe drohte, insgeheim hatte er aber gehofft, mit einer Buße davonzukommen. Die Aufsichtskommission betrachtete sein Verschulden jedoch als schwer. Pal las die Begründung. Er hätte um eine Entbindung vom Berufsgeheimnis ersuchen müssen, auch wenn er sich nicht sicher war, ob seine Informationen zu Lara Blums Rettung hätten beitragen können. Noch stärker gewichtete man aber die Interessenskollision. Die Aufsichtskommission warf ihm vor, dass er nicht hundertprozentig hinter seinem Klienten gestanden hatte. Mehr noch: Er habe Mustafa Saifullah hintergangen. Die Verletzung des Berufsgeheimnisses lasse sich rechtfertigen, nicht aber, dass er seinen Klienten ausspioniert habe.

Wie durch einen Schleier sah Pal den Aktenschrank, die Ordner auf dem Regal, die Post auf seinem Schreibtisch. Ihm war kalt. In dreißig Tagen lief die Rechtsmittelfrist ab. Dann trat der Beschluss in Kraft. Er musste seine Klienten informieren. Die Kollegen. Seinen Vater. Wie würde Nexhat reagieren? Auf einmal war Pal wieder ein Junge. Er stand vor dem Haus in Zajqevc, die Erde fühlte sich warm an unter seinen nackten Füßen. Der Onkel war losgefahren, um Nexhat am Busbahnhof abzuholen, wie jedes Jahr, wenn dieser mit den anderen Gastarbeitern aus dem Dorf in die Heimat zurückkehrte. Endlich bog der Wagen um die Ecke. Die sechs Geschwister stürmten zur Beifahrertür, sie wussten, dass der Vater Geschenke für sie dabeihatte. Der Onkel öffnete den Kofferraum, neugierig spähten die Geschwister hinein. Der Vater nahm den größten Koffer heraus und trug ihn ins Haus. Hosen, Pullover, Röcke und Winterjacken wurden verteilt. Pal erhielt zum ersten Mal in seinem Leben ein Paar neue Schuhe. Als Jüngster trug er immer die Kleider, die seinen Brüdern zu klein geworden waren.

»Zieh sie an!«, sagte Nexhat mit einem breiten Lachen.

Pal schlüpfte hinein.

»Wie gefallen sie dir?«, fragte sein Vater.

»Sie sind zu klein.«

Das Lachen auf Nexhats Gesicht verschwand.

»Nur ein bisschen!«, sagte Pal rasch.

Ein Jahr lang trug er die Schuhe. Seine Zehen schmerzten, doch das war leichter zu ertragen als die Enttäuschung seines Vaters.

Pal steckte den Brief mit zitternden Fingern ins Kuvert zurück, setzte den Helm wieder auf und verließ die Kanzlei. Rinor saß auf dem Motorrad und spielte mit seinem Handy.

Während der Fahrt nahm Pal die Umgebung kaum wahr. Seine Gedanken kreisten um das Urteil. Mira hatte ihm davon abgeraten, Klienten im Hintergrund zu vertreten. Das würde ihm nur weiteren Ärger bescheren, den er nicht gebrauchen konnte. Er würde sein Büro vermieten müssen, um Kosten zu sparen. Ließe sich so schnell jemand finden? Wohin mit all den Akten? Er war verpflichtet, sie aufzubewahren. Nebensächlichkeiten, doch lieber beschäftigte er sich jetzt damit, als sich den wirklich wichtigen Fragen zu stellen. Würde er wieder so handeln? Hätte man den Bombenanschlag auch ohne sein Zutun verhindern können? Was sagte es über ihn aus, dass die Solidarität mit dem Opfer ihn daran gehindert hatte, seiner Funktion als Strafverteidiger gerecht zu werden? Konnte er Beruf und Privates nicht mehr trennen? Hatte die Rechtsstaatlichkeit für ihn an Bedeutung verloren? Wie sollte er seinen Beruf überhaupt noch ausüben? Wer wollte sich von einem Anwalt vertreten lassen, der die Bedürfnisse seines Klienten nicht über alles andere stellte? Pal sah nicht nur seine Strafmandate gefährdet, sondern auch die Wirtschaftsfälle. Wenn ein Unternehmen befürchten musste, ein Anwalt könnte moralische Bedenken äußern, würde man ihn dann noch beschäftigen?

Er war bei der Kampfsportschule Fight angekommen. Jasmins Monster stand noch da. Pal stellte sein Superbike daneben und wartete, bis Rinor hinter ihm vom Sozius gerutscht war, dann stieg er ab. Mit dem Helm in der Hand ging er zur Tür. Rinor stand bereits an der Bar, wo Ela die Tageseinnahmen abrechnete.

Jasmin kam gerade aus der Garderobe. »Das ist eine Überraschung!« Sie sah Rinor an. »Hast du es dir anders überlegt? Willst du doch trainieren?«

»Im Koran steht, man darf Menschen nicht grundlos schlagen«, antwortete Rinor ernst.

Jasmin hob die Hände. »Schon gut, war nur eine Frage.«

Sie zwinkerte Pal zu. Sie war ungewöhnlich gut gelaunt. Als er sie nach dem Grund fragte, erklärte sie, dass sie heute einen Auftrag als Privatdetektivin erhalten habe.

»Der Kunde hat mich über das Kontaktformular auf der Homepage angefragt.«

Seit drei Wochen war sie Mitglied des Verbands ehemaliger Polizei- und Kriminalbeamter, Pal hatte ihr bei der Firmengründung geholfen.

»Und wie sieht der Auftrag aus?«, fragte er.

Jasmin verzog den Mund. »Eine Observierung. Eine Frau will wissen, ob ihr Mann fremdgeht.« Sie zuckte die Schultern. »Nicht besonders spannend, aber ich werde dafür bezahlt.«

»Du könntest auch hier arbeiten«, warf Ela ein.

»Du brauchst mich bald nicht mehr«, entgegnete Jasmin. »Du hast die Geschäftsleitung jetzt schon im Griff.«

Das stimmte zwar nicht ganz, aber Jasmin wollte die Verantwortung für den Betrieb nicht übernehmen. In ein bis zwei Monaten hätte Ela genug Erfahrung, um das Tagesgeschäft selbstständig zu führen. Jasmin würde sich darauf beschränken, die Fortgeschrittenen zu trainieren.

»Vielleicht könnte ich helfen?«, schlug Rinor vor. »Am Mittwochnachmittag habe ich frei.« Er setzte sich an den Tresen, und Ela servierte ihm eine Cola.

Auf einmal wurde Pal klar, weshalb Rinor hierher in den Club fahren wollte. Hoffentlich wartete nicht die nächste Enttäuschung auf ihn. Ela war sieben Jahre älter als er.

Pal spürte Jasmins Blick auf sich ruhen und drehte den Kopf. »Hungrig?«, fragte er. »Rinor behauptet, der Türke an der Ecke mache die besten Kebabs weit und breit.«

Sie schaute ihn stumm an.

Pal schob die Hände in die Taschen.

»Er ist gekommen, nicht wahr?«, fragte sie leise. »Der Brief?«

»Ja.«

»Keine guten Nachrichten.«

Er schüttelte den Kopf.

»Was wirst du tun?«

Daran wollte er jetzt nicht denken. Es gab zu viele Fragen, auf die er keine Antworten hatte. Ein Schritt nach dem anderen. Der erste war klar.

»Lass uns etwas essen gehen. Danach sehen wir weiter.«

Ganz herzlichen Dank an …

… die Mitglieder des Strafverteidiger-Stammtisches, Oberrichter Beat Gut und Kenzo Thomann von der Aufsichtskommission über die Anwältinnen und Anwälte im Kanton Zürich, Dr. Andreas Baumgartner, Dr. Christiane Lentjes Meili, Dr. Markus Oertle, Staatsanwalt Hans Maurer sowie Staatsanwältin Regina Flint für das juristische Fundament dieses Buches;
… den Dienst Leib/Leben, den Bomb Squad Zürich-Flughafen und Werner Schaub von der Kantonspolizei Zürich für die Sachinformationen;
… Burim Luzha, Laura Ramadani, das Islamisch-Bosnische Zentrum in Schlieren sowie Asmaa Dehbi, Merve Sulemani und Mahmoud Achour vom »Project Träff« des Vereins »Ummah« für die Einblicke in den Alltag von Schweizer Muslimen;
… Kada Ramadani für ihren Kochkurs;
… Karin Aeschlimann, Esther Künzler, Andreas Näf, Alice Otter und Regula Schmid, die das Manuskript gegengelesen haben und mir wertvolle Rückmeldungen gaben;
… meine Lektorin Susanne Gretter und das Team vom Unionsverlag, das mich unterstützt und beraten hat;
… die Franz-Edelmaier-Residenz für Literatur und Menschenrechte in Meran für das gewährte Aufenthaltsstipendium.

Petra Ivanov

Petra Ivanov

Petra Ivanov wurde 1967 in Zürich ge-
boren. Sie verbrachte ihre Kindheit in
New York, wo sie dank Mark Twain,
Louisa May Alcott und Julie Campbell
die Freude am Lesen und Schreiben
entdeckte. Nach dem Studium an der
Dolmetscherschule Zürich arbeitete
sie vorerst als freie Übersetzerin und
Sprachlehrerin, später als Journalistin
in verschiedenen Redaktionen.

Auf Deutsch zu schreiben, begann
sie während ihrer Tätigkeit bei HEKS, dem Hilfswerk der Evan-
gelischen Kirchen Schweiz. Als Redakteurin gehörte es zu ihren
Aufgaben, über Projekte im In- und Ausland sowie über verschiedene Kampagnen zu informieren. Sie stellte fest, dass sie mit Geschichten Menschen auf andere Art und Weise erreichen konnte
als durch journalistische Beiträge. Kurzerhand verpackte sie die
Themen, die ihr am Herzen lagen, in Spannungsromane.

2005 veröffentlichte sie ihren ersten Kriminalroman *Fremde
Hände*, der Beginn einer Reihe mit dem Ermittler-Duo Regina
Flint und Bruno Cavalli. 2011 startete sie mit *Tatverdacht* eine neue
Reihe mit der privaten Ermittlerin Jasmin Meyer und dem Anwalt
Pal Palushi. Ihre Kurzgeschichten erschienen in Zeitungen, Zeit-
schriften und Anthologien, in Buchform seit 2007 zudem mehrere
Bände von Regio-Krimis. *Reset* (2009) war das erste von mehreren
Jugendbüchern, Spannungsromane für Jugendliche ab 12 Jahren.
Petra Ivanov hat zahlreiche Auszeichnungen erhalten, u.a. den
Zürcher Krimipreis (2010).

Ausführliche Informationen zur Autorin und zu ihren Büchern
finden Sie auf Petra Ivanovs Homepage: *www.petraivanov.ch*

Geballte Wut
Sebastians Leben ist eine einzige Abwärtsspirale. Als er Isabella kennenlernt, scheint sein Leben eine Wende zu nehmen. Doch statt auf sicheren Boden, führt ihn diese Beziehung aufs Glatteis. Unfähig, sich aufzufangen, schlittert Seb geradewegs in eine Katastrophe.

Schockfrost (gemeinsam mit Mitra Devi)
Die alleinerziehende Psychiaterin Sarah Marten hat ihr Leben im Griff. Doch dann stürzt sie die Treppe hinunter, leidet unter Sehstörungen und Gedächtnislücken. Ihr 15-jähriger Sohn verschwindet. Ein Wettlauf gegen die Zeit beginnt.

Mehr über Autorin und Werk auf *www.unionsverlag.com*